文学论丛

# 战后英国戏剧中的莎士比亚

陈红薇 著

北京大学出版社
PEKING UNIVERSITY PRESS

图书在版编目(CIP)数据

战后英国戏剧中的莎士比亚 / 陈红薇著. —北京：北京大学出版社，2019.3
（文学论丛）
ISBN 978-7-301-29720-9

Ⅰ. ①战… Ⅱ. ①陈… Ⅲ. ①莎士比亚（Shakespeare, William 1564—1616）—戏剧文学评论 Ⅳ. ① I561.073

中国版本图书馆 CIP 数据核字（2019）第 170944 号

| | |
|---|---|
| 书　　名 | 战后英国戏剧中的莎士比亚<br>ZHANHOU YINGGUO XIJU ZHONG DE SHASHIBIYA |
| 著作责任者 | 陈红薇　著 |
| 责 任 编 辑 | 李　颖 |
| 标 准 书 号 | ISBN 978-7-301-29720-9 |
| 出 版 发 行 | 北京大学出版社 |
| 地　　址 | 北京市海淀区成府路 205 号　100871 |
| 网　　址 | http://www.pup.cn　新浪微博:@北京大学出版社 |
| 电 子 信 箱 | evalee1770@sina.com |
| 电　　话 | 邮购部 010-62752015　发行部 010-62750672<br>编辑部 010-62754382 |
| 印 刷 者 | 北京大学印刷厂 |
| 经 销 者 | 新华书店 |
| | 650 毫米 ×980 毫米　16 开本　18.75 印张　300 千字<br>2019 年 3 月第 1 版　2019 年 3 月第 1 次印刷 |
| 定　　价 | 69.00 元 |

未经许可，不得以任何方式复制或抄袭本书之部分或全部内容。
版权所有，侵权必究
举报电话：010-62752024　电子信箱：fd@pup.pku.edu.cn
图书如有印装质量问题，请与出版部联系，电话：010-62756370

# 目　录

序 ································································· 1

## I 绪论：何为改写？为何改写？ ······························· 1

第一章　莎剧"再写"：莎士比亚在当代西方文化中的独特存在
················································································ 3

## II 改写/再写：与莎士比亚批判式的对话 ················· 37

第二章　爱德华·邦德：对莎氏神话和人文政治的"再写" ······ 39

第三章　阿诺德·威斯克的夏洛克：一个来自莎剧的当代人文主义者
················································································ 56

第四章　从拼贴到变奏：查尔斯·马洛维奇的莎士比亚 ········ 76

第五章　《第十三夜》：霍华德·布伦顿的莎剧再写 ········· 99

第六章　《李尔的女儿们》：女性主义剧场中的莎士比亚 ···· 127

## III 莎氏遗风在战后英国戏剧中的演绎 ····················· 155

第七章　哈罗德·品特：莎氏暴力主题在品特戏剧中的存在 ··· 157

第八章　萨拉·凯恩：从《李尔王》到"直面戏剧"《摧毁》
的跨越 ································································ 183

第九章　彼得·布鲁克：当代西方实验剧场与莎剧改编 ········ 201

## IV 汤姆·斯托帕德:"谁写了莎士比亚?" ……………… **227**

第十章 影响的焦虑:《罗森格兰兹和吉尔登斯敦已死》…… **229**

第十一章 《多戈的〈哈姆雷特〉》《卡胡的〈麦克白〉》:
话语"游戏"中的莎士比亚 ………………………… **257**

第十二章 莎剧"再写":"莎士比亚"?还是"莎士比"?
………………………………………………………… **267**

主要参考文献……………………………………………………… **274**

# 序

聂珍钊　华中师范大学教授

## 一

  在世界文学史上，莎士比亚一直被看成是所有时代最伟大的戏剧家。1564年4月23日，莎士比亚在英国艾汶河畔的斯特拉特福镇出生。莎士比亚没有进入大学，但在当地的文法学校接受过良好的教育，学习拉丁语、历史、伦理学、诗歌、逻辑、修辞等课程。莎士比亚在18岁时同大他8岁的安妮·海瑟薇（Anne Hathaway）结婚，婚后生育过三个子女。在斯特拉特福教堂的文献中，保存有1585年2月2日莎士比亚双生子的受洗记录。莎士比亚后来何时离开家乡来到伦敦，由于缺乏有关文献资料不得而知。直到1592年，大学才子、戏剧家罗伯特·格林在去世时提到了伦敦的莎士比亚，说"有一只自命不凡的乌鸦，是用我们的羽毛美化的"。据此可以推断，莎士比亚在伦敦从事戏剧创作和戏剧表演的艺术人生取得了成功，使得同行不快。莎士比亚大约在1612年结束自己的艺术生涯，离开伦敦返回故乡斯特拉特福镇。

  莎士比亚的全部创作具有历史文献的价值。他一生共创作了37部戏剧、2部长诗和154首十四行诗，还创作了一些其他不同类型的诗歌。他的戏剧以其丰富的想象力、生动的故事性、诗意的描绘把历史和现实结合在一起，真实地再现了他所处的历史时代。他通过对爱情、婚姻、友谊等主题的描写，揭示和反映了文艺复兴时期的社会面貌，从而奠定了他在世界戏剧史上的不朽地位。1616年4月23日，莎士比亚在52岁生日这一天去世，死后葬在斯特拉特福镇的圣三一教堂。1623年，莎士比亚的朋友约翰·赫明斯和亨利·康德尔编辑出版了第一部对开本莎士比亚全集，卷首印有莎士比亚的肖像和本·琼生的著名题词:"他不属于一个时代而属于所有的世纪!"① 本·琼生的评价十分精当。莎士比亚逝世400年来,其声誉长盛不衰,他的作品被翻译成许多种文字出版,在许多国家的舞台上演出。莎士比亚已经不只是斯特拉特福镇人的骄傲,也是整个世界的骄傲。查明建教授指出:"莎士比亚是英国国际性的象征资本和文化资本。莎士比亚的人文性、艺术性及由此产生的语言、文化、社会影响力,已成为英国最重要的文化遗产和文化软实力的重要构成部分。莎士比亚的文化影响力已远远超出英语世界,而成为一个全球共享的世界性文化符号。"②

莎士比亚是英国经典文学的典范,既是英国文学也是世界文学中迄今无人能够企及的高峰。尽管有许多作家如荷马、但丁、狄更斯、巴尔扎克、列夫·托尔斯泰等人的创作早已超越国家的疆界而成为人类共同的文化遗产,但是没有人能够在持久影响力方面同莎士比亚相比。在莎士比亚逝世后出版的第一个对开本戏剧集里,诗人本·琼生以当时所能达到的高度赞扬莎士比亚的作品"简直是超凡入圣",夸他是"诗神"③,认为他已经超越了乔叟、斯宾塞和当时红极一时的卜蒙,盖过了他的同辈作家黎里、基德、马娄,即使是古希腊的埃斯库罗斯、欧里庇得斯、索福克勒斯,古罗马的巴古维乌斯、阿修斯,也应该来听莎士比亚登台,"尖刻的阿里斯托芬,利落的特伦斯,机智的普劳图斯"已经索然无味,而诗界泰斗莎士比亚已经"变成了一座星辰"。④ 从17世纪开始,英国作家如德莱顿、约翰逊、杨格等人都先后评价莎士比亚,认为他同其他诗人相比具有更伟大的天赋。德莱顿说:"莎士比亚是荷马,是我们的戏剧诗人之父。"此后,欧洲古典作家如荷马、埃斯库罗斯、索福克勒斯、欧里庇得斯、

---

① 本·琼生:《题威廉·莎士比亚先生的遗著,纪念我敬爱的作者》,《古典文艺理论译丛》(三),古典文艺理论译丛编辑委员会编。北京:人民文学出版社,1962年,第3页。

② 查明建:"论莎士比亚的经典性与世界性",《外语教学与研究》,2016年第6期,卷48,第854页。

③ 本·琼生:《题威廉·莎士比亚先生的遗著,纪念我敬爱的作者》,《古典文艺理论译丛》(三),第1页。

④ 同上书,第1-4页。

维吉尔、但丁等人在文学中的地位逐渐被莎士比亚取代,莎士比亚成为文学家和学者们心中耀眼的明星。不论西方还是东方,许多学者都致力于研究莎士比亚,其成果浩如烟海。陈红薇教授在本著作中指出:"自莎士比亚戏剧问世至今,其影响及存在早已穿越时空,渗透在世界文学和文化的各个角落。"

可以说,400年来世界文学史上没有一个作家像莎士比亚那样吸引了如此众多的读者和批评家,没有一个作家得到如此深入细致的解剖、分析和研究。许多作家在时间的流逝中被遗忘,但莎士比亚却永存人心。莎士比亚逝世距今已过400年,时间不仅没有遗忘莎士比亚,相反却将他融化在时光中,建成了一座永恒的丰碑。在这座丰碑上,古往今来的无数学者都在上面镌刻着对莎士比亚的认识、思考、理解与想象,如同每个人心中都有一个哈姆雷特一样,这些学者们也都在塑造着一个自己心目中的莎士比亚。因此,如果说20世纪以前莎士比亚的存在与影响主要是通过读者的阅读和学者的研究体现出来,而从20世纪尤其是20世纪50年代之后,莎士比亚的影响又出现了一种新的形式,这就是对莎士比亚剧作的改写。就像陈红薇教授指出:"21世纪的今天,作为英国民族文化的象征,莎士比亚已是一个全球性的文化符号,被不同地区的人们从各个角度反复地认知、修正、误读、重写和挪用。"她认为莎剧的再写与改写是"莎士比亚在当代西方文化中的独特存在"。从莎剧评论到莎剧改写,反映了莎士比亚存在与影响的演变过程。从莎士比亚去世到20世纪,莎士比亚在整个世界范围内被阅读、解读和评说的历史,充分说明了莎士比亚的魅力。而20世纪50年代以来莎士比亚存在的另一种形式——改写,是随着科技的发展和社会的演变产生的。在现代主义语境下,同以往相比人们更能接受用现代理论阐释莎士比亚,如20世纪以来耳熟能详的文学与文化新理论,诸如新批评、精神批评与心理分析、马克思主义、结构主义与解构主义、女性主义、酷儿理论与网络理论、新历史主义、后殖民、伦理批评等等,不仅大大拓展了莎士比亚的研究领域,而且迅速推动了莎剧的改写,导致了20世纪后半期以来莎剧的现代性翻译、文本改编、文本影视化、演出本土化倾向,产生了大量有关莎士比亚其人、其事及其剧作的演绎性著述。实际上，这是对莎士比亚研究传统的颠覆，其目的是希望通过改写，从莎剧中挖掘新的现代性内容。陈红薇教授指出，通过对莎剧的再写和改写，"莎士比亚获得了前所未有的生命力、存在感和影响力"。

## 二

对20世纪战后[①]以来莎士比亚在当今世界存在的新形式做出诠释，这是世界前沿性课题。陈红薇教授知难而上，从跨学科的角度出发，以当代莎剧影视、全球不同文化语境下的莎剧本土化为观照，把战后英国戏剧研究、莎士比亚文化研究、改写理论研究集合在一起，开始了对莎剧再写与改写的研究。她穷数年之功，终于完成了这部在莎士比亚研究史上具有开拓价值的著作：《战后英国戏剧中的莎士比亚》。这部著作是我国莎士比亚研究的代表性新成果，可喜可贺。

在这部研究莎士比亚的学术著作中，作者不是把焦点聚集于莎士比亚的原创作品，而是另辟蹊径，聚焦于莎士比亚戏剧的改写作品，从当代众多英国作家中选择了八位具有代表性的剧作家展开研究。作者的目的并非是展开对这八位作家的全面系统研究，而是从每位作家的创作中选择两部作品，共选择了十六部作品作为研究对象，以探讨"后现代"文化背景下莎士比亚的再写与改写在当代英国戏剧乃至当代西方文化中的独特存在，充分显示出作者匠心独具的特色。

在这部著作中，作者对莎剧的改写历史进行了细致梳理，用大量莎剧改写的实例分析说明莎剧改写的价值，涉及的作家众多，范围广阔，分析深入，体现出作者的深厚功力。在世界文学史上，改写的历史实际上十分悠久，最早从荷马时代开始，同一个故事往往经过不同人的改写而流传下来，尤其是以古希腊、罗马神话为母题的不同时代的改写，是文学史上的一种重要现象。德国思想家瓦尔

---

① "战后"在本书中指"第二次世界大战以后"。

特·本雅明(Walter Benjamin)提出的"故事永远是对故事的重复"①的观点,应该说是对改写现象的客观概括。不过让人遗憾的是,我国对文学历史上的改写缺乏研究。随着陈红薇教授的《战后英国戏剧中的莎士比亚》这部著作的问世,这种状况将得到改变。

在文学史上,许多作家的文学创作就是文学改写,莎士比亚也不能例外。在陈红薇教授看来,莎士比亚虽然作为戏剧大师早已成为一种文学象征和一种人文价值的符号,但是他的戏剧创作并非绝对的原创:

> 事实上,"拿来主义"式的创作本是文艺复兴时期的风尚;莎士比亚本人更是一个改写的高手,他在戏剧创作的过程中吸纳了无数起源文化的倒灌:在崇尚拿来主义的那个时代,莎士比亚毫无顾忌地"窃取"那一时期所能触及的各种散文、诗歌、浪漫故事、编年史鉴、中世纪和都铎王朝时期的戏剧,对这些素材进行改写和回收性再写(recycle)。

文献资料证明,莎士比亚的创作确有许多是经改写而来。研究莎士比亚的学者们对莎士比亚戏剧的各种来源做过大量的翔实考证,发现《哈姆雷特》《李尔王》《罗密欧与朱丽叶》等伟大经典并非真正是莎士比亚的原创,而是对某个或多个起源文本(source text)的重新构思和再创作,也就是改写。例如《李尔王》的创作就受到多个前文本(pre-text)的影响,是与李尔相关的多个古老话语、神话、故事和传说杂糅的结果。作者据此认为,作为一个拿来主义时代的剧作家,"为了戏剧、美学、商业或是意识形态的原因,莎士比亚曾和无数改写莎剧的后人一样,以历史、人物及其他起源素材为基础创作了一部部惊世之作"。

陈红薇教授的分析并非是要说明莎士比亚本人是一个改写高手,而是以此说明莎士比亚的戏剧被他人改写的合理性。17世纪以来,

---

① Linda Hutcheon, *A Theory of Adaptation* (New York and London: Routledge Taylor & Francis Group, 2006), p.2.

莎剧一直在被人不断改写，而正是这些改写，让莎剧长期活在人们的文化记忆之中。实际上，改写已成为理解莎士比亚戏剧的一种新方式，或者是为理解莎士比亚的戏剧文本提供的一种新文本。例如17世纪初约翰·弗莱彻（John Fletcher）对《驯悍记》的改写。在弗莱彻题名为《女人的奖赏》（*The Woman's Prize*，又称 *The Tamer Tamed*《驯者被驯》）的改写文本中，莎士比亚原剧中的性别关系出现了翻转，丈夫彼特鲁乔驯悍妻凯瑟琳的情节被改写了，变成了妻子驯丈夫的故事。再如内厄姆·泰特（Nahum Tate）把悲剧《李尔王》改写成李尔复位、情人团圆的喜剧《李尔王传》（*The History of King Lear*），在英国演出长达150多年。据陈红薇教授统计，从1660到1777年，共有50多部类似于《李尔王传》的莎剧改写作品问世，有的改写作品在剧情和语言上均不同程度地对莎剧原文本进行了大量的删减、添加、再写，剧名被更改，人物被重构。陈红薇教授在书中写道："进入19世纪之后，莎士比亚更是备受推崇。随着时间的流逝，在世人眼中，这位伊丽莎白时代的剧作家已完全成为英国乃至西方文化的象征、一位伟大的诗人、哲学家、一位揭示了人类精神奥秘的预言家。"正因为莎士比亚成了英国的象征，所以世人对莎剧改写的热情一直有增无减。在20世纪初，甚至连英国现代戏剧大师萧伯纳（Bernard Shaw）也曾热衷于通过改写莎剧而进行戏剧创作，写有《莎氏与萧夫》（*Shakes versus Shav*，1949）和《凯撒和克里奥佩特拉》（*Caesar and Cleopatra*，1950）等作品。

　　陈红薇教授通过分析还指出："整体上来讲，20世纪上半期的改写实践都不过是一些零散的个案性创作。直到进入60年代之后，西方舞台上才真正出现了18世纪之后的第二次改写高峰。"这个时期的一个重要特征是大量西方戏剧家和小说家投入到了莎剧改写中来，作家、演员、舞台设计和导演通力合作，以莎剧为起源文本对主题进行变奏、演绎和发挥，改写出供舞台演出的新作品。陈红薇教授认为，这些改写的莎剧表现出的解构主义和后现代主义特征，以及上演时在英国乃至欧洲舞台上所引起的轰动，都为莎剧改写新时代的到来做出了重要的文化铺垫。由此可见，对莎剧的改写实践一直持续到21世纪的今天，已经成为一种全球性的文化和文学现象。

以舞台莎剧的改写为开端，改写莎剧的创作之风还从英国和欧洲大陆转向了北美，在加拿大和美国舞台上产生了一系列堪称当代戏剧经典的改写作品。自莎士比亚逝世之后，通过改写莎剧而创作出来的作品不计其数，而在我国对这一现象却缺少系统的梳理、分析和总结。因此就改写研究而言，陈红薇教授敢为人先，成为改写研究领域最初的探险者。

## 三

陈红薇教授按时间顺序对不同时期的莎剧改写进行了系统梳理，使读者看到了莎士比亚戏剧通过改写而存在的一种特殊方式。莎士比亚本人也是一个戏剧改写的作家，而莎士比亚的剧作又被后人大量改写。长期以来，由于缺少理论的支撑，通过改写创作的文学作品往往都被看成是原作的衍生产物，一般都要做出是对哪一部作品进行改编的说明。陈红薇教授就此指出："总之，不论是70年代还是八九十年代，这一时期对改写实践的研究虽已引入了互文性等后现代文化概念的视角范畴，但整体上讲，人们尚未意识到当代改写是一种有别于传统改写和改编创作的具有后文化特征的创作形式，更没有意识到当代改写是一种独立的创作实践。"这就是说，改写还没有从原作附庸中摆脱出来，以及改写还没有作为一种文学创作得到承认。

因此，如何评价通过改写而成的文学作品，就成为20世纪尤其是战后以来需要回答的重要问题。在影响巨大的后现代主义文化语境中，正如陈红薇教授所说，各种理论如互文性理论、多重语境理论、引用理论、作者理论、叙事学理论、翻译理论、读者反应理论、布鲁姆的修正理论等，均为重新界定"改写"的意义及存在提供了前所未有的新视野。的确如此，后文化思潮不仅为当代改写提供了主题动力，也为其提供了超越传统创作艺术的叙述模式。陈红薇教授以丹尼尔·费什林（Daniel Fischlin）和马克·福杰（Mark Fortier）这两位批评家的改写理论为基础，找到了解决长期以来未能得到解决的改写问题的理论突破口。有关改写的理论探讨，也许是这部著作最为重要的特色。通过大量的对改写理论的讨论和分析，陈红薇教授指出,由这些理论思潮构成的后文化对莎剧改写实践产生了巨大的影响——它不仅改变了莎剧"改写"的基本内涵,也使改写成为一种独立的创作实践,一种不同于传统改编/改写的文学存在。

关于"改写"的研究,丹尼尔·费什林和马克·福杰在《莎士比亚改写作品集》里提出了改写的"再语境化"(recontextualization)观点,认为改写是原文本再语境化的一个过程,既包括对过去作品的演出性更改,也包括再写性作品,因此改写作品实际上就是再写作品,是在效果上能唤起读者对原作的记忆但又不同于原作的新作品。① 玛格丽特·简·基德尼(Margaret Jane Kidnie)更是从改写的过程出发,认为改写是一个演绎的范畴,是改写者跳出传统主流,在新文化、政治和语言背景下对原作的再创作,是作品穿越时空从一种接受到另一种接受的变迁。② 改写的历史表明,首创已非原创,一切创作都是一种"叠刻"(palimpsest)和重写。在"后现代"文化背景下,战后英国剧作家的再写既是对莎剧前所未有的颠覆,也是用一种新的形式对莎剧当代价值的确认。陈红薇教授的理解十分深刻:从莎剧的改写可以看出,当代改写是衍生而非寄生,属于二次创作而非二手创作。当代改写是被大众接受的独特的文学或文化类别,是一种独立的美学存在,也是一种在后理论文化语境下产生的再写性文学。

通过莎剧的改写进而探讨当代改写和再写理论,陈红薇教授的前沿性研究不仅给我们提供了重要启示,而且还为我们提供了如何研究的范例。她把莎剧的改写放在整个文学的改写历史过程中进行动态考察,从"何为改写?为何改写?""改写/再写:与莎士比亚批判式的对话""莎氏遗风在战后英国戏剧中的演绎""谁写了莎士比亚?"四个方面研究莎剧在战后英国戏剧中的各种呈现,条分缕析,钩沉发微,梳理改写观念发生、建构与演变的过程,揭示

---

① Daniel Fischlin and Mark Fortier, eds., *Adaptations of Shakespeare* (London: Routledge, 2000), p.4.

② Margaret Jane Kidnie, *Shakespeare and the Problem of Adaptation* (London: Routledge, 2009), p.5.

改写理论发挥作用的机制，探讨研究改写理论的路径。同以往的研究相比，她的研究显得更加开放、全面、厚重、新颖。莎剧的改写研究既是一个当代课题，也是一个历史课题，既要求有莎剧改写的历史实证性，也要求有理论的思辨性。陈红薇教授打破学科的界限，查阅了大量资料，阅读了大量参考文献，尤其是细读了大量莎剧的改写文本，并通过改写文本的范例分析，说明莎剧改写的当今价值。她选择当代英国最有实力的剧作家之一邦德改写的《李尔》便是一例。在邦德看来，李尔在世人心中早已被神话为一种传统悲剧的原型，一个集个人悲剧、政治悲剧和国家悲剧为一体的元悲剧化身。[①]他打破悲剧原型的束缚，重新塑造李尔并把他打造成"邦德式"（Bondian）暴力政治主题载体的"社会的镜子"。莎士比亚在《李尔王》中把李尔塑造成理性缺失而导致受罚的国王和父亲的形象，而邦德在《李尔》中则把李尔塑造成一个暴力政治的代表。戏剧落下帷幕之前，李尔爬上了城墙，试图用铁锹拆除曾寄托了他所有政治梦想的象征，最后被打死。在作者看来，邦德拆除城墙是要打破李尔自己所代表的"秩序"观念和这种观念所掩盖的暴力政治和道德哲学。正如陈红薇教授所说，通过改写，邦德的解构之笔直逼莎氏所体现的价值标准，在其神话的瓦砾上，建构出新的与时俱进的时代主题。除了邦德的《李尔》，陈红薇教授还详细分析了其他一些通过改写而来的莎剧，如阿诺德·威斯克的《夏洛克》（又名《商人》）、霍华德·布伦顿的《第十三夜》、英国女性戏剧组集体创作的《李尔的女儿们》、布鲁克的实验戏剧《暴风雨》和汤姆·斯托帕德的《罗森格兰兹和吉尔登斯敦已死》等。

通过对大量从莎剧改写而来的戏剧进行分析研究，陈红薇教授表面上似乎是为了证明和强调以莎士比亚为代表的经典作家在当今社会的存在价值，但实际上却是为了探讨莎士比亚在当代社会中存在的核心问题，即在后现代化、全球化、符号化的今天，莎士比亚究竟以何种形式存在着。她通过对大量莎剧改写文本的阅读以及对舞台表演和影视改编的分析，证明以改写形式在"当代文学创作中

---

[①] Philip Roberts, ed., *Files on Bond* (London: Methuen, 1985), p.24.

出现的对莎剧的颠覆和解构非但没能抹杀莎士比亚在当今英国戏剧及世界文化中的参与,相反,通过战后剧作家的'重写'之笔,莎士比亚获得了前所未有的生命力、存在感和影响力"。她坚实的研究得到了让我们信服的结论,那就是"当代改写者对莎剧无穷尽地'再写'非但没能将莎士比亚从崇高者行列中抹去,'再写'本身恰恰反证了莎士比亚在被历史'拭去'过程中的不断彰显,更反证了莎剧作为原型文学的经典地位"。事实证明了莎士比亚在时间的长河中不仅以他原创的作品存在,还通过大量的改写获得新生。陈红薇教授说得好:不管莎士比亚如何被时代化、大众化、通俗化,如何被赋予各种层面上的符号意义,在千禧年后的21世纪里,他仍将作为一个符号焦点存在于全球的文化视野中,而世界文学和文化仍将会掀起一轮又一轮"重写"和"再访"莎士比亚的热浪,使这位诗人剧作家成为"永远的莎士比亚"。

　　陈红薇教授这部专门研究莎士比亚改写的学术专著,给我们提供了很有价值的新资料和新文本,尤其是她在方法上把文学、戏剧表演、影视改编融合在一起,把大量改写的莎剧作品作为一个动态的历史建构过程予以全方位考察,建立起20世纪战后莎剧改写的文学史框架。她所有的分析和研究结论都以翔实可靠的文本阅读和文献参考为基础,用充分的论据材料支撑自己的学术观点。这项成果不仅对于莎士比亚的研究具有十分重要的理论价值,而且对于西方文学经典流传与影响的研究也具有十分重要的参考意义。我们有理由说,陈红薇教授这部长期潜心思考和研究的专著——《战后英国戏剧中的莎士比亚》,是一部资料翔实、论析深入、见解独到的研究莎剧改写的开拓性著作。这部著作不仅是莎士比亚戏剧改写研究的先导,同时也开辟了我国文学改写研究的新领域,其重要的学术价值和理论价值值得珍视。

2017年4月

## 绪论:
## 何为改写? 为何改写?

# 第一章

## 莎剧"再写":莎士比亚在当代西方文化中的独特存在

> 对很多人来说,对戏剧的最早感知都来自于莎士比亚,对我也是一样。他也是我接触的第一个剧作家。从接触他的那一刻,他便成为我的一部分。……当我有能力挑战莎士比亚时,他更是成了我的一部分,或者说,我成为这种文化的一部分。于我而言,莎士比亚即是我所有神话印象的基石,挑战他,无异于是在挑战文学中的上帝,因为他早已扎根于我思想生命的深处。
>
> ——狄娅内·西尔斯

自莎士比亚戏剧问世至今,其影响及存在早已穿越时空,渗透在世界文学和文化的各个角落。不论是在西方还是在中国,莎士比亚研究均已浩如烟海。在过去的数个世纪里,莎剧研究不仅记载了莎氏影响力的变迁,20世纪的莎评更可以说是整个西方文论轨迹的一个缩影,那里留下了几乎所有理论话语开拓的足迹。21世纪的今天,作为英国民族文化的象征,莎士比亚已是一个全球性的文化符号，被不同地区的人们从各个角度反复地认知、修正、误读、重写和挪用。莎士比亚已成为了一种被全世界拥有的文化恒值，每年围绕着莎氏形象和剧作都会出现大量的文章、著述、翻译、影片，甚至卡通等各种媒体形式的作品，从而构成了一个炫目的"莎氏产业"。

而另一方面，众所周知，在20世纪的英国，文学发展的一大盛事便是战后英国"新戏剧"的出现和繁荣。1956年，约翰·奥斯本(John Osborne)的《愤怒的回顾》(Look Back in Anger)的上演成为当代英国戏剧史上一个里程碑式的事件，一个"英国新戏剧史上划时代的突破"。无论后人如何重新评价这部剧作，不可否认的一个事实是，它的出现标志着战后英国"新戏剧"(New Drama)的诞生：跟随奥斯本的足迹，阿诺德·威斯克（Arnold Wesker）、哈罗德·品特（Harold Pinter）、爱德华·邦德（Edward Bond）、约翰·阿登（John Arden），霍华德·布伦顿（Howard Brenton）、大卫·埃德伽（David Edgar）、查尔斯·马洛维奇（Charles Marowitz）、汤姆·斯托帕德（Tom Stoppard）、卡里尔·丘吉尔（Caryl Churchill）、萨拉·凯恩（Sarah Kane）和汀布莱克·韦藤贝克（Timberlake Wertenbaker）等一批批戏剧才子脱颖而出，形成了一个几可与莎士比亚所代表的文艺复兴时期比肩的戏剧创作高峰，波澜壮阔，被学界称之为英国戏剧史上的第二次文艺复兴。著名剧评家克里斯托弗·英尼斯（Christopher Innes）曾在《20世纪现代英国戏剧》(Modern British Drama: The Twentieth Century, 2002)一书中写到，20世纪，尤其是第二次世界大战后的半个世纪，是英国戏剧史上最有活力和令人兴奋的一个阶段。这一时期的戏剧不论在内容上还是在风格上都堪与伊丽莎白时代相媲美，剧作家的作品内容之广，风格之异，均超过此前的任何一个世纪。[①] 自1956年至今，战后英国戏剧连绵半个多世纪，"荒诞剧""政治剧""布莱希特式史诗剧""威胁喜剧""厨房剧""扑面戏剧""女性剧场"等等，层出不穷。数次浪潮，几多走向。

随着英国"新戏剧"现象的出现，西方对战后英国戏剧的研究也应运而生。随着几代剧作家的涌现和大浪淘沙，西方戏剧研究一直如火如

---

① Christopher Innes, *Modern British Drama: The Twentieth Century* (Cambridge: Cambridge University Press, 2002), p.1.

茶，从主题研究、类别研究、舞台与文本研究，到文本与影视研究、戏剧理论研究、戏剧国别研究、文化唯物主义等各种理论视角下的研究，可谓是无所不包。但是，就在西方学者热议战后英国戏剧的独特性，研究他们对传统戏剧艺术的突破时，却不太留意在这姹紫嫣红之鼎盛之中莎士比亚戏剧如影随形的存在。

事实上，就像英国著名导演彼得·布鲁克（Peter Brook）所说，虽然"作者死了"的浪潮在20世纪60年代后席卷全球，但英国剧作家们却恼火地发现，莎士比亚这位"不在场者"的幽灵却随着"新戏剧"的发展无时不在与他们相伴。汤姆·斯托帕德曾在影视名剧《罗森格兰兹和吉尔登斯敦已死》（*Rosencrantz and Guildenstern Are Dead*，1991）中以令人难忘的视觉效果再现了这种感觉：当战后剧作家以时下的装扮在莎剧殿堂狂欢时，殊不知，莎氏的幽灵们就在他们的身边与之共舞。因为即便是像斯托帕德那样，以神来之笔将莎氏文稿"折成"模型飞机①，让它在塞缪尔·贝克特（Samuel Beckett）式的对白间起飞游弋，但剧终时，书稿又会变成飘曳的纸片，飞回到代表着莎氏传统的"戏箱"里。

该视觉意象生动地反映出莎剧早已深入到英国文化尤其是戏剧文化的内核，无论后来者如何创作，都无法摆脱其影响。这种影响力始于莎剧时代本身，延伸数百年，直到20世纪，在萧伯纳、品特、邦德、威斯克、斯托帕德、凯恩的作品中再次出现。所以，虽然莎士比亚已死，但在20世纪后期这个"解构"和"狂欢"的时代里，他的"精神遗骸"却穿过时空，透过批评者的评述、后辈人的"引文"，尤其是当代戏剧家的"解构"和"重写"，执着地存在着。

**1. 改写与再写：从古老向当代的跨越**

雅克·德里达（Jacques Derrida）曾说过："所谓人类写作的愿望，就是以尽可能多的形式书写闯入意识中的思绪，以完善某种拥有最大潜力、可变性和不可决定性的多元性母体（matrix）。"② 在德里达看来，

---

① 舞台剧《罗森格兰兹和吉尔登斯敦已死》（1967）是斯托帕德的成名作，后于1991年被剧作家本人拍成了同名电影。在影片中，剧中人物吉尔登斯敦曾荒诞地将莎剧文稿折成了飞机的模样，从而生动地表现了作者对莎剧的后现代颠覆冲动。

② Daniel Fischlin and Mark Fortier, eds., *Adaptations of Shakespeare* (London: Routledge, 2000), p.2.

创作实际上是一种改写（adaptation）和再写（rewriting）的冲动。事实也正是如此。作为一种文学创作，改写是人类文学创作传统的一部分，有着悠久的历史，可以追溯到埃斯库罗斯、塞涅卡的时代，人类文学的长河似乎印证了德国思想家瓦尔特·本雅明（Walter Benjamin）的观点："故事永远是对故事的重复。"①

虽然作为戏剧大师，莎士比亚早已成为一种文学象征、一种人文价值的符号，但就其戏剧创作而言，并非是绝对的原创。事实上，"拿来主义"式的创作本就是文艺复兴时期的风尚；莎士比亚本人更是一个改写的高手，他在戏剧创作的过程中吸纳了无数起源文化：在崇尚拿来主义的那个时代，莎士比亚毫无顾忌地"窃取"那一时期所能触及的各种散文、诗歌、浪漫故事、编年史鉴、中世纪和都铎王朝时期的戏剧，对这些素材进行改写和回收性再写（recycle）。杰弗里·布洛（Geoffrey Bullough）在《莎士比亚叙述及戏剧起源》（*Narrative and Dramatic Sources of Shakespeare*，1957）用八卷书的浩长篇幅就莎士比亚戏剧创作的各种起源做了大量翔实的研究。《哈姆雷特》《李尔王》《罗密欧与朱丽叶》等伟大经典无不是对某个或多个起源文本的再构思和再创作。比如，世人以为是莎士比亚构思了罗密欧和朱丽叶的故事，殊不知这部名剧其实是对阿瑟·布鲁克（Arthur Brooke）的叙事诗《罗谬斯与朱丽叶的悲剧史》（*The Tragicall Historye of Romeus and Juliet*，1562）的改写，剧作家在改写中增添了很多自己的想象和一些人物形象，尤其是乳妈和墨古修两个人物。除了布鲁克的诗歌，学界还提出，这部莎剧还受到了威廉·佩因特（William Painter）的《快乐宫殿》（*The Palace of Pleasure*，1566）的影响。此外，还有《李尔王》也是如此。虽然在当代人的阅读意识中，李尔王的故事几乎是莎士比亚及其悲剧的代名词，但事实上，该剧的"原创性"既非属于莎士比亚，也非悲剧。这个故事的起源是围绕着一个父亲对三个女儿亲情测试的数个传说，这些故事多以皆大欢喜的和解的姻缘而结束。究其文本来源，《李尔王》的故事可以追溯到蒙默思·杰弗里（Geoffrey of Monmouth）的《不列颠国王的史话》（*History of the King's of Britain*，c.1136）、约翰·

---

① Linda Hutcheon, *A Theory of Adaptation* (New York and London: Routledge Taylor & Francis Group, 2006), p.2.

希金斯（John Higgins）的《法官的镜子》（*The Mirror for Magistrates*，1574）、拉斐尔·贺林歇德（Raphael Holinshed）的《英格兰、苏格兰和爱尔兰编年史》（*The Chronicles of England, Scotlande, and Irelande*，1577），以及菲利浦·西德尼（Philip Sidney）的新旧版《阿卡迪亚》（*Arcadia*，1590）等多个前文本（pre-text）或起源文本的影响，是与李尔相关的多个古老话语、神话、故事、传说的杂糅的结果。总之，作为一个拿来主义时代的剧作家，为了戏剧、美学、商业或是意识形态的原因，莎士比亚曾和无数改写莎剧的后人一样，以历史、人物及其它起源素材为基础创作了一部部惊世之作。

1999年，由汤姆·斯托帕德和马克·诺曼（Mark Norman）创作、约翰·麦登（John Madden）执导的影片《恋爱中的莎士比亚》（*Shakespeare in Love*）风靡全球。当影片开始时，我们看到由约瑟夫·费因斯饰演的莎士比亚坐在伦敦的一个阁楼里，时而奋笔疾书，时而又一张张地往纸篓里扔着废纸。但当镜头推近他时，观众才看清，他在纸上写的竟是自己的名字："威尔·莎格斯比尔德……W.莎格斯帕……威廉·莎斯帕"。在这部影片中，具有明星气质的帅气而浪漫的青年莎氏绝非是四百多年以来出现在各种莎氏文集中的"格拉夫通肖像"形象（Grafton Portrait）——那个有着一双犀利的眼睛、闪亮的光头、被神化了的莎士比亚，而是编者与导演想象世界中的当代莎士比亚。用开篇漫长的镜头展现莎士比亚手握鹅毛笔、在纸上龙飞凤舞地签名的形象，影片反映了20世纪80年代后围绕莎剧作者身份出现的诸多疑问："谁是莎士比亚？""什么是莎士比亚？""什么构成了莎士比亚？"等。

批评家考特尼·莱曼（Courtney Lehmann）曾在《莎士比亚遗存：舞台到影视》（*Shakespeare Remains: Theatre to Film*，2002）一书的前言中写道：进入20世纪后半期以来，"什么是莎士比亚？"的问题已取代了"谁是真正的莎士比亚？"成为当代莎士比亚文化中的主要问题。①在该书中，不时浮现在文字中的诸如"已死的文字""幽灵之父""作者身份的文化病理""那个曾被称为'莎士比亚'的作者""尸检报告：'莎士比亚著'"等字词，无不暗示着"莎士比亚已逝，却又存在着"的事实。尽管莎氏留下了"让我安息者上天保佑，移我尸骨者永受诅咒"

---

① Courtney Lehmann, *Shakespeare Remains: Theatre to Film* (Ithaca & London: Cornell University Press, 2002), p.ix.

的遗言,但自莎剧出现以来,在过去的四百多年间,一代代后辈剧作家们以数不清的方式在舞台上改写和重塑莎剧。

莎剧改写可谓源远流长。即便在17世纪初,已有其剧作家在改写莎剧。如约翰·弗莱彻(John Fletcher)就曾以莎剧《驯悍记》为起源文本创作过一部题名为《女人的奖赏》(The Woman's Prize,又称 The Tamer Tamed《驯者被驯》)的续篇。在剧中,莎剧性别关系被翻转了过来:故事一改莎剧中夫(彼特鲁乔)驯悍妇(凯瑟琳)的情节,讲述了莎剧人物彼特鲁乔在凯瑟琳去世后被第二任夫人玛丽亚驯服的故事。作为对莎士比亚原剧的"回应",该剧在此后的数世纪中颇受批评界的关注。

纵观英国戏剧史,复辟时期和18世纪可谓是莎剧改写的第一次高峰。在那一时期,相当一批剧作家以少有的热情和极端形式改写莎剧,形成了一种颇为独特的戏剧现象。在他们当中,最著名的例子莫过于1681年内厄姆·泰特(Nahum Tate)对莎剧《李尔王》的喜剧式改写《李尔王传》(The History of King Lear)。这版以李尔复位、情人团圆(考狄利娅和爱德伽)为结局的《李尔王》虽遭到后人非议,却在英国舞台上上演了150多年之久。直至1838年,《李尔王》才最终恢复到莎氏悲剧的原貌。其实,泰特的莎剧改写并非是个案。与此情形相似的还有《奥赛罗》的改写版《威尼斯的摩尔人》(The Moor of Venice),该剧与莎士比亚的原剧几乎无多少相似之处,但却也占据了17世纪相当一段时间的舞台。关于这一戏剧现象,塞缪尔·佩皮斯(Samuel Pepys)曾在其著名的《佩皮斯日记》(The Dairy of Samuel Pepys)中对此做过记录,留下了珍贵的一手历史资料。

在复辟时期,不少莎剧被翻写。从1660到1777年,共有50多部类似于《李尔王传》的莎剧改写作品问世,它们大多在改写艺术上比内厄姆·泰特要走得更远,在剧情和语言上均在不同程度上对莎剧原文本进行了大量的删减、添加,甚至全文的再写。不仅莎剧剧名被更改,甚至人物也被重构。1701年,莎剧《威尼斯商人》便在乔治·格兰维尔(George Granville)的笔下被改写为喜剧《威尼斯的犹太人》(The Jew of Venice)。在该剧中,不仅夏洛克的对白被大量改写,其形象也被赋予新的意义。直到一个世纪之后,夏洛克的形象才在查尔斯·麦克林(Charles Macklin)的笔下被恢复到了莎剧的原貌。而在18世纪,《罗密欧与朱丽叶》也有两个不同的版本:在一个版本中,两个情人最终死去；而在另一个版本中，这对情人却活了下来。在当时的英国，这两个版本会轮流上演，观众可根据喜好选择去看哪版剧作。①

但在18世纪，在大量莎剧改写剧本存在的同时，另一个现象则是莎士比亚作者身份的日益凸显。正如改写批评家丹尼尔·费什林（Daniel Fischlin）和马克·福杰（Mark Fortier）所说，早在复辟时期之后，世人已开始在道义上——如果不是在法律意义上——给予莎士比亚一种对其作品的私有权。②小说家亨利·菲尔丁（Henry Fielding）在《1736年历史纪事》（*The Historical Register for the Year 1736*）中写道："我对莎士比亚怀有如此的敬意，绝不敢有半点模仿他的念头。"③而迈克尔·多布森（Michael Dobson）在《民族诗人的产生：莎士比亚、改写、作者属性，1660—1769》（*The Making of the National Poet: Shakespeare, Adaptation, and Authorship, 1660—1769*）一书中也指出，"到1760年，莎士比亚作为英语语言中道德风向标的地位已是坚如磐石，其声誉不仅基于其戏剧上的成就：他在英国文化中已变得无处不在，其名字几乎成为英国民族性的代称；继承莎士比亚，就意味着继承英国性本身，你甚至无须阅读或观看他的剧作。"④进入19世纪之后，莎士比亚更是备受推崇。随着时间的流逝，在世人眼中，这位伊丽莎白时代的剧作家已完全成为英国乃至西方文化的象征，一个伟大的诗人、哲学家，一个揭示了人类精神奥秘的预言家。但即便是在这一阶段，莎剧改写也并未停止。诗人约翰·济慈（John Keats）就曾著有《王者史蒂芬：一部戏剧片段》（*King Stephen: A Dramatic Fragment*，1819）；1896年，法国现代戏剧怪才阿尔弗雷德·雅里（Alfred Jarry）根据《麦克白》创作了《愚比王》（又译《乌布王》，*Ubu Roi*）；此外，还有阿尔里德·加里（Alred Jarry）以《哈姆雷特》为起源文本创作的《罗森格兰兹和吉尔登斯敦》（*Rosencranz and Guildensternt*，1874）等作品。

对莎剧的各种改写一直延续到了20世纪的戏剧舞台。现代戏剧大

---

① Charles Marowitz, "Improving Shakespeare," *Swans Commentary*, 10 April. 2006. Web. 17 Nov. 2016. <http://www.swans.com/library/art12/cmarow43.html>

② Daniel Fischlin and Mark Fortier, *Adaptations of Shakespeare*, P.6

③ Ruby Cohn, "Shakespeare Left," *Theatre Journal*, 40: 1 (March, 1988): 48.

④ Michael Dobson, *The Making of the National Poet: Shakespeare, Adaptation, and Authorship, 1660–1769* (New York: Oxford University Press, 1992), p.214.

师萧伯纳(Bernard Shaw)就曾热衷于莎剧改写的创作,著有《莎氏与萧夫》(*Shakes versus Shav*,1949)和《凯撒和克里奥佩特拉》(*Caesar and Cleopatra*,1950)等作品。而且,萧伯纳似乎对改写《李尔王》情有独钟,在《莎氏与萧夫》中,萧伯纳想象着自己与莎氏展开了一个有趣的对白:

> 莎氏:你的哈姆雷特又在哪儿?你能写一部《李尔王》吗?
> 萧夫:能,我会让他的女儿们都上场。你是否写过一部《伤心之家》?它是我的《李尔》。

其实,早在1893年萧伯纳就曾说道:"也许我会在年底之前以《李尔王》为题材写一部悲剧,它将超越《李尔的女儿》,使观众惊诧不已……我将沿着表面看似连贯的一些情节脉络来写……"[①] 数年后,萧伯纳再次升起改写莎剧的念头,这次他想塑造的是一个"有着三个儿子的女李尔——一个现代生活中的埃斯库罗斯式的故事"。直到一战前夕,萧伯纳再写李尔的夙愿才得以实现。他在创作《伤心之家》的过程中最终找到了自己的李尔,虽然直到晚年萧伯纳才对公众承认了这一事实。[②]

但是,整体上来讲,20世纪上半期的改写实践都不过是一些零散的个案性创作。直到进入60年代之后,西方舞台上才真正出现了18世纪之后的第二次改写高峰。大量西方戏剧家和小说家均投入到了这一独特的文学/文化现象之中,他们不少人以莎剧为起源文本从不同的角度创作了一部部当代的经典。比如,在欧洲大陆,德国剧作家贝托尔德·布莱希特(Bertolt Brecht)以莎氏历史悲剧《科利奥兰纳斯》为源头创作了《柯里奥兰》(*Coriolanus*,1953),法国剧作家尤金·尤涅斯库(Eugene Ionesco)创作了《国王死去》(*Exit the King*,1962)和《麦克白特》(*Macbett*,1972),此外,还有德国剧作家海纳·米勒(Heiner Mülle)写了后现代莎剧改写作品《麦克白》(*Macbeth*,1974)和《哈

---

[①] Bernard Shaw, *The World* (3 May 1893); reprinted in *Music in London*, II (1890–1894): 299-300. 此引文中提到的《李尔的女儿》(*Lear's Daughter*)是萧伯纳自己想写但后来未写的一个剧。

[②] Stanley Weintraub, "Heartbreak House: Shaw's Lear," *Modern Drama*. vxv (1972–1973): 256.

姆雷特机器》(*Hamletmachine*, 1977)等。这些欧洲戏剧大家成为当代莎剧改写的先锋。

与此同时,在莎士比亚的故乡英国,具有改写特征的试验派莎剧改编也异军突起,成为伦敦舞台的风尚。1962 年,受荒诞派戏剧的影响,导演彼得·布鲁克率先推出了带有贝克特风格的《李尔王》。次年,导演彼得·霍尔(Peter Hall)和约翰·巴顿(John Barton)再次走出了实验戏剧的一步,他们在皇家莎士比亚剧院上演了由数部莎氏历史剧改编而成的《玫瑰战争》(*The Wars of Roses*)。接下来,霍尔又执导了融《亨利四世》与《理查三世》为一体的合写版历史莎剧。① 在这些导演当中,彼得·布鲁克无疑在探索莎剧改编的路上走得最远。除了以上提到的《李尔王》,他还曾于 1948 年、1957 年、1968 年和 1990 年四次改编了《暴风雨》。其中,1968 年的改编在当代莎剧改编史上更是占有特殊的位置。该次改编的剧本仅有 10% 的内容出自莎剧原文,其他部分均是对原剧主题的变奏和发挥,字里行间还不时散落着法语和日语的词句。不论从文本上还是意义生成上,此次改编都表现出强烈的后文化特征,既没有大写的作者,也没有最终的意义——整个创作过程成为改编作家、演员、设计者和数位导演的合谋之作。

虽然这些舞台莎剧仍属于改编的范畴,但它们所表现出的解构主义和后现代主义特征,以及上演时在英国乃至欧洲舞台上所引发的轰动,都为莎剧改写时代的到来做出了重要的文化铺垫。

1965 年,随着导演派剧作家查尔斯·马洛维奇的《拼贴〈哈姆雷特〉》(*A Collage Hamlet*)② 在伦敦"残酷剧场"(Theatre of Cruelty)的上演,

---

① 这种改写式的莎剧改编同时还可见于影视文化。如 1960 年英国 BBC 推出的电视剧《王者时代》(*The Age of Kings*)是数部莎氏历史剧的整合;1963 年 BBC 播出的黑白电视剧《展翅雄鹰》(*The Spread of Eagle*)则是将三部以罗马为主题的莎剧(《泰特斯·安特洛尼克斯》《裘力斯·恺撒》《安东尼与克里奥佩特拉》)合并于一部作品之中,以片段的形式按照历史编年时序——而非戏剧叙述时序——进行重述。

② 从 1965 年到 1977 年,马洛维奇先后共创作了《拼贴〈哈姆雷特〉》《拼贴〈麦克白〉》(*Collage Macbeth*)、《一个奥赛罗》(*An Othello*)、《一报还一报》(*Measure for Measure*)、《〈威尼斯商人〉变奏曲》(*Variations on the Merchant of Venice*)和《暴风雨》(*The Tempest*)等莎剧改写作品,并最终以戏剧集《马洛维奇的莎士比亚》(*The Marowitz Shakespeare*)为书名出版问世。

伦敦舞台上开始了旷日持久的莎剧改写热潮。1966 年，汤姆·斯托帕德的剧作《罗森格兰兹和吉尔登斯敦已死》隆重问世：这部带有荒诞派特色的莎剧改写作品不仅成就了斯托帕德在当代英国历史中的地位，也代表了莎剧改写被主流戏剧的接受。此后，斯托帕德还创作了《多戈的〈哈姆雷特〉卡胡的〈麦克白〉》[①]（*Dogg's Hamlet, Cahoot's Macbeth*，1979）等莎剧作品。与此同时，爱德华·邦德这位元老级的战后剧作家也凭借《李尔》（*Lear*，1971）、《大海》（*The Sea*，1973）、《赢了》（*Bingo*，1973）等剧作，成为与马洛维奇和斯托帕德齐名的改写大家。此外，还有大卫·爱德伽以《罗密欧与朱丽叶》为素材创作的《死亡故事》（*Death Story*，1972）和将水门事件与《理查三世》杂糅在一起的《被威慑的迪克》（*Dick Deterred*，1974），约翰·奥斯本以莎剧《科利奥兰纳斯》为基础创作的《有个地方叫罗马》（*A Place Calling Itself Rome*，1973），以及阿诺德·威斯克的《商人》（*The Merchant*，又名《夏洛克》*Shylock*，1976）、霍华德·布伦顿的《第十三夜》（*Thirteenth Night*，1981）、伊莱恩·范思坦（Elaine Feinstein）和英国女性戏剧组（Women's Theatre Group）集体创作的《李尔的女儿们》（*Lear's Daughters*，1987）、巴里·基夫（Barrie Keeffe）的《英国国王》（*King of England*，1988）以及霍华德·巴克（Howard Barker）的《七个李尔》（*Seven Lears*，1989）等作品。在这些改写作品中，有工人出身的罗密欧拒绝了富家之女朱丽叶，安东尼奥和夏洛克成了朋友，黑人摇滚歌星克劳迪奥（《一报还一报》中人物）被砍了头，三个女性无政府主义者嘲笑现代版的麦克白。

特别要指出的是，进入八九十年代之后，莎剧改写的创作之风从英国和欧洲大陆转向了北美的主流剧场，并在加拿大和美国舞台上形成一股强劲之势。那里的剧作家们将莎剧置于当代北美的社会、文化、政治语境中，创作了一系列堪称当代戏剧经典的改写作品。主要代表作包括：美国剧作家鲍拉·沃加尔（Paula Vogel）的《苔斯德蒙娜：手帕的戏剧》（*Desdemona: A Play about a Handkerchief*，1993），加拿大剧作家安·玛丽·麦克唐纳（Ann-Marie MacDonald）的《晚安，苔斯德蒙娜》（*Goodnight Desdemona*，

---

① *Dogg's Hamlet* 与 *Cahoot's Macbeth* 既是两部剧，有时也放在一起作为一部剧。在演出过程中，有时分开演，有时合并演。

又称《早安，朱丽叶》，*Good Morning Juliet*，1988）、狄娅内·西尔斯（Djanet Sears）的《哈莱姆二重奏》（*Harlem Duet*，1997）。而仅仅《哈姆雷特》一部剧作，就引发了数部改写戏剧的出现：如玛格丽特·克拉克（Margaret Clarke）的《葛特露德和奥菲利娅》（*Gertrude and Ophelia*，1993）、凯恩·加斯（Ken Gass）的《格特鲁德与奥菲莉娅》（*Gertrude and Ophelia*，1993）、麦克尔·奥布里恩（Michael O'Brein）的《疯男孩的故事》（*Mad Boy's Chronicle*，1993）以及罗伯特·李佩奇（Robert LePage）的《艾尔西诺》（*Elsinore*，1997）等。

  与舞台莎剧改写的繁荣景象相比，影视改写更是如此。1991年，英国学者型电影导演彼得·格林埃维（Peter Greenaway）将《暴风雨》改写为《普洛斯佩罗之魔法书》（*Prospero's Books*），它以普洛斯佩罗24卷包罗万象的书籍为引子展开叙述，把人类的幻想本能和艺术想象发挥到了极致。同一时期，澳大利亚导演巴兹·鲁赫曼（Baz Luhrmann）执导的《威廉·莎士比亚的罗密欧+朱丽叶》（*William Shakespeare's Romeo + Juliet*，1996）和美国导演吉尔·约格尔（Gil Junger）根据《驯悍记》改写而成的一部表现美国现代校园浪漫爱情的喜剧片《对面的恶女看过来》（*Ten Things I Hate about You*，1999），成为另外两部具有代表性的莎剧改写作品。1999年，《恋爱中的莎士比亚》问世，成为世纪末另一部红遍全球的莎剧电影。这是一部深谙莎士比亚戏剧艺术的剧作家和电影导演的"合谋"之作，影片中不仅含有《罗密欧与朱丽叶》的故事原型，还有《威尼斯商人》《第十二夜》和《暴风雨》的情节线索，片头莎士比亚龙飞凤舞的签名更是凸显了20世纪对莎士比亚作者身份和概念的质疑。

  不仅戏剧，经典改写在当代小说的创作领域也出现了强大的趋势。如法国作家米歇尔·图尼埃（Michel Tournier, 1942）和南非作家J.M.库切（J. M. Coetzee, 1940）分别从精神分析和女性主义的角度，以《鲁滨逊漂流记》为起源文本创作了《另一个岛屿》（*The Other Island*，又译为《礼拜五——太平洋上的灵薄狱》，1967）和《福》（*Foe*，1986）。此外，还有英籍女作家琼·里斯（Jean Rhys）以《简·爱》为源头创作的《藻海无边》（*Wide Sargasso Sea*, 1966），澳大利亚小说家彼得·凯里（Peter Carey）以《远大前程》为前文本创作的《杰克·迈格斯》（*Jack Magg*，1997）等。事实上，到20世纪末，改写已成为了一种全球性的文化和文学现象。而它们当中最为突出的当属莎剧改写，用丹尼尔·费什林和马克·福杰的话说，莎剧改写已成为当代文化探索和传播的一个集散地。①

这种对莎剧的改写实践一直延续到了21世纪的今天。《纽约时报》戏剧评论家本·布兰特利（Ben Brantley）曾在2007年的一篇文章中指出，在当今的伦敦舞台上，跨越文学类别和文本时空的改写性创作活跃异常——在这个"异花授粉"的文化时代中，对经典的再构正在考验并延伸着传统戏剧的最大极限。② 至此，改写已成为一种全球性的文化/文学现象。用批评家琳达·哈钦的话说，当代改写作品的数量之多，种类之杂，都说明了一个事实：人类已进入了一个改写的时代，改写文化以势不可挡之势闯入了我们的文化视野。③

### 2. "adaptation"——"命名的问题"与改写理论

虽然改写文化在过去半个世纪中繁盛异常，莎剧本身也是莎士比亚改写实践的产物，但作为一种创作和文学存在，改写实践一直缺少理论的支撑和认可，被笼统地视为"改编"的一部分，看作一种边缘性的亚类创作，一个与"原作"对立的"他者"。不论学界还是理论界，改写一词在概念上似乎仍背负着衍生、边缘、劣等等负面印记。如批评家L. J. 罗森塔尔（L. J. Rosenthal）和费什林所注意到的那样，即便是像黑泽明（Akira Kurasawa）所执导的、以日本战国故事与《李尔王》为素材而创作的影视大作《乱》（*Ran*，1985），若以改写作品而论之，其文学价值即会锐减。因为一旦被贴上改写的标签，就无疑意味着该片将失去现有的杰作地位，意味着其文化存在的贬值。④ 事实也正是如此。在过去的半个世纪里，尽管随着西方思想界对"作者""原创"和"文本"等概念的质疑，人们对文学遗存和原创的理解发生了巨变，但针对改写理论的认知、研究和接受却很滞后。人们经常将莎剧改写作品置于原著

---

① Daniel Fischlin and Mark Fortier, *Adaptations of Shakespeare*, p.1.
② Ben Brantley, "When Adaptation Is Bold Innovation," *The New York Times*, 18 Feb (2007): B9.
③ Linda Hutcheon, *A Theory of Adaptation*, p.2.
④ Daniel Fischlin and Mark Fortier, *Adaptations of Shakespeare*, p.4.

之侧，而忽视了这种作品背后的创作学理和创作动因。① 对此现象，批评家索尼娅·马赛义（Sonia Massai）不无感慨地说，虽然莎剧改写热潮已延绵了半个世纪，但却是当代文化历史上一个被忽略的篇章。事实上，时至今日，仍有不少学者以传统的目光审视着这一文化现象，将它与传统的改编混为一谈。

"改写"一词来自英文"adaptation"，但如何理解和翻译"adaptation"，却是横在研究者面前的一道理论难题。到底如何定义"adaptation"？"改编"？"修正"？"再写"？"挪用"？还是文学上的"寄生"？正是鉴于此，著名莎剧批评家丹尼尔·费什林和马克·福杰在《莎士比亚改写集》（*Adaptations of Shakespeare*，2000）一书的引言中，用"命名的难题"来阐述批评界面对"adaptation"界定时所遭遇困境和尴尬的原因。就费什林而言，将"adaptation"理解为"改写"不过是为避免概念混乱的权宜之计。比起其他文类术语，如讽刺和戏仿，"adaptation"在概念上缺少共识性定义的这一事实，使不少学者在理论研究中陷入解释性词语的尴尬境地。② 鉴于本书在使用"adaptation"时指的是以经典为起源文本的当代再写作品，因此笔者采用了"改写"这一译法。

"命名的难题"反映出的不仅仅是界定的问题，也是改写创作在后现代和互文时代中的存在性问题，反映了改写在性质及形式上的多维性及复杂性。作为一种再写性创作研究，改写研究不仅涉及对再写创作本身的研究，还涉及文类研究、作者研究、媒体研究、跨文学/文化研究等诸多领域。仅就改写文化本身，就存在着诸多值得探究的问题，比如：

1. 既然当代改写者与埃斯库罗斯、塞涅卡、莎士比亚这样的经典作家在创作性质上均属于改写，那么，他们的改写在性质上是否有所不同？

2. 与传统改写相比，"后"文化时代中的改写都具有哪种独有的特征？我们该如何看待当代改写创作的文学性、地位和属性？③

---

① Lynne Bradley, *Adapting King Lear for the Stage* (Farnham: Ashgate Publishing Limited, 2010), p.1.

② Ibid., p.2.

③ 关于这几个问题，笔者在发表于《国外文学》2015年第2期中的"经典再写：论莎士比亚在'后'时代中的存在"这一篇文章中有详细的论述。

3. 如果前辈经典作家能以改写创作成就其经典地位（iconic status），那么我们又该如何界定和评价当代改写者的创作？

如果沿着这些问题深究下去，我们会发现，对改写的研究最终将落在几个核心问题之上：在"后"文化时代中，人们该如何研究改写这一文学/文化现象？其研究方法是什么？研究的焦点又是什么？是改写作品本身，即作为改写对象的客体？还是改写的主体，即相对于原作者的改写者？或是改写过程本身，即起源文本与后文本的交互关系？或者是改写的最终受众，即读者或观众？或者甚至是催发当代改写文化出现的文化生态和理论背景？

因此，在进入当代改写作品的具体分析之前，我们有必要对这一文化现象的理论发展及生态语境做一番梳理。

我们不得不承认，虽然莎剧改写的历史源远流长，但对改写理论的研究却姗姗来迟。相对于20世纪60年代已呈繁荣之势的改写实践，改写理论的出现近乎迟缓了十年。纵观其发展轨迹，理论研究的进程经历了两个阶段：70—90年代可谓是改写理论的兴起与沉淀阶段，21世纪则是改写理论体系最终形成的阶段。在第一阶段，对改写的研究大多依附于经典作家（尤其是莎士比亚）的研究之上，在很大程度上是莎剧研究的一部分，这一态势一直延续到了20世纪末。进入21世纪之后，改写理论才真正蓬勃发展起来，研究深度也日渐深入，批评家们不仅发现了当代改写与各种"后"文化思潮的内在关联，也意识到了正是这种关联最终使当代改写成为不同于传统改写的创作，使它们在文化内涵、主题驱动、叙述特征等各个方面均表现出独立的文类特征。

评论家鲁比·科恩（Ruby Cohn）是最早从理论角度关注和总结改写文化的研究者之一。她和其他早期研究者一样，是在莎学研究的过程中开始关注改写现象的。科恩在《现代莎士比亚衍生作品》（*Modern Shakespeare Offshoots*, 1976）一书中首次从当代研究者的角度界定"改写"的概念。她提出，改写是一个宽泛的概念，涵盖一切从莎剧祖脉中繁衍而生的支脉，包括演出、改编、改写，是一种族谱的"衍生"（Offshoot）。在该书中，科恩以英国、法国和德国等多个国家剧作家的莎剧改写作品为研究对象，在分析现代改写创作多样性的同时，强调其衍生性创作的共性。她指出，它们均是围绕着莎士比亚这一宗祖衍生而出，共同构成了复杂的莎氏族谱。尤其重要的是，科恩不仅提出了改写即为"衍生"的概念，她还提到，改写虽为衍生作品，但在其存在上却具有部分独立性。① 但作为70年代的研究者，科恩毕竟更加强调改写为衍生文学的本质，这使改写创作终究成为莎氏族谱中的一个支族。②

另一位早期改写研究者是女性主义批评家艾德丽安·瑞奇（Adrienne Rich）。在"当亡者醒来——论麦琪·哈姆作品中的修正性写作"（1971）一文中，瑞奇从女性主义的角度提出，改写是对经典的"修正"（revision）——一种对过去的回眸，是以新的视野和批评视角走进古老的文本。这一观点被后来的批评家无数次地引用。她强调，我们之所以以一种全新的眼光走近历史和经典，不是为了延承，而是为了割裂：挑战过去最终的目的是为了超越其樊篱，走进属于"她者"的被解放的想象和创作空间。③

除了鲁比·科恩和艾德丽安·瑞奇，哈罗德·布鲁姆（Harold Bloom）在这一时期对过去与现在文学关系的研究也不容忽视。这位以"误读"和"修正"诗论而著称的理论家在其经典著述《影响的焦虑》（*The Anxiety of Influence*, 1973）和《误读图示》（*A Map of Misreading*, 1975）中，用"焦虑"一词形象地描述了作家与文学遗存的复杂关系。他指出，所有后弥尔顿时代中的诗人每当面对威名显赫的前代巨擘和由其代表的宏大传统时，都会感到一种父与子式的影响的焦虑。为了廓清属于自己的创作领域，后辈诗人不得不走上一条俄狄浦斯式的"弑父"之路，即通过"误读"和"修正"，将自己植入前辈的躯体之中，以最终在传统中争得一席之地。在布鲁姆的理论系统中，不存在任何原创的文本，因为一切文本均存在于如家庭罗曼史似的互相影响、交叉、重叠和转换之中。因而作品不存在文本性，只有互文性。

如果说改写理论起于70年代，那么不论在改写实践还是在理论研

---

① Margaret Jane Kidnie, *Shakespeare and the Problem of Adaptation* (London: Routledge, 2009), p.2.

② Daniel Fischlin and Mark Fortier, *Adaptations of Shakespeare*, p.3.

③ Adrienne Rich, "When We Dead Awaken: Writing as Re-vision," in Maggie Humm, ed., *Feminisms: A Reader* (Hemel Hempstead: Harvester Wheatsheaf, 1992 [1971]), p.369.

究上，接下来的八九十年代都是一个沉淀的时期。这一阶段代表性的理论家主要有三位——迈克尔·斯科特（Michael Scott）、加里·泰勒（Gary Taylor）和克里斯蒂·德斯梅特（Christy Desmet）——他们分别从各自的角度对改写进行了探索性研究。与早期改写理论家相似，这三位批评家的研究也同样基于莎剧研究之上。作为80年代颇具影响力的评论家，迈克尔·斯科特在《莎士比亚与现代剧作家》（*Shakespeare and the Modern Dramatist*，1989）一书中提出，剧场与舞台从不惧怕对改写和再写的时代化处理，因为剧场本身就是一种鲜活的合谋性创作场所。他在书中首次系统地以汤姆·斯托帕德、查尔斯·马洛维奇、爱德华·邦德、尤金·尤涅斯库、阿诺德·威斯克等当代剧作家的经典改写作品为研究对象，探究改写与起源文本的关系。此外，受后现代思潮的影响，斯科特强烈地意识到了互文性（intertextuality）理论对改写概念的影响。他在书中多次提到朱莉娅·克里斯蒂娃（Julia Kristeva）对互文性的解释：互文性是"一种（或多种）符号系统在另一种符号系统中的根植——这既是一个意义实践的过程，也是多个意义系统移植的过程。"[①] 基于此理论，他进而指出，改写是当代作者与经典作家之间的一种交互性游戏。但迈克尔·斯科特改写研究的局限性在于，他没有实现对传统改编和具有当代再写性质的改写创作的有效区分，而是将改写与戏剧演出的普遍互文性混为一谈，这也是为什么他在本质上视改写为寄生性创作的根本原因。与斯科特的观点相似，泰勒和德斯梅特在《再现莎士比亚》（*Reinventing Shakespeare*, 1991）及《莎士比亚与挪用》（*Shakespeare and Appropriation*, 1999）两部著述中，分别将改写界定为对经典作家、作品及存在的"再评价"（reevaluation）和对源头作品的"挪用"（appropriation），认为改写是经典传承的一部分。

总之，不论是70年代还是八九十年代，这一时期对改写实践的研究虽已引入了互文性等后现代文化概念的范畴，但整体上讲，人们尚未意识到当代改写是一种有别于传统改写和改编创作的具有后文化特征的创作形式，更没有意识到当代改写是一种独立的创作实践。

进入21世纪后，随着丹尼尔·费什林、马克·福杰、朱莉·桑德

---

[①] Michael Scott, *Shakespeare and the Modern Dramatist* (New York: St. Martin's Press, 1989), p.7.

斯（Julie Sanders）、玛格丽特·简·基德尼（Margaret Jane Kidnie）、琳达·哈钦、考特尼·莱曼等改写理论家的出现，改写研究最终呈现出质的飞跃，逐渐表现为一种成熟的理论态势。

丹尼尔·费什林和马克·福杰是两位以改写戏剧为主要研究对象的批评家。虽然他们在《莎士比亚改写作品集》一书中对改写的理论性阐述篇幅不长，但却开启了当代改写研究的新思路。这部出版于 2001 年的著述对接下来的改写研究产生了巨大的影响。他们在书中不仅阐述了改写理论研究的必要性，还首次将"adaptation"界定的难题置于改写研究的核心区域。他们从"adaptation"的拉丁文原意"对新语境的切入"入手，在书中提出了改写即是"再语境化"（recontextualization）的理论观点，认为改写在一定意义上是将原文本再语境化的一个过程：从广义上讲，改写可以包括一切对过去作品的演出性更改；从狭义上讲，改写作品则是指该书中所收录的再写性作品，即通过改变一部起源文本的语言和剧场策略，以达到对起源文本在形式和意义上的极端性再写，是在效果上能唤起读者对原作的记忆但又不同于原作的新作品。①

费什林和福杰对改写研究的突破是研究视角的拓展。他们提出，20 世纪后半期复杂的文化思潮对改写实践和创作的性质产生了巨大的影响，这种影响使当代改写最终有别于传统改写，呈现出"再写"的特征。他们在书中写到，对当代改写现象的研究离不开当代文化再创作的整体理论体系——20 世纪后半期出现的各种"后"文化概念，如互文性理论、多重语境理论、引用理论、作者理论、叙事学理论、翻译理论、读者反应理论、修正理论等，为重新界定"改写"的意义和存在空间提供了全新的理论视野。② 关于这一点，笔者将在本章的后面提到，在此暂不做赘述。

但就理论研究而言，费什林和福杰的改写研究虽有突破——从"改写与当代文化理论""改写的政治性""起源与改写""改写与后殖民文化"等多个角度分析了当代改写不同于传统改写的独特性——但其研究最终还是回到了作为源头的经典之上。他们在本书的小结，即"莎士比亚的崇高性"及"过程中的莎士比亚"中写到，不论当代剧作家在改

---

① Daniel Fischlin and Mark Fortier, *Adaptations of Shakespeare*, p.4.
② Ibid., pp.4-5.

写策略上表现出多么强烈的后现代性，但说到底，改写终究是对经典的一种接受和回归，因为改写是一个过程，是经典在多重语境下的无限再现，是一个永恒的进行时。他们甚至写道："莎士比亚不是一湾水，而是一条流动的河，向着未来的远方流去。"① 至此，费什林和福杰的改写理论在积极拓展了研究视野之后，似乎又回到了改写的起点，即"adaptation"界定的问题之上。

相对于费什林和福杰，批评家朱莉·桑德斯则是从文学性这一宏观角度展开对改写的研究。她在《改写与挪用》(*Adaptations and Appropriation*, 2006) 一书的开篇中写道：对改写的研究即是对文学性的研究。没有哪个时代像过去的半个世纪那样对创作的文学性及原创性提出如此的质疑，"任何对互文性以及互文性在改写和挪用中存在性的研究，终究绕不开一个宏大的问题，即艺术如何创造艺术？文学如何源于文学？"② 为此，桑德斯先是引述德里达和赛义德 (Edward Said) 的观点，即所有创作实际上均是一种再写的冲动："作家创作时考虑得更多的是再写，而非原创。"③ 后又引用到了罗兰·巴特 (Roland Barthes) 的一切文本皆为互文本的表述——所有文本无不是对其他文本的吸收和转化，是过去和周边文化在当下文学中的存在。④ 此外，桑德斯也提到了互文理论的意义，她在书中总结到：在克里斯蒂娃看来，任何文本都是多个文本的置换地，是一种互文的结果；所有文本都会以一种复杂而不断演绎的马赛克形式，唤起和改变着其它作品。这种互文性的冲动，以及由此而产生的叙述和构建被不少人视为后现代的核心。⑤ 鉴于此，桑德斯总结说，这些"后"文化思潮最终使创作的文学性发生了根本的位移，从而在本质内涵上对改写概念产生了强大的冲力：既然一切写作皆为互文和再写，"原创"又如何为原创？在此文化语境中，改写便不再是传统意义上的改编或次度创作，而是一种再写性创作，甚至是一种再写文类。既然是"再写"，它就不可避免地超越了模

---

① Daniel Fischlin and Mark Fortier, *Adaptations of Shakespeare*, pp.4–19.

② Julie Sanders, *Adaptations and Appropriation* (London and New York: Routledge, 2006), p.1.

③ Edward Said, *The World, The Text, and The Critic* (Massechussetts: Harvard University Press, 1983), p.135.

④ Roland Barthes, "Theory of the Text," in R. Yong, ed., *Untying the Text: A Post-Structuralist Reader* (London: Routledge, 1981), p.39.

⑤ Julie Sanders, *Adaptations and Appropriation*, p.17.

仿和复制，具备了增量性、补充性、即兴创作性和创新性的文学特质。[①]

当然，如其他研究者一样，桑德斯的改写研究最终还是集中到了对"adaptation"的理论界定上。但桑德斯与他人的不同之处在于，他在强调互文理论对改写再认知的重要性的同时，特别引入了热拉尔·热奈特（Gérard Genette）的叙事学理论和后殖民主义批评家霍米·巴巴（Homi Bhabha）的"文化杂交性"理论。桑德斯在对改写概念的阐释中，多次提到了热奈特的超文本（hypertextuality）概念。她在书中如此引述热奈特的话："一切文本均是将自身刻于先文本之上的超文本，它与先文本之间既有模仿又有超越。"[②] 以热奈特的理论为基础，桑德斯提出，有必要用更加多样化的话语来厘定文本与超文本、起源与挪用的关系，这种关系通常被描述为线形的和贬低性的，与其相关的讨论在一定程度上多是围绕着差异、缺失和流失，事实上，它们之间的关系应该是一种影响的旅行。[③] 除了热奈特的叙事学理论，桑德斯在其书中还借用了霍米·巴巴的"文化杂交性"理论内核，用以研究文本与文本传统之间的交互关系。她在文中如此总结霍米·巴巴的观点：所谓"文化杂交性"，即是指事物及观点"在传统名义之下所经历的'复制''移植'和'释疑'，以及这一移植过程所激起的新的话语和创造力。对于霍米·巴巴而言，只有那种尊重差异性的杂交才能激发起新的思想。[④]

桑德斯的贡献还在于，她以热奈特和霍米·巴巴的理论为基础，对改写和挪用进行了比较性界定。她提出，改写研究不应局限于两极化价值的评判，而应该关注改写的过程、改写的文化政治性及创作方法。她认为，从宏观上讲，改写是一个或多个层次上的文本置移；但从细微处观之，改写更加注重作为"承文本"（hypotext）的改写作品与起源文本的关联，是对起源文本的修正和添加，或是对原有沉默和边缘者的发声。相比之下，挪用性创作则更侧重从起源文本向承文本或新文化作品的游离过程或"遗传漂移"（generic shift）。[⑤]

---

① Julie Sanders, *Adaptations and Appropriation*, p.12.

② Gérard Genette, *Palimpsests: Literature in the Second Degree*, Trans. Channa Newman and Claude Doubinsky (Lincoln: University of Nebraska Press, 1997), p.ix.

③ Julie Sanders, *Adaptations and Appropriation*, p.12.

④ Ibid., p.17.

⑤ Ibid.

2009 年，批评家简·基德尼推出的《莎士比亚与改写的问题》（*Shakespeare and the Problem of Adaptation*）是 21 世纪以来改写研究的又一部力作，也是一部承上启下的著作。该书既有对科恩、费什林和桑德斯等前人研究的继承，也有基德尼本人自我观点的拓展。首先，她和费什林等人一样，也认为"adaptation"是一个宽泛的概念，既包括一切影视和舞台莎剧改编和莎剧翻译，也包括与莎氏正典有着直接血脉渊源的新剧，即再写作品。她明确指出，其研究对象主要为后者，即具有再写性质的当代改写作品，如马洛维奇的《马洛维奇的莎士比亚》（*The Marowitz Shakespeare*，1978）、爱德华·邦德的《李尔》、鲍拉·沃加尔的《苔斯德蒙娜：手帕的戏剧》、狄娅内·西尔斯的《哈莱姆二重奏》等。

正是基于对这些作品的分析，基德尼将改写研究的视点锁定于改写的过程，即改写作品与起源文本的关联之上。她认为，改写是一个演绎的范畴，是改写者跳出传统主流，在新的文化、政治和语言背景下对原作的再创作，是作品穿越时空从一种接受到另一种接受的变迁。同时，她强调，对经典的改写是改写作品与起源文本之间的双向旅行：改写者在游离经典源头的同时，也在与经典进行着"一种双向的互惠式对流"。[1] 但正如其书名《莎士比亚与改写的问题》所示，基德尼在陈述自己观点的同时，也不断提出关于改写理论的困惑，如在充分肯定了《马洛维奇的莎士比亚》这样的改写作品的价值的同时，也指出了改写创作的属性问题：这样的作品在其属性上应该姓莎？还是姓马？[2] 这是一个牵一发而动全身的问题。

但如前面提到的几位改写批评家一样，基德尼对改写的研究最终还是回到了源头之上。她指出，在没有"大写作者"的 21 世纪，虽然极端式的改写创作使起源作者的存在成为一种永恒的商榷，但也正是在这种商榷中，经典获得了一种新的存在性和生命力。[3] 事实上，基德尼的理论观点在一定程度上反映了大多数改写批评家的共性观点：不论上述理论家们在界定改写时的视角有何不同，他们对"改写"的界定几乎无

---

[1] Margaret Jane Kidnie, *Shakespeare and the Problem of Adaptation*, p.5.
[2] Ibid., p.2.
[3] Ibid., p.113.

一例外地是在改写与起源文本这一二元对立的范畴下进行。这就意味着，他们对改写的界定最终仍是落在起源文本之上，视改写为起源文本的衍生。

在迄今为止问世的改写理论研究者中，笔者最为赞同的是琳达·哈钦的观点。其专著《一种改写的理论》（*A Theory of Adaptation,* 2006）是一部集众家所长的大成之作。在书中，哈钦不仅对改写的诸多问题做出了澄清，同时也对改写做出了鲜明的界定，并形成了自己的理论体系。

首先，琳达·哈钦在书中指出，我们生活的数字化时代是一个改写的时代，文化改写/改编无孔不入：电视、电影、音乐、戏剧、小说、网络、甚至主题公园和电子游戏中到处可见改写/改编的身影。[①] 究其原因，她认为，是因为改写作品具有一种后现代时代的读者所喜爱的品质：它不仅仅给我们某种当代的共鸣，还能唤起我们对经典的记忆，从而使我们在心理上获得一种重复记忆时的快乐和愉悦。

其次，哈钦和费什林等研究者一样强烈地意识到了当代"后"理论思潮对改写性质及存在性的巨大冲击："过去几十年来，各种理论的出现无疑改变了世人对改写的负面观念。"[②] 受"后"理论生态的影响，当代改写表现出强烈的再写性，成为一种"后"时代被大众接受的独特的文学/文化类别：改写是衍生，却非寄生；它虽属于二次创作，却非二手创作。因为在"后"文化生态中，首创已非原创，一切创作无不是一种叠刻（palimpsest）和重写。

面对当代改写实践的复杂性，哈钦力图对其进行全方位的研究，提出了"将改写视为改写来研究"的观点。根据她的理论，改写一词包含三层含义：（1）作为实体存在的改写作品本身；（2）针对某个或多个起源文本进行的（再）释译和（再）创作行为和过程；（3）发生在作品接受层面上的对读者文化记忆的消费和记忆叠刻。[③] 在这里，哈钦特别强调的是改写的第三层含义，即发生在读者/观众记忆层面上的叠刻性互文现象。她在书中写道："对观众而言，改写显然是多维度的，它们与某些文本有着明显的关联，而这些关联既是它们形式身份（formal

---

[①] Linda Hutcheon, *A Theory of Adaptation*, p.2.

[②] Ibid., p.xii.

[③] Ibid., pp. 6–7.

identity）的一部分，也是诠释性身份（hermeneutic identity）的一部分。"①正是这种互文性使改写研究的视角和学理发生了变化。

但琳达·哈钦对改写理论的最大贡献则是她对改写内在双重性的重新认知和阐释。在这一点上，哈钦虽和桑德斯一样借用了热奈特的叙事学理论及"重写本"（即"羊皮纸稿本"）概念，但却没有像桑德斯那样停留在改写作品与起源文本的交互关系上，而是更加强调改写创作的内在双重性。她指出，就本质而言，改写是一种"羊皮纸稿本式的"写作，"一个自我的重写本，即一个先前书写虽已被拭去却仍隐约可见的多重文本的叠刻式书写。"②她强调，我们应该像罗兰·巴特说的那样，"将改写作品不能当作'作品'，而是'文本'，一个由回音、引文和指涉组成的复调的立体声。"③但另一方面，当代改写又是一种独立的美学存在，是一种"后"理论文化语境下的再写性文学。所以，她提出，当代改写虽是"重复，但却非临摹性重复，因为在改写行为的背后存在着诸多动机因素：虽有致敬的成分，但更多的则是对起源文本的消费，力图抹去其记忆和对其质疑的强烈冲动。"④

事实上，除了以上提到的改写理论大家，在过去十年中，还涌现了大量其它视角下的改写研究。如萨拉·卡德韦尔（Sarah Cardwell）从影视文化角度进行的改写研究（2002）；沙伦·弗里德曼（Sharon Friedman）针对女性剧场的改写研究（2009）；马奇·波弗特（March Maufort）从文化身份和文化记忆的角度进行的改写研究（2008）；索尼娅·马赛从大众文化的角度对改写存在形式的研究（2005）；以及考特尼·莱曼从电影作者理论的角度进行的改写研究（2002）等。

时至今日，改写的概念已从20世纪70年代的寄生性的"衍生"文学，发展为具有独立美学意义的后现代文学/文化存在。改写研究的视点也随着文学/文化理论视野的拓展，由最初关注改写作品本身，进而发展为对改写过程、改写性、改写的文化外延及内涵、甚至改写与各种

---

① Linda Hutcheon, *A Theory of Adaptation*, p.21.
② Ibid., p.7.
③ Roland Barthes, *Image-Music-Text*, Trans., Stephen Heath (New York: Hill & Wang, 1977), p.160.
④ Linda Hutcheon, *A Theory of Adaptation*, pp. 6–8.

"后"理论——如改写与翻译理论、改写与作者理论、改写与文化理论等诸多跨文化理论的研究。总之，当代改写理论已成为当下文化理论中不可分割的一部分，随着理论界研究视点的明晰，改写研究日渐表现出复杂的多维考量，形成了一个新的理论领域。

### 3. 当代莎剧改写：一种"后"文化生态中的"再写"文学

如琳达·哈钦所言，20世纪60年代后出现的当代莎剧改写作品是一种有别于传统改写的文学/文化类别，一种"后"理论思潮作用下的"再写"实践：由各种"后"理论思潮构成的文化生态不仅改变了当代改写创作的根本含义，也为其创作提供了新的叙述策略、话语模式及主题动力，从而使改写成为"后"时代中文学创作的一种特有形式。

自20世纪60年代之后，随着后现代主义、解构主义、后结构主义、后殖民主义、女性主义等诸多"后"理论思潮雨后春笋般的出现，[①]"改写"像众多劣势的对立项一样，获得了翻身的机会，得以从"前文本"的阴影下解放出来，获得了独立的存在地位。由这些理论思潮构成的"后"文化对莎剧改写实践产生了巨大的影响——它不仅改变了莎剧"改写"的基本内涵，也使改写成为一种独立的创作实践，一种不同于传统改编/改写的文学存在。

其影响主要表现为以下四个方面：

首先，没有哪个时代像过去半个世纪那样出现了如此繁荣的文化理论上的争鸣，更没有哪个时代的文化思潮像这一时期那样对文学创作的文学性及原创性提出如此的质疑。如在上文中所述，围绕着"艺术如何创造艺术？文学如何源于文学？"这一宏观问题，当代理论家们形成了完全不同于以往的看法。在德里达、赛义德等批评家看来，人类创作的冲动是一种再写的冲动。根据罗兰·巴特及其他互文理论者的观点，一切写作无不是多重文本的穿行，是在互文范畴中一个文本与诸多其他文

---

① 在"他者的话语：女性主义者与后现在主义"（"The Discourse of Others: Feminists and Post-modernism"）一文中，批评家克雷格·欧文斯（Craig Owens）曾对20世纪60年代的西方文化背景做出如此的评述：1968年不仅意味着巴黎学潮和全球性的政治动荡，也标志着以接受多种文化存在为特征的后现代时代的开始——随着后现代主义、解构主义、后殖民主义、女性主义等思潮的兴起，西方社会开始了对自身数千年欧洲文明霸权性的反思。

本之间的联络和关联,既没有起点,也没有终点。这种对文学性和创作的后现代主义思考为"改写"进入文学和文化主流奠定了理论基础,也为莎剧改写进入西方主流文化营造了适时的文化语境。

在这种文化氛围中,各种理论,如互文性理论、多重语境理论、引用理论、作者理论、叙事学理论、翻译理论、读者反应理论、布鲁姆的修正理论等,均为重新界定"改写"的意义及存在提供了前所未有的新视野。① 在这里,特别需要指出的是互文性理论的出现。根据朱莉娅·克里斯蒂娃的理论体系,一切创作无不是文本间的穿行,是文本生成时所承受的全部文化语境积压的结果。与此相似的还有多重语境理论。在德里达等批评家看来,多重语境性是一切文本存在的前提。② 根据这一理论,任何形式的写作既不可能有传统意义上的原始语境,也不可能拥有终结性的闭合性语境。写作的意义在于通过无穷尽的新语境,永远地延伸自己——通过一次次写作上的叠加,一次次地演绎和扩展作品意义。而叙事学家热奈特对这一观点的阐释更是精辟:"一切文本都是将自身刻于先文本之上的超文本。"③ 从"引用理论"的角度来看,尽管"引用"一直被视为"一种边缘的阅读和书写",但是,就像托瓦纳·贡巴尼翁(Antoine Compagnon)所说,一旦从"与引号相关的狭隘定义"中解放出来,"引用"便在阅读、写作、文本理论中拥有了一席之地,换句话说,一切写作活动无不是对先前文化资源的"引用"、借用和再写。④ 此外,当代翻译理论也在翻译与改写之间找到了共同的区域,在新的翻译视野中,翻译和改写均为不同文本和不同语言之间的商榷,是一种互文化、互时性的交流行为。在这种翻译理论语境下,改写成为"一种语义的移置,从一种符号系统向另一个符号系统的移码、嬗变、衍生。"⑤ 相比之下,文化政治理论和作者理论则从另一种角度影响到改写创作的实践。根据安德烈·勒菲弗尔(André Lefevere)的文化政治观点,任何形式的再写都是不同意识形态和政治诗学之间的较量。而新的作者论则将作品从传

---

① 本观点的形成得益于费什林等批评家观点的影响。
② Daniel Fischlin and Mark Fortier, *Adaptations of Shakespeare*, p.5.
③ Gérard Genette, *Palimpsests: Literature in the Second Degree*, p.ix.
④ Daniel Fischlin and Mark Fortier, *Adaptations of Shakespeare*, p.4.
⑤ Linda Hutcheon, *A Theory of Adaptation*, p.15.

统作者的封闭中剥离出来，取而代之的是一个多元的、甚至相互矛盾的意义空间。在其文化视野下，所谓改写，就是将莎氏的作者身份置于一种合谋式的、表演性的、商业性的、非终结性的创作实践的过程。

不论这些理论在范畴和视角上有何差异，它们均使人们以全新的角度重新思考前文本与后文本（起源文本与承文本）、起源与挪用之间的关系。其结果就是，在此文化语境下，改写与传统文学创作之间的界限被日益模糊：既然一切写作均为再写，一切文本皆为重写本，那么改写便不再是另类的、边缘的次位性创作，而是"后"理论时代中一种独特的创作形式。

当代理论思潮对改写实践的影响不仅反映在其性质和存在地位上，这些思潮中的文化政治性理论更是以其特有的批判性视角，为莎剧改写提供了创作上的主题驱动。虽然早在17世纪已出现过在艺术层面上极具颠覆性的莎剧改写作品，但它们与当代改写的最大不同在于其政治主题上的保守性。不论它们在写作上表现出何种激进的特征，它在思想上无不是立意维护剧场在意识形态上的稳定性。相比之下，当代莎剧改写则表现出强劲的批判性：在女性主义、文化唯物主义、后殖民主义、性政治等各种政治思潮驱动下，剧作家们将莎剧置于种族、阶级、性别、族裔等当代政治主题的坐标系中，从不同的角度挖掘莎剧作品的"潜意识"，给予那些曾经是沉默、边缘、丑陋、劣势者的一方一个"发声"的机会，最终使改写作品成为不同政治声音和思想意识较量的聚集地：在查尔斯·马洛维奇的笔下，《一报还一报》被演绎为被压迫者的噩梦，爱德华·邦德的《李尔》则成为其暴力政治的载体；同样，作为英国女性戏剧组集体创作的结果，《李尔的女儿们》成为女性剧场中性别政治的经典之作；非裔加拿大剧作家狄娅内·西尔斯的《哈莱姆二重奏》将《奥赛罗》的剧情置移到交错着北美种族和性别政治的语境之中；而美国剧作家鲍拉·沃加尔的《苔斯德蒙娜：手帕的戏剧》则将奥赛罗的故事聚集于三个女性的身上，赋予苔斯德蒙娜、埃米莉亚和比安卡一种对话语的主宰权。在这些作品中，莎剧改写者强烈的当代政治意识成为他们进行莎剧改写的原动力。

因此，这些作品的共同特征在于，改写者的当代政治意识成为他们创作的内动力。作为加拿大戏剧史上首位黑人女剧作家，当西尔斯谈及《哈莱姆二重奏》的创作时就说过，该剧的创作冲动源自她对自我族裔身份的思考。多少年来，她一直感到困惑的是，为什么在加拿大的舞台上就没有非裔美洲人的声音。她梦想有这么一部剧作，剧中的"人物是像我一样的人，剧情讲述的是'我'的故事"。① 她说，该剧的起点始于多年前观看莎剧《奥赛罗》时的记忆，看着由劳伦斯·奥利弗（Lawrence Oliver）饰演的奥赛罗，她的记忆中从此留下了那张黑人的脸："莎士比亚无疑是受其时代影响的，《奥赛罗》绝非是奥赛罗的戏剧，它讲述的也绝非是奥赛罗的故事，虽然他是西方戏剧史上的第一位黑人主角，是该剧的主人公，但他却不是故事的中心，故事的焦点是伊阿古和苔斯德蒙娜"。② 所以，当她创作《哈莱姆二重奏》时，西尔斯决定甩掉莎剧的幽影，以一种莎士比亚时代所不曾有的种族和性别政治的角度，重述奥赛罗的故事。在剧中，奥赛罗是哥伦比亚大学的一名黑人教授，故事的背景也由古罗马搬到了马尔科姆·X和马丁·路德·金林荫大道的一角，时间则被设定在南北战争、20世纪30年代的哈莱姆（黑人）文艺复兴时期和当下的北美三个阶段。同样，在另一部莎剧改写作品《一个奥赛罗》（An Othello）中，剧作家马洛维奇探讨的也是一个关于黑人在白人社会中的问题："这个黑人干吗要在这么一支白人军队中担任将军？他要打的那些土耳其人就算不是黑人，但至少在肤色上比白人更像是他的同类。为什么他会是剧中唯一的黑人？我们能否把他看成一个白人社会中的奇葩怪胎？"③ 因此，在马洛维奇的改写中，他超越了莎剧的人性悲剧和白人与黑人间的传统种族问题，转而思考当代资本主义白人文化中黑人族群内部的问题。就像评论家迈克尔·斯科特指出的那样，马洛维奇的奥赛罗是以诸如马尔科姆·X这样的美国黑人活动家的历史为素材而创作的形象。从马尔科姆·X，马洛维奇进而思考到了美国黑人历史中宅院黑人与田间黑人之不同——前者似乎完全融入了白人主人的家庭，成为它的一部分，他对它怀有绝对的忠诚，愿意为它付出一切；但田间黑人却不同，他们只是在土地上劳作的奴隶，他们不会捡拾白人餐桌上落下的残羹剩饭。所以黑人革命并非只是黑人反抗白人那

---

① Margaret Jane Kidnie, *Shakespeare and the Problem of Adaptation*, p.71.
② Mat Buntin, "An Interview with Djanet Sears." Mar. 2004. Web. 12 Jan. 2012. <http://www.canadianshakespeares.ca/i_dsears.cfm>
③ Michael Scott, *Shakespeare and the Modern Dramatist*, pp.111–112.

样简单,还需要让宅院黑人明白他们因完美内化白人的价值观而深陷的奴役。这些问题在 20 世纪远没有消失。在剧中,马洛维奇将伊阿古也刻画为一个黑人,他与奥赛罗的不同就像是田间黑人与宅院黑人之间的差异一样,双方都是白人主宰的受害者。作为一个田间黑人,伊阿古根本无须去毁掉奥赛罗,他只消站在一边,看着他因迷恋白人女人而走向自我毁灭。事实上,在日渐全球化的莎剧改写话语中,"种族"已成为一个关键的能指主题,对莎士比亚的白人属性、民族属性的挑战更是当今莎剧改写的核心特征之一。众多如《哈莱姆二重奏》的改写作品无不印证了翻译理论家勒菲弗尔的观点———一切形式的改写都不过是意识形态、历史意识、政治诗学较量的载体,与种族、阶级、性别、暴力等社会主题密不可分。① 可以说,在一定意义上,几乎所有莎剧改写均是对莎剧的政治性或文化性的再语境。

"后"文化思潮不仅为当代改写提供了主题动力,也为其提供了超越传统创作艺术的叙述模式。众所周知,"后现代"一词从基本内涵上来讲是一种认知范式的转换,是西方学者对于西方人文传统的一次重新构想和审视。这种转变在意义层面上表现为最终意义的消失,在语言的层面上则体现为全新文字游戏规则的出现。作为一种文化思潮,后现代最根本的特征就是侵蚀一切的破坏性和对权威的深度消解。作者死了,主体死了,一切中心被消解,人们进入了多元主义的时代。在这种文化语境中,互文、拼贴、拼合、戏仿、嵌入、暗示、超链接等成为当代作家改写经典的自然话语——剧作家们大胆地穿梭于莎氏文本和思想之中,改其文字,拆其原型,然后在其瓦砾上进行狂欢式的"重构"和"再构"。为此,莎氏文本被"误用"(misuse)为再码后的新话语:莎剧词语、句子、段落被杂糅于一体,人们熟知的莎剧形象、对白、场景被置于各种陌生化的戏剧语境之中。其结果是,改写作品成为文字碎片的聚集地和集合物,一种犹如马赛克一般的拼盘杂烩。在改写者的手中,写作不再是封闭的、同质的、统一的,而是显示出开放、异质、破碎、多声部的特质。结果就像剧评家保罗·德莱尼(Paul Delaney)所说,当代莎剧改写者将观众引入了一个神奇的意义变化和生成的过程,文学

---

① Daniel Fischlin and Mark Fortier, *Adaptations of Shakespeare*, p.7.

创作完全变成了一种毫无顾忌的文本穿行、超链接和再码。① 如在《哈姆雷特机器》一剧中，既没有连贯的情节，也没有完整的人物。剧中人物的"独白"不仅仅是独白，还夹杂着叙述、对话、评论、句子、单词等；而独白中的人物也在身份间不断地穿梭和变换，先是哈姆雷特，后是理查三世，最后是小丑，这种角色的旋转产生一种独白蒙太奇的效果，在观众的脑中激发起无数荒诞的联想。② 在这种由拼贴、戏仿等构成的后现代叙述范式影响下，当代莎剧改写一改传统改写在意义上的闭合性，而呈现出与起源文本强烈的指涉性和超链接似的叙述形态。

虽然没有哪位当代剧作家承认自己的改写创作是受某种理论影响的结果，但在这个由各种"后"思潮构成的宏大文化气候中，莎剧改写不论在主题驱动，创作策略，还是文学存在上，都深深地打下了这个互文时代的印记，表现出与传统改写截然不同的文学性。它甚至不再是一种改写，而是"再写"，"一种作为文化代码的'语言'层面上的话语建构，一种话语的'解构'和'再编码'。"③

### 4. 当代莎剧改写——莎士比亚在"后"时代中的独特存在

鉴于以上原因，相比于传统改写，当代莎剧改写表现出一种悖论性的特征。一方面，随着20世纪60年代大写"作者"时代的终结，随着互文性、拼贴、戏仿、超链接、片段的呈现等叙事形态成为改写的主要话语策略，莎士比亚的存在受到了前所未有的颠覆、解构和消解。20世纪80年代，随着《另一个莎士比亚》《莎士比亚和理论问题》等著述的出现，人们对莎氏身份问题的质疑和争论更是深入到了"什么是莎士比亚？""什么构成了莎士比亚？"的疑问。阿根廷诗人 J. L. 博尔赫斯（J. L. Borges）曾在一篇随笔中写道：

> 话说莎士比亚死之前或之后见到了上帝，他说："我一直都在徒劳地做着每一个人，现在，我就想做一个人，那就是我自己。"

---

① Katherine E. Kelly, ed., *The Cambridge Companion to Tom Stoppard* (Cambridge: Cambridge University Press, 2001), pp.10–11.

② 曹路生：《国外后现代戏剧》，江苏美术出版社，2002年，第98页。

③ 盛宁：《人文困惑与反思》，三联书店，1997年，第37页。

只听上帝缥缈地回答说:"我的莎士比亚,我也不是我自己。我梦想着世界,就像你梦想你的作品一样。在我梦境中,我看见你,像我一样,既是每一个人,又谁都不是。"①

博尔赫斯的这句话——"[莎士比亚]是每一个人,又谁都不是"——形象地概述了莎士比亚在过去半个世纪中的处境。

但是,当代莎剧改写创作的复杂性在于,它与莎剧之间并非是单向的解构,而是双向性的交互关系,这使得莎士比亚在当代改写戏剧中的存在成为一种悖论性存在:虽然作为原型作者的他被改写者无数次地解构、"误用""再写",但另一方面,也正是在这种被改写者颠覆和消解得几近"元神"具丧的过程中,莎士比亚获得了一种前所未有的生命活力,一种莎氏精神内核的独特传承——因为它被"误写"和"再写"的过程,也是它彰显自我的过程。这种自我的彰显不仅以伴随文本和原型素材的形式存在于作为承文本的改写作品之中,也以文化记忆的形式渗透于改写者的创作过程以及舞台意义的呈现阶段。

就改写创作的过程而言,没有哪个时代的剧作家像今天这样强烈地意识到莎氏的存在。其实,就本质而言,自古到今的所有改写创作均属于叠刻性(palimpsestuous)创作,是一种擦去原文本之后在同一张"羊皮纸稿本"上的叠刻、再次思考、再度修正。正如笔者在前面章节所述的那样,莎士比亚在创作戏剧时同样吸纳了各种起源文化。因此,就创作本质而言,莎士比亚与当代改写者在写作实践上并无二样,他们的作品都表现出多重文本的叠刻性特征。

但最终使他们不同的,是当代改写者创作时对莎剧起源文本及莎氏作者身份的强烈意识。在伊丽莎白时代,作为改写者的莎士比亚无须在意所用素材的源头,因为在那个时代,先前文本并未打着某位作者的属性,而"拿来主义"本就是文艺复兴艺术实践的特点。但改写莎剧却不同。自18世纪以后,随着"作者"概念的凸显,尤其是经历了19世纪的"封圣"之后,莎士比亚成为西方文化中最为强大的文学和文化存在之一,被赋予了对其文本的决定所有权。这就意味着,如 H.N. 哈得逊(H. N. Hudson)所说,虽然莎士比亚本人以各种起源文化为基石创作了一部部

---

① J. L. Borges, *Dreamtigers* (Austin: University of Texas Press, 1964), p.47.

鸿篇巨制，但在此后的很长一段时间里，莎剧文本却如圣经一般成为不可更改的文字。莎氏本人更是被推崇为世人眼中的一位真言者——他的声音几乎成为西方人性的标准。① 莎剧成为原型文学的化身，对它的阅读和文化记忆被认为是西方人文集体意识和无意识的一部分。因此，当当代改写者面对这位诗人，这位大写的作者，要在他的"羊皮纸稿本"上拭去他的签名，以刻上自己的覆稿和足迹时，却发现作为起源文本的莎氏早已在"羊皮纸"上留下了太深的烙印和太厚的沉积，以至于难以抹去其踪迹。

此外，由于20世纪后半期的莎剧改写是一种"后"文化理论语境下的创作，一种有意识的颠覆性创作行为，这就意味着，在创作时，莎士比亚及作品作为一种被解构的目标、被挑战的对象和被作用的存在体，一直难以回避地萦绕在改写者的意识之中。因为所谓"后现代"，不过是西方思想家对传统人文思想的又一次重新构想、重新整合和改写。用马洛维奇的话说，"我*再*思故我在"②，也就是说，所有当代莎剧改写无不是始于剧作家们对莎剧的质疑——所谓改写，就是这些剧作家从当代人的角度，携带着观众对各种经典问题所进行的反思。在这里，我们不妨再次以女性改写剧场为例：不论是英国的女性集体创作组，还是美国剧作家鲍拉·沃加尔，以及加拿大剧作家安·玛丽·麦克唐纳和狄娅内·西尔斯，她们对莎剧的改写无不是从问题着手，从在莎剧中发现的裂缝、矛盾或沉默的地域开始。如鲍拉·沃加尔回忆《苔斯德蒙娜：手帕的戏剧》一剧的创作时所说，该剧的起点是她对《奥赛罗》的一连串的疑问："假如苔斯德蒙娜真的与那位威尼斯军官发生了奸情，奥赛罗是否就可以接受杀妻行为的合理性？如果爱米莉亚真的忠于自己的女主人，为什么又会偷走苔斯德蒙娜的手帕，来帮助伊阿古助纣为虐？"沿着这些问题，鲍拉·沃加尔在构思《苔斯德蒙娜：手帕的戏剧》时，以莎剧中发生在苔斯德蒙娜与爱米莉亚之间的一个细节为核心，将其扩展为一部全新的戏剧作品。在沃加尔的笔下，奥赛罗的故事仅仅隐伏于舞台之外的情节中，女人们的阴谋和动机才是作品的焦点——苔斯德蒙娜

---

① Sonia Massa, "Stage over Study: Charles Marowitz, Edward Bond, and Recent Materialist Approaches to Shakespeare," *New Theatre Quarterly*, Vxv August (1999): 247.

② Daniel Fischlin and Mark Fortier, *Adaptations of Shakespeare*, p.188.

成为奥赛罗心里最可怕的噩梦。

因此，正如里克·诺尔斯（Ric Knowles）在"三个时代中的奥赛罗"一文中所指出的那样，人们在不同时期对《奥赛罗》的改写反映了当代剧作家在看待莎剧，并以此为基础构建性别、种族、族群、阶层问题时政治视野上的变化。[①] 因为这些改写者在进行莎剧再写时既是剧作家，又是批评家——莎剧改写的过程，即是当代改写者与莎士比亚就诸多文化和政治问题的对话和商榷过程。莎士比亚的伟大性在于，不论从哪种文化和政治的角度出发，当代改写者都能从莎氏的身上找到某种参照物：比如，在爱德华·邦德这样的社会性剧作家眼里，莎士比亚是西方反动人性价值观的象征；而在女性剧作家眼里，他是父权政治的化身；在后殖民主义者眼中，他则是一个服务于全球文化霸权的欧洲殖民文化的大写符号，因为就像吉恩·E.霍华德（Jean E. Howard）说的那样，在西方莎士比亚已成为了一种文化霸权的世界语。[②] 而所谓改写，就是将莎剧置于各种新的社会和历史语境对其文化符号进行的拨乱和反正。

所以，剧作家们在改写莎剧时，他们与莎氏的关系既是对抗，也是对话，既是解构，也是合谋，这便是当代莎剧改写问题中存在的悖论性内核。就像后现代莎剧影片《威廉·莎士比亚的罗密欧＋朱丽叶》片名中的数字符号"＋"所显示的那样，在一定意义上，所有改写都不过是以添加的形式在"引用"着莎剧文本的源头。作为一个关键指令词，符号"＋"不仅提醒着我们改写作品的非终结性，也在提醒着我们改写作品与起源文本之间的关系，暗示着后现代改写文化中的作者概念最终是一个商榷的所在。[③] 所以，不论改写者与莎氏的关系是合谋，还是对话，或是解构性的再构，它们无不显示出莎氏在整个改写过程中幽灵般的出没。根据霍米·巴巴的"文化杂交性"理论，任何文本、文化、传统的碰撞都是一个交互的过程，一种互惠的双向旅行：当一方在渗透对方的同时，它也一定不可避免地在接受着对方的倒灌。所以，当改写者跳出

---

[①] Sharon Friedman, ed., *Feminist Theatrical Revisions of Classic Works* (North Carolina: McFarland & Company, Inc., Publishers, 2009), p.117.

[②] Susan Bennett, *Performing Nostalgia: Shifting Shakespeare and the Contemporary Past* (London: Routledge, 1996), p.25.

[③] Courtney Lehmann, *Shakespeare Remains Theatre to Film*, p.132.

莎剧主流，宣布与莎剧脱离和独立时，它同时也在对莎剧遗产进行着一种独特形式的衍生、增容和拓展。在当代理论语境中，对莎剧的再写实际上已成为一种极端形式的意义延伸——通过再写，通过写作上的一次次叠加和语境的重构，莎剧意义得以无限地演绎和扩展。这就是为什么虽然很多当代莎剧改写者，如爱德华·邦德和汤姆·斯托帕德等早已是世人眼中的戏剧大师，其作品也早已是公认的经典剧作，但在他们的改写作品上仍旧笼罩着一种挥之不去的莎氏幽影。

　　莎士比亚不仅存在于当代改写者的创作过程中，也存在于改写作品意义的实现阶段。如上所述，在17世纪，当莎士比亚借用先前文化创作世人熟悉的剧作时，他无须在意那些源头的出处，因为他无须依靠观众对源头的记忆或观众意识中某种共通的文学遗产来实现其作品的意义。但20世纪的莎氏后人却不同。他们在改写莎剧时不仅消费着观众对莎剧前文本的记忆，也在消费着人们对莎剧文本和演出的文化记忆。谈到这种文化现象，琳达·哈钦指出，改写作品的魅力就在于，它在唤起读者和观众某种久违记忆的同时又给予了他们异类疆域的惊喜，让他们在似曾相识之中发现新奇，从而使他们在心理上获得一种由记忆连接带来的快乐和愉悦。① 马洛维奇曾问过自己这么一个问题："我们的集体无意识中是否已沉淀着哈姆雷特的痕迹，从而使我们对他似曾相识？"② 从文本创作到舞台意义的实现，当代莎剧改写的诞生注定是互文性的，也必定是互文性的。就戏剧本身而言，它从产生的那一瞬间便具有很强的互文特征，每一次演出都不可避免地带有先前表演所留下的印记。走过四百多年的文本传承和演出历史，尤其是进入20世纪后期，在我们熟悉的《哈姆雷特》《罗密欧与朱丽叶》等戏剧存在之上，早已沉积了一层厚厚的互文尘埃。而一个剧本的解码在很大程度上取决于观众对那些先前文本的了解。事实上，当代剧作家进行改写创作时使用的核心策略就是互文性策略：当代改写作品之所以能实现其深刻的意义，在一定程度上就在于，它成功地在观众的脑中唤起了他们对莎剧文化的全部记忆，从而使不同时间和空间的经验通过观众的思想平台，在新的作品中聚集在一起，并发生碰撞，从而产生新的火花。

---

① Linda Hutcheon, *A Theory of Adaptation*, p.4.
② Michael Scott, *Shakespeare and the Modern Dramatist*, p.105.

因此，虽然罗兰·巴特说"作者死了"，但就像评论家萧恩·伯克（Sean Burke）所写，作者的声音永远都不会真正地消失："当一个作者被宣告死亡时，他的声音其实比任何时候都更加响亮。"[①] 当代莎剧改写不仅仅是改写者对莎剧原始遗存的解构和颠覆，也是莎氏遗存向当代文化存在的游弋。虽然莎剧在被改写的过程中被"解构"为无数难以辨认的模样，但莎剧被无穷尽地改写本身却也反证了莎剧的无限包容性——不管改写作品的最终目的是什么，毕竟都是"莎士比亚"给了它们一个存在的立足点和意义的依托。

本书旨在以战后英国戏剧中的莎剧改写文学研究为切入点，以当代"后"文化思潮为大背景，探讨莎士比亚在当代英国戏剧乃至当代西方文化中的独特存在。所以，本书所进行的"战后英国戏剧中的莎士比亚研究"这一课题在一定程度上是一个跨学科的研究，不仅涵盖战后英国戏剧研究、莎士比亚文化研究、改写理论研究三大领域，间或还将涉及对当代莎剧影视、全球不同文化语境下的莎剧本土化问题的观照。

通过对当代莎剧改写文本的阅读及对部分莎剧影视的分析，本书作者认为，虽然罗兰·巴特所掀起的"作者已死"的理论敲响了莎氏大写作者身份的丧钟，但接下来在当代文学创作中出现的对莎剧的颠覆和解构非但没能抹杀莎士比亚在当今英国戏剧及世界文化中的参与，相反，通过战后剧作家的"重写"之笔，莎士比亚获得了前所未有的生命力、存在感和影响力。所以，正如不少剧评家注意到的那样，当代改写者对莎剧无穷尽地"再写"非但没能将莎士比亚从崇高者行列中抹去，"再写"本身恰恰反证了莎士比亚在被历史"拭去"过程中的不断彰显，更反证了莎剧作为原型文学的经典地位——因为所谓的"文学原型"，其本质就在于它的无限演绎性，在于它永恒地被再写和再述以及激发后人不断回归于它的巨大潜力。

---

① Sean Burke, *The Death and the Return of the Author* (Edinburgh: Edinburgh University Press, 1998), p.7.

# II

## 改写/再写：
## 与莎士比亚批判式的对话

## 第二章

## 爱德华·邦德：对莎氏神话和人文政治的"再写"

> 人们总觉得，有两个人到了那座神圣的山巅，接受了写在石板上的文字：一个是摩西，另一个便是莎士比亚。在西方人文主义者眼中，莎士比亚是一个受人崇拜的神，一个指引我们行为和思想的引航人……但这不是真的，他没有那么好，他并不是放之四海而皆准的真言者。
>
> ——爱德华·邦德

自1956年《愤怒回首》上演以后，英国戏剧出现了可与文艺复兴媲美的繁荣盛事，并于20世纪50年代后期、60年代后期及80年代末为起点形成了三次戏剧浪潮。而且，在前两次浪潮中，英国戏剧的走势似乎均表现出两个不同的走向：一种是社会性剧作家（socially committed dramatists），另一种是个性化剧作家（private dramatists）。第一类剧作家沿着约翰·奥斯本所开启的政治剧场的道路，坚持戏剧服务社会的宗旨，以分析和批评社会问题为己任,关注社会主题。其代表者主要有爱德华·邦德、阿诺德·威斯克、大卫·爱德伽、大卫·海尔(David Hare)、霍华德·布伦顿等。相比而言,第二类剧作家则侧重戏剧创作的艺术个性,其主要代表者为哈罗德·品特和汤姆·斯特帕德。值得关注的是,在三次戏剧浪潮中,均涌现出了大量的莎剧改写作品,而且像两次浪潮中两个截然不同的走向一样,莎剧"重构"之风也表现为两种迥然不同的模式:一种是由汤姆·斯特帕特所代表的个性化"重构"(本书将在后几章对其做详细的探讨);另一种则是由邦德、威斯克、马洛维奇、布伦顿等所代表的社会性和政治性"改写"。在他们当中,以《李尔》和《赢了:有关金钱和死亡的特写》而著称的爱德华·邦德无疑是最具代表性的莎剧改写大师。

作为当代英国最有实力、最持久的剧作家之一,邦德与奥斯本、品特、威斯克一样,是战后英国戏剧文艺复兴中第一次浪潮的核心人物。在过去五十多年的创作生涯中,邦德以激进的政治诗学,从公众而非个人的戏剧视角捕捉时代精神,表现社会问题和人类危机,成为当代欧洲舞台上最不妥协、最有争议、最具挑战力的剧作家,甚至被一些剧评家视为"英国在世的最伟大的剧作家"。①

半个多世纪以来,邦德一直笔耕不止,截至2012年他已创作了50多部剧作,成为战后英国舞台上最多产的剧作家之一。他的主要作品包括《被拯救》(Saved, 1965)、《李尔》(Lear, 1971)、《大海》(The Sea, 1973)、《赢了》(Bingo, 1974)、《傻子》(The Fool, 1975)、《女人》(The Woman, 1978)、《包裹》(The Bundle, 1978)、《战争戏剧》(The War Plays, 1985)、《杰克特I和II》(Jackets I and II, 1989)、《咖啡》(Coffee, 1995)、《在有岛屿的海上》(At the Inland Sea, 1995)、《二十一世纪的罪恶》(The Crime of the Twenty-first Century, 1999)、《孩子们》(The Children, 2000)、《假如一无所有》(Have I None, 2000)、《平衡行动》(The Balancing Act, 2003)和《破碎的碗》(The Broken Bowl, 2012)等剧作。而今这些作品中不少已成为当代英国戏剧的经典之作。更具传奇的是,在这一过程中,邦德的戏剧生涯几经起伏:在20世纪70年代,随着《李尔》

---

① 《爱德华·邦德:戏剧集6》在封底文字中引用《独立报》文章的评述。

和《赢了》等优秀作品的问世,邦德成为伦敦各大剧场的偶像派剧作家。但80年代中期以后,随着他与英国主流剧场在演出思想上的矛盾升级,邦德在此后的几十年中遭到了伦敦戏剧界的全面封杀。但就在这段岁月里,这位被国人遗弃的战后英国元老派剧作家却在欧洲舞台上实现了另一个戏剧神话,他以其独特的政治剧场成为英国在世的最优秀的剧作家。近年来,就连伦敦主流剧场也无法抗拒邦德戏剧的耀眼存在,开始向他伸出回归的橄榄枝。

虽然至今邦德仍在戏剧创作中推陈出新,但纵观他的作品,不少剧评家仍认为,70年代是邦德戏剧的顶峰阶段。在此期间,邦德戏剧一改早期的现实主义风格,转而以历史、神话和经典为创作的源泉,从西方文化的深层来探讨政治主题。而在这一阶段,诗人莎士比亚的身影一直萦绕着邦德的戏剧作品:《李尔》是对莎剧《李尔王》中人性思想的解构性对话,《赢了》则是在历史坐标中对晚年莎士比亚的当代性再写,而《大海》在情节上更是不乏对莎剧《暴风雨》的暗指。重要的是,不管这些作品在内容上多么不同,它们都似乎在演绎着同一个主题——即暴力政治——它们以各自的形式共同构成了邦德这一时期的理性剧场。

就当代英国改写剧场而言,以邦德为代表的社会性剧作家和以斯托帕德为代表的个性化剧作家在莎剧改写上表现出迥然不同的主题和风格。对于邦德这样的社会性剧作家来说,莎剧的可颠覆性在于其思想的"反动性":在邦德看来,这个主宰了西方世界数世纪之久的正统之音是西方人性哲学的典型化身,是一个挂在后人颈上的沉重十字架。因此,在改写莎剧的过程中,邦德立意从当代剧作家的评判视角出发,重新审视作为西方思想源头之一的莎剧,赋予它新的时代含义。

本章以《李尔》和《赢了》为例,尝鼎一脔,分析和探讨邦德的莎剧改写。

**1. 《李尔》:颠覆传统人性悲剧**

当谈到为什么选择莎士比亚作为那一时期戏剧创作的源头时,邦德这样解释说,那是因为几百年来莎士比亚在西方人们的眼中一直都是真言者的化身——"在某种意义上,他所代表的是西方人性的标准。"但邦德认为,这一点也正是莎士比亚的反动之处。邦德曾说过:"人们总觉得,是有两个人到了那座神圣的山巅,接受了刻在石板上的文字:一个是摩西,另一个便是莎士比亚。在西方人文主义者的眼中,莎士比亚简直是一个受人崇拜的神,一个指引我们行为和思想的引航人——但这不是真的,他没有那么好,也不是放之四海而皆准的真言者。"[1] 在邦德看来,尽管莎士比亚是续希腊戏剧巨匠之后最有影响力的剧作家,但他却从未真正给人类指出过一条解决社会问题的出路——即便说他的确为他那个特定的时代找到过某种答案,但那种答案也只是顺从,即接受发生的一切,接受人性的善恶。对于邦德这样的剧作家来说,这种顺从的态度正是暴力政治得以数千年来在世间延存的根本原因,这也是莎士比亚哲学和价值观的反动之处。邦德一再强调,戏剧要触动的是人们的理性,而非人性。作为当代人,他拒绝接受莎剧人物的人性独白,他说,他要彻底构建那种由哈姆雷特所代表的社会性独白:"哈姆雷特发现的是自己的'灵魂',我的人物要发现的则是社会的灵魂。"[2] 所以,邦德对莎剧"重构"的核心就是打破莎士比亚这面作为西方人性价值标准的镜子,从而让世人重新审视、重新评价并最终修正西方意识形态中某种根深蒂固的观念。

因此,当谈及《李尔》一剧的创作时,邦德指出,他之所以选中《李尔王》为起源文本,是因为李尔在世人心中早已被神话为一种传统悲剧的原型,一个集个人悲剧、政治悲剧和国家悲剧为一体的元悲剧的化身。[3] 在他的剧中,邦德立意要做的即是打破这种悲剧原型,超越传统个人独白和亚里士多德式悲剧的束缚,重新塑造李尔这面"社会的镜子",使之成为阐释"邦德式"(Bondian)暴力政治主题的载体。所以,如果莎士比亚在《李尔王》中讲述的是一个作为王者的父亲因丧失理性而承受的惩罚和在苦难中对善恶人性的领悟,那么邦德在《李尔》中则彻底颠覆了莎剧李尔的世界——因为邦德认为,尽管莎氏的李尔看到了人性的善恶,但他对现实的接受和顺从却是暴力社会从一个世纪到另一个世纪得以延续的根本原因。因此,邦德指出,不管莎剧怎样深刻地揭露了社会和人性的弱点,莎士比亚最终的目的仍不过是在维护那个社会秩序的既定存在。在邦德的眼中,莎剧的可颠覆性正是在于这种思想上

---

[1] Malcom Hay and Philip Roberts, eds., *Edward Bond: A Companion to the Plays* (London: Theatre Quarterly Publications, 1978), p.4.

[2] Hilde Klein, "Edward Bond: An Interview," *Modern Drama* 38:3 (Fall 1995): 408.

[3] Philip Roberts, ed., *Files on Bond* (London: Methuen, 1985), p.24.

的"反动性"。

邦德是一个诗人,也是一个思想家,他力图在自己的戏剧世界里对西方社会中的暴力政治做出全新的解释,以揭示权力、暴力与公正之间的内在关系。

在《李尔》中,邦德将故事设定在3100年的英国。本剧开始时,为防御北部宿敌挪恩公爵和康沃尔公爵的进犯,国王李尔正在修筑一座城墙,不料他的两个女儿却与挪恩公爵和康沃尔公爵秘密结为夫妻,并随后领兵推翻了李尔的政权。李尔和大臣沃林顿被俘,两姐妹割去了沃林顿的舌头,剁去了他的双手,并用毛衣针扎破了他的耳膜。李尔则逃到一个小村里,被掘墓者的男孩收留。随后,士兵打死了掘墓者的男孩,强暴了他的妻子考狄利娅,抓走了李尔。很快,以考狄利娅和她的情人木匠为首的起义军又推翻了两个女儿的政权,并下令继续修建城墙。在狱中,李尔目睹了大女儿被解剖和二女儿被刺死的惨状,接着自己也被挖去了双目。至此,受尽苦难的李尔终于意识到了自己和所有执政者围绕着"城墙"所犯下的错误和罪行:"城墙"无疑是社会政权的象征,正是它赋予了各种社会集体以暴力道德和法律的"正义性",使一代又一代的当权者打着正义、道德的旗号,以冠冕堂皇的理由实施暴力。剧末时,李尔爬上了城墙,试图用铁锹拆除曾寄托了他所有政治梦想的象征,最后被士兵开枪打死。

邦德一再强调,暴力政治是当代一切政治问题的核心,它源于整个西方社会无数世纪以来错误的道德观和社会观,是人类世界中一切不公正的自然恶果。用他的话说:"支配动物的是本能,左右人类的则是他们界定世界的方式。圣·奥古斯丁曾说过:'爱,就要做你想做之事。'希姆莱则坚持:'我是为了爱才用毒气杀死犹太人。'这里隐含着人类种族存在观念中一个本质性的悖谬。"[①] 邦德认为,要想除去暴力,首要任务就是要让世人看清传统价值中的谬误。他写道:"对观众而言,舞台像是一面镜子,我们必须首先打破那面镜子,然后对它重新组合,这就意味着,我们需要一种新的戏剧形式。"[②] 莎士比亚的李尔恰恰便是这样一个镜子,因为《李尔王》所反映出来的思想之一就是伊丽莎白

---

① Michael Mangan, *Edward Bond* (Plymouth: North Cote House Publishers, 1990), p.69.
② Hilde Klein, "Edward Bond: An Interview," p.412.

时期的"秩序"观。莎剧学者何其莘先生曾这样评述莎剧《李尔王》:"它反映出来的思想之一就是伊丽莎白时期的'秩序'观。在这个剧中,被破坏的不仅是家庭的秩序,更有国家的秩序,乃至整个宇宙的秩序。"①邦德要打破的正是这种"秩序"观念和这种观念所掩盖的暴力政治和道德哲学。

与其早期作品《被拯救》相比,暴力在《李尔》中不仅仅是一种社会现实,更是一种通过戏剧来探索、分析并力图矫正的社会问题。因此,虽然邦德在风格上走出的是一条改写莎士比亚的反现实主义创作之路,但在内容上,他仍是现实主义的。在邦德看来,暴力存在于西方社会自我利益价值的中心,其可怕性在于,它是社会结构和体系的产物。邦德甚至把它的价值源头追溯到了上帝那里:"《旧约》中的上帝也是暴力的:为了摆脱暴力,他杀死了自己的儿子,这就像是用战争来结束战争一样。"②所以,邦德要用戏剧表现"一种对暴力性质的全新理解。"③他要让他的观众重新审视、重新评价、最终重新构建和修正西方文明价值中被广为接受的观念。

在《李尔》中,暴力政治不仅仅是一种社会现实,它还是一切政治问题的焦点。在传统观众的印象中,李尔王是一个亚里士多德式的悲剧个体,他打动人们的是王者陨落时所激起的可怕和悲悯之情。但对邦德而言,这种对个人命运的强调带有太强的神话性。在《李尔》中,邦德重塑李尔这面"社会的镜子",使之成为阐释当代暴力政治主题的载体——邦德笔下的"李尔王既代表了西方文化中的至善,也代表了其至恶,是一个集社会极权与博大人性为一体的矛盾形象。"④

在这部剧中,"城墙"成为最醒目的政治视觉符号。在"城墙政治"的思维框架下,一代代统治者像李尔那样打着大众和国家利益的旗号,将各种防御、仇恨和复仇的个人冲动演变为公众眼里的"正义"行为,从而建立了具有极大破坏力的政治体系和国家机器。邦德正是在这种政治哲学的背景下构建出新的李尔形象:一个以"善"、自由和人性的名义实施暴力的统治者——他最大的特征就是当他实施残暴行为的时候,

---

① 何其莘:《英国戏剧史》,南京:译林出版社,1999年,第383页。
② Edward Bond, *Edward Bond's Letters 5* (Ian Stuart. London: Routledge, 2001), p.21.
③ Ibid., p.22.
④ James C. Bulman, "Bond, Shakespeare, and the Absurd," *Modern Drama* 19: 1 (1986): 60.

却坚信自己在做着至善。本剧开始时,李尔正要亲手杀死一个无辜的工人,罪名是后者在劳动时不小心将斧头落在了另一个民工的头上而使后者丧命。而李尔下令枪毙这位"肇事者"的理由也是堂而皇之:"他在城墙上杀死了一个人,单此一点就足以被判为叛国罪。"他甚至不耐烦地喊道:"你们还等什么?让他这么等着太残酷了,"① 其口气中那种野蛮与人性交叉的双重声音给人们留下深刻的印象,这也从一个侧面反映了李尔的政治观点。对李尔来讲,城墙是他一切梦想的象征:

> 我的敌人不可能摧毁我的工程!我把生命都奉献给了我的人民……我死后,我的人民会生活在自由、和平的环境之中,他们会永记我的名字……他们就像是我的羔羊,任何一只走失,我都会拿着火把到地狱里把他拯救出来。我热爱并关心着我所有的孩子们,可现在你们却把他们出卖给了他们的敌人!(他开枪打死了第三个工人……)②

按照李尔的政治逻辑,耽误工期一项就该被处以杖刑,更何况那个工人"在城墙上杀死了一个人,单此一点就足以被定为叛国罪。"(17)在这里,一方面,他说城墙是他一切政治梦想的象征:有了城墙,他的人民会生活在自由和和平的环境之中。而另一方面,李尔却可以以国家的名义随意草菅人命,因为他所谓的"政治梦想"给他的残暴以道义上的特权。

在邦德看来,政权最可怕的一面就是这种政治理想下所掩盖的血腥,是"政治梦想"给予了李尔实施残暴时的道义上的特权。更加可怕的是,这种政治暴力的观念已浸入社会意识的肌肤深处,成为一种惯性思维:一代代统治者无不在沿着各种所谓的"正义"之路,走向一轮轮新的暴力。直到李尔败走麦城,从权力者沦为权力的受害者时,他才终于明白了,正是从城墙所代表的这一人类自我保护的冲动和他所谓的和平梦想中才产生了暴力政治,明白了自己曾经在"正义"的名义下所犯下的罪行。

---

① Edward Bond, *Lear*, in *Bond Plays Two* (London: Methuen Drama, 1978), pp.17–18. 以下出自同一剧本的引文页码随文注出。

② 何其莘:《英国戏剧史》,第383页。

尤其是当他目睹两个女儿惨死在狱中，他本人更是被挖去双眼，至此，他终于明白了自己手里一直挥舞着的那份权力的含义和犯下的罪行。用他的话说，他曾杀过那么多人，可从没看过他们任何一个人的脸。这就是为什么他后来喊道："如果我看到十字架上的耶稣，我一定会啐他一身。"（76）这句话充分反映了他对所谓传统人性的厌恶。

在邦德看来，暴力攻击是一种能力，并非是必须，是人类社会的法律、秩序观念和政治体系给予了社会暴力一种"道德的神圣性"，从而使它成为人人接受的"正义"。① 它使那些防御、仇恨和复仇的个人冲动在大众和国家利益的旗号下，变成了更具破坏力的社会结构或镇压性的国家机器。李尔的"城墙"政权是这样，考狄利娅的政权也是一样。在剧中，作为第三轮当权者，当考狄利娅界定她的政府时，其讲述的起点就是她遭到强暴的那一瞬间——"他们杀死我丈夫时，你是在场的……我目睹了一切，我告诉自己，我们决不再指望这些暴徒们的慈悲。"（99）从自己遭受的暴力经历中，考狄利娅形成了新的政权概念，那就是，为了使她的人民免受同样的暴力，她要创造一个新社会。为此，她做的第一件事就是对内镇压异己，对外继续修筑城墙。至此，李尔的警告——"我们是在以狭隘和渺小的人性在构建世界"（99）——已无法打动她的心。剧中那种使李尔和考狄利娅决心修建长城的冲动，就像是舞台背景中不时出现的"猪圈"意象一样：在由圈墙构成的秩序和规范里面，存在的只有疯狂和粗暴的杀戮。

邦德对莎剧《李尔王》的最大篡改，不仅是由原来的悲剧主题转向了政治性"暴力"主题，还在于他彻底否认了莎剧中对人性的幻想。如果世人在《李尔王》中看到的是一个王者和父亲因丧失理性而承受的惩罚和在苦难中对善恶人性的领悟的话，那么邦德在李尔的悲剧中看到的却是其道德和政治上的反动性。在邦德眼中，不管莎士比亚在剧中怎样揭露了社会和人性的险恶，其最终的目的仍是在维护那个社会秩序的存在，因为通过李尔悲剧，莎剧想要告诉世人的是，健全的等级制度是秩序的保障，一切的问题都源于权威的丧失，虽然在剧中莎士比亚让李尔看到了人性的善恶，但最终却让他选择了对现实的接受和顺从。莎剧《李尔王》结尾时，李尔已对权力失去了任何兴趣，他心中的唯一愿望就是

---

① Edward Bond, "Author's Preface," in *Bond Plays Two*, p.3.

和自己的爱女在一起：

> 不，不，不，不！来，我们到监狱去。
> 我们两个要像笼中鸟一样唱歌。
> 当你要我为你祝福时，我要跪下来，
> 请求你的宽恕。我们就这样生活，
> 祈祷，唱歌，讲老故事……①

邦德认为，莎剧李尔王这种对人性的幻觉和暴力一样危险。因此，在《李尔》中，邦德不仅以暴力政治的主题取代了莎剧的悲剧主题，还让李尔拒绝了莎剧中对人性的幻想。事实上，邦德将莎剧李尔王的形象在《李尔》中分化为两个人物，一个是继承其暴力政治衣钵的考狄利娅，她的"篱笆"意识和以暴力结束暴力的思想与本剧开始时的李尔政治一脉相承；另一个则是考狄利娅的丈夫，那个娶了牧师的女儿、收留并安抚李尔的掘墓者的男孩，他代表了莎氏李尔王对人性的幻想。在邦德的剧中，对于苦难中的李尔而言，由农舍、水井和怀孕的妻子所构成的掘墓者的男孩的生活世界比起外面的动荡，无疑就像是世外桃源一般，宁静而自足。但在邦德看来，这种对人性的幻想和暴力政治一样危险，因为它会使一个人躲进基督式的忍耐精神之中，从而逃避行动。在邦德看来，一旦李尔像在莎剧中那样停滞在对人性的幻觉之中——"我们冷眼旁观／那些随月亮的圆缺而沉浮的结党营私的权贵"②——暴力政权将会一轮轮地无限上演。很明显，剧尾出现在李尔身边的汤姆—苏珊—约翰三人组合就是另一个掘墓者的男孩—考狄利娅—木匠三人结构的再现，这种相似性暗示着，很快又会有新一轮暴力政权的更替。正是这种可怕的前景使李尔决绝地摆脱了掘墓者的男孩的幽灵（代表基督式的忍耐）的陪伴，向城墙走去。他拆除城墙的意义与其说在于行动上，不如说在于政治意义上，因为他所拆除的不是哪个暴力政府的具体存在，而是那种从古至今主宰了人类历史几千年的"城墙观念"。

所以，邦德戏剧对莎剧《李尔王》的颠覆是从思想和政治意义的

---

① 何其莘：《英国戏剧史》，第113页。
② 同上。

角度进行的。莎士比亚描写的是人性的悲剧、国家的悲剧,反映的是一个父亲为其丧失理性所承受的惩罚和一个王者因放弃其责任所带来的恶果。而邦德的《李尔》所要表现的是与莎士比亚相反的东西:不管莎剧中表现了多少社会问题和人性的弱点,其最终的目的仍是维护那个社会体系;但邦德,却像他的李尔那样,则要拆除几千年来延续下来的"政权"概念,从根本思想上把莎士比亚的世界翻个底朝天。邦德同时代的另一个社会性剧作家霍华德·布伦顿曾在日记中写到,莎士比亚是依附于权势阶层的人物,其作品中政治味十足到厚颜的地步。因此,在布伦顿看来,在一定程度上,莎剧的存在对当代英国戏剧来说简直是一种诅咒:因为莎剧具有如此广泛的社会性,以至于它已失去了任何政治的意义。也就是说,莎剧与其说是无所不包,不如说是空无一物。① 这句话在一定程度上也揭示了邦德"改写"莎剧的根本原由:"既然莎剧的世界已是废墟一片,我们不妨搬走其石块,重建起新的殿堂。"② 而这正是爱德华·邦德在《李尔》中所做的——通过改写,邦德的解构之笔直逼莎氏所体现的价值标准,在其神话的瓦砾上,建构出新的与时俱进的时代主题。

**2.《赢了》:追踪莎士比亚神话中的裂缝**

《赢了》是邦德继《李尔》之后的另一部力作。与《李尔》不同的是,它所"再写"的不是莎剧经典,而是莎士比亚本人。

邦德曾在"理性剧场"(Theatre of Reason)一文中这样评述莎士比亚:他在剧中提出过很多问题,虽然他不能回答这些问题,但他学会了坚韧不拔地倾听问题,面对这些问题——哈姆雷特死了,李尔死了,奥赛罗被骗,麦克白疯狂了,善良被欺,没有好的政府、好的秩序来保护普通的人——莎士比亚无法回答,他只能不停地问问题。邦德曾在20世纪70年代说过:"戏剧作品应该是斗争的一部分。……我们不仅要写问题剧,还要创作含有答案的作品……我们应该用自己的思想来实现这一点,这样我们就可以挣脱神话对我们的束缚。"③ 邦德对莎剧《李尔王》

---

① Howard Brenton, *Hot Iron, Diaries, Essays, Journalism* (London: Nick Hern Books, 1995), p.82.

② Ibid.

③ Malcolm Hay & Philip Roberts, *Edward Bond A Companion to the Plays*, p.74.

的修正——李尔不仅是一个社会政治的顿悟者,更是一个行动者——针对的与其说是李尔,不如说是剧作家本人。

在《赢了》一剧中,邦德关注的是艺术家与艺术和社会的关系,他所质疑的是将艺术与社会现实割裂开的资产阶级文化观。在一个充满暴力的社会中,一个艺术家怎样存在才能不至于疯狂?① 沿着这一问题,邦德创作了70年代的这部重要作品《赢了》。

在这部剧中,莎士比亚本人像李尔那样成为故事的主人公。当该剧开始时,功成名就而年老的莎士比亚坐在故乡斯特拉特福的花园里,手里拿着几张纸。在他眼皮下面正发生着两件事:花园的深处,一个无家可归的年轻女子为了钱和生存被满头白发的园丁奸污了;同时,篱笆之外,英国正经历着从封建社会向资本主义的过渡——圈地运动和清教徒运动在轰轰烈烈地向他逼近。这天下午,本镇羊毛商库姆来访,他和其他羊毛商要圈占镇上佃农的土地,这无疑会使大批牧羊人和佃农们失去土地,流离失所,库姆此行的目的是为了说服莎士比亚支持他们的活动。至此观众突然明白,这位文学圣人手里握着的原来不是剧稿,而是一份地契——它将保护莎氏的个人利益不受圈地事件的影响,但前提是他要以"不参与"的态度来表示默许。莎士比亚为了自身的利益,默认了圈地事件的发生。

与此同时,库姆发现了藏在树丛后面的流浪女子,他以维护公众群体的名义将她关了起来——她受到了被剥去衣服遭到鞭打的惩罚,最后被绞死。绞刑架上的女人仿佛是一幅被放大的现实之相,终于撞碎了莎氏紧闭的良心之门,至此,一直沉默中的莎氏不得不面对人类社会的嗜血和残酷:"我平息了内心的骤雨,但外面的风暴却爆发了出来。"②这时,剧作家本·琼森来访,他带来了伦敦剧院被烧、清教徒到来的消息,但此时的莎士比亚似乎已被绝望麻木,他无动于衷地埋头喝酒和酣睡。下雪了。站在白茫茫的田野之上,莎士比亚仿佛成了那个在暴风雨中流浪荒野的李尔,望着眼前的雪,一瞬间,他心头涌起一种李尔般的

---

① Colin Chambers and Mike Prior, *Playwrights' Progress Patterns of Postwar British Drama* (Oxford: Amber Lane Press, 1987), p.180.

② Edward Bond, *Bingo*, in *Edward Bond Plays: Three* (London: Methuen, 1987), p.41. 以下出自本剧的引文页码随文注出。

顿悟：白茫茫的大地仿佛就像是自己耕耘一生的戏剧世界，它看似揭示了人类的灾难和痛苦，事实上却空无一物。在莎士比亚的周围，事态越来越坏，农民们揭竿而起，黑暗中，园丁的儿子打死了被他骂为畜生不如的父亲。本剧结束时，库姆对作为暴民之一的"儿子"说，无论发生什么，圈地运动都不会停止。"儿子"则对莎士比亚说，他要走了，去为自由而战。这两个声音预示着即将来临的政治怒潮和工业革命的暴风骤雨。但此时的莎士比亚已经彻底绝望，他一边听着，一边吞下了手里的毒药。

正如该剧的副标题"关于金钱和死亡的特写"所显示，在该剧中，邦德彻底解构了罩在莎士比亚身上的神话光环，将他拽到了由金钱和暴力构成的历史坐标之中，从而凸现了这位道德真言者（truth teller）在传统历史和文化中被人们忽视的另一面，即莎氏神话中存在的悖论——他是一个剧作家，一个透过悲剧人物向人们呐喊人性的预言家，但同时他也是一个私有财产拥有者，一个在现实中为了自身利益而悖逆道德的凡人。

在该剧中，邦德所做的与其说是对莎氏形象的"改写"，不如说是对莎氏历史的"重释"。就像剧评家詹姆斯·C. 布尔曼（James C. Bulman）说的那样：邦德虽曾盛赞莎士比亚，说他能写出《李尔王》这样的剧作，就一定是一位社会批评家，但他同时也哀叹，莎氏虽然表现了现实，却没有指出一条改变现实的道路。邦德从莎士比亚笔下的李尔想到了剧作家本人的道德性：到底是怎么样的一个人能写出如此震撼的作品？邦德的答案是，他一定是一个像李尔一样的人，他一定领悟到了大多数人无法领悟的真理：剧中李尔的道德观念在一定程度上定然是莎氏本人的，但在现实中面临利益的选择时，他却做出了背离自己真理的决定。① 邦德在《李尔》的前言中这样写道："关于莎士比亚故乡斯特拉特福的圈地运动，史书上曾有过很多记载，但却没有只言片语证明莎氏对此作过任何的反抗，他也许对圈地事件抱着质疑和否认的态度，但终究不过是坐在家里，任由他人的反抗成为阻止它的唯一力量。"② 邦

---

① James C. Bulman, "Bond, Shakespeare, and the Absurd," pp.66-67.
② Edward Bond, "Introduction to *Lear*", *Eward Bond Plays: Three* (London: Methuen, 1987), p.6.

德正是从此史料细节切入,在《赢了》一剧中为我们塑造了一个纠结于自身政治矛盾和道德困境中的莎士比亚,一个在现实中一笔勾去了无数农户生存权利的贪婪的资本拥有者。

剧中的莎士比亚处在一个新旧秩序交替的时代,充满了动荡和交锋:萌芽中的资产阶级按捺不住对金钱的欲望,贪婪地剥夺着农民的土地,暴力反抗的种子以清教徒运动的形式在酝酿着,到处是血腥、残暴和不公正,无辜者在失去生命。但诗人却坐在自家的花园里,手里攥着一份地契,希望四周的篱笆能为他筑起一堵道德的隔音墙。但篱笆终究是篱笆,它不可能成为一面密不透风的墙——先是饥寒交加的流浪女子在诗人的眼皮底下被守园人玷污,接着是羊毛商库姆来访,请求他对圈地运动保持沉默,后来是对他充满仇视的女儿的到来和对他冷血的指责。面对这一切,作为艺术家和戏剧哲人的莎士比亚却执意躲在自己的"虚无乡"中,来维持内心的"清净":"我回到这里原本是为了宁静,可人们却如此这般地进进出出。"(32)在这部剧中,莎士比亚不再是文学神话里那个向人们宣讲善恶是非的哲人,而是一个关闭了良心大门、无视"园外"现实、不顾道德观念的孤独者。

尽管邦德在剧中没用多少笔墨渲染莎氏此刻的心境,但通过剧中其他人物的声音——守园人的儿子对其父兽行的诅咒,莎士比亚的女儿对莎氏的鄙视,还有剧作家本·琼森对莎氏精神死亡的失望和他"醒醒吧,清教徒来了!"的呼喊——作品从另一个角度展示了莎士比亚"听"到的愧疚之声。他女儿的那句话——"你对所有事都置若罔闻……你关心的只是你的思想。"(31)——震撼着诗人的心。在剧末,那位年轻女子的死就像是一张残酷现实的特写,最终迫使莎士比亚不得不面对暴力社会的本质。此时的他觉得自己仿佛是一头被拴在火刑架上的熊:面对周围狂犬的咆哮和嗜血人群的喧嚣,他作为一个作家的良心终于挣脱了"失声"的沉寂枷锁,再次听到了自己戏剧世界里的声音。通过剧中莎氏之口——"[我]篡取了上帝的位置,却满口谎言……"(40)——邦德向人们揭示了这位文学神话者被历史和世人忽视的另一面,即作为作家的莎氏和作为人的莎氏所表现出的两个不同的存在。

本剧的中心主题就是要揭示当一个作家违背了自己的真理和完整性,任凭信条和行为分离时的悲剧。对于剧中莎士比亚之死的缘由,邦德曾这样阐述:

他曾写过《李尔王》这部剧：在暴风雨中的荒野上，李尔曾向上苍索取一个能衡量人类行为的天理。人的确会选择某些东西，就算这种选择意味着不得不牺牲他的家园和生命……莎士比亚一定是知道这些的，否则他怎么会写出那部作品？剧中李尔的道德观念在一定程度上一定也是莎士比亚本人的，否则，他就不会想象出李尔这样一个人物……但问题是，当现实中的自己面临利益选择时，他却做出了背离自己的决定。①

作为一个诗人，剧中的莎士比亚洞察发生在周围的一切：他看到了园丁儿子话语中（"上帝将带我走上一条漫长的历程"——即清教徒运动）所隐含的暴力本质，也了解库姆之流打着公众之名（"镇上的人们会因我的行为而受益……我目睹了太多苦难。"）对自我利益的牟取，他更看到无辜的人们像鸟儿一样被暴力社会所吞噬的惨相："昨天，我走到了河边，它是那么的宁静……我看到鱼儿越出水面捕捉飞虫，一只天鹅在我身边的河面上划过……洁白的天鹅，污浊的河水——突然，她掉进了河的中央，化为一条弧线，消失了。我至今能听到翅膀拍打水面时的响声。"（41）在本剧中，邦德将莎士比亚、诗人、剧中受伤脑残的看园老者放在同一个坐标系中进行对比，虽然老者有些智残，但至少他还有些人性的温情，面对年轻女子的死亡，他彻底崩溃。而相比之下，坐在花园之中，静看这一切发生而无动于衷的莎士比亚则成为一个资本主义价值观的主动参与者。通过本剧，邦德向人们指出，一个艺术家也许可以欺骗世人，但却无法自欺。在剧中，让莎氏走向绝望的也正是这一点：他曾经是那般地用神来之笔书写过天鹅之死的悲剧，但如今现实中的他却关闭了良心的天窗，以一种"不参与"的态度成为残酷势力的帮凶。

《赢了》是邦德70年代作品中最凄楚的一部：这位多少世纪来被人们顶膜崇拜的哲人，面对社会现实时却做出了有悖其真言的选择——在邦德的剧中，坐在花园篱笆内的莎氏就像是《李尔》中躲进人性避难所中的李尔——这使这部剧作跌入了邦德戏剧中道德曲线的最低点。②在本剧中，邦德彻底解构了莎氏这位文化圣者的神话，而将他塑造成了

---

① James C. Bulman, "Bond, Shakespeare, and the Absurd," pp.66–67.

② Colin Chambers and Mike Prior, *Playwrights' Progress Patterns of Postwar British Drama*, p.160.

一个透过自身苦难而发现"真相"的戏剧人物。在本剧尾声时，莎士比亚本人仿佛成了那个在暴雨中质问上苍的李尔。看着眼前的原野，他像李尔那样低吟着内心的独白："在田野的尽头，就是我的家，可我却不愿走进去。因为那里是那么的黑暗，没有光，大门像是一个黑洞。……白雪皑皑的田野是那么的空荡而寂静，像是一汪没有生命的海洋，平滑如镜，没有半点足迹……只有我身后留下的脚印……和清晨篱笆下死去的小鸟。"（53）

剧末时，邦德让诗人像《李尔》中的李尔一样，得出了超越人性悲剧的结论：面对人类社会的嗜血和残酷，沉默、顺从地接受人性的善恶绝非是一种智慧——一个人不可能仅靠手里的一根魔棒或几首十四行诗便能获得道德的清醒，他更无法在坚持道德洞察力的同时，却在现实中逃避它。所以，剧中的莎士比亚选择了自杀——在邦德看来，自杀也是一种道德行为，它来自于莎氏对自我的评判："年轻时我曾用一根树枝在雪地上写字，一首诗……一个孩子的手抚弄着一个老人的胡须。清晨，老人死了，孩子却笑着，他在死去的老人的窗下嬉戏。现在，我老了，可那个能抚摸我、引我走进坟墓的孩子又在哪里？……我看不到那条能回去的路。"（55—56）

邦德在该剧中所做的与其说是对莎氏历史形象的重写，不如说是对莎剧政治思想的修正。对他来讲，弗·施莱格尔（Fridrich Schlegel）以来对莎士比亚的诗人崇拜必须掩埋，我们对诗人的评价应该回归到历史的坐标系中来进行。在这里，邦德并非意在诽谤诗人，而是在通过对莎士比亚的历史再写来思考一个作家在社会中的政治和道德存在："如果你不是一个有正义感的人，那么，不管你多有文化、多么文明、多能写出惊世骇俗的词句和人物，都毫无意义——最终你仍将会毁灭自己。……要想逃避暴力，光指出'暴力是错误的'是不够的，我们还必须改变产生暴力的整体观念。"[①]

的确，邦德曾这样评述莎士比亚："没有谁比莎士比亚更着迷于政治主题，但他的政治思想即便在他的那个时代就已是过时了——与其说他像人们常说的那样能洞察问题的每个方面，不如说他在所有的道德根

---

① Kirsten Bowen, "Edward Bond and the morality of Violence". <http://www.amrep.org/articles/3_3a/morality.html>

本性问题上永远都在回避最终的评判。"[1] 就像评论家布尔曼说的那样，邦德在莎士比亚的身上看到了某种政治上的反动性：莎剧在表达观点时总是如此的宽泛，以至于已失去了政治主题的必要指向。[2] 用邦德的话说，莎氏的李尔"虽有激情，却缺乏革命的思想"。邦德在莎士比亚的身上看到了同样的缺憾：他洞察世间的一切社会弊端，但却选择了以沉默和人性的善恶为借口来容忍它们的存在。[3] 这种沉默使他最终成为资本社会和暴力政治的合谋者——因为暴力政治源于资本主义制度本身，是西方社会自我利益价值的体现。因此，对邦德来讲，剧中莎士比亚对自我背叛的顿悟至关重要，在剧末，他像李尔那样选择了行动，以自杀来捍卫他在艺术世界中所信奉的真理。

通过凸显莎氏戏剧道德与其历史行为之间的沟壑，本剧彻底解构了莎氏作为真言者的神话形象。邦德曾说过："对当下的我们而言，被神话的'过去'就像是一个压在我们背上的大山，我们只有不时地停下脚步，调整这些包袱，才能继续向前，完成我们的征程。"[4] 所以，邦德在"再写"莎氏时所关心的并非是后者的传记史实，而是对莎氏文化内涵的重新界定。他认为，文化不应该是来自某个遥远过去的神话幽灵，更不应该是超越现实而浮荡于生活表面的一层镀金。文化的内涵应该是我们当下的社会问题。因此，在《赢了》这部作品中，莎士比亚不再是握着上帝真言的"摩西"，而是一个在历史坐标中被重新标注的人，一个在自己戏剧世界里呼唤道德但在现实中却背道而驰的人。在这一点上，邦德在莎氏的身上发现的其实也是我们当代人面临的困惑。邦德在该剧的前言中曾这样解释"关于金钱和死亡的特写"这一副标题："我们生活在一个由钱构成的社会中。……要想得到钱，你的行为就必须像钱一样。"（6）所以，邦德说，剧中莎士比亚所经历的那种信念与金钱之间的矛盾也是我们当今世界所面对的道德悖论："我们总说，人应该宽容、善良和理性，但我们的社会却要求我们适得其反：因为只有当我们狭隘、贪婪、好斗、挥霍时，这个社会才能得以运转。"（21）

---

[1] James C. Bulman, "Bond, Shakespeare, and the Absurd," p.63.
[2] Howard Brenton, *Hot Iron, Diaries, Essays, Journalism*, p.82.
[3] James C. Bulman, "Bond, Shakespeare, and the Absurd," p.63.
[4] Ibid.

## 第二章　爱德华·邦德：对莎氏神话和人文政治的"再写"

在《赢了》这部剧作中，邦德对莎士比亚的重塑并不是为了简单地改写这位文学巨人的历史，说到底，他的最终目的还是针对当下的社会——在"改写"神话的主题下，涌动的是这位当代剧作家坚持不懈的政治主题。

就像邦德在2012年的访谈中说的那样——"我想点亮人们的灵魂"——他与同时代其他社会性剧作家的不同在于，他一直力图以极端的政治诗学解剖当今社会和思想，向人们揭示存在于人类意识深处的恐惧、迷茫、残酷和愚昧，从而挑战观众对人性现实的接受，迫使我们对人性的本质和日渐险恶的社会非正义性进行思考。其最终的目的是迫使我们面对一个现实，那就是，我们每一个社会中的人都在合谋于暴力政治的存在，合谋于人类社会和人性的毁灭。所以，有人说邦德的戏剧是对人性和人类存在的一种"磁共振成像"，它直逼我们的内心和意识。在当今这个权力政治日渐泛滥、暴力意识已渗入社会骨髓的时代，邦德的作品无疑将呼唤正义推到了其政治剧场的核心地位。

在过去的半个世纪里，虽然邦德的戏剧命运几经波折，但不变的是他以挚爱的政治诗学进行创作的决心和努力。2008年，当年过七旬的邦德坐在他位于剑桥郡的家中，接受著名剧评家迈克尔·比林顿（Michael Billington）的专访时，他说道："我是一个极端主义者，我称自己是一个'嗜极生物'（extremeophile）。"[1] 的确，邦德一生创作的政治剧场虽在一些人的眼中略显激进，但正是这种执着的政治思想给予了邦德戏剧一种强烈的道德冲击力。在邦德暴力剧场的后面，其核心是剧作家对人性中"善"的坚守，和对人类"善"的一面被社会暴力毁灭时的愤怒。在不少评论家的眼里，邦德的戏剧让人想到英国浪漫主义诗人布莱克和雪莱。在比林顿采访结束前，这位著名剧评家问了邦德一个尖锐的问题，那也是邦德在《赢了》中让莎士比亚在生命结束之前问的一个问题："[你]是否做了一些事？"对此，邦德沉思良久，然后说："还不够，还不够，就像牛顿走在海岸上对自己说的那样，'我也许做了这么一点事，但面前的大海告诉我，知识的海域还远在我视线之外。'"[2]

---

[1] Edward Bond, interviewed by Michael Billington. <http://www.guardian.co.uk/stage/2008/jan/03/theatre>

[2] Ibid.

# 第三章

## 阿诺德·威斯克的夏洛克：一个来自莎剧的当代人文主义者

> 安东尼奥：他们嘲笑我们的友情——
> 夏洛克：我们就嘲笑他们的法律。
> ——阿诺德·威斯克，《夏洛克》

> 人们似乎没有意识到，在夏洛克作为一个犹太人和令人厌恶的个体之间是存在着界线的。这是一种可怕的混淆……它埋下了大屠杀的种子。
> ——阿诺德·威斯克

作为战后英国戏剧第一次浪潮中的主流作家，有着犹太身份的阿诺德·威斯克对莎剧的改写表现出与众不同的文化构建。在其经典作品《夏洛克》（又名《商人》）中，威斯克从文化唯物主义的角度，将积满厚重文化尘埃的莎剧《威尼斯商人》置于动态的历史坐标系中，重新思考"后大屠杀"语境下的"［莎剧］文本内社会存在"，审视并拷问被给予了复杂社会印记的夏洛克文化现象和话语符号，从而在政治历史的层面

## 第三章　阿诺德·威斯克的夏洛克：一个来自莎剧的当代人文主义者

上实现了对文化记忆的再签名。

以《厨房》（The Kitchen，1957）和《威斯克三部曲》（The Wesker Trilogy）①而著称的阿诺德·威斯克一直以战后英国现实主义新戏剧的代表者的形象置身于西方戏剧界。他曾说过："对莎士比亚而言，世界是个舞台，对我来说，世界则像一个厨房。"②但创作于1976年的《夏洛克》却并非是一部现实主义的作品：透过数百年的犹太文化史和20世纪大屠杀的历史记忆，威斯克旨在对莎剧的"文本内社会存在"重新进行审视和考量，以凸现萦绕在夏洛克文化现象之上的政治趋向。该剧的上演过程如其作者在20世纪70年代后英国主流舞台上的遭遇一样，坎坷曲折，令人哀婉：它于1976年在美国费城预览之夜之后，饰演夏洛克的演员泽罗·莫斯特尔（Zero Mostel）的猝死而不得不演出终止，该剧的演出从此笼上一层阴影。几经周转，最终在斯德哥尔摩首演，虽取得很大成功，但此后除了于1977年在百老汇短暂演出外却很少被搬上舞台。迄今为止，该剧已是学界公认的当代经典，与《三部曲》一起代表着威斯克戏剧的最高成就。

从戏剧结构上讲，《夏洛克》共分两幕，十三场。虽然该剧在剧情上保留了莎剧的核心情节要素——三只匣子、一磅肉、杰西卡的私奔——但该故事的叙述焦点却是夏洛克在威尼斯犹太区中的生活，以及他和老朋友安东尼奥的关系。其目的是为了凸现萦绕在夏洛克这一文化现象之上的政治趋向和意识形态的内涵。

在《夏洛克》中，故事的背景是16世纪的威尼斯。与莎剧不同，威斯克在剧中以写实的笔触描写了一幅威尼斯犹太区诺沃的历史画面——在那里，窗户朝内打开，所有面向基督世界的窗户均被封闭；犹太区的大门清晨打开，日落锁闭。夏洛克并非像在莎剧中那样是一个生活在威尼斯商人中的外来"他者"，而是一个生活在像集中营似的犹太区中的学者。本剧开始时，年近六旬的夏洛克正在犹太区的书房里向好

---

① 《厨房》是威斯克的成名之作，它不仅开辟了60年代流行的"激进现实主义"的先河，也在主题上反映了作者对理想主义的追求。此后他还创作了《掺麦粒的鸡汤》（Chicken Soup with Barley, 1958）、《根》（Roots, 1959）和《我在谈论耶路撒冷》（I'm Talking about Jerusalem, 1960），从而登上了戏剧事业的巅峰。1959年，被评为英国最佳剧作家。

② 何其莘：《英国戏剧史》，第388页。

友安东尼奥展示他从世界各地购买收集来的手稿。面对夏洛克的学识，看着满屋子的书籍，安东尼奥不禁有些自惭形秽：“瞧瞧这些书，它们让我不由得反思自己的身份，反思自己的作为。我算是什么？一个商人而已，什么都不是。”[①] 在这一幕中，透过人物的对白，大量鲜为人知的犹太历史，如1553年焚烧犹太书籍的事件、犹太区被入夜上锁的可怕史实，涌入了剧情。随着安东尼奥的教子巴萨尼奥的来访，故事引出了莎剧中的借贷情节：为了帮助教子，安东尼奥提出向夏洛克借三千块钱。对此夏洛克不仅慷慨应允，且分文不取利息。但安东尼奥却提醒夏洛克，根据威尼斯的法律，所有人与犹太人的任何交易都必须立有契约，否则后者将受到严惩。为了嘲笑这一法律，夏洛克提议订立一个"一磅肉"的契约，以疯狂的契约来对抗疯狂的法律。

在接下来的一幕中，故事快速推进：安东尼奥的晚宴、巴萨尼奥的求婚、夏洛克的女儿杰西卡的私奔、最终是法庭裁决。在法庭一场中，围绕着"一磅肉"的契约，引发了犹太民族与基督社会的全面冲突。一方面，诗人罗伦佐从基督道德的角度将犹太人与高利贷等同起来，另一方面，夏洛克则代表犹太人向反犹主义发出愤怒的控诉：“犹太人，犹太人，犹太人！我到处听到的都是这个称呼。……如果我们说话，你们会说我们傲慢；若是我们沉默，你们又会说我们在搞阴谋诡计；我们来时是陌生人，走了又成了叛徒。若忍受迫害，会受人鄙视，若拿起武器，又说我们是劫世的罪犯。无论我们怎么做，都不能让你们满意。”（Wesker 1990, 259）当鲍西娅宣布契约无效时，夏洛克欣喜欲狂地拥抱安东尼奥，感谢上帝救了他的朋友。但最终，威尼斯的法律仍像在莎剧中那样，以城邦的名义剥夺了夏洛克的所有藏书和财产。面对法律的所谓"公正"，夏洛克绝望地说道："拿走我的书吧！法律必须遵守。人们需要法律，有什么必要保留书籍呢？" 对此，安东尼奥对法庭抗议说："你们夺去了他的书，就等于夺走了他的生命。"（257—258）本剧在夏洛克的绝望声中拉上帷幕："也许该是踏上去耶路撒冷之旅的时候了。"（264）

《夏洛克》无疑是一部文化唯物主义视野下的创作。众所周知，任何一种言说的背后在一定程度上都潜伏着言说者的政治冲动。作为上个

---

[①] Arnold Wesker, *The Merchant*, in *Arnold Wesker: Volume 4* (Harmondsworth: Penguin, 1990), p. 191. 以下出自本剧的引文页码随文注出。

世纪 70 年代风靡于英美戏剧研究界的一种理论思潮,文化唯物主义吸收了米歇尔·福柯(Michel Foucault)关于政治、权力和知识的理论以及新马克思主义思潮,是对结构主义、解构主义的有力反驳。其代表者为著名学者乔纳森·多利莫尔(Jonathan Dollimore)和艾伦·辛菲尔德(Alan Sinfield),他们在《政治的莎士比亚》(*Political Shakespeare*, 1985)一书中提出,所谓"文化",是社会秩序得以沟通、再现、经历和探索的一种能指系统;所谓唯物,即是唯心的对立面。文化唯物主义的要义即是,文化不会也不能超越物质力量和生产关系而存在;文化是经济和政治制度的反映,不能独立于经济和政治制度而单独存在。因此文化唯物主义表现出强烈的政治特征:它注重戏剧与社会历史现实的关联性,因此提出,应将作品置于相关的历史坐标中去考察,以重构戏剧与社会及意识形态的关系。鉴于这种批评方法研究的核心是文学文本在历史中的含义,所以,它主张把莎剧置于产生它的那个时代的经济和政治制度背景下研究,把它与文化生产的具体机制(如宫廷、赞助、教育、剧院、教会等)联系在一起。而且,与文学文本相关的不仅仅是四百年前的那段历史,还有当下,其原因在于,文化的存在是一个持续生成的动态过程,莎士比亚戏剧在当下时代中的存在更多地表现为一种意义的再生产,因为"莎士比亚的文本总是在具体的联系中经由不同的机制被重新建构、重新评价、重新定位。"[①]

虽然该文化理论起源于西方学界对莎士比亚的研究,但这一文化视角也广泛存在于该时期西方戏剧的创作之中,不论是威斯克,还是与他同时代的另一位莎剧改写大家查尔斯·马洛维奇,他们在创作莎剧改写作品时无不采用了这一视角。在本剧中,威斯克从文化唯物主义的立场,将莎剧置于"后大屠杀"视角下的动态历史坐标之中,在重新审视莎剧"文本内社会存在"的同时,也从当下的角度实现了对莎剧意义的反拨和再写。

---

① Jonathan Dollimore and Alan Sinfield, eds., *Political Shakespeare: essays in cultural materialism* (Ithaca: Cornell Uiversity Press, 1994), p.viii. 另还参考了郭玉琼:"文化唯物主义与新历史主义戏剧理论",《戏剧》,2007 年第 1 期。和田民:《莎士比亚与现代戏剧:从亨利克·易卜生到海纳·米勒》,北京:中国社会科学出版社,2006 年。

**1. 历史记忆的政治性——"后大屠杀"时代的夏洛克**

《夏洛克》一剧在主题意义上的最大挑战，便是揭露了莎剧《威尼斯商人》在意识形态上所维护的某种西方核心道德观和价值观的实质。

四百多年以来，除了《暴风雨》中的凯列班，没有哪位莎剧人物像夏洛克一样被赋予如此强烈的符号特征，也没有哪部作品像《威尼斯商人》那样，携带着如此沉重的文化记忆。众所周知，夏洛克是莎剧中最复杂的人物之一。批评家 J. D. 威尔逊（J. D. Wilson）曾指出，夏洛克的问题是"除哈姆雷特之外莎剧中最令人困惑的性格问题。"① 虽然莎士比亚在剧中将夏洛克塑造为了一位吝啬、重利盘剥、复仇成性的犹太人，但却没有像克里斯托弗·马娄（Christopher Marlowe）在《马耳他的犹太人》中那样将犹太人描写为一个恶魔，而是从性格美学的角度出发，在谴责夏洛克复仇嗜血的同时，着力表现了作为犹太人的夏洛克所承受的来自基督社会的歧视和迫害。这种性格的复杂性使他在过去几百年的演出史中成为一种强烈的文化现象。从 16 世纪末到 18 世纪末，舞台上的夏洛克形象一直保持着原型化的"红头发的犹太人"形象②，一个充满恶意的、报复成性的犹太他者。

直到 19 世纪，人们才开始意识到了夏洛克形象中悲剧、令人同情的性格趋向。1814 年，埃德蒙·基恩（Edmund Kean）首次塑造了一个充满苦难和人性的夏洛克，这位不带红头发的夏洛克所带来的激情在观众中引起轰动。当时的《剧场观察》评述道：基恩所扮演的夏洛克令人同情，甚至充满了激情——犹太人物首次以人的形象出现在舞台之上，观众也首次表现出对这一人物形象的欣赏。③ 这次演出从此改变了"红头发"夏洛克的传统，成为犹太人夏洛克神话历史的一部分。

---

① J. D. Wilson, *Shakespeare's Happy Comedies* (Evanston: Northwestern University Press, 1962), p.105.

② 传统上夏洛克都被塑造为红头发、红胡子的形象，就像在中世纪神秘剧中犹大的形象一样。这一传统在直到 1814 年 1 月 26 日当由德蒙·基恩饰演的夏洛克以黑色的假发出现在舞台上时方被打破，而原因竟是因为当时演出时，剧团要求演员自带假发，而基恩没有要求的红色假发。见 Toby Lelyveld, *Shylock on the Stage* (Cleveland, Ohio: Press of Western Reserve University, 1960), p.8.

③ Toby Lelyveld, *Shylock on the Stage* (Cleveland, Ohio: Press of Western Reserve University, 1960), p.8.

## 第三章　阿诺德·威斯克的夏洛克：一个来自莎剧的当代人文主义者

作为 19 世纪最杰出的夏洛克饰演者，亨利·欧文（Henry Irving）在 1879 年的演出中更是着力凸现这一人物长期以来所承载的被压迫和歧视的种族意义。欧文曾说道："莎士比亚的夏洛克是一个类型式人物，他不是一个个体，而是一个伟大民族的代表——他不仅仅是一个被符号化的高利贷者，他在市场交易所里很有声望，也许在犹太教堂中也是一个重要人物。他为他的出生而自豪，事实上，他在许多嘲讽他的基督徒面前怀有一种道德上的优越感，作为一个犹太教徒，他坚信，他的复仇之中带有上帝正义的成分。"①沿着埃德蒙·基恩和亨利·欧文所开启的夏洛克传统，19 世纪不少《威尼斯商人》的演出均以夏洛克在第四幕法庭一场后结束，被称为"莎士比亚的《威尼斯商人》的悲剧。"

但真正改写了夏洛克这一文化符号及政治意义的则是 20 世纪的大屠杀事件——奥斯维辛留给人类的历史记忆永远改变了世人对莎剧《威尼斯商人》的接受，它使世人最后开始意识到了长期以来被莎剧艺术美学所模糊的"[莎剧]文本内的社会存在"，意识到了莎剧与 20 世纪大屠杀之间的内在关联。

实际上，如评论家萨宾·苏尔廷（Sabine Shulting）所说，在 20 世纪的西方，尤其是德国，《威尼斯商人》及再写作品的上演本身"都不可避免地成为一种政治事件，不断地拷问着德国民族在过去和现在与犹太民族之间的关系"②。在 20 世纪的三四十年代，莎士比亚的戏剧被纳粹德国的剧作家改编，用于服务于法西斯的宣传——莎剧中夏洛克的形象唤起了西方欧洲近千年的反犹传统。犹太人被赋予了投毒、仪式性谋杀和嗜血的天性。很明显，莎剧被成功用来为种族灭绝的意识形态进行辩护。因此，萨宾·苏尔廷提出，在"后大屠杀时代"的今天，安东尼奥对夏洛克的鄙视，以及由此而带来的对后者的毁灭性伤害，都不可避免地唤起世人对纳粹浩劫的可怕记忆。③ 所以，批评家阿瑟·霍罗威茨（Arthur Horowitz）在"奥斯维辛后的夏洛克"（"Shylock after

---

① Joseph Hatton, *Henry Irving's Impressions of America*, Volume 1 (London, 1884), p. 269.

② Sabine Shulting, "'I am not bound to please thee with my answers': The Merchant of Venice on the post-war German stage," in Sonia Massai, ed., *World-wide Shakespeares: Local Appropriations in Film and Performance* (London: Routledge, 2005), p. 66.

③ Ibid.

Auschwik"）一文中写道：大屠杀留下的印记是不可磨灭的，它使得莎剧《威尼斯商人》的上演在战后很长一段时间里几乎成为禁忌——因为夏洛克的负面特征，以及被小丑化的喜剧形象，早已浸染了漫长的《威尼斯商人》演出史，从而使得在犹太民族几近灭绝的惨剧之后该剧已变得"无法上演"。①

在此背景下，1966 年由乔治·塔博里（George Tabori）执导的《威尼斯商人》成为首部"后大屠杀"概念下的演出。塔博里不仅是一位有着犹太血统的匈牙利裔英国导演，尤其重要的是，他还是一位奥斯维辛集中营的幸存者，他的家人包括其父亲均死于纳粹之手。虽然这次演出的剧文 90% 均出自原莎剧，但该演出所采取的舞台策略却使整个演出在意义上产生了巨大变化，其效果令人震撼。在剧中，受到 1964 年彼得·布鲁克的《马拉/萨德》（*Marat/Sade*）创作理念的影响，塔博里以剧中剧的形式，将莎剧镶嵌在犹太大屠杀的背景之中——一群特莱西恩施塔特集中营里的囚犯正在给纳粹看守们上演《威尼斯商人》一剧——舞台上，作为剧中剧的莎剧故事与背景中的集中营意象相互交映，戏内戏外所产生的映射，在台下观众的脑中产生了可怕的互文性联想，使观众痛苦地看到了"隐伏在莎剧内核中的大屠杀的潜在因子"。在乔治·塔博里看来，莎剧中的夏洛克被剥夺了一切使生命值得存在的价值，或者说，一切使死亡值得死亡的价值。②

在过去的半个世纪中，大量类似的改编和改写作品不断涌现，构成了独特的后奥斯维辛夏洛克文化现象。在这些演出中，夏洛克的形象有时是集中营的囚犯、银行家、维多利亚绅士，有时是黑人和以色列间谍，但无一例外的，他们都打上了强烈的后大屠杀的历史语境。

也正是在这种文化和历史背景下，威斯克创作了《夏洛克》这部剧作。与众多后大屠杀时代的批评家一样，威斯克指出，我们不能抛开历史语境空谈莎剧：经历了大屠杀之后，犹太主题的政治性已不可能像过去那样隐匿于莎剧人物美学的模糊之中。据威斯克讲述，该剧的创作冲动源自于 1973 年他在英国国家剧院观看《威尼斯商人》的经历。当时，

---

① Arthur Horowitz, "Shylock after Auschwitz: *The Merchant of Venice* on the Post-Holocaust Stage—Subversion, Confrontation, and Provocation," *JCRT* 8:3 (Fall 2007): 14.

② Ibid., pp. 17–19.

该剧在全国上演，当从斯特拉特福搬至伦敦上演时，剧组对剧本再次做出了调整，增加了更多的关于善良犹太人的词句，以此为莎士比亚的人性和诗学辩护，全然忘了他们在原谅创作这一野蛮犹太人形象的意图本身存在的讽刺意义。① 而且虽然在演出中，导演乔纳森·米勒（Jonathan Miller）用心良苦地将莎剧设定在资本主义鼎盛的维多利亚时代，以向观众证明，作为银行家的夏洛克对金钱的欲望与世人并无两样，但舞台上的法庭一幕仍让威斯克怒不可遏。看着夏洛克最终受尽羞辱被夺去财产、尊严、宗教之后，又被看作是一个"彻头彻尾的"无赖赶出法庭，威斯克感到莎剧中有一种"不可救药的反犹太性"："夏洛克意在体现他［莎士比亚］所鄙视的东西。"② 他看到了大屠杀与这部莎剧之间的内在关联性。后来威斯克在《夏洛克的诞生和泽罗·莫斯特尔之死》(*The Birth of Shylock and the Death of Zero Mostel*) 一书中写道：

> 我并非是说，莎士比亚的原意是反犹的，不，他的天才也许出于某种慷慨，但该剧所产生的效果却是反犹性的。尤其糟糕的是，剧中那些所谓为夏洛克辩护的词句——"难道犹太人没有眼睛吗？……如果你用刀刺他，难道他就不会流血吗？"——是如此的有力，它非但没能为夏洛克辩护，反而更强化了反犹主义的情绪。我相信，在那天晚上，不少观众在看完演出之后，都会觉得他们对犹太人的偏见得到了某种证实，从而更加心安理得地保持这种偏见：宽恕可怜的犹太人吧！看他多有人性，你刺他，他会流血，你对他啐痰，他当然也会杀人。不是以眼还眼，而是以肉还痰。③

在威斯克看来，莎士比亚为夏洛克辩护的那些诗句与其说是出于对后者的仁慈，不如说是出于戏剧创作的本能，即为了避免把对立面抹得太黑而降低可信性和冲击力所采用的戏剧策略。关于那次莎剧演出，威斯克最后写到，无论扮演夏洛克的劳伦斯·奥利佛把这一角色表演得多么深

---

① Ruby Cohn, "Shakespeare Left," p.54.
② Arnold Wesker, "Preface", in *Shylock and Other Plays*, pp.177–178.
③ Arnold Wesker, *The Birth of Shylock and the Death of Zero Mostel, Diary of a Play 1973 to 1980* (London: Quartet Books, 1997), p.xv.

沉和富有悲剧感，无论剧中的威尼斯人被描写得多么浮华或残忍，舞台上那个唯利是图、复仇成性、毫无怜悯之心的夏洛克的形象已成定型——"这个剧本的出现最终仍是在肯定犹太人是吸血鬼的看法。"① 他在该书中写道："这不是我所认识的犹太人……当鲍西娅宣布夏洛克不能得到那一磅肉，因为它会引起流血，而这不在契约之中……真正的夏洛克绝不会因失去这一磅肉而扯发捶胸，相反他一定会说：'感谢上帝！'感谢上帝使我从夺取他人生命的负担中得以解脱。"他说，正是以此次观剧经历为起点，"1974年，通过借用莎士比亚的人物和剧中的几句话，我开始构思一个在脑中盘桓了近20年的剧作。莎士比亚曾靠着'掠食'三个源头故事写出了这部戏剧，我要重复这一'掠食'来写出另一部戏剧。"②

但正如威斯克强调的那样，虽然莎剧的本意也许并非出于反犹，但在此后数百年间，它在观众心理和意识形态中所产生的效果却是反犹的。对此，批评家朱迪斯·巴特勒（Judith Butler）曾借助于 J. L. 奥斯汀（J. L. Austin）的言语行为理论（theory of speech acts），就夏洛克的仇恨性话语做过精辟的阐释。她指出，言语不仅仅是对社会主宰关系的反映，"说话本身就是一种行为"，言语可以激发主宰，成为社会结构得以巩固的载体。莎剧语言之所以成为具有杀伤力的反犹性言语，是因为它所表现出的言后行为③——通过舞台演出，剧中夏洛克仇恨性的话语在观众脑中一遍遍地响起，从而"唤起"他们意识深处对某种文化原型的记忆，最终达到不断再现和强化种族歧视的效果，使受害者被迫一次次重复暴力的历史记忆，并在未来受到这种重复性记忆带来的威胁。巴特勒在仇恨性话语与创伤之间看到一种联系。④ 也正因如此，威斯克写道：

---

① 田民：《莎士比亚与当代戏剧：从亨利克·易卜生到海纳·米勒》，第358–359页。

② Arnold Wesker, *The Birth of Shylock and the Death of Zero Mostel diary of a play 1973 to 1980*, p.vi.

③ J.L. 奥斯汀认为，言语有三种行为：言内行为（locutionary act）表达的是字面意思；言外行为（illocutionary act）表达的是说者的意图；言后行为（the perlocutionary act）则指行为意图被受话人所领会而对其产生的影响或效果。J.L. Austin, in J.O. Urmson, ed., *How to Do Things with Words: the William James Lectures Delivered at Harvard University in 1955*, (London: Oxford University Press, 1962).

④ Sabine Shulting, "'I am not bound to please thee with my answers': *The Merchant of Venice* on the post-war German stage," p.67.

"我无法宽恕这部莎剧的原因就在于,它助长了世人对犹太人的错误看法和杀气逼人的仇恨。"①

威斯克一再重申,他批判的不是莎剧本身,而是由莎剧文本、舞台历史、观众期待及奥利弗所呈现的犹太形象所共同构成的复杂的舞台符号体系:夏洛克是被"写"成了恶棍,"他不可避免地属于反犹主义的历史"。用评论家葛森·沙科特(Gershon Shaked)的话说:"不能因为犹太人有错、有罪、甚至凶狠,就该沦为被迫害的对象。……犹太人的不完美性,不能成为迫害他们的理由。"②令威斯克震撼的是,"人们似乎没有意识到,在夏洛克作为一个犹太人和令人厌恶的个体之间是存在着根本的界线的。这是一种可怕的混淆!……因为它埋下了大屠杀的种子。"③因此,在威斯克看来,大屠杀的记忆已成为夏洛克文化符号中不可分割的一部分,它将永远在莎剧中旅行。④"后大屠杀"时代的夏洛克现象将不可避免地永远承受奥斯维辛血腥记忆的洗礼,呈现出文化记忆的政治性。

**2. 再写夏洛克:文化唯物主义视野下的创作**

作为后现代时期的戏剧创作,威斯克的改写旨在发掘"[莎剧]文本内社会存在",并通过历史的再语境,将莎剧元素从原有的时代拘囿中解放出来,从而实现对其意义的反拨、修正和再写。在威斯克的笔下,夏洛克不再是莎剧中那个喊着"难道犹太人不会流血吗?"的原型形象,而是一位文艺复兴时期的犹太人文主义者,一个在其悲剧中埋藏着20世纪大屠杀因子的理想主义者。

如所有当代改写作品一样,《夏洛克》的创作驱动表现为一种强烈的颠覆性再写特征。评论家萨莉·艾尔(Sally Aire)在看过该剧在伯明

---

① Arnold Wesker, "preface" in *Shylock and Other Plays*, p.179.

② Gershon Shaked, "The Play: Gateway to Cultural Dialogue," in Hanna Scolnicov and Peter Holand, eds., *The Play out of Context: Transferring Plays from Culture to Culture* (Cambridge: Cambridge University Press, 1989), pp.21–22.

③ Arnold Wesker, *The Birth of Shylock and the Death of Zero Mostel diary of a play 1973 to 1980*, p.vi.

④ James Jones, "The cultural logic of 'correcting' *The Merchant of Venice*," in Sonia Massai, *World-wide Shakespeares*, p.125.

翰的演出（1978）后写道：《夏洛克》不仅是一部独立的作品，更是对莎剧的一种批判式对话，是从当下的角度对"过去"的再思考。① 在创作夏洛克的过程中，威斯克没有像传统历史学家那样，将莎士比亚对夏洛克的塑造归因于其文化时空的局限性上，而是像当代文化唯物主义研究者那样，从"后大屠杀"动态历史的视角，拷问由西方主流文化沉积而成的夏洛克形象和由此而折射出的意识观。② 为了创作该剧，威斯克查阅了大量历史文献，如塞西尔·罗斯（Cecil Roth）的《文艺复兴中的犹太人》(*The Jews in the Renaissance*, 1977)、《威尼斯犹太人的历史》(*History of the Jews of Venice*, 1975)，以及戴维·桑德森·钱伯斯（David Sanderson Chambers）的《威尼斯的帝国时代, 1380—1580》(*The Imperial Age of Venice, 1380—1580*, 1970) 等。他尤其对文艺复兴时期威尼斯对合同的法律条款进行了研究，他对那一时期文化、政治和法律的关注渗透于该剧的创作之中。他从文献中发现，在当时的威尼斯，尽管不少犹太人从事借贷生意，但他们很多人仅仅视借贷为业余职业，而把更多的时间用于研究。一些基督教人士，如皮克·戴拉·米兰多拉（Pico della Mirandola）等，也正是被这些犹太学者的学识所折服，与之结为挚友。③ 得益于这些文献资料的发现，威斯克在剧中不仅使安东尼奥与夏洛克这对莎剧仇人成了朋友，而且还以历史人物格拉维亚·纳西（她曾帮助受迫害的犹太人逃离葡萄牙）为原型，塑造了犹太银行家之女瑞贝卡，以及被称为是"首位现代犹太剧作家"的西班牙剧作家所罗门·乌斯库。而且，为了凸显犹太圣经与基督文明的渊源，威斯克还在剧中让乌斯库成为一部有争议的剧本的作者，该剧讲述了亨利八世邀请犹太拉比为其解决婚约难题的故事。透过文献的阅读，威斯克说，他"找到了一种新的戏剧结构和语言，并循着这种新的非韵文语言，挖掘到了一种新的创作源泉，"所以，他决定创作一部新剧，来重新讲述夏洛克和"契约"的故事。④

---

① James Jones, "The cultural logic of 'correcting' *The Merchant of Venice*," in Sonia Massai, *World-wide Shakespeares*, p.125.

② Martha Tuck Rozett, *Talking Back to Shakespeare* (Newark: University of Delaware Press, 1994), p.44.

③ Ibid.

④ Arnold Wesker and Robert Skloot, "Interview: On Playwriting," *Performing Arts Journal*, 2: 3 (Winter, 1978): 42.

## 第三章　阿诺德·威斯克的夏洛克：一个来自莎剧的当代人文主义者

与原莎剧不同，威斯克将故事置于了1563年的威尼斯，一个在历史坐标中文艺复兴与犹太迫害并存的时代。一方面，1563年的威尼斯不仅是西方基督世界文艺复兴的高峰（如夏洛克在本剧中所说："一时间，每一个人似乎都拥有了一本书籍！那些是怎样的书啊！柏拉图、荷马、阿里斯托芬、塞尼卡……"232），它也是犹太文化最鲜活的时期。大量犹太书籍，如由丹尼尔·邦伯格（Daniel Bomberg）印刷的十二集整套犹太法典等惊现于世；一批犹太教的律法大师和诗人在此阶段也云集于威尼斯。在剧中，鲍西娅就曾对侍女说，她要学希伯来文，以便以智者的语言直接阅读先知们的圣言。所以，在剧中，威斯克不仅向世人指出了犹太文明的辉煌，更强调了它是西方文明源头之一的这一事实。但另一方面，1563年也是犹太迫害史上一个可圈点的瞬间。十年犹太文化浩劫刚刚过去，犹太书籍的印刷刚刚解禁。1553年，就在圣马克广场上，大量犹太法典和希伯来文经典被作为亵渎上帝的禁书被一把火烧去，在接下来的十年间被禁止收藏。此外，还有宗教法庭带来的浩劫。在剧中，诗人乌斯库就曾提到1562年发生在葡萄牙北部科英布拉地区的宗教法庭将35名犹太人施以火刑的事件。而夏洛克的姐姐瑞弗卡也曾与瑞贝卡谈到，同样的迫害也发生在英国：那里几乎已经没有了犹太人，即便还有，他们也多转入了地下。（206）

在这种历史的坐标系中，威斯克的夏洛克不再是莎剧中那个视钱如命的高利贷者，而是一位学者型借贷银行家，一个视知识为生命的犹太藏书家和人文主义者。他的家中收藏了大量稀世手稿，都是焚书事件之后他从各地收集而来的珍品。他的收藏中不仅包括"从1519年到1523年6月3日问世的每一部伟大巨作"，也不乏早年的犹太典籍，如12世纪的《迷途指航》《希伯来词典》《安格鲁—犹太法典》，以及13世纪的《犹太戒律》等。而且，他本人还效仿犹太先知的习惯，不时在手稿的夹缝处留下自己思想的痕迹："我们犹太人都有着敏锐的头脑，喜欢思考。……事实上，借贷生意从来都不是我生活的全部，犹太区一向都回响着思想的争鸣。"（193）他不仅收集藏书，还在家中接待来自各地的文化名流，如里斯本的剧作家乌斯库、科斯特拉佐的画家摩西、建筑大师罗德里格斯等，他与他们谈论法典、诗歌、戏剧，与建筑大师筹划新的犹太教堂。夏洛克的家几乎成为一个不分种族的世界，他曾这样对安东尼奥说：

你知道，犹太区一向客人不断。上午作家所罗门·乌斯库和葡萄牙门德斯银行家的女儿将会来访，下午我们会一起去犹太教堂，聆听来自佛罗伦萨的著名拉比的布道。他会就犹太法典中的守洁做出宣讲，还将特别讲到亚里士多德。所以，留下吧，到时还会有不少知识名流到场。……他们都无法抗拒我们文化的魅力，不论是那些赶我们走的英国人，还是要烧死我们的西班牙人。（200）

实际上，夏洛克在犹太区内的生活除了交易，便是派人到世界各地为他购买书籍。用其犹太朋友杜伯尔的话说，思想是夏洛克生命活力的源泉。

作为一名犹太剧作家，威斯克无疑意识到了莎剧在塑造夏洛克这一人物时的文化霸权。因此，在重写夏洛克的故事时，威斯克立意凸显其"人"的一面。他不止一次地指出："我的夏洛克是一种自由的精神。自由不仅是他的本质所在，也是我的本质所在，是存在于我们意识深处的某种重要而具影响力的犹太精神的本质所在。"[①] 正是这种精神使夏洛克在剧中对抗野蛮的法律，对抗人与人之间的非人性。在威斯克看来，"所谓自由精神，指的是人类个体对镇压性权威及所有旨在压制激情和想象、诱发服从的社会力量的对抗和胜利。而剧中的夏洛克是这一切的代表。"[②]

所以，威斯克的夏洛克不仅是一个人文主义者，更是一个在精神上力图超越种族身份的理想主义者。在剧中，他对理想主义的追求集中体现在"让我们像自由人一样阐释法律"这一愿望上。据威斯克所述，在他收集的所有文献中，最关键的一个史实碎片是来自一位叫洛伊丝·布勒（Lois Bueler）的美国大学生的发现："她在查阅史料时发现，16世纪的威尼斯法律规定，任何公民在与犹太人交易时必须签订契约，君子协定不予接受——因为犹太人不在君子之列。这一关于威尼斯社会的发现成为剧情的核心。"[③] 在剧中，当夏洛克坚持要像朋友那样无偿地借

---

[①] Arnold Wesker, *Distinction* (London: Jonathan Cape, 1985), p.259.

[②] Arnold Wesker, "The Two Roots of Judaism," in Glenda Leeming, "Commentary" in *The Merchant*, p.xxxvi.

[③] Arnold Wesker, *The Birth of Shylock and the Death of Zero Mostel, Diary of a Play 1973 to 1980*, p.xvii.

钱给安东尼奥时，后者提醒他说："这是法律的要求。"但夏洛克的回答则是：

> 我只听从我自己的法律，那就是我的心。……安东尼奥，我们无须改变法律，但就此一次，让我们从"人"的角度——既不是基督徒的，也不是犹太人的角度——来阐释法律。你我是兄弟，既然是兄弟，我的法律告诉我，我要帮助你，而不是以借贷的名义借给你……法律应该允许我以自己的意愿来表达我的友情……（215）

对此，安东尼奥动情地说道："正因为如此，我才更要坚持我的观点，因为我要保护你。夏洛克，你是一个犹太人，你的民族不仅是少数裔族，且受人鄙视。你在威尼斯的存在本身、你的快乐、甚至你尖酸讽刺的自由都是一种奢侈，而不是权利。你和你族人的生活，都要倚仗对契约及契约所支撑的法律的尊重而存在。"（215）最后，夏洛克提议，鉴于这种野蛮的法律规定，他们不妨签订一个"一磅肉"的契约，以"疯狂对疯狂"，以"蔑视对歧视"。因此，舞台上便出了这样的一幕：

> 安东尼奥：他们嘲笑我们的友情——
> 夏洛克：我们就嘲笑他们的法律。（216）

在这段著名的对白中，夏洛克话语中的"我的法律"无疑是以人性的名义与社会法律的对抗，是以大写的"人"对由法律所代表的基督社会权力话语的挑战。对此，评论家罗伯特·威尔彻（Robert Wilcher）曾一针见血地写道：在夏洛克看来，不管面前是何种种族仇视和迫害，自己对人性都有着不可剥夺的权利。① 所以，在第二幕的法庭一场上，当巴萨尼奥将"一磅肉"的契约曲解为异教徒的嗜血时，当诗人罗伦佐以貌似基督式的宽容，恩赐般地对夏洛克说："野蛮的是这个契约，而不是你。没有谁怀疑犹太人是有人性的。难道犹太人没有眼睛吗？……如果你用刀刺他，难道他就不会流血吗？"夏洛克愤怒地说道："我并不需要为

---

① Robert Wilcher, *Understanding Arnold Wesker* (Columbia: University of South Carolina Press, 1991), p.120.

我的人性做辩护。我不需要特别的恳求，我不容许别人嘲笑我的人性，更不容许谁来为我的人性辩护。既然我和他人是一样的，就不需要特别的外表描述，也不要任何特别的恳求、特别的告诫、特别的恩典。因为我的人性是我的权利，不是你们赐予的特权。"（259）这是威斯克剧作中最著名的一段对白。几百年来，观众一直认为，莎剧中"难道犹太人没有眼睛吗？"的台词，是莎士比亚人性神话的佐证，但在威斯克的夏洛克看来，它却是对犹太人人性的最大侮辱。

在这部剧中，威斯克的夏洛克和莎剧中一样是位悲剧人物，他最终还是被剥夺了一切：女儿、财产和被他视为生命的书籍。但他的悲剧性却不同于莎剧，他的悲剧是一种理想与现实的对立，是一种自欺的悲剧。在剧中，夏洛克之所以视知识为生命，是因为他相信知识是唯一抗衡现实的力量："知识，就像地下的泉水，鲜活，一直在那儿，直到迸发！咕嘟嘟地沸腾！它是垂死者的生命之泉，它能帮幸存者度过艰难的时光与黑暗。"（233）所以，尽管他在追求知识时不得不戴着标示他犹太身份的黄帽子，在从事生意时不得不接受法律的歧视性规定，但他仍旧相信，威尼斯是文明的中心，因为在这里他可以在隔离区中的家里收藏文化，并让自己的家成为被迫害的犹太人的避难所。该剧立意要表现的正是这种犹太人文主义理想被现实击碎的过程。在安东尼奥的晚会上，即便当他被巴萨尼奥和罗伦佐等人一次次侮辱戏弄，夏洛克仍像学者一般历数威尼斯的文化进程。但具有讽刺意味的是，正当他慷慨激昂地畅谈着文明的复兴时，远处传来的钟声却将其飞扬的精神拽回地面——那是犹太人必须返回犹太隔离区的信号，他接过安东尼奥手中标示他犹太人身份的黄帽，黯然离去，黄色的帽子是对他演说的极大讽刺。所以，在剧中，他的女儿杰西卡曾不客气地称夏洛克是"一个势利的学究"，将他对书籍的痴迷称作是一种病态的疯狂。不仅是杰西卡，还有夏洛克的朋友安东尼奥、犹太生意伙伴图布尔以及他的姐姐瑞弗卡，他们都清醒地看到了夏洛克精神追求上的虚幻性。在第七场中，面对夏洛克对威尼斯的热情，安东尼奥一针见血地说道："你的感激已使威尼斯变得扭曲，夏洛克，你忘记了自己头上的黄帽子。"（227）但在剧中最犀利的批判则是来自夏洛克身边的女性。在第二幕第三场，看着陷入绝境的夏洛克，他的姐姐瑞弗卡一针见血地说道：

## 第三章　阿诺德·威斯克的夏洛克：一个来自莎剧的当代人文主义者

> 夏洛克，我的弟弟，我一直看着你游离于犹太人的圈子之外，把鼻子伸到外人的家里。我看着你不安分地徘徊，假装自己可以走进任何人的街上。别以为我不了解你：你就像是池中之鱼，困于院中，盼着你的学者来访。看着你的样子，我很心痛：你到处以敏锐的思想去寻找道德争论，好像这斑驳的四墙之内麻烦还少。事实上，你不能装着你受过教育，就像是你不能装着你不是外人，或是装着犹太区四周没有围墙一样。装！装！装！你一辈子都在装！你究其一生，不过是要想成为不是自己的你，想把世界看成你渴望的那样……（242）

本剧对原莎剧的最大改写，在于将原本意义模糊的莎氏喜剧，改写为了一部犹太理想主义者的精神悲剧。在本剧的第二幕第三场时，夏洛克落入了绝境：一边是安东尼奥的货船血本无归，本要嘲笑威尼斯法律的"一磅肉"契约竟成为残酷的现实；另一边是女儿的出走，大量犹太难民等着他为他们筹资，以赶赴耶路撒冷。面对这一切，夏洛克终于说出了心中的忧伤："有时，我对人类的厌倦让我自己都感到震惊……书里已讲述了太多……太多了！安东尼奥，看看这些人类，他们都干了些什么，我甚至知道他们还将会干些什么……"（247）其实，作为一个饱读经典的学者，夏洛克心中早该对这一切心知肚明，但他的可悲之处就在于他一直拒绝接受这一残酷的现实。正如他后来所说："我们谁都无法永远欺骗历史的丈量。若把人类的书堆在一起，一边是记载人类的暴行，一边是记载人类的辉煌，一桩对一桩，放在一起，你会发现，愈合伴着屠杀，建设伴着毁灭，真理伴着谎言。"（247—248）在这里，夏洛克表现出的是一种对人性的绝望。因为在他对文明追求的后面，深藏的是一个对大写的"人"的梦想。他希望，有一天，"孩子们不会冲着我喊'老犹太人夏洛克'……他们会跳跃着走在我的身旁，拉着我的手。那时，我会昂首挺胸，像是一个年轻人，因为我感到了爱和尊重，我也会爱我自己。"（247）所以，在法庭上，当威尼斯的法律最终剥夺了他的一切——财产、藏书和他的人文希望——这位坚信在所有宗教仇恨和迫害面前自己拥有不可剥夺的人的权利的犹太人，决定永远离开威尼斯这片让他乌托邦理想破灭的地方："也许该是踏上耶路撒冷之旅的时候了，加入那些在码头等候的老人之列，开始朝圣的旅行，然后长眠在那里——哈！

还有什么可在乎的？我的心已不再与我同行，不论是在哪里。亲爱的朋友，我对世间的一切都已失去了兴趣，我已厌倦了人类。"（264）

该剧在一种精神的幻灭和绝望中结束。但威斯克指出，这种幻灭不只是犹太人的，也是基督徒安东尼奥的："在我生命最后这段岁月里，一个喜忧参半的赐福就是遇到了这位辛辣犀利的老犹太人，他打破了我的沉闷和自足……（*稍停*）他，将会像幽灵一般萦绕在我的心头。"（265）在安东尼奥看来，夏洛克头上的黄帽子实际属于他们两人。

这部剧作的深刻意义在于，它告诉世人，在夏洛克的悲剧中隐藏着 20 世纪大屠杀的种子。在剧中，文化灭绝、宗教迫害、犹太屠杀等意象一直贯穿于作品的背景始末，从而暗示了夏洛克文化现象与 20 世纪"大屠杀"的内在关联。剧末时，面对基督社会对"一磅肉"契约的曲解和对犹太高利贷者"罪恶"的标签，夏洛克最终厌倦了无数个世纪以来强加于其民族身上的"替罪羊"的角色。他悲愤地对着法庭说道："你们战争打输了，说是犹太人的缘故；经济崩溃了，也说是犹太人的缘故……犹太人，犹太人，一切都是犹太人。你们什么时候才是个休？什么时候？你们的仇恨什么时候才会枯竭？"（259）对此，作为西方社会的良知和内省之声，安东尼奥对以正义的名义判夏洛克有罪的总督说道："人们怨恨高利贷，就因为高利贷者是犹太人，犹太人是人们心中最想看到的恶棍，既方便，又简单。但别忘了，我们之所以免受此罪，正是因为犹太人在从事着这种他们也痛恶的行业。这个城市离不开高利贷的存在，因为我们有很多穷人，没有它，我们的经济就无法运转。难道我们谴责犹太人，就因为他们做了我们制度要他们做的事情吗？"（258）以色列学者伊弗莱姆·斯克（Efraim Sicher）曾在文章中写道，20 世纪的大屠杀是西方文明的"二次堕落"①——西方社会之所以想出了这么一套完美的道德和精神标准，对犹太人实施惨绝人寰的杀戮，其目的就是要将欠犹太文明的债一笔勾销，从而卸去他们对犹太民族的愧疚，实现一种内疚的转移。②

---

① 人的第一次堕落发生在《创世记》三章，即亚当和夏娃被撒旦诱惑而失乐园。第二次堕落发生在《创世记》四章：撒旦内住于我们的性情，导致该隐杀死兄弟亚伯，成为人类的第一次杀人行动。

② Efraim Sicher, "The Jewing of Shylock: Wesker's *The Merchant*," *Modern Language Studies*, 21: 2 (Spring, 1991): 65.

在剧中，威斯克通过诗人罗伦佐的形象向观众强烈地表达了这一事实。这位在莎剧中偷走了夏洛克女儿的人物，在本剧中被赋予了诗人的身份："一个哲学家，预言家，一个有朝一日能领导威尼斯的人。"（248）但也正是其诗人的才华使罗伦佐成为一个极具破坏力的人物。从一开始，他便以一种极端煽动性的反犹情绪疯狂地侮辱夏洛克，称他们是"被抛弃的民族"，将威尼斯对犹太人存在的容忍视为一种懦弱："一个国家若把宽容与懦弱混为一谈，便是一个没有原则的国家。"（217）更可怕的是，作为一名诗人，罗伦佐有能力以尖刻的语言将威尼斯一点可怜的宽容之心打入道德的低谷："威尼斯——地中海的妓院，我们能向人夸耀的，就是我们有着容忍道德腐败的法律和自由。"（219）同样，他还有能力将对犹太人的歧视施以道德的伪装。在法庭上，他正是用诗人的辩才将夏洛克与高利贷的邪恶等同起来："威尼斯人，难道这个城市在追求利润和贸易的路上走得那么远，以至于已完全丧失了道德的观念？高利贷是违背基督仁慈精神的罪恶。"（254）莎剧中那些为夏洛克辩护的词句，在罗伦佐的口中成为对夏洛克人性的最大毁灭："夏洛克先生之所以站在这里，不是因为他是犹太人。……在法庭上接受审判的是这个契约和它代表的高利贷的罪恶……非人的是契约，而不是人。……没有谁怀疑犹太人的人性。……难道犹太人没有五官四肢、没有知觉、没有感情、没有气血吗？"（258—259）正是在这样的话语中，夏洛克的人性被消解为一种他人的恩赐，而不是普通人与生俱来的属性和权利。通过对莎剧的再写，威斯克向世人指出，在莎剧以后四百多年来的夏洛克文化现象之中，一直隐藏着奥斯维辛的思维萌芽。

### 3. "再写"夏洛克：犹太文化记忆的再签名

如此改写莎剧的人性主题和犹太主题，威斯克无疑以莎剧为跳板在改写创作中到达了一种新的政治意境。评论家索尼娅·马赛曾写道：虽然《夏洛克》一剧被赋予不同的标签，被称作是"修正""再写"，或是"一部独立的作品"，"一部走出莎剧阴影的剧作"，但从根本上讲，它的核心主题是对文化所有权的一种争辩。通过再写，威斯克不仅拒绝了莎士比亚在犹太历史叙述上的文化霸权，同时也强调了自己作为一名犹太作家对犹太历史的再述权。① 因此，威斯克对莎剧的再写不仅是政治性的，在一定意义上也具有强烈的犹太性。他在从文化唯物主义的角度再构夏洛克形象的同时，也在"对自己的文化遗存——其犹太性——进行着探索"，对自己犹太文化的记忆进行着再签名。用莎莉·艾尔（Sally Aire）的话说，"威斯克是在透过犹太区、大写的'人'和'他者'的经历，讲述着夏洛克的故事。"② 在本剧中，对夏洛克的叙述中夹杂着很强的威斯克犹太烙印。通过犹太剧作家乌斯库之口，威斯克对 T. W. 阿多诺（T. W. Adorno）的那句"奥斯维辛之后没有诗歌"的著名格言做出如此的修正：

  夏洛克：乌斯库先生，在这样的悲惨之中，谁还能写出戏剧？
  乌斯库：不，你应该说，在这样的悲惨之中，谁能伟大得足以写出戏剧！（245）

在叙述夏洛克故事的过程中，威斯克无疑是在 16 世纪威尼斯的犹太历史中也找到了自己。夏洛克既是一位"后大屠杀"历史坐标中的犹太个体，也是剧作家本人："我觉得我和那个住在犹太区中的夏洛克有很多共同之处。"③ 威斯克是一位来自伦敦东区底层犹太社区的剧作家，他早在《威斯克三部曲》中就曾通过一个犹太家庭的瓦解讲述了 20 世纪 50 年代社会主义乌托邦破灭的故事。对于《夏洛克》一剧，威斯克不仅承认其创作上的犹太性和犹太意识，而且还写到，自己在创作的过程中找到了某种民族的记忆，找到了自己的话语。

《夏洛克》一剧既是对莎剧《威尼斯商人》的再写，也是从一个犹太作家的角度对莎士比亚价值观的修正与评判。如批评家伊弗莱姆·斯克（Efraim Sicher）在"夏洛克的犹太性：威斯克的《商人》"一文中写道：

  认为夏洛克会割去他人一磅肉的想法本身，就是对犹太人性和犹太艺术家自尊的威胁和诋毁。在莎剧中，夏洛克性格的悲剧性和

---

① James Jones, "The cultural logic of 'correcting' *The Merchant of Venice*," p.128.
② Ibid., p.125.
③ Cited in Glenda Leeming, *Wesker the Playwright* (London: Methuen, 1983), p.5.

深刻性非但没能使这一点得以减轻，相反，莎士比亚诗人的天才和其戏剧的巨大力量使其更具破坏之力，它所展示的戏剧场景使观众获得一种反犹意识的确认和良心上的宽慰。①

在西方文学传统中，"犹太人"长期以来一直被视为一种种族排斥和社会孤立的对象——一个流浪者、替罪羊和他者，人们似乎已忘记了这位外来者作为"人"的本来属性。在该剧中，威斯克不仅将夏洛克还原到一个大写的"人"，而且还将他置于犹太历史的坐标系中，完成了对其文化身份的再签名。在安东尼奥的晚会上，当诗人剧作家罗伦佐对夏洛克说："你的部落族人永远都无法像有根可寻的文明民族那样，创造艺术和思想"（227）时，夏洛克不仅骄傲地向他们指出了他的德国犹太之根，而且还说道，虽然他的父亲只是一个靠经营二手服装起家的生意人，生性谦卑，但他却像他的众多族人一样，热爱文化。他收藏了那么多的雕刻、绘画和古老的家具，以至于当地的王公贵族举办宴会时，都不得来向他租借他的文化收藏。当夏洛克最终对罗伦佐说："你想和我辩论神学吗？听着，我们是你们的生命，先生，生命！向我们学习如何生活吧！犹太人是你们基督信徒的精神父母。"（228）

因此，在本剧中，威斯克不仅完成了对莎氏夏洛克政治意义的修正，也从"后大屠杀"的历史的角度，实现了对夏洛克在犹太文化记忆坐标中的重新界定。通过对莎剧的再写，威斯克无疑颠覆了夏洛克传统文化的全部内涵，将强加于其民族身份之上的罪恶标签推回到了源头之处，从而不仅还原给夏洛克他的手、器官和感情，而且还原了他在文化记忆史上留下的印记。在剧末时，面对是要契约，还是对朋友终生的负疚，夏洛克选择了前者和他的犹太命运。德里达曾经用"签名"的概念来描述那种对身份源头的矛盾感觉，提出"签名"一词所唤起的既是一种存在，也是一种缺失，是"过程中的身份"。在剧末，当剧作家让这位符号般的犹太老人丢掉对基督世界的幻觉，"加入那些等在码头上朝圣者的群体"时，威斯克也最终实现了对自我犹太身份的再签名。

---

① Efraim Sicher, "The Jewing of Shylock: Wesker's *The Merchant*," *Modern Language Studies*, 21: 2 (Spring, 1991): 58.

## 第四章

## 从拼贴到变奏：查尔斯·马洛维奇的莎士比亚

> 我鄙视哈姆雷特……他是一个懒汉，一个耍嘴皮子的人，一个说教者，一个空洞的分析家，一个理性者。他就像空洞的自由主义者或瘫痪的知识分子一样，满嘴陈词滥调，却坐而不行。
>
> ——查尔斯·马洛维奇
>
> 我再思故我在。
>
> ——查尔斯·马洛维奇

相比于其他莎剧改写者，查尔斯·马洛维奇首先是一位导演和戏剧批评家，然后才是一位剧作家。在20世纪的六七十年代，他前后创作了七部莎剧改写作品，在西方剧场观众上激起一阵"愤怒和喜悦"，使这位弄潮英伦舞台的纽约才子成为令人瞩目的英国实验剧场的先锋者。身为导演的他虽在创作视角上受导演思维的影响，但其著名的"马洛维奇的莎士比亚式"（Marowitz-Shakespeare）作品则是一种"马洛维奇+

莎士比亚=莎士比"[1]模式的后现代改写创作：虽然他在改写时以莎剧为起源文本、创作元素及意义的参照点，但他所追求的却是对原莎剧的延伸和超越，结果是，虽然这些作品以莎剧为基本元素，但却是不同于莎士比亚的"莎士比"。而且，就其改写过程而言，他所实践的是一个"弑父"式的再写，而非导演改编者所追求的对莎剧的再发现之旅。

### 1. 马洛维奇：导演视野下的剧作家

查尔斯·马洛维奇与肯尼斯·泰南（Kenneth Tynan）和彼得·布鲁克一起是20世纪60年代英国实验剧场中的核心人物，也是这一时期最具争议性的人物之一。

虽然出生于美国，但马洛维奇的剧场生涯大部分却是在英国度过。1958年，他在统一剧场（the Unity Theatre）执导的果戈理（Gogol）的《婚姻》（*Marriage*）一剧开启了马洛维奇在伦敦的戏剧生涯。四年之后，他成为彼得·布鲁克的助理导演，他们共同推出了具有重大意义的贝克特版《李尔王》。关于这部作品，马洛维奇对它的评述是：

> 这个李尔的世界像贝克特的世界一样，是处于一种日益败坏的状态。布景是一些锈痕斑驳的几何图形铁板。服装主要是皮革做的，为的是给人以结实耐用的感觉。武士们的战袍因为穿着过久而褴褛不堪；李尔的斗篷和大衣由于长期风吹日晒而皱皱巴巴，灰暗失色。……除了铁锈、皮革和古老的木头之外，舞台上什么也没有，只有空间——一个巨大的、白色的房间，后边是一个半圆形空白背景。这与其说是贝克特风格的莎士比亚，不如说是莎士比亚风格的贝克特作品，因为布鲁克深信，贝克特的这种暗淡色调是基于《李尔王》的冷酷无情。[2]

---

[1] 里诺尔·利布莱恩曾在"杨·科特、彼得·布鲁克和《李尔王》"一文中提出过"莎士比亚+X"的说法。Leanore Lieblein: "Jan Kott, Peter Brook, and King Lear," *Journal of Dramatic Theory and Criticism*, I: 2 (Spring 1987): 39–49. 笔者本章中提出的"莎士比亚+X=莎士比"与利布莱恩在观点上有相似，但又不同，笔者将"莎士比亚+X"的观点推进一步，以区分当代改编与改写的差异性。

[2] 罗吉·曼威尔：《莎士比亚与电影》，史正中译，北京：中国电影出版社，1985年，第133–134页。

1964 年，他与布鲁克再度合作，在拉达戏剧俱乐部（Lamda Theatre Club）发起了名为"残酷戏剧"的戏剧节。此次浪潮深受法国理论家安托南·阿尔托（Antonin Artaud）的影响。在他看来，戏剧应冲击观众的感官，以揭示"一切社会和心理表面之下的存在主义恐惧。"[1] 在此期间，他还与布鲁克一起依托皇家莎士比亚公司，共同成立了实验剧组，目的是在没有公共演出的商业压力下，对表演和舞台技巧上的实验性进行探索，创造一种与现实生活经验相对应的、打断剧本原有句法的非连贯性舞台艺术。1968 年，马洛维奇又将托特纳姆宫路一处地下室改造为开放空间剧场（Open Space Theatre，后迁至尤斯顿路）。在随后的 12 年间，他和瑟尔玛·霍特（Thelma Holt）成为皇家宫廷剧场（the Royal Court）最具思想时尚的竞争对手。他所倡导的开放空间也以灵活可控的舞台设计成为了"实验剧场"的先锋。

也正是在 60 年代的实验剧场经历中，马洛维奇开始尝试改写莎剧："我发现，自己和他人一起再写和修改了很多戏剧。渐渐地，我萌生了创作自己的改写剧本的想法。"[2] 1963 年，他的首部改写作品拼贴《哈姆雷特》上演。这是一部仅有 20 分钟长度、风格开放的极端性改写作品，一部摆脱了传统叙述的拼贴式《哈姆雷特》。这部剧后来被扩展为 60 和 85 分钟的两版剧本，并被冠名为《拼贴〈哈姆雷特〉》或《马洛维奇的哈姆雷特》（The Marowitz Hamlet）。1965 年该剧在柏林上演时轰动一时，被称为"历史上第二个受欢迎的《哈姆雷特》。"[3]

以此为起点，马洛维奇开始了他一系列的莎剧改写创作，并随后推出了六部莎剧改写作品：《麦克白》（1969）、《奥赛罗》（1972）、《驯

---

[1] "Charles Marowitz—obituary", 08 May 2014. <http://www.telegraph.co.uk/news/obituaries/10817488/Charles-Marowitz-obituary.html>

[2] Janice Arkaftov, "Charles Marowitz: He's Rearranging 'Hamlet,'" *Los Angeles Times*, April 08, 1985. Web. 17 Nov. 2016. <http://articles.latimes.com/1985-04-08/entertainment/ca-18667_1_charles-marowitz>

[3] 田民：《莎士比亚与当代戏剧：从亨利克·易卜生到海纳·米勒》，第 313 页。来自 Charles Marowitz, *The Marowitz Shakespeare* (New York: Drama Book Specialists, 1978), 封底书评。

悍记》(1973)、《一报还一报》(1975)、《威尼斯商人》(1977)。①这些剧作在世界各地巡回演出，获得很大成功，并以戏剧集《马洛维奇的莎士比亚》的形式出版问世。

在对待莎剧上的态度上，马洛维奇和布鲁克一样，深受波兰戏剧理论家杨·科特（Jan Kott）及其著作《莎士比亚——我们的同代人》(*Shakespeare Our Contemporary*, 1964) 一书的影响，但两者的不同之处在于，布鲁克的关注点是通过剧场空间挖掘无限的莎剧意义，而马洛维奇所关注的则是以莎剧为起源文本创作新的政治意义，这也是为什么迈克尔·斯科特写道："马洛维奇从不说他所呈现的是莎士比亚，而是说，自己创作的是马洛维奇的莎士比亚，或是对原作的释译。"② 关于莎剧改写，马洛维奇曾提出过这样几个问题：

  1. 是不是所有人，包括那些没读过、没看过《哈姆雷特》的人，都知道这部戏剧？或者说，我们的集体无意识中是否已沉淀有哈姆雷特的痕迹，从而使我们对他怀有一种似曾相识的感觉？

  2. 一部名作是否真的能够被重构？假如《哈姆雷特》是一个古老而名贵的花瓶，我们是否在它摔成碎片后，既能把它粘合成一个全新的形体，同时又能保留其原始的神韵？③

这些问题的答案似乎是不言而喻的。马洛维奇认为，对《哈姆雷特》的记忆早已沉淀在了我们的集体无意识之中，正是因为观众对它有着似曾相识的记忆，才使得它能够成为剧作家创作的文本源头和文化元素。但是，在马洛维奇看来，被改写家们掰为碎片而重构之后的《哈姆雷特》

---

  ① 学界对马洛维奇的莎剧改写作品的剧名称谓不一致。比如，对于马洛维奇的《一报还一报》改写作品，有人直接沿用莎剧的剧名《一报还一报》，也有人用《〈一报还一报〉的变奏》(*Variations on Measure for Measure*)，或是《马洛维奇〈一报还一报〉》(*Marowitz's Measure for Measure*)。其它几部作品也是如此。比如对于马洛维奇对《麦克白》的改写，有人用《麦克白》这一剧名，有人则是用《一个麦克白》(*A Macbeth*)，或《拼贴麦克白》(*College Macbeth*)。同样，对于马洛维奇对《奥赛罗》的改写，有人直称其《奥赛罗》，有人则称之为《一个奥赛罗》(*An Othello*) 等等。

  ② Michael Scott, *Shakespeare and the Modern Dramatist*, p.105.

  ③ Ibid.

已不可能再是《哈姆雷特》，而是一个基于莎剧元素的新生体。

**2. 马洛维奇的改写："莎士比亚+"式创作**

马洛维奇曾在1987年"莎士比亚再循环"（"Shakespeare Recycled"）一文中写到，世人对待莎士比亚的态度有四种：保守派，中间派，激进派，极端派。其中，保守派意在"保存莎剧的完整性，"他们不仅视莎氏文字如《圣经》一般不可更改，更还将莎士比亚视为全球宪章的作者一样神圣；而中间派在保留莎剧基本结构和精神的前提下，在一定程度上接受对莎剧的改动；激进派则是欢呼新的变革——对莎剧进行大胆的阐释，从而在莎剧中挖掘出全新的感觉；极端派则是完全脱离中心线，他们对莎剧的处理几近疯狂。在极端性艺术家的眼中，在对经典的使用问题上，没有不能跨越的界线：再构、合并（并置）、混搭、现代白话与经典语言的杂糅，一切均可。① 而从一开始，马洛维奇的莎剧改写就属于第四类。

在20世纪60年代与布鲁克的实验性合作导演过程中，受舞台表演的非连贯性实验的启发，马洛维奇开始动手改写莎剧，将他们在舞台表演中探索的戏剧的非连贯性、破碎性、偶然性用于改写创作本身。其成果便是他的第一部改写作品《拼贴哈姆雷特》。

关于"为何改写？"和"何为改写？"这一问题，马洛维奇曾在另一篇文章"提升莎士比亚"（"Improving Shakespeare"）中做过一些精辟的阐述。他说，莎士比亚早已是一种神话——在我们的心目中，莎剧人物就像是雅典人心中的神一样。因此，对莎剧的改写既是对过去思想的挑战，也是对莎剧圣化光环的挑战；改写者既是叛教者，也是反偶像崇拜者。② 他曾将笛卡尔的名言"我思故我在"改为"我*再*思故我在"③，以此为他的改写作品《〈威尼斯商人〉的变奏》辩护。在该作品中，他将莎剧《威尼斯商人》的故事与马娄的《马耳他的犹太人》对接，将它们置于"后大屠杀"时代的巴勒斯坦的历史语境之中。马洛维奇提出，

---

① Charles Marowitz, "Shakespeare Recycled," *Shakespeare Quarterly* 38: 4 (winter, 1987): 467.

② Charles Marowitz, "Improving Shakespeare", <http://www.swans.com/library/art12/cmarow43.html>.

③ Charles Marowitz, "Shakespeare Recycled," p.472.

真正优秀的经典改写作品应属于"再生性"（reincarnations）改写，就如布莱希特等戏剧大家和黑泽明等影视大师对莎剧的改写那样，它们既有对源头的回流，也有对源头的丰富。

马洛维奇曾在"莎士比亚再循环"一文中就改编者与改写者做出区分性界定。他认为，虽然两者均以编辑的眼光对待莎剧素材，但作为剧作家的改写者与作为导演的改编者在对莎剧的使用上却有着本质上的不同：改编者（即导演 directors）意在延续起源文本的原义，而改写者（adapters）则把起源文本与改写文本视为同宗同源的两个文本，他既要在它们之间搭建起始料不及的关联性，同时又力图使承文本和原文本一样富有创造性和独立性。这样，改写者实际上便成为一个合著者（coauthor），虽然在承文本（即改写本）与起源文本之间存在着三四个世纪的时光历史，但这段光阴上的距离绝不会减少改写者的贡献。因此，改写者是作者的一种，他与原作者共生共存，因为改写也是一种创造，对马洛维奇来说，改写是一种双向的旅行。就莎士比亚这样的大家而言，我们有完备的文本实体，他可以通过第一对开本延传至今，但即便在莎剧这里，仍留有很多空隙不得不赖后人发挥他们的想象力来不断地填补。当我们改写这些作品时，它在我们这里引发的想象空间就像我们面对远古遗迹时的无限遐想一样。我们依靠手中的工具——即我们作为当代人的敏感性和领悟力——来填补存在于伊丽莎白时代和雅各宾时代与我们时代的世界之间的裂缝、缺口和空白，在有意或无意之间，我们已在新旧之间架起了一座桥梁。①

事实上，在马洛维奇看来，就实践性质而言，当代剧作家的改写实践和四百多年前莎士比亚基于那个时代各种起源文化之上的创作并无二异，他们均属于互文性创作。② 就此问题，围绕着莎士比亚的改写实践，他曾在"关于《罗密欧和朱丽叶》改写和起源文本的笔记"（"A Note About Adaptation and Source Texts for Romeo and Juliet"）一文中做过翔实的查证和论述。他写到，莎士比亚本人也曾大量地使用起源文本，将

---

① Charles Marowitz, "Improving Shakespeare". <http://www.swans.com/library/art12/cmarow43.html>.

② Charles Marowitz, "A Note About Adaptation and Source Texts for Romeo and Juliet". *Canadian Adaptations of Shakespeare Project*. Web. 17 Nov. 2016. <http://www.canadianshakespeares.ca>.

其他作者的故事改写为他的剧作。很明显，他的戏剧正是依靠众多源头素材，加之以他的天才，以奇特的方式改写而成。他还提到了尼克·克雷恩（Nick Craine）的莎士比亚传记小说《羊皮灯：莎士比亚的生与死》（*Parchment of Light: The Life & Death of William Shakespeare*，2007），并指出该书中也曾提到过一些细节，记录了莎士比亚如何在玫瑰剧场观看马娄的《帖木儿》（*Tamburlaine*）并将后者的一些诗句写入他的作品之中。马洛维奇在文章中高度赞同尼克·克雷恩的观点，他强调："莎士比亚的创造力并非是空穴来风，而是受到各种先前文化和起源文本启发而迸发的火花。"① 从本质上讲，莎士比亚是一个改写者，一位当代语义中的互文性作者。

马洛维奇一再暗示，多年以来，莎士比亚早已沉淀在了他的潜意识之中，成为他戏剧创作的自然源泉。他曾在多个场合谈到改写时说道："我们要做的就是对经典进行再忆、再思、再审视——不是简单的反刍，而是我再思故我在。"② 在这里，"再"（"re-"）这一核心词无疑是后现代主义理论的重要概念。所谓改写，即是"再"写，是对莎剧所进行的"莎士比亚+"式的后现代主义"再"创作。而就马洛维奇的作品而言，改写即是莎士比亚元素与马洛维奇当代视角的"+"式创作。他说过："我之所以喜爱莎士比亚，是因为我在莎剧中看到了自己和我的世界。"③ 在他看来，莎士比亚是一个原型性经典作家，具有无限被变奏的潜力。他提出，多少年了，我们对莎士比亚的理解经历了从文本（text）、潜文本（sub-text）、原始文本（ur-text）、前文本（pre-text）的发展过程。这里的"pre-text"，指的是起源文本被作为一种戏剧范式而生成为承文本的过程。对此，马洛维奇强调说，我们无须成为莎士比亚才能再现莎式经验，我们应该从自身寻找艺术的源泉，以复制莎式影响。为此，我们必须割断链接我们与莎氏文学传统的脐带，为了创作莎士比亚式的经验，我们应重新构思其主题，重新构建其故事。在他看来，莎士比亚的神秘性并非在于他是谁或从他哪儿来，而是我们为何要让他的影响来束

---

① Charles Marowitz, "A Note About Adaptation and Source Texts for Romeo and Juliet". *Canadian Adaptations of Shakespeare Project*. Web. 17 Nov. 2016. <http://www.canadianshakespeares.ca>

② Daniel Fischlin and Mark Fortier, *Adaptations of Shakespeare*, p.188.

③ Ibid.

缚我们对遗产的使用——莎士比亚的伟大之处在于他是一个艺术的"精子库",依托这一源泉,我们可以繁衍出无数属于我们的后代。① 根据这一观点,马洛维奇列举了一系列在他眼中堪称经典的莎剧改写作品:如布莱希特的《科里奥兰纳斯》赋予了莎士比亚的政治主题以无产阶级的道德观②;斯托帕德的《罗森格兰兹和吉尔登斯敦已死》从《哈姆雷特》的戏剧元素中演绎了一个荒诞派故事;邦德的《李尔》以莎剧的人性残酷主题为基石实现了对现代社会权力暴力的思考;《西区故事》(*West Side Story*, 1962)则将《罗密欧与朱丽叶》的故事搬至上个世纪50年代的纽约,表现了都市中现代移民文化的问题;此外,还有《吻我,凯特》(*Kiss Me Kate*, 1953)等等。③ 在这里,马洛维奇所提出的"莎士比亚+合作者"式的改写即是一种基于现在与过去、改写者与原作者对话之上的再述和再写。这种对改写的理解还可见于不少其他学者的著述之中。如玛莎·塔克·萝赛特(Martha Tuck Rozett)就曾说过:"当作家在改写莎剧时,他们挑战的是原作者的感知意图,或更确切地说,是文本随时间而获得的文化和批判性遗产。所谓改写,即是改写者与那个最早投资此剧的文化权威进行的一场辩论和对话,新文本从这种挑战中演绎而出,犹如一个新生命从父文本中诞生一样。"④

### 3. 如何改写?——从"拼贴"到"变奏"

就马洛维奇本人对莎剧的改写作品而言,他习惯于用"拼贴"(collage)和"变奏"(variation)来概述之,称他的前两部莎剧作品为拼贴,后几部为变奏。在《哈姆雷特》和《麦克白》中,马洛维奇以达达主义式的手笔,将莎剧文本剪辑、拼贴,并将择剪后的莎剧人物置于令人眼花缭乱的剧情之中,形成随心所欲的拼贴式演绎。而在接下来的剧作中,马洛维奇则将莎剧改写的重点从拼贴转向变奏:在《奥赛罗》中,他不仅引入了当代语言,还将剧中的"汤姆叔叔"奥赛罗塑造为与

---

① Charles Marowitz, "Shakespeare Recycled," p.478.

② 布莱希特认为,该剧是一部小资剧场的作品,莎士比亚将科里奥兰纳斯塑造成了英雄,而将平民塑造成了一群乌合之众。在布莱希特看来,科里奥兰纳斯的悲剧在于他认为自己是不可替代的。他相信,如果莎士比亚再写此剧,他必将会把我们时代的精神考虑进去。

③ Charles Marowitz, "Shakespeare Recycled," p.477.

④ Martha Tuck Rozett, *Talking Back to Shakespeare*, p.5.

黑人活动家伊阿古对立的形象。与此相似,《一报还一报》将莎剧情节改写为了压迫者的噩梦,《威尼斯商人》在与马娄的《马耳他的犹太人》对接的同时,将故事搬到了英国托管时期的巴勒斯坦,以讲述耶路撒冷的当代暴力。

关于马洛维奇莎剧改写中的"拼贴"和"变奏"之说,改写批评家丹尼尔·费什林和马克·福杰曾这样写道:马洛维奇的早期改写属于拼贴式改写,即把莎剧切成碎片,对其进行重新组合,全然不顾原剧的叙述;其后期改写则属于变奏式改写——在这些作品中,马洛维奇采用了与早期风格反向而行的叙述策略,在改写中故意贴近莎剧元素,但这种对莎剧的呼应其最终目的却是为了解构原剧,即贴近的目的是为了在二者之间构建起批判式对话,最终以莎剧为路径,实现不同于莎剧的政治主题。① 对此,笔者则认为,所谓拼贴和变奏,不过是一种人为的区分,拼贴是一种后现代主义叙事的策略,它同样存在于后期的变奏式改写之中。相对而言,笔者比较赞成玛莎·塔克·萝赛特等批评者的观点:那就是,拼贴也好,变奏也罢,均属于对莎剧的再写和再述,是与莎剧叙事意义在意识形态层面上的碰撞,它们在目的上殊途同归,无不是通过对前文本的反叛和对话以达到解构圣者和偶像的目的。② 因此,拼贴和变奏在马洛维奇的改写创作中是一个一脉相承的发展过程,只是前者比较注重拼贴这一叙述策略,而后者则较淡化此策略,更加侧重对莎剧政治意义的超越,是以拼贴为基本叙事策略的对莎剧的变奏。

在马洛维奇的改写作品中,《哈姆雷特》《麦克白》《一报还一报》和《威尼斯商人》应该是最有代表性的剧作。用马洛维奇的话说,前两部属于拼贴,后两部则属于变奏。

当谈及《哈姆雷特》的创作时,马洛维奇明确以拼贴一词来描述它,甚至将该剧冠名为《一部哈姆雷特的拼贴》。对于"拼贴"这一概念,马洛维奇在《马洛维奇的莎士比亚》一书的序言中以"一种生物学的隐喻"来解释这一以极端形式再构莎剧对白和词句的拼贴艺术:"就像是人类有机体的新陈代谢(符号)被孤立审视时会显得不同一样,一些经典作品当其成分要素被重新组合时,也可成为不同的存在体。"他进而

---

① Daniel Fischlin and Mark Fortier, *Adaptations of Shakespeare*, p.188.
② Martha Tuck Rozett, *Talking Back to Shakespeare*, p.6.

写道:"以拼贴为叙述策略的改写作品,要求观众对原作有一定前期认知,因为只有我们了解莎剧的连续性,才能体验改写带来的非连续性——通过重访人们熟知的但被陌生化的记忆(包括人物、情节、主题),在观众中实现改写者的真实意指。"①

批评家卡罗尔·费舍尔·苏根弗雷(Carol Fisher Sorgenfrei)指出,对马洛维奇而言,传统的叙述性文本非但不会有助于对剧作的领悟,甚至是一种障碍,因此马洛维奇非常赞同安托南·阿尔托的观点,即世人对文本的敬畏和熟悉会导致经典意义的枯竭。所以,马洛维奇在改写莎剧时常会打破常规叙述,以更加直接地进入作品的结构氛围。②比如,在改写《哈姆雷特》一剧时,马洛维奇虽然全部借用了莎剧的文字,但却完全放弃了原剧的故事序列:莎氏词句被并置,剧情被重新排序,人物或删减或合并,全剧由 11 个演员来扮演所有人物,比如,扮演波格涅斯的演员同时也扮演小丑,而装扮上几乎无异。总之,将文本截面和碎片,然后又以极端的形式缝合和楔入,使之成为一个新的结构和拼贴画。③——在马洛维奇看来,被剪碎后的剧情,就像是移动中的尖利的玻璃片一般,会亮晶晶的,格外吸引观众的视线。④通过刻意地打断莎剧,干涉接受的历史,使作品既陌生、又熟悉,以达到其再写的目的。

马洛维奇的改写立足于他对哈姆雷特的看法。他对哈姆雷特那种"丹麦人"的忧郁倍感厌恶,在他的剧本《哈姆雷特》中,奥菲莉娅遭到了王子的强暴。"我鄙视哈姆雷特,"他解释道,"他像一位空谈自由的门客或瘫痪不起的学者,能够描述问题的方方面面,却从不肯辛苦动他的手指一下。你可能认为他是一个敏感、雄辩又博学多才的家伙,但坦率地说,在我看来,他是一个十足的讨厌鬼。"⑤所以,他在改写中想要呈现的是一个不同于莎剧哈姆雷特的自由主义知识分子的形象:"一

---

① Martha Tuck Rozett, *Talking Back to Shakespeare*, p.6.

② Carol Fisher Sorgenfrei, "Hamlet by William Shakespeare; Charles Marowitz," *Theatre Journal* 38: 1 (March, 1986): 98.

③ Charles Marowitz, "Notes on the Theatre of Cruelty," *The Tulane Drama Review* 11: 2 (winter, 1966): 165.

④ Charles Marowitz, *Roar of the Canon: Kott & Marowitz on Shakespeare* (New York: Applause Books, 2002), p.166.

⑤ "Charles Marowitz—obituary", 08 May 2014. <http://www.telegraph.co.uk/news/obituaries/10817488/Charles-Marowitz-obituary.html>

个懒汉,耍嘴皮子的人——一个大谈越战,却坐而不行,只会空洞分析的理性者。"相对而言,福丁布拉斯却更像是哈姆雷特臆想出来的一个愿望实现者——他在后者自我逃避时挺身而出,又在后者消失后走上舞台,接手王国。哈姆雷特在此剧中的形象无疑是对20世纪60年代反叛偶像、打破常规的社会情绪的反映。①

从本剧一开始,哈姆雷特和挪威王子福丁布拉斯便以反差的形象出现在舞台之上:他们对面而立。福丁布拉斯走上前对队长说道:"队长,你去替我问候丹麦国王,告诉他说福丁布拉斯因为得到他的允许……"(来自莎剧第四幕第四场台词),而哈姆雷特则是走到队长身后,仿佛是队列中的一个士兵。②接下来,故事跳过原莎剧中的其它对白,进入该场中哈姆雷特的"我所见到、听到的一切,都好像在对我谴责"独白,但独白在马洛维奇的作品中却变成了哈姆雷特和福丁布拉斯的对白:

> 哈姆雷特:我所见到、听到的一切,都好像在对我谴责,
> 　　　　鞭策我赶快进行我的蹉跎未就的复仇大愿!一个人
> 　　　　要是在他生命的盛年,只知道吃吃睡睡,
> 　　　　他还算是个什么东西?简直不过是一头畜生!
> 　　　　上帝造下我们来,使我们能够这样高谈阔论,
> 　　　　瞻前顾后,当然要我们利用
> 　　　　他所赋予我们的这一种能力和灵敏的理智……
> 福丁布拉斯(责备的口气):让它们白白废掉。(29)

这段对白之后,剧情转到了莎剧的第一幕第四场及第二场:哈姆雷特被

---

① Janice Arkatov, "Charles Marowitz: He's Rearranging 'Hamlet'," *Los Angeles Times*, April 08, 1985. <http://articles.latimes.com/1985-04-08/entertainment/ca-18667_1_charles-marowitz>. 这种打上20世纪60年代印记的哈姆雷特形象可见于这一时期的不少改编和改写作品之中,如1965年彼得·霍尔执导的哈姆雷特形象便是一个例子。该版哈姆雷特由大卫·华纳扮演,围着一条大学生的围巾,一口伯明翰的口音,全然是一个优柔寡断、政治上漠然的青年形象,代表了60年代青年学生在精神真空中的困惑。与霍尔的哈姆雷特相似,马洛维奇的哈姆雷特也是一个毫无政治立场的自由人文主义者。

② Charles Marowitz, *Hamlet*, in *The Marowitz Shakespeare*, p.29. 以下出自同一剧本的引文页码随文注出。

## 第四章 从拼贴到变奏：查尔斯·马洛维奇的莎士比亚

幽灵、国王、王后、奥菲莉娅、小丑/波格涅斯包围着，当国王说"把我当作你的父亲"，福丁布拉斯和小丑也重复着这句话，然后王后接上说，"你已经大大得罪了你的父亲啦"（来自莎剧中第三幕第四场），此后，雷欧提斯说，"我的一个高贵的父亲就这样白白死去"（莎剧中第四幕第七场），最后是鬼魂说，"要是你曾经爱过你的亲爱的父亲"。在此过程中，哈姆雷特似乎想有反应，但却不时被打断。① 另一个典型的拼贴例子可见于本剧的结尾。在这一幕中，所有人物都在舞台之上，鬼魂用玩具剑像拐杖似的支撑着哈姆雷特，后者有气无力地说着他的"生存还是毁灭"的名言，不时，舞台上发出阵阵嘲笑：

> 哈姆雷特（有气无力地）：生存还是毁灭，这一个值得考虑的问题。
> （哄堂大笑。）
> （微弱地。）凭着这一本戏，我可以挖掘国王内心的隐秘。
> （又哄堂大笑。）
> （徒劳地，想找个合适的词语。）丹麦国里恐怕有些不可告人的坏事。
> 福丁布拉斯（嘲讽地）：人类是一件多么了不得的杰作。（66）

然后，在众人的喧闹声中，哈姆雷特的身躯开始慢慢弯曲，然后倒在地上，福丁布拉斯和合唱队则以嘲弄的口气唱出了莎剧第二幕第二场中的台词：

> 福丁布拉斯（嘲讽地）：人是一件多么了不得的杰作。
> （唱）多么高贵的理性！
> 众演员（齐唱）：高贵的理性！
> 福丁布拉斯（唱）：多么伟大的力量！
> 众演员（齐唱）：多么伟大的力量！
> 福丁布拉斯（唱）：多么优美的仪表！多么文雅的举止！

---

① Charles Marowitz, *The Marowitz Shakespeare*, pp. 29–32.

众演员（齐唱）：优美和文雅。
福丁布拉斯（唱）：在行为上多么像一个天使！
众演员（齐唱）：多么像一个天使！
福丁布拉斯（唱）：在智慧上多么像一个天神！
众演员（齐唱）：多么像一个天神！（67）

如田民所评述的那样：马洛维奇用鲜明的舞台形象对莎士比亚的诗句作了否定性的分解，极大地嘲弄了哈姆雷特所崇奉的那种关于人的虚幻的价值观。① 最后，只听福丁布拉斯喊道："把哈姆雷特像一个军人似的抬到台上"。但哈姆雷特并未真死，而是起身站起，用玩具剑"杀死"了所有在场的演员，然后说道："从这一刻起，让我摒除一切的疑虑，把流血的思想充满在我的脑际。"（来自莎剧第四幕第四场）（67）

整个故事均以这种非连贯性的碎片形式被展开。马洛维奇在《莎士比亚再循环》（*Recycling Shakespeare*，1991）一书中回忆到：我们试想，假如从主人公的视点来看此剧，将会有何种光芒从剧中飞出？——也就是说，在这么一个高压下的、神经质的、心理失常而备受幻觉折磨的年轻人眼里，一切都将会变得扭曲和逾常。② 马洛维奇曾以句法为例来比喻拼贴的叙述学理，他说：

在语法中，句法是造句的规则：它确定句子中的主语、谓语和其它约定关系的顺序。在我们的戏剧术语中，句法也是如此。它将剧作中的"主语"、"谓语"［各种戏剧约定的关系］汇集在一起，并在它们之间建立某种关联。但剧场与语法不同的是，在剧场中，我们可以对一个约定关系有无穷无尽的诠释与理解。所以，句法的生成很大程度上取决于导演和演员如何理解眼前的戏剧素材。③

马洛维奇还指出，拼贴并非是简单无谓的文体练习，或是一种演示戏剧间断性和破碎性的手法，拼贴的目的是通过对莎剧的拼贴处理，使每一

---

① 田民：《莎士比亚与当代戏剧：从亨利克·易卜生到海纳·米勒》，第 325 页。
② Charles Marowitz, "Shakespeare Recycled," p.467.
③ Charles Marowitz, *The Act of Being* (London: Taplinger Pub Co, 1978), p.65.

个碎片像一束潜意识的光芒从哈姆雷特的生命海洋中飞越而出。①

在这里，马洛维奇将《哈姆雷特》视为一个被摔成碎片的珍贵的花瓶，他所做的是将这些碎片捡起，组成新的图案。用他的话说："莎士比亚提供了花瓶，我提供了胶水。"② 所有莎剧元素都在这儿，只是以非传统的形式存在着，人物也都保留着——即便不是以人物形式存在着，他们也会以推论、幽影、联想词的形式存在着。所以，表演中一个演员同时也会串演其他角色，剧中有奥斯里克、霍拉旭、小丑、掘墓人的元素。因此他说，这就意味着，"那些跑来看正常莎剧的人将会非常失望，因为这部《哈姆雷特》既没有世人熟悉的时间连贯性，也没有清晰的故事主线，我的这版《哈姆雷特》是从另一个非莎士比亚的方向——沿着哈姆雷特的想象力和观众的思想——启航的。"③

1969年上演的《一个麦克白》（又称《麦克白》）是马洛维奇的第二部莎剧改写作品。它也是一部拼贴式的改写，就像在《拼贴哈姆雷特》一样，该剧是将莎剧切成了多个片段和碎片后，将马娄的《浮士德博士的悲剧》插入其中拼贴而成的叙述结构——整合后的故事透过主人公的视点呈现出不同的视觉想象。对此，马洛维奇说道：如果莎剧《麦克白》是一个"高速公路"，一个"从犯罪到惩罚的残酷的旅程"，那么，拼贴就是一个把观众和主人公一起放在车里，而非是让他们站在路边的一个工具。④ 如在莎剧第一幕中，戏剧顺序是：与女巫相遇、麦克白的勇敢、女巫的预言、班柯对国王的忠诚、麦克白"不要让光亮照见我的黑暗幽深的欲望"（第一幕第四场）、独白中所露出的谋杀动因、麦克白夫人的蛊惑、麦克白弑君之前内心的汹涌。但在《一个麦克白》中，故事刚开始两分钟，我们便看到剧中麦克白夫人和三个女巫姐妹在一起，鼓动她们一定要"榨干他"；接着，剧情快速发展，往下53行后，邓肯和班柯赶到，并被麦克白夫妇刺死。莎剧中原本发生在后面的谋杀被提到如此靠前，完全打乱了观众对莎剧故事的期待，从而将他们带入

---

① Martha Tuck Rozett, *Talking Back to Shakespeare*, p.6.

② Janice Arkatov, "Charles Marowitz: He's Rearranging 'Hamlet,'" *Los Angeles Times*, April 08, 1985.

③ Ibid.

④ Charles Marowitz, introduction, in *A Macbeth* (London: Calder and Boyars, 1971), p.9.

另一个《麦克白》的世界。在这部剧中，莎剧原故事打破了亚里士多德三一律的戏剧轨迹，在时间、地点上随意穿梭和拼贴，有时出现一种梦幻状态，让观者无从弄清那些谋杀事件是真的发生了还是人物脑中的愿望。

关于这部作品，马洛维奇曾说过："像许多导演一样，我对莎剧《麦克白》情节中的三人现象很感兴趣：三个女巫、三个杀手、三次谋杀。所以，我在改写本中便勾画了麦克白的三面性：胆怯、野心、恶毒，并由三名演员分别饰演三个不同的麦克白，就像是麦克白夫人有三个女巫为其替身一样。"① 而在这三个麦克白中，后两个麦克白的作用随剧情而变化②，比如，有时他们像是麦克白的影子，低声重复着麦克白的话，如跟着他重复在莎剧第一幕第七场中的那段独白："要是干了以后就完了，那么还是快一点干。"有时，他们则代表麦克白内心的两个声音，而将它们外化在舞台上，成为一种思想的对话，比如，当一个麦克白说："只要是男子汉做的事我都敢做"，第二个麦克白用莎剧中麦克白夫人的话回答说："那么当初是什么畜生使你把这一种企图告诉我的呢？"③ 事实上，在本剧中还存在着第四个麦克白，即麦克白的模拟雕像，它在剧的开头、中间、最后多次出现，代表麦克白"非人性化、意志丧失的"一面。④ 通过这种人物塑造上的多重性，该剧意在折射麦克白性格上的道德碎片和分裂式的人格。

1975年，《一报还一报》（又称《〈一报还一报〉的变奏》）的上演是马洛维奇莎剧改写创作的一个突破。该剧打破了前期拼贴改写的定式，强化了不同于莎士比亚初衷的政治意图，实现了马洛维奇对莎剧意义上的真正再构。⑤ 关于剧名中的"变奏"一词，马洛维奇曾解释说："所谓'变奏'，即是从新的角度将莎剧的故事变成另一个故事。……在我看来，《一报还一报》的接点是对人类内心邪恶的洞察——这才是通常所说的在由善神掌管的世界里恶有恶报的那个童话故事的真面

---

① Charles Marowitz, "Shakespeare Recycled," p.470.
② 此外，第二、三个麦克白在剧中还串演了信使、侍从、杀手、宴会客人等其他角色。
③ Charles Marowitz, *A Macbeth*, in *The Marowitz Shakespeare*, p.85. 以下出自同一剧本的引文页码随文注出。
④ Martha Tuck Rozett, *Talking Back to Shakespeare*, p.127.
⑤ Charles Marowitz, "Introduction," *The Marowitz Shakespeare*, p.21.

目。"①

　　众所周知，在所有莎剧当中，《一报还一报》是最令人困惑的作品之一。也正因为此，它给世人留下了无限的想象空间。这部莎剧讲述的是面对城邦的民风沦丧，维也纳公爵文森修以出访国外为名暂时离开，并委托大臣安哲鲁摄政监国。在此期间，年轻英俊的绅士克劳狄奥因使未婚妻朱丽叶婚前有孕而被抓，被安哲鲁判处死刑。克劳狄奥的姐姐伊莎贝拉为救弟弟前去说服安哲鲁收回成命，不料这位道貌岸然的摄政王却包藏祸心，提出以伊莎贝拉之身换取克劳狄奥之命，该剧以公爵回宫，拨乱反正而结束。关于这部莎剧的主题，莎剧专家众说纷纭。批评家罗伯特·缪拉（Robert S. Miola）认为，《一报还一报》是对一个堕落世界中的法律、正义、仁慈等议题的思考。缪拉指出，在剧中，克劳狄奥因使其未婚妻有孕而触犯法律，但问题是，城邦是否有权力制定这样一条法律？它是否有权规范公民的性行为？公民是否有权违背这一法律？安哲鲁许诺，若伊莎贝拉委身于他，他便会对克劳狄奥免除处罚，面对此困境，对伊莎贝拉而言，什么是罪？什么是德？又能有谁有权力对此做出评判？剧名"一报还一报"隐喻了圣经中关于正义和仁慈的教义（Matt. 7: 1-2; Mark 4: 24; Luke 6: 38），但是，当代批评者却无法决定，到底谁才有权做出如此的裁决？是上帝？还是人间的执法者？莎剧《一报还一报》所表现的正是这一模糊难题。②

　　而就《一报还一报》而言，马洛维奇无法忍受的正是它在王权、法律与人性主题上的模糊与含蓄：剧中的国王到底是什么样的一个人？信徒？牧师？疯子？还是一个理想主义者？没人知道。对马洛维奇而言，"再写"《一报还一报》，即是意味着对这部莎剧中政治主题做出清算和纠正。在此需要指出的是，当时现实中发生的两个事件对该剧的创作产生了重要的影响：在国际政治中，美国的水门事件在世界各地不断发酵，引发了世人对西方上层社会腐败的思考；在个人经历中，1974年，马洛维奇曾经历了无端受到商店行窃和流浪的法律指控。此次经历使他深感法律的愚不可及，他认为，在法律所规范的冰冷的社会机制中，恩

---

① Michael W. Shurgot, "Variations on *Measure for Measure*," *Shakespeare Bulletin*, 30: 1 (Spring, 2012): 73.

② Robert S. Miola, ed., "Introduction," *Measure for Measure* (Apprentice House, 2007), p.1.

惠和偏见可以肆意地践踏无辜者和异议者。① 他强烈地感受到，在法律和正义之间存在着距离："法律被人类以'一刀切'的方式用以维护社会秩序，而正义却是一个超越人类控制的概念。"② 通过改写莎剧《一报还一报》，马洛维奇不仅要人们思考贞洁的价值、生命的价值，更还要让人们正视法律与正义的对立，以及是与非、对与错这些抽象概念在现实中的含义。

当谈到该剧的创作过程时，马洛维奇说道：为了达到颠覆莎剧的强烈效果，他总是"尽可能地贴近莎剧的情节基线，直到走到道德意义最紧要的关口时，其含义才突然脱颖而出"③。的确，《一报还一报》中的所有对白几乎均出自原作文本——虽然这些对白会被马洛维奇刻意地张冠李戴，将原莎剧中此人之对白给予另一个人物来说。而且，他还删去了莎剧中那些可能引起意义分流的剧情和小人物——诸如被安哲鲁抛弃的未婚妻、不知悔改的杀人犯、皮条客庞培、妓院老鸨及其他代表着道德沦丧的小人物和喜剧性情节线条，原著中的插科打诨，甚至公爵的微服私访、他对朱丽叶的劝告和他对美德的独白，删减了床戏。在该剧中，公爵从未微服与臣民走在一起，因此也无从帮助伊莎贝拉。事实上，伊莎贝拉完全是白白地葬送了自己的贞洁。

通过删减，其目的是把故事简化，从而突现几位当权者对伊莎贝拉身体和心理上的暴力。但整体来讲，马洛维奇的改写上基本是沿着莎剧的剧情展开，其故事发展和叙述甚至伪装逼真到了足以给观众一种幻觉，仿佛眼前正在观看的是一部莎剧，而非马洛维奇的改写。

马洛维奇所说的"道德意义最紧要的关口"出现在本剧接近尾声时的一幕：在一种超现实的光线中，克劳狄奥突然出现在伊莎贝拉面前，他们绝望地拥抱，而后他拉着伊莎贝拉的手，把她带到纱罩帷幕后的床前，交给安哲鲁。克劳狄奥退出卧室后，等在一旁的狱官张开双臂微笑着迎接他。此后，安哲鲁走近伊莎贝拉，温柔地解开她修女的头巾和她的长袍。最后，安哲鲁抱起伊莎贝拉，挑开床前的帷幕，消失在帷幕之

---

① Daniel Fischlin and Mark Fortier, *Adaptations of Shakespeare*, p.188.

② Karen R. Rickers, *Charles Marowitz and the Personal Politics of Shakespearean Adaptation*, Diss. Exeter: University of Exeter, 2012. pp.316–318.

③ Charles Markowitz, "Introduction," *The Marowitz Shakespeare*, p.21.

后。① 在这一组超现实主义的剧情序列中,马洛维奇的笔锋翻云覆雨,与莎剧脱离的同时,也将剧情推向高潮。在这一幕中,"纱罩帷幕"成了一个醒目的意象。据批评家德·荣(De Jongh)记载,这是马洛维奇和该剧的设计师罗宾·唐(Robin Don)的创意,在帷幕上写着"行刑"字样,看起来就像一张法律纸卷挂在床前,将发生在伊莎贝拉和安哲鲁之间的一切挡在了观众的视线之外。在这里,如德·荣说道,这一帷幕的意象是如此的醒目,几乎成了一种"视觉上的象征"——这一幕仿佛揭示了,正是受其法律的保护,法律才得以如此腐败。② 为了救弟弟的命,伊莎贝拉屈从于安哲鲁的要求,但可悲的是,当她从帷幕后出来时,却看见克劳狄奥被割下的首级端放在桌子之上。对于观众而言,这组舞台画面无疑具有强烈地视觉冲击力——通过篡改莎剧故事,该剧成功向人们传递了一种当下时代的政治主题。

在原莎剧中,公爵虽具有很强的操纵能力,但天性还算仁慈,不失公允,但在马洛维奇的剧作中,公爵却是一个权术的玩弄者。在该剧中,他非但没有理会伊莎贝拉的冤情,相反却站在安哲鲁的一边,逮捕了伊莎贝拉。在最后一幕中,每一个人——大臣爱斯卡勒斯、主教、狱官——无不受公爵的控制默认了安哲鲁的无罪。剧末时,舞台上出现了最令人瞠目的一幕。伊莎贝拉被狱官带走后,公爵示意正式场合结束。于是,安哲鲁、公爵和爱斯卡勒斯脱去了官袍,换上了便装。他们围坐在一个桌子旁,喝着酒,说着粗俗的玩笑,开始欢宴:

公爵(*模仿下人*):关于外面有什么消息?

安哲鲁(*讽刺,略带造作地*):老爷,我做一个偷偷摸摸的王八也不知做了多少时候了,可是我现在愿意改行做一个正正当当的刽子手。我还要向我的同事老前辈请教请教哩。

爱斯卡勒斯(*嘲笑安哲鲁的模仿*):是个王八吗,老爷?(*对公爵*)他妈的!他要把咱们干这行巧艺的脸都丢尽了。

---

① Charles Marowitz, *Measure for Measure*, in Daniel Fischlin and Mark Fortier, *Adaptations of Shakespeare*, p. 63. 以下出自同一剧本的引文页码随文注出。

② Karen R. Rickers, *Charles Marowitz and the Personal Politics of Shakespearean Adaptation*, p.319.

安哲鲁：真的，殿下，我不过是说着玩玩而已。您要是因此而把我吊死，那也随您的便；可是我希望您还是把我鞭打一顿算了吧。
（四人均笑成一团。）
公爵：先把你抽一顿鞭子，老爷，然后再把你吊死。（这最后一个超级笑话让所有人更是捧腹大笑。）我曾经听他发誓说过，他曾经跟一个女人相好有了孩子，你给我去向全城宣告，狱官，有哪一个女人受过这淫棍之害的，叫她来见我，我就叫他跟她结婚。
安哲鲁（装着怯弱）：求殿下开恩，别让我跟一个婊子结婚。殿下，跟一个婊子结婚，那可要了我的命，简直就跟压死以外再加上鞭打、吊死差不多。
公爵（把酒浇到安哲鲁的头上）：侮辱君王，应该得到这样的惩罚。（206—207）

这段对白在莎剧《一报还一报》中原本出自皮条客路西奥这类小人物［第三幕第二场、第四幕第二场、第五幕最后一场］之口，但在马洛维奇的改写中，却被安哲鲁、公爵、爱斯卡勒斯这些权力精英们拿来"戏"用，以暗指统治者对权力的玩弄和滥用。至此，在主题上，该剧从原莎剧中当权者对权力的温和操纵，发展成为了马洛维奇笔下令人瞠目的黑色政治。

马洛维奇最后一部莎剧改写作品是 1976 年的《〈威尼斯商人〉的变奏》。在那一年，西方舞台上先后出现了两部著名的《威尼斯商人》改写剧作：一部是阿诺德·威斯克的《商人》（又名《夏洛克》），另一个就是马洛维奇的《〈威尼斯商人〉的变奏》（又名《威尼斯商人》）。而且，这两个作家均是有着犹太血统的剧作家，他们又都是从文化唯物主义的视角出发，在以"后大屠杀"时代为语境的历史坐标系中重述夏洛克的故事。

关于莎士比亚，马洛维奇曾这样评论："对很多人而言，莎士比亚的存在是对他们世界观的认可，在他的作品之中蓄存着基督世界的价值观和文化。借助于他的观点，他们能轻松地对自己的小资产阶层意识、习俗以及自负的道德观做出合理的解释。对他们来说，莎士比亚写作的目的就是为了后人在日历上引述他的格言。① 所以，马洛维奇和很多战后英国剧作家一样，对莎士比亚怀有一种"爱恨"交加的复杂感情。用他的话说，他既喜欢又不喜欢莎士比亚——喜欢他，是因为他总能在莎士比亚那里找到关于世界和自我的感觉；不喜欢他，则是因为他觉得，莎剧中有太多迎合保守派那种维持现状的暧昧态度。②

作为一个和德威斯克一样有着犹太血统的剧作家，马洛维奇对莎剧《威尼斯商人》的态度几乎和威斯克如出一辙，他们不约而同地将《威尼斯商人》放在20世纪后大屠杀时代的政治语境中重新审视，探讨这部莎剧内涵中的反犹太性，强调它与当代政治的内在关联。虽然马洛维奇承认，莎士比亚是"在他那个时代中首位以人性的笔触塑造犹太人的剧作家"，但他仍无法接受莎剧夏洛克的命运，深感夏洛克的故事与20世纪大屠杀事件之间的共通性。他在《〈威尼斯商人〉的变奏》的"引文"中写道：在"后大屠杀"时代，

> 当人们面对《威尼斯商人》和剧中这位传统的犹太人物时，已很难或几乎不能不想起他们了解或读到的犹太民族在过去两千多年的西方社会中的经历，人们已无法从记忆中抹去发生在过去75年中的犹太历史，诸如欧洲大屠杀、希特勒的"死亡集中营"、犹太民族主义的兴起、阿以冲突等事件。当然，对于所有这些，莎士比亚均无从得知，这些事件也不可能见之于《威尼斯商人》的故事之中——但这并不等于说，这些记忆便不会出现在观众的意识中。……关于这部剧，最让人恼火的是那场可恶的审判：在这一场中，夏洛克一步步落入彀中，蒙受羞辱，被夺取财产，放弃宗教，直到最后被赶出法庭，沦为一个令人不齿的父亲，一个被除去面具的"无赖"。③

因此，在马洛维奇的改写中，他决心将《威尼斯商人》的故事语境带到当代的政治坐标系中（即1946年的巴勒斯坦），从"后大屠杀"时代

---

① Charles Marowitz, *Recycling Shakespeare* (New York: Applause, 1991), p.17.
② Charles Marowitz, "Shakespeare recycled," p.467.
③ Charles Marowitz, "Introduction," p.22.

的视角重新书写夏洛克的故事，彻底"改变莎剧的道德指向"[①]：

> 只要安东尼奥仍旧是"一个好人"，夏洛克就不得不是个无赖，所以，我决定改写首先要从安东尼奥身上下手——该剧将故事设定于英国托管时期的巴勒斯坦，这样它便有了一个现成的反面人物。在这一时期，反犹太主义情绪上升，这在很大程度上归咎于克莱门·特艾德礼政府的中东政策，该政策严格限制犹太人向耶路撒冷的移民，由此使成千上万从欧洲逃出的犹太人又不得不返回欧洲，而等待他们的，却是那里的集中营。这一政策集中体现在当时的英国外交大臣欧内斯特·贝文的身上。在本剧中，故事将安东尼奥与贝文、特艾德礼政府的杀伤性政策合为一体，同时让夏洛克和犹太复国主义势力，尤其是像伊尔贡这样的极端组织，站在一起。其结果是，故事在剧情布局上便出现了一种完全不同于莎剧的社会力量的对阵。[②]

整体上讲，马洛维奇的改写仍沿着他的一贯作风，基本维持了莎剧《威尼斯商人》的主干情节：求婚、三个匣子、一磅肉、法庭审判，所不同的是，他将该故事变成了一个当代犹太人的故事。他不仅将其剧情设定于发生在耶路撒冷的一个现代历史事件背景之中——英国托管统治已经结束，将巴勒斯坦交给了犹太人，其独立状态颇有些像数世纪前威尼斯城中的犹太区——以期引导观众在观看此剧时将"后1946年"事件纳入对该剧意义的阐释；同时，还在创作剧情时将它与马娄的《马耳他的犹太人》糅合在一起，暗示了两部经典在犹太问题上的共鸣和它们与当今政治现实的一脉相承。

本剧开始时，是1946年7月，犹太复国运动者正在轰炸耶路撒冷的英国驻军总部国王大卫酒店。随着爆炸声，舞台上出现一幕幕轰炸现场的幻灯片，话外音中播放着关于爆炸的新闻——91人死亡，47人受伤，43人失踪，犹太复国主义右翼组织伊尔根声称对此负责。然后，灯光聚焦于站在舞台上的夏洛克的身上，他在哀悼死去的战友。在此之后，

---

[①] Charles Marowitz, "Introduction," p. 22.
[②] Ibid., pp.22–23.

马洛维奇开始脱离开头的现实事件,转而依托《马耳他的犹太人》和《威尼斯商人》的词句拼贴,推动故事叙述。在剧中,安东尼奥和巴萨尼奥是驻守巴勒斯坦的英军成员(前者也是外交大臣欧内斯特·贝文的化身),夏洛克的女儿杰西卡是莎剧中同名人物和马娄剧中阿比盖尔两个人物的融合,她在本剧中坚定地站在犹太父亲的身边。最重要的是,夏洛克不再是莎剧中那个孤独、最终被击垮的老人,而是一个投身犹太复国运动的斗士。在整个剧中,他身边都有战友相伴,更有女儿的支持。在剧初,夏洛克与女儿杰西卡商量如何欺骗罗伦佐,他用的却是《马耳他的犹太人》中台词说:

> 首先,你必须清空自己一切的柔情:
> 所有的同情、慈爱、愚蠢的期待、胆小的怯懦,
> 对一切都不为所动,对谁都不予同情。
> 唯当基督徒遭难时,你要心满意足。
> 这样才是我们犹太人该过惯了的生活。
> 我们这样做是完全合理的,因为基督徒就是这样做的。①

该剧的高潮仍是法庭一场。和莎剧一样,该场意在羞辱和摧毁夏洛克,但不同的是,在本剧中,夏洛克非但没有被法庭打败,而是奋起反抗。法庭一场更是莎剧和《马耳他的犹太人》两部剧作词句插补的精彩之作。当公爵接受安东尼奥的建议,要夏洛克皈依基督教,并将他没收的财产给罗伦佐时,马洛维奇突然插入了《马耳他的犹太人》的第1幕第二场的情景——虚伪的马耳他总督召集芭芭拉斯和其他犹太人以提高税金。在马洛维奇的剧中,威尼斯公爵以马耳他总督的口气对夏洛克说,堆积在犹太人身上的鄙视"并非是我们的错,而是你们骨子里的罪恶"(《马耳他的犹太人》)。对此,夏洛克则用芭芭拉斯的话愤怒地驳斥说:"你是带着你的经文来证明你的指责的吗?别想用说教夺走我的所有。"(《马耳他的犹太人》)当公爵貌似虔诚地说:"过多的财富是贪婪的祸根,/而贪婪,是可怕的罪恶。"对此,芭芭拉斯/夏洛克则回答说:"哈,窃取才是更大的罪恶。"(《马耳他的犹太人》)本场最后以夏

---

① 来自《马耳他的犹太人》的第一幕第二场,由唐小彬翻译。下面三句同上。

洛克那段著名的独白"难道犹太人没有眼睛吗？难道犹太人没有五官四肢、没有知觉、没有感情、没有血气吗？"（《威尼斯商人》）结束。这时，场外枪声大作，舞台上灯光暗去，话外音再次响起，以新闻的语气报道着国王大卫酒店爆炸的后续事件和占领军的情况："所有边境检查站都已关闭，所有街角都设有装甲车和路障，整个耶路撒冷在宵禁之中。"镇压并未使暴力结束，暴力仍在继续。①

评论家阿兰·辛菲尔德在"制造戏剧空间：当今英国戏剧中的挪用与对抗"（"Making space: appropriation and confrontation in recent British plays"）一文指出，一切经济和政治体系无不是立足于由阶级、性别、种族等构成的权力关系中，并在文化层面得以显现。所谓文化，即是一个社会秩序得以沟通、再现、经历和探索的能指系统，或简而言之，是各种已存故事——那些关于我们是谁，我们彼此的关系，尤其是彼此的权力关系的故事——的混合体。在这种权力关系中，弱势或不同政见者群体只有通过改变现有主宰性文化空间，才能创造自己文化空间。而改写即是一种文化空间斗争的体现，改写者对作品意义的构建是一种权力的关系。莎士比亚和他的文本之所以被赋予神话的地位，是因为在世人看来，它们承载了超越具体环境的真理，这是对神话的理想主义性的理解。文化唯物主义者认为，意义是由人们在确定条件下持续生成的结果，它们错综复杂地渗透在组成社会和社会组织的权力关系之中。任何改写者，莎士比亚本人也好，马洛维奇也好，无不是通过创作与先前文本相关联的新文本，从而在政治上实现对文化生产过程的干涉，创造属于他们的文化空间。② 这既是当年莎士比亚的戏剧创作之路，也是当今莎剧改写者的创作之路——莎士比亚正是通过改写那个时代中已有的故事，成功地创造了一个属于他的政治和文化空间，而作为他后人的当代剧作家们对莎剧文本及其思想的再写也是如此。

---

① Charles Marowitz, *The Merchant of Venice*, in *The Marowitz Shakespeare*, pp.282–283.
② Martha Tuck Rozett, *Talking Back to Shakespeare*, p.47.

# 第五章

## 《第十三夜》：霍华德·布伦顿的莎剧再写

> 我想象着这么一个画面，丘吉尔从威斯敏斯特的灵柩中走了出来，和周围的年轻士兵开始攀谈。
>
> ——霍华德·布伦顿

> 我们有足够的理由说，莎士比亚的戏剧是"保守型"的，但我们却忽视了在那个时代中莎剧所表现出的炫目的政治性。今天，当我们定义"政治剧"时，我们指的多是它的对抗性：所谓"政治性"，即是对某种权威或统治哲学的对抗。但在1590至1600年的那个时代里，一部戏剧是绝对不能以任何方式来表示对抗的。……在那个时代中，一部好的剧作的确应该具有惊人的政治性——但前提是，这种政治性必须是站在现实的一方。
>
> ——霍华德·布伦顿

和1956年一样，1968年是战后英国戏剧史上的又一个分水岭，它标志着第二次浪潮的兴起。这一代剧作家在创作上也像50年代的剧作家那样大致分成了两个方向：以汤姆·斯托帕德为代表的个性化剧作家，以及以霍华德·布伦顿、大卫·埃德伽、大卫·海尔、特雷弗·格里菲思（Trevor Griffiths）和霍华德·巴克等为代表的社会性剧作家。但相比之下，60年代的社会性剧作家在政治上比第一代更加激进。如果说奥斯本、威斯克等第一代剧作家批评的是西方现存的社会秩序和体制，那么第二代剧作家则将矛头直接指向了当时的撒切尔政府，对准了西方资本主义制度。而且，在追求理想的过程中，虽然两代人都经历了理想破灭的打击，但随着时间的流逝，第一代政治性剧作家大多数都因各种原因从伦敦主流剧场悄然退出，但第二代政治性剧作家却像凤凰涅槃一样，在60年代的梦想破灭后，在七八十年代演变出了新的主题方向，不少人直到20世纪末乃至21世纪初仍一直活跃于英国主流剧场之中。

作为第二次浪潮中社会性剧作家的代表人之一，布伦顿的戏剧生涯长达半个世纪之久，最近的两个作品分别是《保罗》（*Paul*, 2005）和《从没这么好过》（*Never So Good*, 2008），前者以极具争议和影响力的宗教人物、基督教"创始者"保罗为题材，后者则是以20世纪英国保守党领袖哈罗德·麦克米伦（Harold Macmillan）为题材创作。两部作品均引起不小的轰动。

但就布伦顿在当代英国戏剧史上的成就而言，仍主要集中于七八十年代的一系列经典，如《丘吉尔的戏剧》（*The Churchill Play*, 1974）、《罗马人在英国》（*The Romans in Britain*, 1980）和《乌托邦三部曲》（*Three Plays for Utopia*, 1988）[①]等。这些作品集中反映了布伦顿所代表的一代英国社会主义者在经历了60年代政治理想的幻灭之后对英国历史和文化传统的反思，体现了第二代剧作家对西方政治神话和传统文化的重读和再写。

---

① 1988年，英国皇家宫廷剧场春季演季推出了一个布伦顿系列戏剧，名为"乌托邦三部曲"（*Three Plays for Utopia*）：包括《疼痛的嗓子》（*Sore Throats*, 1979）、《血淋淋的诗歌》（*Bloody Poetry*, 1984）和《绿土》（*Greenland*, 1988），此后这三部作品通常被人们称为布伦顿的"乌托邦三部曲"。见Richard Boon, "Retreating to the Future: Brenton in the Eighties," *Modern Drama*, 33:1 (March 1990): 30–41.

相比于上面提到的这些作品，1983 年上演的《第十三夜》则在布伦顿的戏剧中具有特殊的位置：这是一部介于《罗马人在英国》和《乌托邦三部曲》之间的一部过渡性作品，既有前者的再写风格，又兼具后者的乌托邦主题。在该剧中，布伦顿从文化唯物主义的角度再写莎剧《麦克白》，透过主人公杰克·比蒂恶托邦式的梦境叙述，构建了一个英国工党领袖由理想主义者堕落为当代麦克白式独裁人物的政治寓言，实现了对战后西方社会主义运动的反思，表达了剧作家所代表的那一代青年在经历了精神破灭之后对未来社会的乌托邦梦想。

**1. 布伦顿戏剧再写：不同时期政治思想的书写**

作为第二次浪潮中社会性剧作家的主要代表，布伦顿和大多数同代人一样都有过理想，都曾狂热地参加过暴风骤雨般的政治运动，正因为如此，1968 年发生在欧洲的一系列事件，如苏联入侵捷克、巴黎学潮、布拉格之春等，才最终成为他们精神上的一次洗劫。巴黎学潮失败标志着 20 世纪 60 年代欧洲无政府主义运动的终结，这一事件对英国左翼知识分子产生了无法估量的影响，改变了无数英国年轻人的政治信仰。关于这一点，布伦顿曾这样写道：

> 68 年的 5 月对我而言是一个转折点。……它从两个方面割断了我们这代人与过去的纽带。首先，它摧毁了我们对正统文化仅存的一点感情。现实社会告诉我们，历史长河中的那些所谓的伟人们不过是压伏在我们背上的尸体——高尔基也好，贝多芬也罢——都是大骗子。其次，它还彻底颠覆了我们对个人自由、嬉皮文化和无政府政治的理解。总之，一切都在失败中结束了，就这样，整整一代追求理想和梦想的青年人被重重地踢了一脚——没有死去，却被踢醒了。[①]

经历了 68 年政治风云的洗礼之后，众多像布伦顿这样的剧作家开始用叛逆的目光重新审视正统历史和神话，他们发现，现代社会之所以

---

① Catherine Itzin, *Stages in the Revolution: Political Theatre in Britain since 1968* (London: Methuen, 1980), p.195.

充满暴力和不公正，就是因为多少个世纪以来人们都一直生活在各种历史和政治神话的虚幻之中。因此，当谈到《丘吉尔的戏剧》中对丘吉尔政治神话的改写时，布伦顿写道："世人总在说，丘吉尔受到所有从那段战争经历中过来者的拥戴，这并非是真的，人们说……'他给了我们自由'，事实上，对于自由这一至高无上的问题，我们不禁要问：'什么才是自由？我们该如何处理自由？我们为了这个自由都干了些什么？'事实上，我们眼下正面临着失去这种自由的危险，面临着'自由不再是自由'的危险"。① 在布伦顿看来，正是在丘吉尔政治神话的引导下，英国的军队开进了北爱尔兰，从而使英国失去了民主堡垒的地位——"民主不是一朵在英国土地上长盛不衰的神圣之花，它不会从天而降，而需要每一个人的呵护，只有这样，它才不会消失。"② 因此，布伦顿立意用手中的笔来解构世人赋予历史的虚假光环，用新的话语重新诠释历史，诠释神话。

布伦顿的戏剧作品可谓是这批剧作家政治书写的一个代表。通过《罗马人在英国》《第十三夜》和《乌托邦三部曲》等一系列作品，布伦顿再写历史，再写神话，再写经典，通过各种形式的再写，最终实现了对不同时期政治思想的书写。

《罗马人在英国》是布伦顿最负盛名的代表之作，也是其颠覆英国历史神话的一部力作。在该剧中，布伦顿以后现代的笔触，将古今数个历史片断拼贴在一起，再现了公元前55年罗马人入侵、公元515年撒克逊人的到来、现代英国对爱尔兰的占领等三次征服和冲突。布伦顿曾说过，他之所以选择恺撒入侵英国那段历史为本剧的题材，是因为世人都知道那段历史，而且普遍认为那次征服是对英国文明历史的巨大推进：罗马人不仅在岛上修建了道路，还给岛上的荒蛮部落带来了"法律"和"秩序"。③ 布伦顿创作此部作品的目的就是要打破这种固化的历史

---

① Howard Brenton, interviewed by Catherine Itzin and Simon Trussler, see Hersh Zeifman, "Making History: the plays of Howard Brenton," in James Acheson, ed., *British and Irish Drama since 1960* (New York: Palgrave Macmillan, 1993), p.136.

② Richard Boon, *Brenton The Playwright* (London: Methuen Drama, 1991), p.102.

③ Howard Brenton, *Hot Irons, Diaries, Essays, Journalism* (London: Nick Hern Book, 1995), p.28.

观念，揭露这些历史"神话"背后隐藏的真相，进而告诉人们，所谓历史神话，不过是我们在政治、历史、文化等因素误导下积淀而成的偏执认识。传统历史在编纂主宰者政治神话的同时，却掩盖了它的另一面，即弱小民族被毁灭的灾难。当然，布伦顿在本剧中所关心的历史焦点并非是遥远的部落，而是当代英国社会本身。通过追溯英国人的祖先凯尔特人被征服和奴役的历史，布伦顿的目的是为了影射20世纪英国人对北爱尔兰的征服。众所周知，11世纪之前的英国历史可以说是被外族入侵和征服的历史，但自文艺复兴以后，英国历史掀开了征服他人的篇章。虽然在剧中的古今两段历史中，英国人的角色已是天壤之别——从被征服者一跃变成了征服者——但两段历史所折射出来的政治内涵却是一样的。不论是恺撒，还是20世纪的英国士兵，当他们站在别人的土地上，却坚信自己是在播种文明和进步时，他们所做的不过是同样的屠杀。

　　该剧一经上演，剧界震惊。剧中对暴力的表现是如此的触目惊心，以至于该剧导演和两名演员为此而受到起诉，对国家剧院的资助受到削减，评论界更是哗然一片。今天，人们对该剧的经典地位和深刻思想早已有了公认。在这部作品中，布伦顿以历史学家的目光，从反传统的角度重新解读英国的历史和神话，将批判的矛头直接指向了它的民族性。本剧以凯尔特青年人对两个爱尔兰人"游戏"般的追杀开始，又以另一个凯尔特青年杀死他的罗马贵族情妇而结束，中间更是经历了无数个以杀戮为主宰场面的历史画面——通过这些画面，布伦顿一再向人们暗示，从恺撒征服凯尔特人，到凯尔特的后人去征服他人，这幅漫长的英国历史长卷并非是一个文明演绎的过程，而是一个以征服为主题的暴力史——在这部历史中，没有神话，只有强者对弱小民族的征服、毁灭和人类梦想的无限延宕。这无疑代表了另一种历史的声音，一种对传统历史叙述的质疑之声。

　　布伦顿在创作本剧时对历史细节的取舍既不是扭曲历史，也不是虚构历史，他所做的是对历史碎片的重新整合，是一种"再读"和"重写"。他所关心的不是某个具体的历史阶段或事件，甚至不是某个历史神话，而是被人们视为神话的历史本身。通过再现英国历史上跨越了两千年的三次征服的历史故事，布伦顿意在向人们指出，对历史和过去的叙述是一个永远的"现在时"。在剧中，历史的声音曾以史官的形象出现在舞台上：当恺撒指挥士兵屠杀凯尔特人，当罗马士兵在撒满鲜血的英国田地上再撒上盐巴时，总有一个史官尾随其后，记录事件，将当下记载为历史——就这样，经由恺撒之口，史官之笔，"入侵"便成为史册中的"一次小规模的袭击"。在这种历史被"书写"和"编纂"的过程中，不仅真相被淹没，伪神话也由此而生。本剧质疑的正是这种历史被人为地"制造""使用""史化"的过程——质疑的是被英国人圣化了的神话源头，以及英国人看待自我的历史视角和他们对自己神圣神话和文化遗存的理解。① 该剧在故事的叙述中穿梭于过去与现在的历史碎片之中，不仅颠覆了由神话组成的定性历史概念，更使我们听到了历史话语下被正典覆盖的异样喧哗。

《血淋淋的诗歌》一剧是《乌托邦三部曲》中的第二部作品，也是布伦顿在 80 年代创作的另一部对政治神话的再写之作。该剧讲述的是 1816 年至 1822 年期间雪莱被流放到瑞士和意大利时发生的故事。在此期间，他在日内瓦城与拜伦相遇，随后一起生活，直到他在斯培西亚湾溺水死亡。布伦顿以"血淋淋的诗歌"为该剧的剧名，意在展现雪莱和拜伦这两位英国历史上的革命诗人在政治情怀与现实生活之间的矛盾，尤其是他们和玛丽·雪莱、克莱尔·克莱蒙特在感情与爱情上的纠葛，探索了革命事业和个人生活的关系。在《血淋淋的诗歌》中，布伦顿从文化唯物主义的角度再次凸显了革命理想和残酷现实之间的矛盾。作为作家，他们的责任是让世人看到现实的真相，唤起大众为理想而战；作为现实中的个体，他们却遭遇惨痛失败。在剧中，拜伦为了自由而奔赴希腊，到达希腊之后，却未上战场便因热疫而身亡。这在世人眼中可谓一个悲剧，但在布伦顿看来，不论是拜伦，还是雪莱，他们的生命虽如彗星般逝去，但他们胸中的梦想和热情却像燃烧的火把，将会照亮后人，点燃人类未来的梦想。作为一种精神象征，拜伦的死对希腊自由事业的贡献要远远超过他可能在战场上做出的贡献。在剧中，面对雪莱燃烧的尸体，拜伦曾豪放地说道："燃烧吧！把我们都烧掉吧！""这是一把美丽的血色大火！"② 在布伦顿眼里，这把通天的大火仿佛充满了血淋

---

① Richard Boon, "Retreating to the Future: Brenton in the Eighties," p.183.

② Howard Brenton, *Bloody Poetry* (London & New York: Methuen, 1985), p.77. 以下出自同一剧本的引文页码随文注出。

淋的美丽和诗意。

《第十三夜》是介于《罗马人在英国》和《乌托邦三部曲》之间的一部作品。它在主题上与两者可谓一脉相承，但同时也有所不同，这是一部对莎剧《麦克白》的政治性改写。

在剧情上，《第十三夜》由现实（开场白）、梦境、现实（尾声）三部分构成。本剧以现实中的事件开始：几位工党高层领导正准备去参加工党领袖和议员的选举，就在他们等出租车时，遭到一群法西斯分子的攻击，其中，领导者之一杰克·比蒂的头部被击中。在昏迷中，他做了一个漫长的梦，他的梦境构成了接下来的剧情。梦中的故事发生在未来的英国，剧情却是沿着莎剧《麦克白》而进行。梦境故事开始时，场景是一个城市的地下车库，身为政府高官的杰克和他的亲信突然被一阵汽车的强光照住，在他们的面前突然出现了三位身穿黑夹克、牛仔裤的女性。在她们的煽动和诱惑下，杰克开始相信首相邓恩背叛了社会主义政权，把国家利益出卖给了美国；为了拯救国家，他必须不惜代价攫取政权。随后，三位黑衣女子在一阵汽车的浓烟中消失，这一幕无疑让人想到莎剧中麦克白与女巫相逢一场。接下来，受三位激进女性和其情人杰妮·盖斯的鼓动，杰克在政府大厦的房间里杀死了首相，取而代之——由此踏上了一条当代极权主义"麦克白"式的不归之路。随着剧情的推进，这位大权在握的理想主义者像麦克白一样开始陷入权力的陷阱，一步步滑向独裁和谋杀之路：继杀死首相之后，他在保密局长罗斯的协助下，囚禁了昔日的挚友菲斯特，并派人以极端残忍的手段杀害了他。在本剧中，原莎剧中的麦克德夫和马尔科姆合二为一，成了默加特罗伊德一个人物，他在杰克上台后逃至美国，后被灭口。随着杰克在谋杀的道路上越陷越深，他最终变为一个政治狂人，其政权也在第二轮的政变中被推翻。

最后，本剧以现实中的一幕作为尾声场景：在一片海滩上，一瘸一拐的杰克和杰妮——两位受伤的工党英雄——在散步，他们两人都说自己做了一个梦。随后杰克问杰妮："和平不是个人的事情，是吗？"杰妮回答："不是。"片刻之后，杰妮举起手臂将一块石头扔向了海里——就在石头落入海中之前的一瞬间，舞台上灯光暗去，一切陷入黑暗和沉寂。虽然该剧在一片黑暗中结束，但台下的观众却知道，即便在这黑暗之中，那颗扔出去的石子一定会在海里激起一阵涟漪。在这里，布伦顿似乎在暗示，也许从噩梦中走出的杰克和杰妮没有明白，政治其实是个人性的，但透过杰克的恶托邦式的梦境叙述，剧作家期待台下的观众能得到警示——不要在追求政治梦想中堕落为我们要推翻的对象——并在人类未来乌托邦的追求中谨记此教训。本剧再次证明了，在反思历史、文化和政治的过程中，布伦顿一直在透过一个个恶托邦故事的叙述，执着地表达着一个理想主义者对未来的希望和理想。

### 2. 幻灭与梦想——恶托邦现实与乌托邦梦想

从 1968 年到 80 年代，布伦顿和很多同代人一样，在政治信仰上经历了梦想、幻灭、涅槃的过程。在 1968 年的巴黎学潮期间，有那么一个瞬间，他们似乎都觉得，梦想已近在咫尺，学生与工人们接管了法国国家剧院，狂热的游行人群仿佛预示着现存政权的崩溃，光明时代即将到来，但随后发生在巴黎和捷克的事件却以残酷的事实宣告了梦想的终结。当布伦顿同时期的另一位剧作家大卫·埃德伽回首这段经历时曾说过："70 年代初，我是一个年轻的托洛茨基分子——一个非常年轻的托洛茨基分子。那时，我刚开始写剧本，我的立场很明确，戏剧的意义就是要鼓舞人民走上街头……但现在看来，这绝非是最好的路径。"[①]如埃德伽所说，后来让他彻底失望的也正是这种托洛茨基主义。他说，时至今日，他依旧敬重那些政治上的理想主义者，但他本人却已意识到了："政治原来竟是那么的脆弱。"[②] 回忆走过的政治道路，回顾早年的戏剧创作，几乎每一个"左翼"剧作家都在诉说着"失败""幻灭"和"变迁"。剧作家大卫·海尔也曾说过："所有在 70 年代信仰社会主义的作家最后都因撒切尔政治而陷入了困境——在这里，一个重要的原因就是，我们热烈期待的变化终究没有出现。我和很多信奉社会主义理想的作家一样，希望社会能朝着某个特定的方向发展，可现实却是相反……"[③]

---

① David Edgar, in Duncan Wu, ed., *Making Plays: Interviews with Contemporary British Dramatists and Their Directors* (Basingstoke: Macmillan, 2000), p.119.

② Ibid., p.118.

③ David Hare, "David Hare, Arm's View (1997)," *Making Plays: Interviews with Contemporary British Dramatists and Their Directors*, p.172.

但这批社会性剧作家并没有由此而退出主流剧场的政治论坛。在1987年的一次采访中，布伦顿说道："我希望，在这个国家能出现一个社会主义的政府。作为一名'红色'作家，我们应该把具有社会主义思想的剧作推向舞台的中心。剧场是一个社会存在，就像其它英国社会机构，诸如大学、BBC和学校一样，它具有保守性、统治性和父权性，但在这一切的下面却存在着一个红色剧场，这是一个在剧场大'床'之下的剧场，我就是这剧场中的一员。"① 所以，这一时期，布伦顿尽管认为政治理想是一种奢求，但对它还是充满了渴望："我梦想着，自己能写出一句话，让它能变成一句词，或是描写一幅画，使它成为一面旗帜，或是刻画一个人物，让他从台上走下，步入现实中的争论，进入世人的感情领域。"②

可以说，布伦顿在20世纪七八十年代创作的一系列剧作无不是理想、幻灭、反思等政治情绪的外化。当谈到1976年的《幸福的武器》（*Weapons of Happiness*）一剧时，他曾说过："每当想起60年来的共产主义斗争，总会有一种刻骨的疼痛，剧中约瑟夫·弗兰克所代表的就是这种痛感。"③ 布伦顿指出，这部作品和其它几部在主流剧场上演的剧作一样，在扮演着政治剧场的一个重要角色，那就是，和左翼人士谈论左翼的事。作为一个经历了政治涅槃的理想主义者，这一阶段的布伦顿对未来美好社会的追求多了一份早年所没有的理性，他的戏剧不再像早期那样直抒政治，而是更多的通过对文化、历史、政治的反思，以恶托邦叙事的形式警示同一阵营的人们在未来的乌托邦追求中不再重蹈覆辙。

这也是为什么幻灭与梦想、恶托邦与乌托邦一直贯穿于布伦顿七八十年代戏剧的原因。1988年，布伦顿在接受罗伯特·戈尔—兰顿（Robert Gore-Langton）采访时曾说道："写完《罗马人在英国》后，我本想写一部关于威廉·莫里斯《乌有乡的消息》的剧作，但却烧掉了。

---

① Howard Brenton, in interview with Tony Mitchell, "The Red Theatre under the Bed," *New Theatre Quarterly* 11 (Aug. 1987): 196.

② Ibid., p.198.

③ Ibid., p.196.

此后，我又想着来写一部发生在遥远未来的一个故事，最后也烧掉了。"[①]
在这里，布伦顿所提到的《乌有乡的消息》（News from Nowhere, 1890）是19世纪英国社会主义艺术家威廉·莫里斯（William Morris）的一部长篇政治幻想小说。在一定程度上，该书颇有点现代版的托马斯·莫尔（Thomas More）《乌托邦》（Utopia）一书的意味。小说的主人公是一个社会主义者，在书中他做了一场梦，梦见自己生活在了共产主义的英国，旧时代的一切不复存在，人们生活在乐园之中。因此，布伦顿访谈中提到的"乌有乡"戏剧实际上是一部乌托邦戏剧。这一愿望在1988年的《绿土》（Greenland）中得以实现。该剧共分两部分，第一部分是对1987年英国现实社会的描述，第二部分则是对七百年后一个莫尔式理想国（绿土）的幻想。重要的是，虽然《绿土》等三部作品被称为《乌托邦三部曲》，事实上，《绿土》并非是布伦顿第一部以乌托邦梦想为主题的作品，从《幸福的武器》到《罗马人在英国》《第十三夜》直到《乌托邦三部曲》，未来乌托邦梦想的主题一直贯穿于其中。但需要指出的是，布伦顿的乌托邦戏剧与很多其他乌托邦文学的不同之处在于，他的乌托邦意象似乎更多地隐含在对恶托邦现实的呈现之中——这种恶托邦与乌托邦互为依存的主题现象成为布伦顿乌托邦戏剧的最大特征。

### 3. 恶托邦故事中的乌托邦梦想（I）——《幸福的武器》《罗马人在英国》《血淋淋的诗歌》

关于"乌托邦"的概念，自然会追溯到莫尔甚至柏拉图的理想国，其基本语义中含有"乌有乡"（"没有的地方"）和"理想国"（"好地方"）的双重含义。但随着乌托邦文学的发展，尤其是进入20世纪后半期，对乌托邦的理解和寓意早已突破了乌托邦的基本概念，而变得日渐复杂。如迈克尔·格里芬（Michael Griffin）和汤姆·莫兰（Tom Moylan）在《探索乌托邦的冲动》（Exploring the Utopian Impulse）一书的序言写到，乌托邦主义（Utopianism）的最佳定义应该是社会梦想的过程——这种梦想的过程能激发人们将世界变得更加美好，所以乌托邦

---

[①] Howard Brenton and Robert Gore-Langton, "Brenton's Erehwon," *Plays and Players* (April 1988): 10.

的含义不仅是对更好未来的蓝图和愿景,还是一种永恒开放的精神。①另外两位批评家彼得·亚历山大(Peter Alexander)和罗杰·吉尔(Roger Gill)则从乌托邦的构建上对其界定。根据他们的观点,乌托邦有两种所指:其一,它是一种不可实现的理想化的社会秩序,不仅含有对现存秩序的批评,还意在告诉我们如何管理和思想;其二,它指的是能引导我们更好管理社会的对未来的愿景和蓝图。②因此,亚历山大和吉尔对乌托邦的理解更多的是立足于它与当下的关系。与此相似,另一位批评家欧内斯特·布洛克(Ernst Block)对乌托邦的理解也表现为一种拓展性的理解。露西·萨基逊(Lucy Sargisson)曾这样概述欧内斯特·布洛克的观点:"乌托邦主义也可理解为乌托邦冲动(utopian impulse),这种冲动在大众文化中无处不在,时尚工业、舞蹈、电影、冒险故事、艺术、建筑、音乐等各个领域中均含有不同形式的乌托邦存在,即是一种或多种更美好的存在,或者说是一种更美好的未来或现在。"③相比之下,J. C. 戴维斯(J. C. Davis)和克里山·库马(Krishan Kumar)对乌托邦概念的理解则更加强调乌托邦的内在政治性。他们提出,乌托邦幻想的社会体系与现代国家有着明显的关联性,是对现有社会问题的矫枉过正。鉴于乌托邦概念中包含有与当下的对比,乌托邦概念存在的前提首先是接受现有社会资源分配上的问题和人为的道德问题,而这些问题实际上也是政治存在的土壤。这就意味着,乌托邦的概念中必然带有有政治性。④

比起传统的乌托邦概念,布伦顿戏剧中对乌托邦的书写更加接近上面所提到的亚历山大等批评家们的理解。在他的戏剧中,布伦顿在强调乌托邦理想性的同时,更加突出乌托邦概念中的政治本质,以及它与当下社会的内在关联性,这也是为什么在他的戏剧中乌托邦与恶托邦主题

---

① Michael J. Griffin and Tom Moylan, "Introduction: Exploring Utopia," in Michael J. Griffin and Tom Moylan, eds., *Exploring the Utopian Impulse: Essays on Utopian Thought and Practice*, (Oxford: Peter Lang, 2007). p.11.

② Peter Alexander and Roger Gill, eds., *Utopias* (London: Duckworth, 1984), p.xi.

③ Lucy Sargisson, *Contemporary Feminist Utopianism* (London and New York: Routledge, 1996), p.12.

④ J. C. Davis and Krishan Kumar, "The History of Utopia: The Chronology of Nowhere," in Peter Alexander and Roger Gill, eds., *Utopias*, pp.9-10.

一直互为存在的原因。关于当代乌托邦戏剧,锡安·阿迪塞希亚(Siân Adiseshiah)曾在文章中写道:剧作家对乌托邦书写更多的是乌托邦的冲动和梦想,而非对理想国本身的想象。[①] 如评论家克里斯托弗·英尼斯在《20世纪现代英国戏剧》一书中所说,布伦顿在戏剧中总是以乌托邦主题为标准来评判当下,抨击时下社会中的问题,不论是在《幸福的武器》《罗马人在英国》和《第十三夜》,还是在《血淋淋的诗歌》中,皆是如此。[②]

被布伦顿和英尼斯提到的《幸福的武器》一剧是一部典型的布伦顿社会主义戏剧,故事以恶托邦叙述为主,其间夹杂着乌托邦梦想的幽影。该剧讲述的是1968年俄国坦克入侵捷克后发生在一个薯片厂的故事。在剧中,工人们得知老板即将要出售机器,于是策划攻击老板,占领破产的工厂。在剧情上,通过1952年被处以绞刑的历史人物约瑟夫·弗兰克的形象,布伦顿将东欧社会主义历史与英国背景融合在了一起。作为被苏联政治运动清洗的十二个受害者之一,弗兰克在1968年复活,成了工厂中的工人,和新一代的工人运动者一起占领工厂。但是,由于工人们缺少统一的策划,再加上来自警察、工会、管理层的反对,他们的抗议从一开始便注定会以失败告终。故事从伦敦厂房延续到莫斯科广场,整个行动的结果如噩梦一般。在该剧中,崩溃的工厂成为一个英国经济体制的微观缩影,弗兰克的回忆录更是凸显了苏联政治与英国民主社会之间的类比。在这部剧中,布伦顿使一个理想主义者的幽灵回到现实,再次经历失败,最终对其教训做出反思。

相比之下,虽然《罗马人在英国》不是一部社会主义的政治戏剧,但梦想和乐土的主题同样贯穿于全剧,一直渗透在对暴力历史的呈现之中。本剧开始时,首先闯入人们视线的两位爱尔兰囚犯在一定程度上是人类的化身,他们刚刚走出了森林,在沼泽和湿地间跋涉,以寻找传说中的海上乐土。通过他们的对话,"理想国"的意象一次次清亮地回响在舞台之上:"那儿有一片土地……就在海的那边。在那里,树木郁郁丛生,有自由的鹿,满地奔跑的猪,把手伸到河里,鱼儿会游过来吻

---

[①] Siân Adiseshiah, "I just die for some authority!": Barriers to Utopia in Howard Brenton's "Greenland," *Comparative Drama* 46.1 (Spring 2012): 43.

[②] Christopher Innes, *Modern British Drama, the Twentieth Century*, p.213.

你的手指。那里既没有上帝，也没有让人毛骨悚然的爬行东西……那里甚至没有人！一个人都没有！传说中，它就在海的那边儿！"① 在剧末，两批挣脱了锁链的自由人——被父权压迫的女儿和被贵妇奴役的厨子——相遇在一起。一个厨子说，他想做一个诗人，来书写那个充满传奇色彩的亚瑟王——那个从来不是国王的王者，那个理想的象征："他的政府是英国的人民，他的法律像草原上的青草一样，他的和平如天上的雨露和阳光一样自然，从来没有哪个政府，哪种和平，哪个法律像他的一样。"（102）该剧在"亚瑟？亚瑟？"的回声中结束。

但像其他几部作品一样，乌托邦和恶托邦从一开始便在该剧中结伴而行——人物对理想国的寻觅一直点缀在杀戮的画面之上。在剧中，先是两个爱尔人在逃逸的路上顺手杀死了一个男子，夺走了他的铁器和酒。紧接着他们又被三个凯尔特兄弟追杀，一个被杀死，另一个被狼狗追逐着逃入林中。但具有讽刺意味的是，在整个过程中，他们却在不停地讲述着自己的梦想。如爱尔兰人康拉格对被其奸污的女奴说道："我和多伊本来是想弄条船到海上去的，现在他死了，所以你得跟我去。"（45）在整个剧中，梦想不断升起，又一次次淹没在暴力和血腥之中。在第一场结束时，康拉格和女奴来到了泰晤士的河边，他以为眼前的河水就是大海，只要渡过海去，就能找到那片传说中的世界。为了得到渔夫的船，他让女奴捡起一块石头："砸碎渔夫的脑袋。"（61）通过剧中人物的故事，布伦顿一再向人们表达着他对历史的诠释：一方面，梦想是所有人类被奴役时对自由的渴望，剧中的每一个人物似乎都有过梦想；但另一方面，一旦人们挣脱了奴役，拥有了征服者的宝剑，他们便会忘掉曾经的梦想，毫不犹豫地屠杀和奴役他人。征服者恺撒是如此，英国人也是如此：在11世纪之前的一千多年里，这个弱小的岛国一次次被外族入侵，正是这种被征服的历史，孕育了像亚瑟王一样的神话，这位传说中的"王中之王"和现代传奇人物丘吉尔一样，成为英国民族精神的化身和自由梦想的象征。徜徉在这样的历史碎片中，梦想仿佛是一片永远无法扬起的帆，一个失去了但又从未到来的世界。

但不论是在《幸福的武器》还是在《罗马人在英国》中，乌托邦主

---

① Howard Brenton, *The Romans in Britain* (London: Methuen Drama, 1989), p. 45. 以下出自同一剧本的引文页码随文注出。

题都只是以梦想或乐土的形式隐含在剧中,直到《疼痛的嗓子》《血淋淋的诗歌》和《绿土》所组成的布伦顿《乌托邦三部曲》,乌托邦主题才最终以三部曲剧名的形式醒目地出现在布伦顿的剧作中。围绕着对未来理想的追求,这三部作品互为姊妹篇,共同诠释了布伦顿对乌托邦/恶托邦主题的理解。在三部曲中,《血淋淋的诗歌》更是这一主题的经典之作。

谈到这部作品,布伦顿明确指出,剧中的所有人物——拜伦、雪莱和他们的朋友们和爱人们——他们都是乌托邦主义者。"他们想要做的是创造一种新的家庭生活,虽然他们失败了,但我爱的正是他们的失败。这是一部乌托邦戏剧。所有的人物都以各自不同的方式经历着感情或性爱上的旅程,他们坚信,他们一定能找到不同于现实的另一种生活……虽然这种生活显得远不可及。"(74)通过这些历史人物,布伦顿探讨了革命和失败的关系,既描写了滴血的恶托邦现实,也歌颂了他们在恶托邦现实中不懈追求梦想的乌托邦情怀。在剧中,雪莱、他的妻子玛丽、拜伦和他的情人克莱尔·克莱蒙特试图在他们的流放地建立一种乌托邦式的个人生活——每天读书,写作,谈论诗歌和哲学,尝试自由的爱情,彻底挣脱英国乃至整个欧洲的资产阶级道德秩序和政治氛围对他们的束缚,追求一种自由、性爱、浪漫的精神自我。但在剧中,这一道路却充满了崎岖和痛楚。如剧评家理查德·布恩(Richard Boon)所说,从一开始,他们的乌托邦梦想便深陷于妥协和矛盾的纠结之中,理论上的乌托邦信仰——坚信人性本善、未来充满自由和真理的信念——虽然美好,但在现实中却举步维艰,注定会遭遇灭顶之灾。在布恩看来,沉迷于性爱中的诗人们根本无力改变个人关系的基本结构,这使他们对自我真理的追求最终沦为了一种自我主义,对自由爱情的幻想更是堕落为性爱的欲望。这群追求理想的人们皆以伤害彼此而告终,他们为此付出的最大代价尤其体现在孩子身上——剧中的两个孩子最后均死于年轻父母的忽视。① 这种刻骨的痛楚和悲剧最终通过玛丽的话回响在舞台之上,她对丈夫喊道:"没完没了的一切——毫无希望的计划和梦想——你到底实现了什么?比希……难道一首诗歌的代价——就是我们孩子的生命?"(74)在剧中,诗人雪莱的形象更是像一把在绝望中燃尽的火焰,他逃

---

① Richard Boon, "Retreating to the Future: Brenton in the Eighties," pp.34-37.

避婚姻，逃避债务，逃避政治，逃避文坛体制对他没完没了的迫害，直到死亡。而在精神上，他更是无法摆脱一个作家在那个时代的困惑："我写出了诗歌，但世人却无法读懂，我到底该何去何从？是假装作一个自由人那样去行动？还是装着是一个自由人那样去创作？"（45）与雪莱一样，拜伦几乎是近乎疯狂地去拥抱希腊的自由之战和死亡，他在剧中说道："一场战争！让英国也来一场战争吧！而不是像现在这样望不到头的缓慢地死亡。为什么这些杂种们就不能拿起武器来对抗这个政府？至少到那时，我们这些诗人还能派上点用场，我们可以去唱歌，扛旗，呼喊！可是，什么都没有！只有这死一般的沉寂。"（77）这种困惑和绝望成为该剧的主旋律。

所以，该剧打动观众的并非是诗人们的理想主义，而是他们在追逐乌托邦理想时一次次"跌在生活的荆棘上"①遍体鳞伤的痛苦。正如一些批评家们所指出的那样，在一定程度上，该剧的主体是诗人自我。在该剧中，拜伦和雪莱的困惑在一定程度上也是剧作家本人的感受："诗人是人类的无冕之法官，"（70）但"我们如何才能在梦想的同时，又能保持完全的清醒？"（12）当谈到该剧时，布伦顿曾说道："剧中的雪莱带有明显的 60 年代后期极端激进主义者的特征，他们试图在太阳上找到最后的理想国……假如雪莱没有死去，世界一定会因他而不同，他也许能成为另一个但丁，他也许会以激进的态度挑战狄更斯，让他变得更加进步，他也许还会见到卡尔·马克思。"② 作为个体，理想主义者也许在现实中会像雪莱那样注定失败，但通过创作这样的政治戏剧，布伦顿像剧中的诗人一样，希望用恶托邦般的现实，来点亮未来的乌托邦梦想。这也是为什么布伦顿说："他们的确是失败了，他们彼此之间的确有些残忍，但我仍旧要写这部剧来歌颂他们，向他们敬礼！［因为］他们属于我们。"③

---

① 《西风颂》中的诗句。
② Howard Brenton, "Brenton's Erehwon," p. 10.
③ Howard Brenton, "On Writing the Utopian Plays," in *Greenland* (London: Methuen, 1988), p.3

**4. 恶托邦故事中的乌托邦梦想（Ⅱ）——《第十三夜》与布伦顿的莎剧再写**

与前几部剧作不同，《第十三夜》属于布伦顿的另一类乌托邦戏剧，它以莎剧再写为途径，实现了对恶托邦/乌托邦主题的另一种形式的政治书写。

评论家鲁比·科恩曾说过："布伦顿是那一代剧作家中最忠于莎士比亚的人。"① 其实，笔者认为，布伦顿并非是忠于莎士比亚，而是和很多同代人一样在戏剧的创作中大量地"借用"或"再写"了莎士比亚。其早期剧作《复仇》（Revenge，1969）被认为是对《李尔王》的翻版，据他本人所说，剧中不乏李尔原型的元素："剧中的罪犯［主人公］有两个女儿，他放弃了王国，后又试图夺回，却以失败告终。剧中也从未提到过母亲的存在——众所周知，这是李尔故事中最匪夷所思的一点。"② 此外，布伦顿还曾说过，《丘吉尔的戏剧》中的剧中剧实际上是对莎剧《仲夏夜之梦》中皮拉摩斯和忒斯彼剧中剧情节的模仿。③ 但要说到布伦顿对莎剧的真正改写，则只有两部：一部是1972年他所创作的莎剧同名政治剧《一报还一报》，另一部就是《第十三夜》。

像很多同时代的社会性剧作家那样，布伦顿在其戏剧创作上一直坚守其左翼政治的信仰。在他看来，剧场是一个政治的空间。卡尔·考尔菲尔德（Carl Caulfield）曾这样引用布伦顿的话说：一个剧作家所写的不只是文字，而是这些文字被说出时的空间。对此，考尔菲尔德的理解是，布伦顿对剧场的认识不仅仅是观众和演员之间产生张力的那个表演空间，而是一个政治思想的空间。④

在布伦顿看来，莎剧本是具有政治性的，但它的政治性却在过去的几百年中被淹没在了它的经典性之中。在《热铁、日记、杂文、报刊文章》（*Hot Irons, Diaries, Essays, Journalism*，1995）一书中，布伦顿曾以"莎士比亚：废墟中的游戏"为题，就莎士比亚的政治性和莎剧再写做出如

---

① Ruby Cohn, "Shakespeare Left," p.52.
② Howard Brenton, "Petrol Bombs through the Proscenium Arch," *Theatre Quarterly* (March-May 1975): 8.
③ Ruby Cohn, "Shakespeare Left," p.52.
④ Carl Caulfield, *Fast/Present/Future: Brenton and History*, Diss. University of New South Vales, 1991, p.205.

下阐述：

> 他［莎士比亚］在一生三分之一的时光里，一直都在扮演着"国王班底"的角色，他就像是一个供主人逗乐的男仆，一个体制内的马屁精，一个在舞台上面对政治绝对靠谱的人。……因此，我们有足够的理由说，莎士比亚的戏剧是"保守型"的，但我们却忽视了莎剧在那个时代中所表现出的炫目的政治性。今天，当我们定义"政治剧"时，我们指的多是它的对抗性：所谓"政治性"，即是对某种权威或统治哲学的对抗。但在1590至1600年的那个时代里，一部戏剧作品是绝对不能以任何方式来表示对抗的。剧作家托马斯·基德仅仅因为被指控书写了一张关于荷兰移民的反政府海报，即备受拷问和摧残……伊丽莎白时代的英国是一个极权统治的社会。……在那个时代中，一部好的剧作的确应该具有惊人的政治性——但前提是，这种政治性必须站在现实的一方。①

布伦顿认为，莎剧中并非缺少政治性，事实上，它包含着丰富的政治，但其政治性却被莎士比亚刻意地掩藏了。莎剧《一报还一报》就是一个典型的例子。一方面，它充满了对清教徒的攻击，是一部恶托邦政治剧（political dystopia）：在这部剧中，莎士比亚想象着国家落入了清教徒的手中，这在1604年是一个极为敏感的话题，因为当时的国王詹姆士一世的统治基石就是清教徒，而该剧抨击的对象正是这种清教徒政治。但另一方面，莎士比亚在书写这一政治话题的同时，又在严肃话题中掺杂了大量的喜剧元素：本剧结束时，王者归来，旧制恢复，旧教回归，这对于台下的王者詹姆士一世来说可谓顺耳之音。布伦顿再写莎剧的目的即是要剥去这层粉饰性的保守外衣，挖掘莎剧中内藏其底、几近匿迹的政治意义。

在布伦顿眼中，莎士比亚"正典"的存在对于当代英国戏剧来说既是一种赐福，也是一种诅咒。说它是赐福，是因为它是一个取之不尽的富矿遗产；说它是诅咒，则是因为莎剧在叙述上表现出如此错综复杂的社会性，以至于其作品失去了原本应有的政治意义。对此，布伦顿曾解

---

① Howard Brenton, *Hot Irons, Diaries, Essays, Journalism*, pp.81–82.

释说：我们应该知道的是，莎士比亚并非是一个政治鼓手，而是一个长袖善舞、因时借势的剧作家，因此，在创作戏剧时，他像20世纪那些生活在极权统治下的一些艺术家（如肖斯塔科维奇，Shostakovich）一样，总是将其政治深意封存于戏剧肌理的最深处，以等待世人的解码。但问题是，对观众来说，有些寓意也许浅显易懂，但有些却被掩藏得很深，我们无法轻易获得其内涵，比如，《一报还一报》中的宗教意义就是一个例子。由于失去了解开其政治寓意的编码，其政治辐射性便日渐褪色，莎剧也由此沦为了"包容一切"的作品：其包容性是如此之大，以至于到了泛意义甚至无意义的地步。①

面对这些，布伦顿提出："既然莎剧已成废墟，我们为什么不能以其山之石挪为他用？"因此，面对莎剧《一报还一报》，布伦顿不仅突发奇想："假如本剧结束时，公爵没能够恢复国家秩序，而是安哲鲁赢了，那结果又将如何？安哲鲁的警察完全可以把公爵软禁起来……这样的情节是否会更加真实可信？"本着这一思路，布伦顿决定重写该剧，写出一部清醒的作品。②

在改写作品中，布伦顿将《一报还一报》的故事设定在现在的伦敦，剧作中的海德公园、皮卡迪利大街和索霍区性用品商店等地名给剧作一种当代的语境。剧中的克劳狄奥和伊莎贝拉被塑造成了黑人的形象，前者是一个摇滚歌星，后者是一个女信徒，其他人物均仍为白人，其中下层人物卢西奥在本剧中成了色情电影制作人杰克·乔。在本剧中，和在莎剧中一样，公爵将权力交给了安哲鲁，后者在英国掀起了反色情抓捕行动。就在皮卡迪利广场上，在摇滚歌迷的惊吓声中，克劳狄奥被逮捕，乔求救于伊莎贝拉。公爵安排了安哲鲁与咬弗动太太的通奸一场，而杰克·乔则试图蛰伏，悄悄将整个过程偷偷拍摄下来，想以此推翻安哲鲁的政权，没想到竟被安哲鲁反制：当所有人聚集妓院，本要看安哲鲁的丑行时，不料看到的却是克劳狄奥被斩下的头颅。结果是，安哲鲁销毁了所有罪证，除了公爵，其他人均锒铛入狱。本剧结束时，安哲鲁执政，所有人被遣送上了一艘SS政治乌托邦的船。在"再见英国！"的歌声中，安哲鲁用轮椅推着公爵遣送他乡，后者将在那里写他的回忆录，度其

---

① Howard Brenton, *Hot Irons, Diaries, Essays, Journalism*, p.83.
② Ibid., pp.82–83.

余生。

像《一报还一报》的再写一样,《第十三夜》也是布伦顿从文化唯物主义的角度对莎剧《麦克白》政治意义的挖掘和扩展。众所周知,莎剧《麦克白》所表现的是麦克白对权力的血腥攫取和为此付出的代价,该剧不仅是对麦克白权力野心、罪疚、人性的书写,也是对相关道德、哲学和形而上问题的探讨。将这样一部作品置于当代西方社会主义政治的语境之中,布伦顿旨在提醒被左翼阵营忽视了的极权政治的历史幽灵。不少研究者,包括剧作家本人,都像卡尔·考尔菲尔德一样认为,《第十三夜》是莎剧与极权政治的结合之物:剧中既有对麦克白原型的指涉,也有对极权政治的追溯。通过"麦克白—极权式的"工党领袖杰克的形象,布伦顿意在反思 60 年代西方社会主义运动,并对未来的英国工党政府提出警示。考尔菲尔德在其文章中提出,在该剧的政治意义中,似乎带有一定历史决定论(historical determinism)的思想。关于历史决定论,他曾借用 E. H. 卡尔(E. H. Carr)的话对其解释说:"历史决定论是对历史的一种因果之说。根据这一观点,历史上发生的一切均有其因,因此,如果不能改变其因,将无法改变其果。"① 也就是说,假如存在着某种因,那么就势必会发生某种果。因此,为了避免历史重演,就必须反思过去——在布伦顿看来,这是一个社会性剧作家和理想主义者必须承担的责任,因为没有对历史的政治反思,就不会有未来的进步。透过杰克这一人物,布伦顿在该剧中一直思考的一个问题是:为什么这位身怀社会主义信念的工党领袖没能建立起其理想中的乌托邦政权,却沦为了一个"英国式的极权主义者"结局?换句话说,我们也可以这么问:"我们如何才能做到在发起一场革命的同时,不会成为那个被推翻的对象?"在评论家理查德·布恩看来,这是一个很深刻的问题,它不仅涉及宏观与微观政治的关系,也涉及个人与国家政治的关系。② 围绕这一问题,该剧在思想上不仅放眼未来,而且更加关注过去和现在——关注过去的最终目的,则是为了放眼未来——这也是布伦顿恶托邦/乌托邦戏剧的核心主旨。

当谈到再写时,哈利·莱恩(Harry Lane)曾引用福柯的话说:对

---

① Carl Caulfield, *Past/Present/Future: Brenton and History*, p.118.
② Richard Boon, "Retreating to the Future: Brenton in the Eighties," p.223.

任何一个文本，我们都无法厘清其边界存在，虽然每一部作品都有自己的内部结构和存在形式，但其存在本身无不依赖于众多其他文本和叙述所构成的能指系统，所以，每一本书都不过是一个网络中的节点。① 一本普通的文本况且如此，更何况是再写作品。因此，布伦顿在剧中对《麦克白》的指涉和所有当代改写者一样，都不过是在消费着观众对莎剧的记忆：即在唤起和挪用莎剧的同时，又以陌生化的戏剧技巧来构建与莎剧的不同，从而以经典为石，创造出新的作品生命。

作为一部再写作品，本剧在故事的构建上充满了与《麦克白》的呼应：在本剧中，麦克白变成了杰克·比蒂，邓肯成了比尔·邓恩，麦克德夫和马尔科姆合而为一成为了逃亡美国的默加特罗伊德，班柯则成了菲斯特，麦克白夫人成了杰克的情人杰妮·盖斯，莎剧中的三女巫在本剧中则被刻画为三位身着黑衣的激进女性主义者。但就像前几章谈到的威斯克、马洛维奇的改写作品一样，布伦顿与莎剧故事呼应的目的不是为了重现莎剧，而是为了与之断裂，在意义上推陈而出新。当谈到为什么布伦顿以《麦克白》为原型进行创作时，布恩提出，这就像是问为什么布莱希特要给观众讲述一个人尽皆知的故事一样，它的目的是为了推动人们对作品关注点的位移：从原来关注发生了什么？到关注为什么发生？和如何发生？② 《第十三夜》之所以定名为"第十三夜"，它包含有两层含义：其一，它暗示着这将是一个发生在"第十二夜"狂欢结束之后的故事；其二，数字"十三"预示了噩梦和灾难，《第十三夜》将要讲述的是一个恶托邦式的故事，而非浪漫的仲夏夜之梦。

通过将麦克白的故事置于 20 世纪 60 年代的政治语境之中，布伦顿立意构建的是一个基于恶托邦/乌托邦政治主题之上的质疑性文本（interrogative text）③。关于这一概念，哈利·莱恩曾引用凯瑟琳·贝尔西（Catherine Belsey）的话解释说：质疑性文本是建立在文本内作者（"author" inscribed in the text）之上的文本，后者的作用在于在文本

---

① Harry Lane, "'Infirm of Purpose': Dynamics of Political Impotence in *Thirteenth Night*," in Ann Wilson, ed., *Howard Brenton: A Casebook* (New York and London: Carland Publishing, Inc., 1992), p.89.

② Richard Boon, "Retreating to the Future: Brenton in the Eighties," p.220.

③ 该术语来自埃米尔·邦弗尼斯特（Emile Benvensite），见 Catherine Belsey, *Critical Practice* (London: Routledge, 1988), p.91。

## 第五章 《第十三夜》：霍华德·布伦顿的莎剧再写

内推动矛盾，引发质疑，从而点燃读者的某种既有信息，引导他们对文本内暗含的问题寻找答案，以此打破读者思维上原有的统一性，避免他们成为统一性主体。① 在哈利·莱恩看来，《第十三夜》是一个典型的复杂性质疑文本。透过该文本，布伦顿意在引导观众从莎剧意义走向当代乌托邦/恶托邦的政治意义：如果莎剧讲述的是麦克白因追求欲望而付出的人性堕落的代价，那么，《第十三夜》讲述的则是作为理想主义者的杰克在追求乌托邦理想过程中的政治堕落。通过改写麦克白故事，布伦顿意在开启一个针对被左翼阵营忽视的西方社会主义历史的论坛。

虽然整个剧作分为序曲（现实）、梦境、尾声（现实），但本剧的核心部分则是由第1至第17场构成的梦境故事，即杰克在昏迷/梦幻中经历的一个由理想主义者堕落为谋杀者、独裁者、权力狂人的过程。在此过程中，乌托邦梦想与恶托邦灾难双重主题互为存在，共同构成了故事的内核。

在该故事的第一部分中，杰克从昏迷中醒来，他像麦克白遭遇女巫那样与三位黑衣女子相遇，受其诱惑，攫取政权。在此阶段中，杰克是一个狂热的社会主义者，他对社会主义事业有坚定的信仰，他说："我们需要一种新的民主，新的形式，一种能结束政治的新政治。"② 在梦境中，英国已进入了一个社会主义乌托邦的时代：他所在的工党已经掌权，英国放弃了核武，离开了西方世界，加入第三世界，"新的朋友，新的敌人，即美国"。但另一方面，他和他的政党一样，对未来的事业却又充满了困惑。在剧初，杰克称自己是音乐会上的一名钢琴家，但同时，他似乎对自己又充满了质疑，他坚持要戴上手套弹奏，因为害怕弄脏钢琴，而且，他最大的噩梦在于对自己能力的怀疑（就像是对其政党的怀疑一样）——虽身为钢琴家，却无法在马克思的乐队中弹奏："我不记得我会弹奏。这是一个可怕的错误，我为什么会在这里？"（103）所以，在第一场中，他虽然已从昏迷中醒来，但总有一种噩梦未醒的感觉："我有一种恐惧感，那就是，还没有哪种政治能做到这一点。"（104）

---

① Harry Lane, "'Infirm of Purpose': Dynamics of Political Impotence in *Thirteenth Night*," p.88.

② Howard Brenton, *Thirteenth Night*, in *Howard Brenton: Plays 2* (London: Methuen Drama, 1989), p.104. 以下出自同一剧本的引文页码随文注出。

这种发生在杰克身上的个人性困惑，也反映在政党内部。杰克发现，自己被两种不同的声音所包围着。一种是由其情人及黑衣女子所代表的无政府主义的激进之声，她们的观点是："用政治结束政治"，"以更加邪恶来结束邪恶"。（110）而另一个则是来自他的战友菲斯特对极端社会主义的怀疑之声："你们这些无政府主义者！不过是一群激进的梦想家。……如果你们不能将现实变成伊甸园，你们就会选择打碎它，因为对你们来说，要么是这个，要么是那个；要么是乐园，要么就是尘埃。"（111）与菲斯特这种理性之声相向而行的还有工党首相邓恩苍老的声音："我感到好累！虽然我们已经成功，但却感到身心疲惫。…… 看着眼前政党的汪洋大海，我不知道，我们是在乘风破浪？还是已被打上了海滩？"（114）在剧中，他曾像父亲一般地劝诫杰克："不要走得太远，不要太爱人民，［因为］他们不可能永远像你期待的那样生活，碎片终会脱落，他们终会跑掉——不可能永远如此，你懂吗？你所追求的是人性的完美，嗯？"（122）在第 6 场中，他让杰克暂时忘掉政治，因为真正的生活应该是无政治的宁静，是"花园、爱和足球"。（123）虽然在邓恩看来，杰克只是一个理想主义者，但另一位工党高官默加特罗伊德却清醒地预言："政治即是权力"，像所有理想主义者一样，杰克将会是一种威胁。（106）在剧中，历史不幸被言中，当第 5 场结束时，杰克面对几位女性的煽动，他觉得"街头政治在通过这些女人向我说话"，于是，他决定发动军事政变。

所以，从一开始，杰克通向政治理想的道路便充满了恶托邦的杀戮。在第 7、8 场，谋杀首相之前的杰克和麦克白一样，经历了可怕的道德斗争："杀死一个喝醉的人，简单而残忍。政治就是结果。但对于结果的结果，我却不得而知。我的脑中像是在上演着一台戏，对与错像演员一样，在对彼此叫喊。"（123）但与麦克白所经历的人性与权力的斗争不同，杰克面对的不仅仅是道德上的困惑，更还有乌托邦梦想和现实手段的不可调和。在谋杀前的独白中，他说道："我们的时代开始了。……家庭离开了土地，工人阶级得到了新生，但他们却被挤压到了更加拥挤肮脏的房间里……工业大革命、集中营缓缓启动，几十年之久，这就是由 19 世纪的囚犯们发明的西方社会主义——这一切原本是为了人的尊严，为了对抗历史的残酷和生活的苦难。"在独白的最后，他对想象中的亡友们喊道："评判吧！同志们！如果今晚我错了，你们尽可以从坟墓中出来，把我的思想撕成碎片。"（127）在第9场中，在谋杀现场的酒店走廊里，他手握斧头，满身血迹地站着，而另一边，躺有首相尸体的房间里电话不停地响着，这时杰克狂笑着对他的情人说："直到现在我才明白，最致命的政治武器竟是电话。"（128）在这里，"电话"无疑就像《麦克白》中的敲门声一样，代表着谋杀者内心的恐惧。随着他放火焚尸，将谋杀现场化为废墟，随着他发出第一道命令——以权力收买知情者，建立秘密警察——杰克一边谈论着政治，一边在血腥中完成了从理想者向麦克白式的独裁者形象的转型。而该场结束时，罗斯对菲斯特的那句对白："先生们，你们被捕了。"——既标志着杰克时代的到来，也标志着梦想在现实中的可怕结局。

　　第11和13场是本剧梦境叙述中最长的两场，也是杰克乌托邦/恶托邦悖论式主题的高峰。在第11场中，夏日的花园，戴着手套"除草"的杰克，沦为阶下囚的昔日战友，共同构成了杰克伪乌托邦政府中的恶托邦悖论。在哈利·莱恩看来，第11场可谓布伦顿借助剧场多重符号体系来构建矛盾型多声道叙述的大手笔。① 该场景中的乡间花园实际上是杰克政府的一个秘密办公地。用《麦克白》中的一句台词就是，一切看起来"像一朵纯洁的花朵，可是在花瓣底下却有一条毒蛇潜伏"。（《麦克白》第1幕第5场）在这一幕中，杰克称自己是一个园丁和一个克伦威尔式的领袖。他对菲斯特说：他的政权已实现了其政党理想中的社会，一个革命政府已经在英国掌权，他们已从北爱尔兰撤军，并和美国断交，而且也不再是俄国的一个城邦。最后，他问菲斯特："作为一个社会主义者，难道你不赞成这些？"（138）他甚至将自己美化为一个革命暴力中的受害者。他看了看自己的手，然后说道："我们的残忍，心中的敌意，对自我的厌恶——但要想得到权力，就必须有人为此付出残疾。你看看我的手！它已似鹰爪般地遭到了扭曲。"（136）在杰克这段话中暗含着一种可怕的悖论，他似乎在说：为了乌托邦理想，他毫无选择，必须得趟过这恶托邦的血。为了"花园"的整齐，他必须戴上手套，拔去"杂草"——这里的"拔草"，无疑指的是对政治异己的灭绝性清洗。

---

① Harry Lane, "'Infirm of Purpose': Dynamics of Political Impotence in Thirteenth Night," p.94.

在本剧中，菲斯特在一定程度上是杰克另一个分裂的自我。他和杰克都说过一句话："我不想让自己的手染上血迹。"（132）作为杰克昔日的战友，他仍保留着杰克已失去的理性和纯洁的信仰，他在被杀之前，一直怀有两个希望：一是人性本善，二是人类要以铁的理性来创造历史（142）。所以，菲斯特毫不客气地戳穿了杰克的谎话："承认吧！你的政权不过是个笑话，哈，议会仍在运作，电视新闻仍在进行，这都是假的。笑话！你已颠覆了一切。"（136）面对菲斯特的尖锐，杰克也最终难以维系自欺，他一把扯掉手套，对菲斯特说："是的，我永远都不会成为一个园丁，更不可能是奥利弗·克伦威尔。"（137）这也使他最终决定，让菲斯特彻底消失。在花园聚会的最后一幕中，望着菲斯特一瘸一拐离去的背影，杰克给杀手下令："在田野的那头抓住他，在篱笆的后面，把他就埋在那里。"（140）但对于杰克来说，菲斯特的可怕不是其身体的存在，而是"他的记忆，文字，他的话语"。所以，他要"割去所有说这些话的舌头"。（141）至此，杰克的乌托邦理想已完全沦为了恶托邦的现实："我们已成为了我们试图消灭的那种东西。"（141）

在一定程度上，第13场不过是第11场的延伸：宁静的小屋，烛台，银器。杰克一边享受着美食，一边听着菲斯特被杀死的细节："他们毁掉了他的脸，拔掉了牙齿，砍去了手指，烧掉了尸体。"（143）对此，考尔菲尔德在文章中评论道：杰克彻底抹去了一切菲斯特的历史存在。在由"花园"象征的乌托邦王国中，杰克几乎是在享受着屠杀的快感：对他来说，对菲斯特身体和思想的肆意"杀戮"仿佛是一种精神上的魔鬼盛宴和狂欢。

在梦境叙述的最后一场，恶托邦/乌托邦的主题经由杰克之口被醒目地凸显了出来。在该场中，杰克的政权和麦克白的一样遭遇到崩溃，但不同的是，麦克白最终众叛亲离，但在该剧中，杰克则成了一个历史狂人，陷入自欺和孤立的绝境之中。他赶走了情人，除掉了心腹罗斯。在第15场，在白厅的外面，暴民在喧闹中砸门，杰克则是一个人躲在白厅下面的地堡里，做最后的独白：

  杰克：我相信的是那么多，我想要的也是那么多。
    （外面传来喧闹之声。他大笑。）

可我到底在权力中得到了什么？我并不喜欢权威，但是，我却想创造历史，我想成为历史的一部分，即便是水沟中的一个尸体，那也是我的贡献，决定性的贡献——虽是路边的一个尸骨，但一条耀眼的大路却是在通向前方。（他握紧了拳头。）

未来——花园、乐土——还有——

（更多的喧闹声音。菲斯特、盖斯、邓恩、默加特罗伊德和罗斯的鬼魂从暗处出现。他却没有看他们。）

你们要普遍的公正，大众利益？好啊！要知道，不公正之人绝不会乖乖地说："好的，这是我们的钱，我们的房子，我们的银行、油田、收入、权力和生活。"不，你的手上不可能不粘上鲜血，一定会有人死去，知道吗？同志们！

人们会发现，对理想有信念很难，非常之难，相反，人们更愿意相信人性——即人性是恶的。虽然所有那些证据，所有那些对国家的证据，都证明这是好的。这是一条很长的路。哈哈！我不相信历史阴谋论，我应该知道——我是一个伟大的阴谋家。

所以，不要寻找良心，同志们，我身上仍拥有美德，我并没有腐败。

（鬼魂开始淡去。）

……

人类的每一个希望都是血腥的，嗯，同志们？知道吗？

（鬼魂开始离去。）

所以，有什么关系呢，有什么关系呢？这样的结局很好，死亡和杀戮会被忘记的。一个世纪之后，一切都会好起来。所有事皆是如此。

……

（黑暗中，警报响起。罗斯、席格娜、琼出现在黑暗中，她们手里拿着火把。）（156—157）

在这段精彩的独白中，杰克不断美化自己的"悲剧"，他自称并不喜欢权威，他只是想创造历史，并悲壮地说，即便最终成为路沟中的一具尸体，那也是他对历史的贡献。甚至面对受害者的鬼魂，他还在试图为自己辩护："人类的每一个希望都是血腥的"，"你们想要我怎样？总得有人担当，权威，旗帜，意志"。面对杰克对社会主义乌托邦理想和事业的曲解，那些被他杀死的亡魂最后离去，关于杰克梦境故事的结局，考尔菲尔德认为，杰克从自己的经历中认识到了，人类有可能打破历史决定论的循环轨迹。他甚至提出，杰克和剧作家一样，表达了对宏观历史论的信念。对此，笔者不能完全苟同。我认为，我们不能将杰克与剧作家的观点等同。事实上，直到最后，杰克都没能走出他在政治上的自欺，虽然他表达了对未来的愿景，但他至死都在打着梦想的旗帜为其血腥的政治进行辩护，他没有明白，任何乌托邦的理想都不能成为当下恶托邦政治的借口，更不能为当下的恶托邦手段正名。相对而言，我更加认同布恩的看法：《第十三夜》是一部比《麦克白》还要黑暗的故事。① 虽然该剧以"梦之剧"为副标题，它讲述的实际上是一个当代政治家的恶托邦梦呓。

关于杰克，笔者同样赞同安·威尔逊（Ann Wilson）的观点：从头到尾，杰克都仿佛是另一个雪莱，一个"痛苦的自由主义者"，在他信仰的深处，他坚信通过民主主义以实现乌托邦社会的理想，但也像无数个自由主义者那样，他在现实中陷入了个人权力的黑洞。从本性上来讲，杰克与三位黑衣女子所代表的激进声音不同，因为从一开始，他就缺少黑衣女子那种与生俱来的决绝和斗志——他要在"弹奏钢琴"时戴上手套，他要在"拔草"时戴上手套。为此，其情人杰妮对他的评判是：他是一个"伤感情人，一个杂种男人"，用她的话说，他成不了一个暴君，因为"暴君会使他所主宰的国家成为一个个人生命的景观"，（155）而杰克却不能。的确，直到被杀死之前，杰克都在向那些死去的战友们表白，力图以一套伪宏观历史论为自己手上的鲜血正名和辩护。在本幕结束时，三个黑衣女子在黑暗中把火把照到杰克那把像王位一样的椅子上，上面是一副焦尸：

席格娜：嗯！是他，是他！他已经被——烧焦了。

---

① Carl Caulfield, *Past/Present/Future: Brenton and History*, p.230.

（一阵大笑。）
这是战争室，我们竟然误闯进了战争室。
……

罗　斯：有什么特殊的吗？
（她用火把对着舞台做了一个手势，然后熄灭。）
不过是一个地下室而已。我们上去吧，呼吸点空气！
席格娜：明白了，那里有阳光、庆贺、度假——游泳、聊天思考——
（席格娜和琼熄灭了火把。然后，是黑暗——）
（157—158）

结尾的这一幕可谓是点睛之笔——它在暗示，虽然杰克死了，但乌托邦/恶托邦的双重故事并没有结束，它还将会继续，因为三个黑衣女子代表的极端思想的幽灵还在。在这部剧中，真正可怕的不是杰克，而是这些黑衣幽灵——"你们是理想主义者，但却梦想着暴政，这比原子弹还要更加危险。"（153）在本剧中，杰克在地下室中和她们相遇，又最终死在地下室中——在宏观历史的画面上，杰克最终不过是伪乌托邦历史上的一个过客。但由黑衣女子代表的幽灵却还存在着，她们会浮出地下，在地面上的下一场"狂欢"中寻找下一个"杰克"来"还魂"，以延续她们的思想。此幕落下之后，将会迎来新的庆贺，新的狂欢，然后是——新的"第十三夜"。

布伦顿在1979年的一次访谈中说过："一名艺术家要能说出他人视而不见的事物。"① 因此，对布伦顿来讲，戏剧的价值在于其社会影响力："剧场不仅要描写希望，更要向人们彰显希望。当一部作品足够犀利时，它便可以使观众在剧场中获得一种新的看待世界的视野，感到一种新的生命的存在。"② 虽然"梦境叙述"以黑衣女子的幽灵而结束，但这并非是本剧的结束。在该剧的大结局中，画面回到了现实中的英国：杰克和杰妮走在海滩上，虽然作为梦境的当事人他们并没有从经历中获

---

① Howard Brenton, "Interview: Howard Brenton," *Performing Arts Journal* (Winter 1979): 138.
② Howard Brenton, interviewed by Catherine Itz and Simon Trussler, "The Patrol Bombs Through the Proscenium Arch," *Theatre Quarterly* 5: 17 (March-May, 1975): 12.

得教训，但就在黑暗落幕于舞台之前，杰妮抬手向海中投去了一颗石子——这颗石子就像是《李尔》最后一幕中那几个工人投向身后李尔尸体的回望那样，它将在海水中掀起一阵波澜。这一幕暗示了，《第十三夜》的故事必定在台下观众的心中掀起思想的波澜。所以，通过恶托邦的故事，布伦顿并非在唱衰乌托邦的理想，相反，他是想通过它来提醒那些怀有理想的人们，警惕杰克所经历的自欺和幻觉以及这段历史的教训，更要警惕黑衣女子所代表的历史幽灵，和这种政治狂人的执念在下一个杰克身上的死灰复燃——不要在追求乌托邦社会理想的过程中，成为那个被推翻的对象。

## 第六章

## 《李尔的女儿们》：女性主义剧场中的莎士比亚

> 对我而言，莎士比亚是一个起点，一个挑战他本人或其地位和社会的起点，也是一个从另一个角度看世界的机会。我仍记得11岁时在英国看电视剧《奥赛罗》时的感觉，记得奥利弗·劳伦斯所饰演的那张黑人的脸……它从此留在了我的记忆中，直到我开始学习戏剧，它仍在那里，它让我恼火——它成为《哈莱姆二重奏》创作的种子。在我看来，一个核心问题是：我该如何从我的角度来看《奥赛罗》？我又该如何评判他？如果他活在今天，他将会是怎样的一个人？他已成为了怎样的一个神话原型？这些都是那部莎剧在我脑中唤起的思考和问题。在剧场世界中，莎士比亚是一个神，当每个人都在"挪用"他时，我也同样为他着迷。
> ——狄娅内·西尔斯

自20世纪60年代以来，跨文学类别和跨时空的文本再写创作一直活跃于西方舞台之上，如评论家沙伦·弗里德曼在《女性主义戏剧经典再写》一书中指出："近年来，再写经典，通常为颠覆式再写，已成为一种独立的剧场文类。它们当中不乏带有女性主义理论和实践色彩。先锋派女性剧场已成为神话、经典、现代戏剧、小说、个人和哲学再书写和再建构的聚集地。"① 作为80年代后崛起的一个创作群体，女性改写剧场在整个西方改写文化中占据着重要的位置，并随着女性戏剧的发展，成为女性剧场的一种潮流，并最终在90年代进入繁荣时期。

对于不少女性改写剧作家来说，作为西方文明源头之一的希腊神话无疑是她们改写的一个对象。如英国剧作家汀布莱克·韦滕贝克（Timberlake Wertenbaker）以菲罗克忒忒斯的神话为原型创作的《夜莺之爱》（*The Love of the Nightingale*，1988）；萨拉·凯恩以忒修斯之妻菲德拉和希波吕托斯的神话为基础创作的《菲德拉之爱》（*Phaedra's Love*，1996）；澳大利亚女剧作家克里斯廷·伊万斯（Christine Evans）将特洛伊神话元素与现代战争背景二者结合所创作的《特洛伊芭比：与欧里庇得斯〈特洛伊女人〉相撞》（*Trojan Barbie: A Car-Crash Encounter with Euripides' Trojan Women*，2009）；以及由五位女性剧作家以集体创作形式共同创作的神话再写作品《安提戈涅创作工程》（*Antigone Project*，2004）。②

相比于女性神话改写，女性莎剧改写更是层出不穷。仅以《奥赛罗》再写为例，就有美国剧作家鲍拉·沃加尔的《苔斯德蒙娜：手帕的戏剧》，加拿大剧作家安·玛丽·麦克唐纳的《晚安，苔斯德蒙娜》（又称《早安，朱丽叶》），以及狄娅内·西尔斯的《哈莱姆二重奏》等。

由英国剧作家伊莱恩·范思坦和女性戏剧组（简写WTG）共同创作的《李尔的女儿们》不仅是女性莎剧改写的代表之作，更是当代集体创作戏剧的典范。该剧以《李尔王》为起源文本，以"前写本"（prequel）

---

① Sharon Friedman, ed., *Feminist Theatrical Revisions of Classic Works*, p.1.

② 该剧由 Tanya Barfield, Karen Hartman, Chiori Miyagawa, Lynn Nottage, 和 Carida Svich 五位剧作家集体创作而成，每位剧作家均以索福克勒斯的《安提戈涅》（*Antigone*, 440 B.C.）起源文本，从各自的角度重新创作了一个以安提戈涅为主人公的单幕剧，每部长约10—15分钟，分别将安提戈涅的故事置于五个不同的地点：海滩上、一战时的美国、档案中、非洲村庄、地下世界，共同构成了一个关于安提戈涅的多维的立体故事。通过将安提戈涅的故事置于21世纪的政治语境中进行全新的诠释，表达了政治最终是个人性的这一思想。

的形式，从女性政治的角度，"书写"了一个关于李尔女儿们的"她者"（herself）的故事，实现了当代女性主义剧场与莎剧的批判性对话。

**1. 为何再写？——女性改写中的政治性**

关于女性改写创作，批评家林恩·布拉德利（Lynne Bradley）曾在《舞台上的〈李尔王〉改写》（Adapting King Lear for the Stage，2010）一书中提出过一系列研究性的问题：是什么构成了女性主义改写？女性与男性作家在性别和改写的关系这一问题上是否存在着不同的看法？她们在改写时是否表现出女性特有的写作策略？女性改写创作的目的是否与男性作家不同？①

关于"改写"的界定和内涵，本书在第一章中已做了详尽的阐述。理论家琳达·哈钦曾写道：就本质而言，所有改写都是一种"羊皮纸稿本式的"写作，"一个先前书写虽已被拭去却仍隐约可见的多重文本的叠刻式书写"。但同时，她强调，当代改写不同于传统改写，它是一种"后"理论文化语境下的再写性文学，具有美学存在上的自我独立性。② 相比之下，批评家艾德丽安·瑞奇对改写的理解则主要立足于女性作家的视角。在她看来，女性改写是对经典的"修正"，其目的不是为了延承，而是为了割裂和超越，以走进属于"她者"的被解放的创作空间。对于女性作家而言，改写不只是文化历史中的一个篇章，还是一种文化生存的行为。③ 对此，沙伦·弗里德曼也表达了相似的观点，她提出，当代改写创作的两个关键词是"对抗"（encounter）和"重构"（reconfiguration），改写作品在超越传统再现和改编的过程中实现了与起源文本的对话，其目的是"在唤起原作的同时，又不同于原作"。④

虽然政治动因普遍见于当代改写之中，但就女性改写剧场而言，文化唯物主义式的政治考量几乎是所有女性改写的核心动力。女性文化唯物主义（materialist feminism）是70年代后期崛起的一种文化思潮，其核心观点是强调政治、经济、历史力量在维持传统性别文化中的作

---

① Lynne Bradley, Adapting King Lear for the Stage, p.186.
② Linda Hutcheon, A Theory of Adaptation, pp.6–8.
③ Adrienne Rich, "When We Dead Awaken: Writing as Re-vision," p.369.
④ Sharon Friedman, Feminist Theatrical Revisions of Classic Works, p.1.

用。进入八九十年代之后，她们从后现代主义、后结构主义、心理分析等批评理论中汲取理论营养，反对传统理念中内在统一性的自我概念和社会体系中以各种形式对性别的等级区分，提出了将女性视为独立群体的女性主义文化观。事实上，从一开始，女性改写便与女性主义理论和女性主义剧场互为一体。如林恩·布拉德利所说，不论出现于20世纪六七十年代的各种欧美女性主义批评流派在观点上如何相左，她们均拥有一个共同的特征——那就是对男性霸权主义观念的质疑和挑战。为此，戏剧历史学家们提出，女性主义剧场虽始于70年代，但它的真正源头却是以人权、部族、阶层、不平等为核心政治议题的极端政治剧场。①进入八九十年代之后，女性主义戏剧批评理论与实践更是合二为一，形成了独特的文化形式。批评家海琳·凯萨（Helene Keyssar）曾这样描述80年代的女性主义剧场，她说，那时的女性剧场不论是演出，还是剧本，均表现出一种视女性为女性的意识特征。而在女性主义戏剧理论方面，艺术与女性的生存空间更是息息相关，通过解构性别上的差异性，舞台表演的最终目的是削弱男权的主宰性影响。在这种思潮之下，剧本和演出在呈现时代变迁中实现了结构和意识形态上的认知替换，最终将女性人物推向了主体的位置（subject position）。②对于女性主义而言，比起80年代，接下来的90年代可谓一个穿越的时代——剧场艺术家们以全球化的视角，对抗殖民式的性别、宗族和民族"他者"的思维，不论是性别研究、酷儿理论，还是后现代主义批评理论，无不是对统一性理论概念和权威身份概念的挑战，而这些，均在剧场实践中得以呈现。③

作为八九十年代女性主义戏剧的一部分，女性改写剧场的最大特征就是强烈的性别政治色彩。沙伦·弗里德曼在其著作的开篇中写道：女性改写剧场之所以能够得以问世，是实验性戏剧、经典文学和戏剧改写传统、女性主义剧场及理论多种力量相互作用的结果。在美学上，这种剧场采用多种互文性策略，构建与先前戏剧存在的各种关联性，其目的

---

① Sharon Friedman, *Feminist Theatrical Revisions of Classic Works*, p.4.

② Helene Keyssar, "Introduction," *Feminist Theater and Theory* (New York: St. Martin's Press, 1996), p.1.

③ Sharon Friedman, *Feminist Theatrical Revisions of Classic Works*, p.5.

不是为了延承传统，而是为了与之进行矛盾性的碰撞和解构。① 在此种互文性主宰的大语境下，当代改写以"拼贴"（collage）为主要话语及叙述策略，通过拆解前文本和再构其碎片，从而实现与传统历史叙述中线形表达和共性的决裂。

在改写的过程中，女性剧作家们以批评者的视角走进经典，将位居边缘和从属性的女性人物推向舞台的中心，给予她们一种"不同于传统平面人物的主观性和身体存在感"，以揭示那些"反映女性羁绊和压迫的颠覆性潜力"。② 法国女性主义评论家露丝·伊利格瑞（Luce Irigaray）曾写到，女性主义批评家只有从"被男性中心主义法则豁免的'外部'起步"，才能打乱和修正主流秩序"。③ 事实上，通过改写，女性剧场是在重新找回对被魔化的权力性女性人物的再述权，打破女性作为"客体、符号或她者"的僵硬概念，让世人看到传统文本强加于她们身上的跨界形象。

在当代文化政治的视野下，当代改写表现出理论家安德烈·勒菲弗尔所指出的再写和文化再语境两者共有的特征——"所有文学均存在于这样或那样的'被用'之中。"④ 因为，说到底，改写实践终究是一种不同意识形态和诗学间彼此较量和对决的武器。在改写的过程中，当代改写者将莎剧置于新的政治、社会、文化语境之中，使改写成为一种政治上的再语境创作。众多作家像菲利浦·奥斯蒙特（Philips Osment）一样，将《暴风雨》置于当下后殖民主义文化语境之中加以考量。同样，狄娅内·西尔斯之所以在《哈莱姆二重奏》中将《奥赛罗》再语境于美国南北战争、30年代的哈莱姆（黑人）文艺复兴时期，以及当代美国三个背景之中，其目的便为凸显奥赛罗的妻子身为黑人女性在面对丈夫为融入主流文化而移情于白人女性时所经历的种族和性别上的双重压迫。所以，政治语境可谓是研究女性改写作品时最关键的要素。通过重构从《哈姆雷特》中的格特鲁德到《暴风雨》中凯列班的女巫母亲希克拉库斯等

---

① Sharon Friedman, *Feminist Theatrical Revisions of Classic Works*, pp.1-2.
② Ibid., p. 2.
③ Luce Irigaray, *This Sex Which Is Not One*, Trans., Catherine Porter with Carolyn Burke (Ithaca: Cornell University Press, 1985), p.68.
④ Daniel Fischlin and Mark Fortier, *Adaptations of Shakespeare*, p.5.

众多莎剧女性人物，当代女性改写者给予了原本沉默、边缘和劣势一方的"她们"一个发声的机会。在《苔斯德蒙娜：手帕的戏剧》中，麦克唐纳将关注点从奥赛罗转移并聚焦于剧中三位女性人物的身上，给予她们一种对故事话语的控制权，从而展现了她们的所思和所想。通过再写"她们"的故事，女性剧作家们以不同于原文本的崭新意义，从文化、种族和语言等各个方面实现了与莎剧主流传统的决裂，宣布了自我存在的独立性。鉴于此，卡罗尔·尼利（Carol Neely）指出，女性改写作品反映了，女性主义对莎剧的改写是一种爱恨交集的结果："既有对父权文化的批评，也有取而代之的欲望——通过与莎剧文本的对话，最终在批判中'将莎氏文本演绎为她们的文本。'"①

**2. 如何改写？——以集体创作颠覆传统作者剧场**

作为莎氏名剧，《李尔王》身后留下了一个颇具争议的演出史和改写史。1681年内厄姆·泰特根据自己的喜好将《李尔王》改写为了《李尔王传》，原因很简单，他觉得这部莎剧就像是一座凌乱的宝藏，他想按照新的思路对其进行再写。在他的创作中，泰特删去了弄人这一人物，让考狄利娅爱上了爱德伽。其结果是，在本剧结束时，不仅李尔王和考狄利娅没有死去，而且，李尔归位，国土统一，有情人终成眷属。虽然这部改写作品在19世纪以后遭到了诸如英国作家查尔斯·兰姆（Charles Lamb）和俄国作家陀思妥耶夫斯基（Fyodor Dostoyevsky）等文人的不屑和批判，称其完全不具上演性，充满了不和谐的矛盾音符，但在此之前，不少文人，包括塞缪尔·约翰逊（Samuel Johnson）等却均对泰特的改写赞赏有加。约翰逊也认为，莎士比亚让李尔和考狄利娅在剧中死去可谓有悖"天理"。这也许是为什么泰特的《李尔王传》能够代替莎剧《李尔王》并在英国舞台上存在了一百多年之久的原因，该剧直到1838年才被威廉·查尔斯·麦克里迪（William Charles Macread）"拨乱反正"，恢复到莎氏悲剧的原貌。

进入20世纪之后，基于《李尔王》的改写实践更加活跃，该剧成为多位剧作家改写创作的起源文本。在这里，最著名的当然是本书前面章节中提到的爱德华·邦德的经典之作《李尔》，除此以外，还有

---

① Sharon Friedman, *Feminist Theatrical Revisions of Classic Works*, p.113.

1973 年英国剧作家大卫·埃德伽与霍华德·布伦顿合著的《屁话欧洲》（*A Fart for Europe*），以及 1989 年霍华德·巴克创作的《七个李尔》等。两部作品的不同在于，前者以再语境的形式将《李尔王》置于英国和欧共体的欧洲社会背景之下，而后者则是以"前写"的形式，讲述了李尔从孩童到老年走过的七个阶段，因此有学者提议，这部剧也许应该更名为《七个时代的李尔》或更为合适。

在《李尔王》的改写作品当中，不少剧作家将改写的视角聚焦于莎剧女性人物身上。如 1990 年美国马布—迈恩戏剧公司（Mabou Mines）推出的《女李尔》（*Lear*）便是一个代表性作品。该剧不仅将故事的背景挪到了 1950 年美国南部的佐治亚州，还将王者李尔换成了美国南部一个有着三个儿子的老夫人。在演出中，女李尔由剧团的创始人之一露丝·马莱捷克（Ruth Maleczech）出演。她曾这样描述她走进女李尔角色时的震撼："一个男人拥有权力时，我们会觉得理所当然，但当一个女人拥有权力时，它却能使我们更加清晰地看到权力的本质。"① 该剧的导演李·布罗伊尔（Lee Breuer）也承认，让露丝·马莱捷克出演女李尔的目的就是为了突显权力和性别政治的主题。

相比之下，1987 年由英国著名女子戏剧组和伊莱恩·范思坦共同创作的《李尔的女儿们》更是对性别政治的大写化再述。它以政治性前写本的形式，将世人的目光聚焦于莎剧李尔故事的另一面：即莎剧中缺席的母亲和莎剧故事中隐藏的另一个李尔女儿们的故事。在首演之后的数年中，该剧在英国及欧洲各地巡回演出，获得巨大成功。

《李尔的女儿们》全剧长 90 分钟，比起三个多小时的莎剧，剧情简短了很多。该剧共有 14 场，五个人物：三个女儿，弄人（Fool），保姆（Nurse/Nanny），可谓清一色的女性。从剧情上讲，该剧属于莎剧再写，即以前写本的形式，讲述了高纳里尔、里根、考狄利娅、弄人和保姆之间以及她们与李尔的关系。本剧在背景上与《李尔王》中充满政治、杀戮、暴力和狂风暴雨的背景大相径庭：三个未成年的公主生活在一个童话般的城堡里，由保姆照顾，弄人陪伴。本剧开始时，三个公主有着不同的兴趣：高纳里尔喜欢色彩和绘画，里根热爱树木和雕刻，

---

① Ross Wetzsteon, "Queen Lear Ruth Maleczech Gender Bends Shakespeare," *Village Voice* 30 Jan. (1990): 39–42.

考狄利娅则钟情文字和学习。但该剧结束时，她们却都失去了各自的兴趣：高纳里尔放弃了绘画，立意不惜一切代价追求权力；里根流产，彻底看穿了父权社会，决定为掌握自己的命运开始新的游戏；考狄利娅则是失去了天真，面对奸诈的世界，学会了沉默和权衡字眼，以便开口时能选对正确的词句，但她告诉保姆："自打走下楼梯父亲把我举到了桌面上，我就一直像孩子一样地说话……但事实上，我还有一个声音，它在我的脑中，那里藏着一些从未对人说过的话。"①

在剧中，作为莎氏悲剧主人公的李尔王却并未出现在舞台上，而是通过几位女性人物的记忆和故事存在于剧情中。但同时，他却是剧中一切悲剧的源头：他是一个自私的父亲和丈夫，鲜有对家人尽任何职责。作为丈夫，他剥夺了王后为人、为母的权利，使她像机器一样整日忙于管家和账务，更使她长年为王室的子嗣不停地生育。她的时间和生命仿佛都被他吸吮一空，她甚至无暇顾及自己的孩子，最终在生育时耗尽体力而死。同时，剧中的李尔还是一个自私的王者，在最后一场中，弄人通知保姆，她已被主人解雇，对此，后者悲愤地说道："他要丢弃掉多少没有用处的人？高纳里尔？里根？难道还有考狄利娅？"（231）

简·盖伊（Jane Gay）和莉兹贝思·古德曼（Lizbeth Goodman）在《由女性塑造的剧场语言》（*Languages of Theatre Shaped by Women*，2001）一书中写道：《李尔的女儿们》不仅"表现出对'女性经历'的极大关注，更表现出对女性人物如何从'父权式社会结构'（paternalistic structure）的羁绊中得以'解脱'的关注"②。关于"父权式社会结构"一词，从狭义上讲，可以理解为李尔的王国，但从广泛意义上讲，则是指以男性为中心的王权、父权和主宰戏剧视角的普遍权力的存在。《李尔的女儿们》在风格等方面均反映了20世纪80年代女性改写戏剧的特征，包含了女性改写剧场的诸多策略，因此该剧常常被研究者拿来与《苔斯德蒙娜：手帕的戏剧》和《哈莱姆二重奏》两部剧作相提并论，

---

① The Women's Theatre Group and Elaine Feinstein, *Lear's Daughters*, in Daniel Fischlin and Mark Fortier, *Adaptations of Shakespeare*, p.232. 以下出自同一剧本的引文页码随文注出。

② Jane Gay and Lizbeth Goodman, *Languages of Theatre Shaped by Women* (Chicago: The University of Chicago Press, 2001), p.39.

不少学者将其视为研究女性作家与莎剧传统关系的理想文本。①

### 3. 集体创作：对权威剧场概念的颠覆

相对于其他莎剧改写来说，《李尔的女儿们》的首要价值在于其女性剧场集体创作的范式上。集体创作的概念不仅贯穿于它的整个创作过程，也渗透于剧中人物的多声道叙述模式之中。因此，该剧不仅是对莎士比亚所代表的传统作者概念的挑战，也是对戏剧主流叙述范式的颠覆。

戏剧的集体创作形式出现于20世纪70年代，这也是女性戏剧兴起的阶段。因此，从一开始，集体创作便被女性剧场所接受，并发展为当代女性剧场创作的一个重要特色。批评家黛娜·利维斯（Dinah Leavis）在记录WTG女性戏剧创作组的发展史时曾写到，女性剧场之所以选择从女性记忆和经历中汲取素材，并以集体的形式来创作戏剧，其目的就是要挣脱传统剧场中的权力等级结构。② 批评家莉兹贝思·古德曼也指出，传统主流剧场是一个以个人视角为主宰的世界，它要么是以作者为权威，要么是以导演为权威。相比之下，女性剧场所采取的集体创作模式可谓是对这种父权式剧场权力结构的直接对抗。③

WTG女性戏剧创作组是战后英国第二次戏剧浪潮中涌现出的政治性女性戏剧公司之一。它成立于1973年，是英国最早的由女性成员组成的戏剧组织之一，也是唯一一个从那个时代一直存在至今的女性戏剧团体。早在成立之初，为了避免陷入剧场和媒体中普遍存在的竞争性和等级性权力关系，WTG便选定了集体创作为其创作模式。她们首先推出了一个长达半年之久的周日开放活动，将剧场向所有对戏剧感兴趣的女性开放，邀请她们一起参加试演和讨论剧本，一起创作。这一活动吸引了众多女性的参加，其中不乏一些有过主流剧场经历或小剧场创作经历的职业女性，当然也包括不少毫无剧场经验的参与者。此次活动结束时，一批剧本脱颖而出，其中就包括珍妮弗·菲利普斯（Jennifer

---

① Jane Gay and Lizbeth Goodman, *Languages of Theatre Shaped by Women*, p.39.
② Sharon Friedman, *Feminist Theatrical Revisions of Classic Works*, p.4.
③ Lizbeth Goodman, "Women's Alternative Shakespeares and Women's Alternative to Shakespeare in Contemporary British Theatre," *Cross-Cultural Performance: Differences in Women's Revision of Shakespeare*, ed., Marianne Novy (Urbana: University of Illinois Press, 1993), p. 55.

Phillips）、帕姆·杰姆斯（Pam Gems）、米歇尔莱纳·旺达（Michelene Wandor）等剧作家的作品。①

　　这一活动奠定了 WTG 此后开放式的剧场格调。在随后的发展中，她们坚持实验性创作，坚持以系列工作坊的形式由创作组成员集体"写作"剧本的理念："我们的做法是，先有一些即兴而起的思路，然后离开，进行写作；而后又聚在一起，读剧本，讨论；然后再离开，再修改剧本。"② 事实证明，对于 WTG 来说，这是一种高效的创作模式。WTG 的首个作品是《幻想曲》（Fantasia），该剧一经上演便取得成功，在当时的多个伦敦小剧场得以上演。WTG 大部分的早期作品均是这种剧组"合写"的产物，且均带有很强的政治色彩。在 WTG 的发展史上，1977 年是一个有着特殊意义的一年。在这一年，为了提升剧团的声誉和创作效率，WTG 决定启用自由职业女性导演和设计师，同时开始聘请作家参与剧团的创作，其中包括艾琳·费尔韦瑟（Eileen Fairweather）和梅莉莎·默拉里（Melissa Murray）等人——以此为起点，集体创作的概念成为 WTG 剧场创作的主要格调。

　　《李尔的女儿们》是 WTG 集体创作理念的成熟之作。1987 年，WTG 决定推出一部莎士比亚的再写作品，为此她们选中了剧作家伊莱恩·范思坦，并向她提供资助，请她和剧团成员（包括 Gwenda Hughes，Jany Chambers，Hilary Ellis，Maureen Hibbert 和 Hazel Maycock）一起，共同创作一部剧本。根据剧评家古德曼的记载，伊莱恩·范思坦先是和创作组一起探讨了一些剧本的基本思路，而后便独立写出了剧本的初稿。初稿递交之后，创作组开始以工作坊的形式，对剧本进行了由全体成员参加的一系列的讨论和排练式修改，最终的结果便是 1987 年首演时的舞台剧本。③ 尽管时至今日《李尔的女儿们》已是西方戏剧界公认的女性经典剧作，但作为伊莱恩·范思坦与 WTG 合作的产物，学界却很难对该剧的作者属性做出界定。古德曼曾注意到，节目单和其

---

　　① Catherine Itzin, *Stages in the Revolution: Political Theatre in Britain since 1968*, pp.230–231.

　　② Ibid., pp.231–232.

　　③ Lizbeth Goodman, "Women's Alternative Shakespeares and Women's Alternative to Shakespeare in Contemporary British Theatre," p.55.

后出版的戏剧集中对范思坦和 WTG 作者身份的提法存在着很大不同。当该剧首次以出版形式问世时，编者对该剧作者的描述是：此剧来自伊莱恩·范思坦的一个创意，由 Adjoa Andoh，Gwenda Hughes，Janys Chambers，Polly Irvin，Hazel Maycock，Lizz Poulter 和 Sandra Yaw（均为 WTG 成员）创作。但其他大多数的著述和评论文章对该剧作者的界定则是："由伊莱恩·范思坦和 WTG 共同创作。"丹尼尔·费什林在《莎士比亚改写集》一书中则是兼用了这两种作者属性的提法：他在剧本之前用的是第一种提法，而在评介之前则用的是第二种提法。①

　　对于一个女性剧场而言，《李尔的女儿们》所采取的集体创作形式具有特殊的意义。它是女性改写剧场中后现代创作及实验性演出的一部分，其意义在于，它不仅解构了莎士比亚所代表的"大写"作者的概念本身，更将戏剧推向了剧场的本质。多少世纪以来，世人在圣化莎士比亚的过程中将莎剧视为圣经一般的文字，坚信他的作品在书写人类普遍价值时的永恒性。女性剧场莎剧改写的目的之一，就是要解构莎剧所代表的元作者的神话。用彼得·埃里克森（Peter Erickson）的话说，女性改写者在解构莎剧时所质疑的并非是莎士比亚的伟大艺术，而是他作为书写人类"崇高、神圣经验"时不可动摇的终极权威性。通过将莎士比亚回归其特有的历史、社会和性别语境之中，女性主义者像新历史主义者和文化唯物主义者一样，开始认识到莎士比亚及其作品的特定性，从而感知与之强烈的距离感。② 对此，丹尼尔·费什林和马克·福杰曾精辟地阐述道：透过集体性创作，女性改写剧场不仅凸显了戏剧创作的合作起源性，从而对传统意义上的作者属性提出质疑，更还挑战了多个世纪以来围绕着个体作者这一概念的某些根深蒂固的观念——这些观念不仅决定了一个作家进入文学传统的资格，也决定了其地位的构建和持续性。费什林还一针见血地指出，作为独特的权威性作家的存在，莎士比亚的身上聚集了被视为文学正典的标准性和文化价值观，这也是为什么 WTC 女性创作组选择从集体创作的角度再构莎剧的原因。③ 的确，传统上，一个作家在文学历史中的位置几乎完全取决于他的作者属性，

---

① Daniel Fischlin and Mark Fortier, *Adaptations of Shakespeare*. p.217.
② Lynne Bradley, *Adapting King Lear for the Stage*, p.193.
③ Daniel Fischlin and Mark Fortier, *Adaptations of Shakespeare*. p.215.

莎士比亚更是因其作者的身份而获得了文化权威的符号性地位。但《李尔的女儿们》的创作过程却告诉人们，戏剧和剧场本就是一个集体创作的聚集地，而非个体作者的独奏，任何作者，包括莎士比亚在内，都不过是戏剧众多声部中的一个合音。在此意义上，该剧不仅仅是对莎士比亚权威作者身份的颠覆，也是对戏剧本质的回归。

在后现代主义思潮主宰的 20 世纪后半期，集体创作的实验性和颠覆性不仅使它为女性剧场所青睐，也被其它西方剧场所追捧。美国马布—迈恩戏剧公司便是一个典型的例子。它是一个以集体创作而著称的先锋派戏剧公司。该公司和 WTG 一样，也是成立于 20 世纪 70 年代初，也是从创始之初，便选择了合谋性创作为其舞台作品的特色格调：该公司推出的剧作不论在构思、写作，还是在导演、演出上均以集体创作的形式进行，所有参与创作的角色均处于流动状态。虽然李·布罗伊尔被视为该公司行政层面上的领导者，但公司的宗旨却是追求艺术上的自我运作：  "不论大小决定，艺术上的，还是管理上的，均由成员共同决策，每一个成员都可能身兼数职，既是制作人，又是设计师、演员、作家、导演等。"① 该公司鼓励成员追求其个体的艺术境界，从作品的起点概念到舞台上演进行全方位的合作。② 因此，每部作品的生成过程往往非常漫长，如 1990 年推出的《女李尔》（*Lear*，1990）便历经三年集体打磨而成，最终取得了巨大的艺术和商业成功。时至今日，不论是对马布—迈恩，还是 WTC，集体性合谋创作仍旧是赋予其作品独特创意和历史价值的创作范式。

**4. "集体作者叙述"：对"她者"故事的复调讲述**

但《李尔的女儿们》与其它集体创作作品的不同之处在于，在该剧场中，集体创作的概念不仅以合谋式"书写"的形式主宰其创作的整个

---

① "Guide to the Mabou Mines Archive 1966–2000". <http://dlib.nyu.edu/findingaids/html/fales/mabou/bioghist.html>

② Ibid.

过程，还以"集体作者叙述"（narrative of collective authorship）[①]的艺术策略贯穿于剧情的语言建构之中。该剧以前写本的形式，以不同于莎剧诗学语言的故事性（story-telling）话语，构建了一个由记忆、童话、歌谣等组成的充满女性特征的复调叙述，讲述了一个对抗莎剧的"她者"的故事（Herstory），从而将当代戏剧的合谋性和意义的流动性推向了极致。

作为一部政治性前写本，《李尔的女儿们》是一部带有20世纪80年代典型特征的女性主义剧作。受六七十年代女性主义思潮的影响，不少80年代的女性作品从女性的角度出发，重构历史与神话，挖掘被传统书写和历史覆盖了数个世纪的沉默和失声的"她者的故事"[②]。关于这一术语，加布里埃尔·格里芬（Gabriele Griffin）和伊莱恩·阿斯顿（Elaine Aston）在《她者的故事：由女人为女人创作的戏剧》（*Herstory: Plays by Women for Women*）一书中如此写道："她者的故事"是当代女性主义的一个重要概念。多少个世纪以来，女性一直被排斥在主流神话和文学叙述传统之外，"她者的故事"是对包括史实和神话在内的历史叙述的女性文本的再书写。在这种书写中，占据主宰地位的是女性所做，女性所想。因此，"她者的故事"既是对传统历史概念和叙述的扩充，也是对男权主义对女性在过去历史中角色书写的修正。[③]

《李尔的女儿们》叙述的正是这样一个"她者的故事"。四个多世纪以来，世人在观看《李尔王》一剧时总会对剧中三个女儿的形象感到困惑：为什么她们会对她们的父亲如此地残忍？为什么作为女性她们会如此暴力？为什么剧中没有她们母亲的身影？她们是否该为李尔的悲剧负责？《李尔的女儿们》正是基于这些莎剧中的裂缝和黑洞，以前写式的书写，将李尔女儿的故事追溯至莎剧故事发生之前的那片未知的时空地域。"前写"一词来自英文"prequel"，指的是根据现存文学作品的

---

[①] Iris Smith Fischer, "Mabou Mines' *Lear*: A Narrative of Collective Authorship," *Theatre Journal* 45:3 (1993): 279–302. "集体作者叙述"一词出现在艾丽丝·菲舍尔的这篇文章中，原义指的是导演和演员在演出过程中对叙述的参与，但笔者则是借用这一概念指出，在《李尔的女儿们》中，五位人物不仅是客体性的人物，更还是主体性的故事叙述者，是"她者"历史的书写者。

[②] Jane Gay and Lizbeth Goodman, *Languages of Theatre Shaped by Women*, p.38.

[③] Lynne Bradley, *Adapting King Lear for the Stage*, pp.187–188.

情节，凭想象上溯创作的前篇或前传，它和后写本（sequel）一样，同属于改写/再写的一种。但与惯常的改写相比，前写本不论在情节上还是在时空背景上都不与起源文本发生平行或重叠，相反，它们更多的是要避开起源文本的挤压而存在。如狄娅内·西尔斯的《哈莱姆二重奏》就是对《奥赛罗》的前写，叙述的是奥赛罗第一个妻子的故事——在这部剧中，奥赛罗为了一个白人女人而抛弃了他的黑人妻子。在《李尔的女儿们》中，故事则是从莎剧第一幕为起点（年迈的李尔以女儿们所表达的爱来给每个人分配国土），逆时而上，进入莎剧《李尔王》的前历史阶段——在这一史段中，李尔尚未年老，疆土尚未分裂，女儿们尚未成年。通过叙述女儿们从童年到成人的那段前史，该剧以当代女性主义的视角，向世人揭示了隐逸于那片沉默地带中的另一种话语和故事。

  该剧的独特之处在于，集体创作的概念以集体作者叙述的形式被引入了剧情的构建本身：剧中的人物不再是莎剧中那些被动的客体，而是具有主体性质的故事构建者，是"她者"历史的创作者和言说者。她们以不同于莎剧诗学语言的故事性话语，用各自的文本性记忆共同书写了一个属于集体"她们"的故事。

  在《李尔的女儿们》中，故事性话语和对白构成了剧情发展的基本框架，从而与莎剧中以事件和人物推动剧情的叙述形成了极大的反差。本剧开始时，舞台灯光打在弄人的身上，她以半童话的口气开始了本剧的故事："有一个老人叫李尔，他的女儿们嗒嗒嗒嗒很害怕，王后是她们的妈妈……咚咚咚咚敲门了，谁在那儿？"（217）此后，舞台上便出现了三个女儿，这时，弄人说道："在一个城堡里，住着三个公主，她们在育婴室里听保姆讲着童话。"（218）以此为开端，整个剧情的发展成为了一个故事和记忆的编织：

    第2场，保姆对三个公主讲述了她们出生时的故事："当你出生时，王后除了头上的王冠，身上没穿一丝的衣衫。……一颗彗星拖着火红的尾巴在天上滑过，照亮了黑色的天穹。"（218）

    第3场，弄人听三个公主一起讲述了她们第一次爬下楼去的故事："下楼时我并不害怕。天很黑……透过一扇门，我听见一个男人在吼。门开着，一眼望去，我看见了父亲。"（230）

    第5—7场，弄人讲述了李尔围猎回宫的故事："三个公主坐在房里，听着外面的雨声，盼着太阳出来。李尔凯旋了……他回来之前，雨下个不停，整整下了40个白天和黑夜。他回来时，太阳出来了。"（221—223）

第8场，弄人和女儿们一起讲述王后葬礼那天的故事：在王后下葬那天，透过窗户，她们看到李尔和另一个女人在一起。在这一场中，弄人还讲述了一个耗子的故事："每年的春天，城堡外的河水泛滥，淹没了水沟，惊扰了耗子。"（225）

第9场，弄人要保姆讲一个穷人变成富人的故事，但保姆讲的却是耗子故事的续集：王国里耗子猖獗，于是国王重金请来了一个捉耗子的吹笛手。后者吹着笛子把耗子领进了河里，但国王却食言背信。故事结束时，耗子占领了城堡，吃掉了国王和王后。

第10场，保姆给公主们讲述了王后的故事：她带着嫁妆进入了王宫，此后却日夜劳作，成了一个生产子嗣的机器，最后在生育时死去。

第11场，弄人讲述了第二个李尔凯旋的故事：又是一场"打猎"，国人日渐消瘦，金库日渐盈满，河水再次泛滥。

第12—13场，故事事件与现实事件二者成为一体。女儿高纳里尔和里根准备出嫁了，弄人谈论着金钱、投资和公主的身价；里根［不明原因地］怀孕了，但为了国家，她不得不堕胎，和姐姐一起嫁给帮助李尔平叛的公爵。

第14场，保姆被告知，她已被辞退。保姆悲愤地讲述了她最后的一个故事：当年，为了母乳李尔的孩子，她不得不丢弃了自己的孩子。她在故事的最后预言说："李尔，耗子在啃噬你的王位。我不会待在这里，我会远远地站着，笑看壮举的发生……"（231）随后，她走下了舞台，穿过观众席而离去。

随着门被"砰"地关上，灯光再次聚焦于舞台上的弄人身上。她对着观众说道："一个结束，一个开始。时间到！"（232）

可以说，在整个剧作中，故事、童谣和记忆主宰了该剧的所有剧情和对白——这是一种完全不同于正式叙事的戏剧策略。不论是对于该剧的创作者，还是剧中五个来自于莎剧的人物（除保姆外）而言，以故事话语来叙述事件和历史都具有特殊的意义：因为她们发现，故事不只是故事，而是书写自我和他人历史及身份的载体。在剧场中如此，在人类社会的历史书写中更是如此。在本剧中，高纳里尔、里根、考狄利娅、弄人和保姆无不是依靠故事在界定自我的存在和她们与李尔的关系。

弄人是本剧中最为独特的一个人物。在原莎剧中，弄人是李尔身边的一个小丑，也是李尔人性、良心和理性的化身，代表着世间普遍的常识。但在《李尔的女儿们》一剧中，弄人却是一个复杂而难以界定的人物。虽然她以女性的形象出现于舞台，但她却是一个双性人物，既是女，也是男，用她本人的话说："这取决于谁在问这个问题。"面对考狄利娅"如果你不是弄人，会是谁？"的疑惑，弄人回答说："我是一条没有主人的狗。"（221）在剧中，她既是弄人，但不时还会客串王后，甚至李尔。在第3场中，她先是以王后的声音与保姆说话——说王后除了生育，就是替李尔管理账务——但一转眼，她又回到了弄人的角色，叙述着自己的故事："我第一次下楼时，是被人推了下去，磕痛了身体，弄伤了手指。"（220）

弄人是剧中最为独特的叙述者：她既是叙述者，又是评论者；既讲述故事，又盘点剧情。本剧以弄人的开场白开始，又以她的结语结束。本剧开始时，弄人以开场白的形式推出了剧中人物："三个公主，两个佣人，一个场外的父王，一个已逝的王后。"（217—218）而后，她的叙述便成为推动和引导剧情发展的主线：

第2场中，她说："三个女儿，两个母亲——一个买，一个卖；一个付钱，一个被付。"

第3场中，她说："三个公主爬下楼去，学着认识一个父亲和一个国王。"

第5场中，她说："李尔凯旋回来了，他虽已65岁，却仍骑马射箭，身强力健。如果仅仅称他为王，似乎都有损他的尊严——他是一个半神的人。"

第8场，她说："王后死了！王后万岁！谁能取代她占据在国王右手边的位置？是受宠的考狄利娅？还是长女高纳里尔？或是外人一样的里根？"

第9场，她说，她想听一个弄人变为富人、坐着飞毯遨游天空的故事。

第六章 《李尔的女儿们》：女性主义剧场中的莎士比亚

第10场，她盘点完已发生的剧情，开始预告故事的结局："第13场：弄人话说投资。……所谓投资，就是货币、现金和钱……三个公主长大了，她们想着父王，数着身价。"

第11场，她说："李尔又一次围猎归来。国人渐瘦，国库渐丰……河水再涨……仅靠三个女儿已无法堵上堤坝上的洞。"

第13场，她说："两个新娘等在楼下，两个新郎等着坠入爱河。"

第14场，她说："一个结束，一个开始。时间到！"本剧拉上帷幕。（232）

比起剧中的另一个人物保姆，在本剧中，弄人与其说是故事的叙述者，不如说是故事的引导者：她在参与叙述的同时，还扮演着剧内导演的角色——她以特有的概括性对白或独白推动着剧情，也推动着叙述；她不时看似荒诞的语句中却带有极强的评论性色彩，对剧中人物的命运、戏剧主题起着点石成金的效果。

用莱斯莉·费里斯（Lesley Ferris）的话说，我们在弄人的对白中听到了本剧的核心意义——即阶级和金钱，以及它们在性别关系中相互作用和交叉的存在。在剧中，面对皇家的优越和显赫，弄人认为自己就像是一名看客。她在叙述自己出生的故事时说道："当我出生时，什么都没有发生，既没有彗星划过，也没飓风刮起，更没有远方来客。"（220）因此，莱斯莉·费里斯指出：在剧中，这个出生时没有故事，还被踢下楼去的弄人，就像是《李尔王》中所有的女性，现实使她（们）很早就懂得财产继承的重要性，懂得金钱是她们唯一的生存之路。[①] 事实上，弄人在第一场中就说过："我首先是爱钱，然后是自己，然后还是钱。"（218）所以，虽然本剧中的弄人和莎剧中的小丑形象截然不同，但他/她们却有着一个共通性：那就是，他/她们虽均是小人物，但却是清醒的知情者——他/她们看到了剧作家希望观众能看到的真相。为此，弗里德曼曾指出，剧中的弄人是以布莱希特式的方式提醒着观众，剧场本

---

[①] Lesley Ferris, "Lear's Daughters and Sons: Twisting the Canonical Landscape," *Feminist Theatrical Revisions of Classical Works: Critical Essay* (North Carolina: McFarland & Company, Inc., 2009), p.107.

身本就是一个社会行为的建构，而非亚里士多德式的对生活的映像。①

事实上，对李尔女儿的历史书写是五个人物集体叙述的共同结果。在此过程中，如果说弄人像剧内导演一样推进着剧情，那么保姆则是剧中最重要的故事讲述者。在剧中，保姆几乎讲述了所有的故事：三个女儿的出生、第一次爬下楼去、李尔的两次凯旋、吹笛手和耗子的故事、王后的故事、直到最后保姆自己的故事。但这位故事叙述者也是一个谜一样的人物。她同时扮演着母亲和佣人的双重角色，被称为 Nurse，又被称为 Nanny。在她的故事叙述中，似乎隐藏着蒙娜丽莎微笑一般神秘的知识。本剧开始时，三个女儿住在城堡的育儿室里，那里既没有李尔和王后的身影，也没有外界的声音，保姆的童话构成了她们世界的全部。此时的三个女儿天真得如一张白纸，都怀着各自的梦想：高纳里尔喜欢绘画，里根热爱雕刻，考狄利娅钟情文字。但随着保姆的故事开始脱离童话世界，转向李尔和"楼下"的世界，她的故事逐渐成为三个女儿认识自我和李尔的一面镜子。本剧结束时，保姆的故事已完全失去了童话的天真，而成为一种寓言———一种透过童话故事来寓意社会矛盾和危机的政治叙述。

作为本剧题目中的人物，三个女儿既是故事讲述的对象，又是故事的参与者和叙述者。她们在故事的参与和叙述过程中走过了好奇、震惊、愤怒和绝望的过程，这也是威廉·布莱克（William Blake）诗歌中所描写的从天真到经验、从童话主人公到莎剧中李尔女儿原型形象的精神之旅。

在剧中，三个女儿的故事在一定程度上也是她们与李尔关系的故事，是她们对父权社会和在父权社会中自我认知的故事。所以，在故事的叙述顺序上，她们出生故事之后的第一个故事便是"爬下楼去，学着认识一个父亲和一个国王"。（219）在这里，认识"父亲"，即是认识外面的世界，认识"国王"，即是认识社会等级。在"楼下的世界"里，三个女儿分别经历了不同的故事。考狄利娅的故事是："下楼后，我跑了起来，光着的脚丫踩在冰凉的石阶上…… 抬眼望去，面前是一个巨大的橡树门……"在那里，她遇到了李尔，他把她抱起来，放在一个桌子上，她回忆说："我旋转着，提着裙子，旋转着。爸爸，你看，爸爸……"

---

① Sharon Friedman, *Feminist Theatrical Revisions of Classic Works*, p.102.

（220）里根的记忆则是："第一次下楼后，我坐到了他的王位上，我想看看王位是什么样子……他进来时，我在笑着。他很生气。因为那一刻，他知道我在想什么，也知道我在笑什么。"（220）高纳里尔的故事则和两个妹妹的不同：在夜色中，她看到了父王和王后，看到了李尔的粗暴和可怕。尽管三个女儿的经历不同，但她们的故事在叙述结构上却如出一辙：都是初次跨出育儿室的门槛，进入了"楼下"的世界，进入了一个由父亲和王者形象主宰的世界——在这个世界中，对李尔的印象构成了她们对世界的第一认知。

剧中不时会出现这样的画面——高纳里尔站在窗边，或是考狄利娅走到镜子前——舞台上由三个女儿、窗口和镜子构成的这一画面似乎在不断地暗示，对于三个女儿而言，她们听到的、参与的和叙述的关于李尔的故事既是她们认知世界的窗口，也是她们认识自我的镜子。事实上，从看见李尔的那一刻，他的形象便成为她们世界的中心：她们三人都似乎对他充满了期待，为获得他的爱而争宠。在第5场中，高纳里尔说："他离开了那么久……真想再次看到他，抚摸他，闻到他身上的气味，他身上总是那么的好闻。"而考狄利娅对李尔更是一种近乎对神灵一般的崇拜——"他把手挨个放在我们的头上，仿佛是在给我们治愈"。（221—222）① 这句话中的"healing us"让人联想到上帝的形象。但随着更多故事的展开，三人在对白中越来越多地开始质疑和震惊于所经历的事件。第6场中，先是高纳里尔困惑地说："我们为什么需要一个太阳和月亮？"而后，考狄利娅也不解地开始追问弄人：

> 考狄利娅：他［李尔］为什么要一个男孩？
> 弄人（王后）：你不是一个男孩。
> 考狄利娅：他为什么要要一个男孩？
> 弄人（王后）：因为你不是一个男孩。（223）

这种困惑和质疑在第8场中发展成为一种震惊，因为她们在王后葬礼的

---

① 原文："He puts his hand on our heads at a time as if he is healing us."这句话中的"healing us"让人联想到上帝的形象。在泰戈尔的《飞鸟集》中，神对人说："我医治你，所以伤害你；爱你，所以惩罚你。"

当天看到了父王李尔的另一面。该场讲述的是,王后死了,考狄利娅说,自己是李尔最宠爱的女儿,所以她要握着他的手,替母后掌管一切。这时,保姆把三个女儿带到了窗前:透过"窗口",她们看到了李尔与一个女人的故事。震惊之余,她们对李尔的所有幻象轰然倒塌:

  高纳里尔:他怎么能这样?竟敢在今天!
  里　　根:真让人恶心。
     ……不光是我们,谁都可能看到这些。难道他根本就不在乎?
  高纳里尔:他竟会如此……他怎么敢?
     ……告诉我,接下来还会发生什么?他会娶她吗?
  (224)

这一幕也预示着她们王位梦想的落空。所以,在这个故事之后,弄人笑着唱了一段颇有寓意的歌,她唱道:"时光流逝,(吹着口哨)阴雨绵绵。每年的春天,城外河水泛滥,淹没了阴沟,惊动了耗子。(稍停)一天清晨,一个石子划过,打破了窗户,打碎了玻璃和镜子。"(225)这段话预示着三个女儿对李尔幻想破灭的开始。到第10场时,听完了王后的故事之后,高纳里尔突然对保姆说,她再也不能绘画了,因为"雨下得太大,我已看不清颜色"。(228)接着,她对保姆倾诉了她藏在心中的一个秘密故事。她说,

  在一个堆满黄金的房间里,李尔关上了房门,俯身对我耳语说:"等你当了女王,这些财宝将都是你的,这是我们俩人的秘密——你和我的——对谁都不能说。"后来,我又去找过那间屋子。父亲归来的那个夜里,万民欢腾,他却把我推到了一边,去亲吻了考狄利娅。我再也找不到那个屋子,我一定是在某个地方拐错了走廊……(228)

随着更多故事的展开,三个女儿对李尔的幻灭也越来越强,直到最后,她们不得不面对她们故事的真相——那就是,在李尔主宰的世界里,她们不过是和她们的母亲一样,是一件身价待定的商品:

## 第六章 《李尔的女儿们》：女性主义剧场中的莎士比亚

高纳里尔：结婚，生育——这就是我们的工作，也是我们存在的意义。

里　根：就像狗一样？

高纳里尔：是，是像狗一样，身价不菲的商品。你若是愿意，我可以给你们看看这些数字。

……

他们会说，里根，李尔之次女，价值多少多少……（229）

对于剧中人物而言，故事即是她们历史的叙述。通过一个个故事，女儿们走完了她们的成长之路——从童话公主，成了父权社会中以钱估价的商品。当本剧进入第13场时，舞台上出现了一幕奇怪的哑剧："*只见高纳里尔手里握着小刀，向李尔[弄人]的眼睛刺去。然后，动作凝滞，她转向了台下的观众。*"（231；斜体为原文如此）在此后的剧情中，高纳里尔手握小刀的形象在舞台上还出现过第二次。第二次时，只听高纳里尔喊道："保姆，我看不见了！"（231）这时，观众才意识到，高纳里尔手握小刀刺向李尔的一幕只不过是她脑中闪过的一个念头，是她想做但却没能做出的一件事。对于熟知莎剧的观众而言，这一幕充满了深意：就在那一瞬间，我们似乎看到了莎剧李尔女儿们形象的雏形。这也让我们理解了本剧结束时弄人那句台词——"一个结束，一个开始"的含义。关于本剧的结局，观看了本剧的剧评家简·盖伊和莉兹贝思·古德曼曾做过如此的记录：弄人说完这句话后，便把王冠仍向了空中。而后，灯光暗了下来。但就在灯光暗去的最后瞬间，观众们看见，王冠在半空中停留了片刻，这时只见三双女性的手同时向它伸去。灯光再亮时，全剧已结束。本剧最后的这一舞台画面似乎象征着，女儿们的故事结束了，莎剧的故事即将开始——在本剧的故事中包含了即将发生的《李尔王》中女儿形象的因子。①

因此，在一定程度上，集体作者叙述在本剧中不仅仅是一种叙事策略，也是其政治主题的一部分。如古德曼所说：《李尔的女儿们》是对一切正典历史叙述的质疑和挑战。② 透过女性人物的故事性话语和集体

---

① Jane Gay and Lizbeth Goodman, *Languages of Theatre Shaped by Women*, pp.220–222.

② Daniel Fischlin and Mark Fortier, *Adaptations of Shakespeare*, p.216.

作者式记忆，该剧一直在强调历史叙述的文本性、虚构性、话语性和政治性本质，表现出一种后历史主义的叙事观。剧中的细节一再暗示，历史叙述不过是一种带有文本和虚构色彩的主观记录。如在第 7 场中，三个女儿和保姆围绕着李尔凯旋的故事，形成了一段有趣的故事对白：

保　　姆：……他回家之前，雨下个不停，整整下了 40 个白天和黑夜。他回来时，太阳出来了。国王从水上向我们走来。
考狄利娅：从水上？
高纳里尔（对考狄利娅）：是桥上。
保　　姆：好，是桥上，这样听起来可能会好点。我们不得不为他建起一座桥，王后要从桥上走过，每个人都必须欢呼。
高纳里尔：必须？
保　　姆：是的，（平淡地）因为让臣民看见王后在国王的旁边很重要。
考狄利娅：那么，我们也过桥了吗？
保　　姆：我想是的。
里　　根：谁第一个过的？
保　　姆：我记不得了。
里　　根：肯定是我。
高纳里尔：不，按照年龄顺序应该是我。
考狄利娅：不，应该是最小的第一个过。
里　　根：好吧！那我们就一起走过。每个人都在欢呼，欢呼声震耳欲聋，响得都快把保姆的耳朵震聋了。
保　　姆：是吗？
里　　根：爸爸给了一个礼物。
保　　姆（大笑）：是吗？
里　　根：你当时在场。
保　　姆：我在场吗？（稍停）好吧，如果你想让我在场的话。
高纳里尔：不，（她缓慢地，凝视着走近保姆）保姆站在桥的那一边。

保　　姆：那是我该待的地方。（223）

这段对白清晰地反映了，此时的三个女儿已不再是那个第一次爬下楼梯看世界的女孩。透过她们的对白，观众感受到她们的成长和变化。在第10场时，她们的故事再次回到李尔归来的那天：

里根：（保姆进来）保姆，母亲死的那个晚上到底发生了什么？
保姆：我不知道。
　　　……
保姆：那时，你说你想听一个故事，所以我就给你讲了一个故事。
里根：是关于什么的，母亲吗？
保姆：是关于你们每个人的。
里根：快说。（保姆没有反应）快说。
保姆：我给你们讲了你们父亲回家的故事，你们都去迎接他了。
里根：在桥上。
保姆：是的。
里根：我记得，是你给我们梳的头。
保姆：我常给你梳头。
里根：你给我们梳的头，你在说谎。
保姆：没有。
里根：他走了过来。雨下了40天，他回来时，太阳出来了。这是谎言。
保姆：那只是一个故事，因为你们那时都很沮丧，讲故事是为了安慰你们。（227）

这种精彩的对白充满了整个《李尔的女儿们》。随着对故事叙述的参与，李尔的女儿们越来越发现，那些构成她们自我认知和对李尔认知的关于她们成长历史的故事，竟是充满了谎言和主观的编撰。这段对白与其说体现了李尔的女儿们的发现，不如说反映了女性改写作者们对历史叙述真相的发现——历史叙述并非是史实性的和客观的，相反，它和所有叙述一样具有文本的滑动性、虚构性、主观性。尤其重要的是，她们发现了，对叙述的修改实际上是一种思想、政治、文化等社会意识力量的较量——这就意味着，叙述最终必然是政治性的。

这也是为什么随着更多故事的展开，三个女儿不仅开始质疑那些她们听到的故事，而且渐渐地从被动的故事人物角色中走出，进而主动地参与故事的叙述和建构。实际上，在一定程度上，剧中人物对故事叙述参与的冲动与现实中女性剧作家们对莎剧改写的冲动形成了一种平行：不管剧内，还是剧外，她们都在以自己的角度讲述或再述着她们的故事。因为她们都发现了，叙述传统在界定她们身份上的作用，因此她们选择了跳出"被写"，转而成为历史的叙述者和再写者。

萨拉·哈奇尔（Sarah Hatchuel）曾说过，不论前写本还是后写本，它们均属于跨界性的创作，虽然它们不像改写那样打断或改变原剧的叙事结构，但在效果上却和改写一样，具有切断、取代先前文本记忆的功能，因此具有改变前文本意义的目的。① 在众多批评家眼里，《李尔王》是一部人性的悲剧。关于《李尔王》，文艺复兴学者斯蒂芬·格林布拉特（Stephen Greenblatt）曾写道：它是对人类放弃权力、失去土地、失去权威和理智后其行为的思考，更是对君权和男权主题的思考。② 通过书写李尔女儿们的前史，《李尔的女儿们》开启了一个与亚里士多德式的莎剧历史叙述的对话，展示了李尔所代表的君权对"女儿们"成长的影响和由此产生的可怕后果，最终将世人的视线引入了被李尔悲剧主题、人性主题和社会主题等宏大思考所遮掩的"她者的故事"上。

在观看该剧的过程中，观众不可避免地会面对高纳里尔、里根、考狄利娅等新形象与莎剧中魔鬼／天使二元形象的对立。如莱斯莉·费里斯所说，剧中每一个关于李尔女儿的故事似乎都封存着一个基于资本之上的父权和王权存在的瞬间：考狄利娅听命于李尔在群臣面前跳舞，高纳里尔被李尔许以财富要她保守两人的"秘密"，里根听到了关于王后的真相——带着一大笔嫁妆加入皇室，最终却死在完成皇嗣生育任务的过程中。③ 的确，对于台下熟知莎剧情节的观众来讲——李尔王请求

---

① Sarah Hatchuel, *Shakespeare and the Cleopatra/Caesar Intertext*, (Maryland: Fairleigh Dickinson University Press, 2011), p.xvii.

② Stephen Greenblatt, *Will in the World: How Shakespeare became Shakespeare* (New York: W. W. Norton, 2004), p.356.

③ Lesley Ferris, "Lear's Daughters and Sons: Twisting the Canonical Landscape," p.107.

女儿给予他爱，女儿们的残酷和错误把他逼向疯狂并致其死亡——该剧对女儿们故事的再写是对莎剧历史叙述的一种极端的修正。事实上，通过对李尔女儿们故事的再书写，该剧不仅强调了李尔女儿们这一文化现象中的女性政治，也凸现了与之相关的阶级和族裔政治。丹尼尔·费什林在提到该剧的舞台演出时曾记述道："该剧在首轮演出时，让一个白人演员扮演考狄利娅，而让两个黑人女演员扮演高纳里尔和里根；第二轮演出时，三个女儿则全部由黑人演员出演，剧中的弄人和保姆则由白人演员出演……"（216）本剧对演员这种颠覆性的阶层和种族安排使得李尔女儿们的故事叙述在主题上超越了性别政治的范畴，表现出更加复杂的纬度。（216）这也印证了研究者安娜玛丽亚·费边（Annamária Fábián）的观点：前写本构建或讲述过去事件的目的是为了影响和断裂"现在"，《李尔的女儿们》中对李尔女儿前史中事件和行为的构建，不可避免地会冲击到观众对莎剧《李尔王》的文化记忆，从而在莎剧的意义和存在上烙下抹不去的印记。① 在观看此剧的过程中，眼前莎剧人物的前史和观众们对莎剧的记忆必然在其脑中发生碰撞，从而打断围绕莎剧起源文本所形成的文化传统的积淀，引导观众重新审视莎剧，看到莎剧文本的偏见和局限，看到李尔女儿们何以成为莎剧原型人物的文化渊源。

**4. 来自《晚安，苔斯德蒙娜》的启示：制造"她者"的戏剧空间**

纵观《李尔的女儿们》——这部以集体叙述为核心策略的莎剧改写作品，我们可以看到，集体叙述不仅是剧中人物对自我历史的再书写，也是女性改写者在莎剧所代表的主流文化传统中对自我书写空间的开拓。关于这一点，加拿大剧作家麦克唐纳的作品《晚安，苔斯德蒙娜》对《李尔的女儿们》所代表的女性改写剧场表现出一种特殊的启示。

《晚安，苔斯德蒙娜》，又称《早安，朱丽叶》，于 1988 年在多伦多首演，获得了巨大成功。在这部剧中，主人公是康斯坦茨，一名年轻的女助理教授。在剧中，年轻的学者立意探究古斯塔夫神秘手稿的作者身份，她认为，传闻中的古斯塔夫手稿应该是《奥赛罗》和《罗密欧与朱丽叶》两部莎氏悲剧的起源文本。为了寻找那位神秘的作者、失踪

---

① Annamária Fábián, The "Unfinished Business": The Avoidance of *King Lear* by the Prequel *Lear's Daughters*, Trans. Oct. 2010. Web. 12 Aug. 2015. <http://trans.revues.org/399>

的弄人和她本人的身份，康斯坦茨如时空穿梭般地进入了这两部莎剧所在的时代。在《奥赛罗》的世界中，她成功阻止了伊阿古蛊惑奥赛罗杀死苔斯德蒙娜的这一关键情节，从而使故事的行为脱离了莎剧的轨道。但随后，她又为自己的干涉行为感到震惊，因为她觉得自己在毁掉一部文学杰作，把《奥赛罗》由悲剧变成了一出闹剧。绝望之中，她找到了苔斯德蒙娜，但却惊讶地发现，这位传统印象中的牺牲品并非像人们在莎剧中看到的那样柔弱，而是一个战争狂。在接下来的故事中，康斯坦茨又进入了《罗密欧与朱丽叶》的时代，成功阻止了墨古修和提伯尔特的决斗，从而也改写了这部莎氏爱情悲剧的叙述。就这样，在寻找失踪作者和弄人的过程中，她最后遇到了朱丽叶，一个完美的情人，并试图将苔斯德蒙娜和朱丽叶连在一起。但就像人们注意到的那样，康斯坦茨在苔斯德蒙娜和朱丽叶身上所看到的原型形象并非是现实性的，而是分别代表了不同的女性心理情结。

尤其重要的是，随着《奥赛罗》和《罗密欧与朱丽叶》在剧中交错在一起，康斯坦茨突然发现，她的探寻目标与其说是手稿作者，不如说是她自己："我就是'它'，我就是弄人。"[1] 正如林恩·布拉德利所指出的那样，在该剧中，康斯坦茨不仅仅是被寻找的客体，也是寻找的主体："弄人和作者是一，不是二。""她发现，她既是康斯坦茨，也是弄人、作者、苔斯德蒙娜和朱丽叶，是她们的合四为一。"[2]

阿兰·辛菲尔德曾写道："人们经常会谈到一个问题，那就是，我们为什么要不停地去修正莎士比亚？我们为什么不去写一个全新的剧作？"[3] 对此，辛菲尔德以空间理论的角度阐述了这一问题，他指出，任何创作都需要一种文化空间，一种可以承载其意义的语言和机构以及能解其意义的观众和读者。这一点在弗吉尼亚·伍尔芙（Virginia Woolf）的《一个自己的房间》（*A Room of One's Own*）中已得到充分的

---

[1] Ann-Marie MacDonald, *Goodnight Desdemona* (Toronto: Grove Press, 1998), p.87.
[2] Lynne Bradley, *Adapting King Lear for the Stage*, p. 217.
[3] Alan Sinfield, "Making space: appropriation and confrontation in recent British plays," in Grahm Holderness, ed., *The Shakespeare Myth* (Manchester: Manchester University Press, 1988), pp.122–139.

体现，但当代改写者的进步则在于，她们和众多男性剧作家一样明白了一个道理，要想获得这么一个创作的空间，就需要对现有的语言、文化存在及观众进行调整，前面提到的莎剧改写者马洛维奇是这样，女性剧作家们更是如此。

# III

## 莎氏遗风在战后英国戏剧中的演绎

# 第七章

# 哈罗德·品特：莎氏暴力主题在品特戏剧中的存在

> 格索："假若你能穿越时空，你最想去的地方是哪里？"
>
> 品特："伊丽莎白时代的伦敦将是一个无法抗拒的选择……我想见到韦伯斯特、图尔纳，当然还有莎士比亚，我有几个问题想要问他。……我们很难从莎士比亚的影子下挣脱出来，我年轻的时候曾多次饰演过莎剧中的人物。"
>
> ——哈罗德·品特

除了本书中主要论述的莎剧改写/再写作品，莎士比亚还以莎剧元素的形式存在于当代英国戏剧之中。在这一章中，我们将以哈罗德·品特为例，从"另一种形式的莎剧存在"这一角度对莎剧在战后英国戏剧的存在做出阐述。

2008年12月24日，哈罗德·品特去世，《卫报》（*The Guardian*）评论员埃斯特·阿德利（Esther Addley）在文章中这样引用英国剧作家大卫·海尔的话说："昨天，当我们提到英国当代最伟大的剧作家时,每一个人都知道他是谁,但今天我们却已不知,这就是我所能说的一切。"① 的确,不论贝克特的戏剧呈现出何种意义的浓缩,也不论奥斯本对英国舞台的贡献具有何种里程碑式的地位,品特作品诗一般的品质使他最终凌驾于所有同辈人之上。② 因为是品特永远地改变了人们对当代英国戏剧的期待。如瑞典文学院 2005 年给品特的诺贝尔文学授奖辞中所说:"品特使戏剧的基本元素得以恢复:一个封闭的空间,难以预知的对话,人物在这些对话中受到彼此的控制,一切虚伪土崩瓦解。"③

就品特研究而言,在过去的半个世纪里,关于他的著述在西方国家中早已是汗牛充栋,即便是在中国,自 2005 年之后,品特的名字在学术界也已是耳熟能详。西方学界从各个角度走进品特和他的戏剧世界,其中也不乏学者致力于影响力研究的课题。而就前辈作家对品特的影响的研究来说,学者们多将关注点集中于卡夫卡(Franz Kafka)、普鲁斯特(Marcel Proust)、贝克特、乔伊斯(James Joyce)等现当代大师对品特戏剧的影响。但就莎士比亚在品特戏剧中的存在元素,却是一块少有人涉足的领域。迄今为止,只有少数人在此方向上做过一些研究:如批评家弗兰西斯·吉伦(Francis Gillen)曾以品特的自传性小说《侏儒》(*The Dwarfs*, 1990)为基础,探讨过莎剧人物和叙述模式在品特"威胁喜剧"(Comedy of Menace)中的呈现;玛塞勒·卡利慈(Marcelle Calitz)则从语言游戏、人物关系、戏剧结构等多个角度,分析了莎剧对品特戏剧策略上的影响;瑞贝卡·卡梅伦(Rebecca Cameron)试图从语言学理论及"荒诞式语言游戏"的角度,分析莎剧在品特戏剧中的存在。事实上,正如品特传记的作者、著名剧评家迈克尔·比林顿所指出的那样,莎士比亚对品特的影响远非如此。用品特本人的话说,作为一名以饰演莎剧人物开始其戏剧生涯的剧作家,莎士比亚和他的戏剧主

---

① Esther Addley, "Theatrical world applauds life and art of our greatest modern playwright," *The Guardian*, 27 Dec. 2008, Web, 16 (March 2015). <https://www.theguardian.com/culture/2008/dec/27/harold-pinter-tributes-shakespeare-gambon>.

② Michael Billington, *The Life and Work of Harold Pinter* (London: Faber and Faber, 1996), p.391.

③ 见《品特:我一生都在做演员》。<http://epaper.dfdaily.com/dfzb/html/2008-12/27/content_104032.htm>.

宰并影响了他的一生。

如果说对卡夫卡和普鲁斯特的阅读形成了品特戏剧的记忆性话语，贝克特的影响促成了品特的荒诞派特征，那么莎士比亚对品特的影响则主要存在于主题与人物视角上。莎剧不仅对品特戏剧思想的形成产生了重要作用，其暴力人性的叙述更是渗透于品特戏剧创作的整个过程，不论是品特早期的"威胁喜剧"，还是中后期的政治剧，无不得益于莎士比亚对其创作思想的渗透，携带着莎剧在人性叙述上的痕迹。

**1. "愿我生活在伊丽莎白时代"——从莎剧演员到剧作家**

著名剧评家梅尔·格索（Mel Gussow）曾在一次访谈中问品特："假若你能穿越时空，你最愿意去的地方是哪里？"品特回答说："伊丽莎白时代的伦敦将是一个无法抗拒的选择……我想见到韦伯斯特、图尔纳，当然还有莎士比亚，我有几个问题想要问他。……我们很难从莎士比亚的影子下挣脱出来，我年轻的时候曾多次饰演过莎剧中的人物。"①

如品特所说，他的戏剧生涯开始于莎剧表演。提到早年的经历，品特多次回忆到他的中学老师乔·布雷利。当年，布雷利曾带着品特和其他几位学生多次到伦敦东区的剧院去看戏。第一次，在品特的人生中，莎士比亚和韦伯斯特等名字像星辰一般照亮了他的精神世界。在1947年和1948年，品特分别参加了由布雷利组织的《麦克白》和《罗密欧和朱丽叶》的演出，这是品特生平第一次参加戏剧演出的经历，为此他的父母还送给他一份特殊的礼物《莎士比亚戏剧集》。这些早期莎剧的经历对品特的撞击不仅是思想上的，也是艺术上的，它激发了品特对戏剧诗一般的激情。

事实上，和莎士比亚一样，品特在成为世人熟知的剧作家之前是一名演员。1951年，在皇家艺术学院短暂学习之后，品特开始了他的演员生涯。对此，品特回忆说："20岁之前我很少看戏，但20岁之后我却演了很多的戏。我用大卫·贝伦的艺名，在各地定期换演剧目的剧场中做了九年的演员。"②

---

① Mel Gussow, *Conversation with Pinter* (New York: Limelight Edtions, 1994), p.78.

② Harold Pinter, "Early acting experiences." <http://www.haroldpinter.org/acting/acting_forstage.shtml 2013-2-18>.

这一时期的舞台经历对品特后来的戏剧创作产生了不可估量的影响，其中，对品特影响最大的莫过于1951—1954年期间作为莎剧演员对戏剧的体验。在这四年当中，品特先后跟随艾纽·麦克马斯特剧团和唐纳德·沃尔菲特剧团在爱尔兰各地做巡回演出，这是两个以演莎剧而著称的剧团。正如麦克马斯特在招聘品特时答应的那样，品特在接下来的两年中饰演了大量莎剧人物，如《哈姆雷特》中的霍拉旭、《李尔王》里的爱德伽和爱德蒙、《奥赛罗》中的凯西奥和伊阿古、《威尼斯商人》中的巴萨尼奥、《驯悍记》中的霍坦西奥等。"我们学莎剧学得很快，也不得不如此，因为麦克的剧团只演莎剧和希腊悲剧。"[1] 后来，在跟随唐纳德·沃尔菲特演出期间，品特又饰演了《李尔王》中的骑士、《麦克白》中的杀手、《威尼斯商人》中的萨莱尼奥、《驯悍记》中的尼克拉斯等。多年之后，当谈起这段经历时，品特仍感叹不已："那些演出好极了，莎士比亚的悲剧被直白地呈现在观众的面前，而观众也非常直白地接受了它们。"[2] 这段演艺生涯无疑成为品特人生大学的一部分，莎剧的耳濡目染对后来品特的戏剧创作产生了重要的作用。

20世纪50年代无疑是品特戏剧思想形成的关键时期。在他跟随剧团巡回演出的近十年中，品特写了大量的诗歌和随笔，并开始创作他的小说《侏儒》[3]。在这部传记性小说和随笔"莎士比亚手记"（"A Note on Shakespeare"）中，品特记录了他对莎剧的独到把握和体悟。他在随笔中对莎士比亚做出了两点归纳：第一，莎士比亚不是一位传统意义上的道德性剧作家。因为他从不"用针线来缝补伤口或修饰创伤"，他所做的只是"裸露伤口"，以此向世人展现人性的现实。"通过作品，他让我们看到伤口如何打开、如何闭合……但决不会做出最终的决断。"第二，莎剧的诗学性在于，他总能透过自我创伤的镜子，看到具有普遍意义的社会现实：不论世人如何评价莎氏的伟大，"他最终属于一个神

---

[1] Robert Gordon, "Mind-Less Men," *Pinter at 70, A Casebook* (New York and London: Routledge, 2001), p.225.

[2] Mel Gussow, *Conversation with Pinter*, p.110.

[3] 《侏儒》是一部自传性的小说，该书被人们称为揭开品特式谜语的一把钥匙。这本早期作品以一种近乎刺眼的风格，涵盖了品特思想的诸多种子，这些种子在他后来的剧作里生根、发芽、开花和结果。

秘隐蔽的所在，在那里，只有一个人，那就是他自己。"[1] 从自我顿悟中走向世界和永恒——这不仅是品特对莎剧的把握，也是后来品特戏剧的特征之一。[2]

哈罗德·布鲁姆在《读诗的艺术》(The Art of Reading Poetry, 2005) 中写道："文学的思想依赖于文学记忆，在每一位作者那里，相认的戏剧都包含了与另一位作者或与自我的一个更早的版本相互和解的时刻。"[3] 借用布鲁姆的话，诗性的思考被诗与诗之间的联系所影响并融入具体的语境当中，即使是在品特那里也是如此。莎剧在品特戏剧中的存在既是一种延承，也是一种发展。在其戏剧创作中，品特沿着莎士比亚对暴力文化的原型叙述，将传统暴力主题置于当代西方社会的政治、意识和记忆的语境之中，不仅形成了品特式的"威胁喜剧"和政治剧风格，最终在《尘归尘》（Ashes to Ashes, 1996）这部后期作品中将暴力主题书写为一种"人类的故事"。

## 2. 社会性暴力——莎剧暴力叙述与品特式"威胁"主题

无论学者们如何界定"品特式的"（Pinteresque）一词，构成品特戏剧灵魂的无疑是其作品中那种撼人心魄的威胁感，以及被卷裹在各种威胁关系中的品特式人物，如《生日晚会》（The Birthday Party, 1958）中的戈尔德贝格和麦卡恩、《看房人》（The Caretaker, 1960）中的戴维斯和米克、《温室》（The Hothouse, 1989）中的特鲁、《送行酒》（One for the Way, 1983）中的尼克拉和《尘归尘》中的戴夫林等。他们粗暴，奸诈、阴险、残酷，但有时又让人对其萌生同情之意。不仅这些品特式的人物让人想到莎士比亚笔下的原型形象，品特剧中的"威胁"主题更

---

[1] Harold Pinter, "A Note on Shakespeare," *Various Voices Prose, Poetry, Politics, 1948–1998* (London: faber and faber, 1998), p.5.

[2] 埃斯林在《剧作家品特》这本书中写道："通过描述自我存在的伤痛，剧作家［品特］试图来实现与这个世界——它的神秘、苦难和无数的困惑——的契合。当他创作时，他心中那个隐藏的伤口、关闭的眼睛和对世界的感悟力仿佛一下子都被打开了。这就是为什么整个世界在那一瞬间都被包容了进去，伤口变成了世界，世界也成了那个伤口。"Martin Esslin, *Pinter the Playwright* (Methuen and London: A Methuen Paperback), p.270. 埃斯林对品特的评述几乎与品特对莎士比亚的评述如出一辙。

[3] 哈罗德·布鲁姆：《读诗的艺术》，王敖译，南京：南京大学出版社，2010年，第9页。

是表现出与莎剧中暴力叙述一脉相承的走向。

　　暴力主题是莎剧最重要的主题之一，它贯穿于莎士比亚戏剧的每一个阶段。从《理查三世》这样的历史剧，到《罗密欧与朱丽叶》《哈姆雷特》《李尔王》和《奥赛罗》等悲剧，甚至如《威尼斯商人》这样的喜剧，直到最后的《暴风雨》，每部莎剧都不乏暴力的故事和暴力的人物。

　　《理查三世》是莎士比亚最受欢迎的伟大作品。该剧塑造了莎剧中最著名的恶棍之一理查三世，一位驼背、跛脚、手臂萎缩的"篡位者"，一个内心与外表一样丑陋的杀人魔王。为了僭登王位，他谋杀，骗婚，屠戮亲族，无所不用其极。他谋杀了兄长爱德华四世，把他的两个小儿子（他的亲侄子）关在伦敦塔里害死；后又杀害了亨利六世，然后向他儿子的寡妇求婚并娶她为妻。就这样，他在被他杀害者的妻子和母亲们的咒骂和眼泪中走向权力，最终受到讨伐，结束了罪恶的生命。

　　在接下来的不少莎剧中，暴力之事与暴力之人均成为支撑剧情和人物脉络的龙骨。在《哈姆雷特》中，从一开始，阴谋、暴力、谋杀、复仇和恐怖便推动着整个故事，并最终以屠场般的惨状走向剧终。在该剧中，暴力以各种形象出现着。先是克劳狄斯将致命的毒汁滴进了兄长老哈姆雷特的耳朵，致其死亡。后来，王子又杀死了大臣波洛涅斯，由此引发雷欧提斯为父报仇。在最后一幕中，一把毒剑先是刺伤了哈姆雷特，接着又使雷欧提斯中剑身亡，最后哈姆雷特在死之前用毒剑刺死了国王。此外，还有王后误饮毒酒而死，奥菲利娅发疯落水而死，王子的两个同学糊里糊涂地在他乡被处死。事实上，暴力成为莎士比亚历史剧、悲剧，甚至喜剧中故事叙述的主驱动力。在《罗密欧与朱丽叶》中，暴力和杀戮几乎在主题上与爱情和青春占据着同样的分量。在《麦克白》中，麦克白在自己的城堡中杀死老国王邓肯之后，便踏上了一条充满杀戮和血腥的不归之路。在《李尔王》中，不仅三个女儿被杀，老李尔受尽磨难心碎而死，第三场第七幕更是著名的暴力场景。在这一场中，老葛罗斯特伯爵因悄悄帮助李尔王，在自己的家中惨遭挖眼酷刑。康华尔先是挖去他的一只眼睛，掷于地上，用脚踩踏，又在他痛苦的哀号中——"啊好惨！天啊！"——挖去他的另一只眼睛。这一幕是莎剧中最令人震惊的暴力场面之一。因为虽然在后期的莎剧中谋杀和阴谋频繁发生，但多在舞台以外，老葛罗斯特被挖去双目的一幕却被赤裸裸地呈现在观众的面前。

当然，在所有莎剧中，最血腥的剧作莫过于《泰特斯·安特洛尼克斯》一剧。关于这部作品，就像批评家 R.A. 福克斯（R. A. Foakes）指出的那样，虽然罗马史上有过一个泰特斯王，但由于该剧并非基于史实，而是基于类似历史的神话性古罗马时代，这就意味着莎士比亚可以不受任何时代的约束，自由地创作一个暴力的舞台。事实上，莎士比亚在这部剧中予以暴力文化一种只有在古史诗和奥维德作品中才能看到的想象空间。① 在剧中，先是罗马将军泰特斯以塔摩拉王后的长子为祭品来慰藉他在战场上死去的儿子，后是塔摩拉的两个儿子祈伦和狄米特律斯在森林中强奸泰特斯的女儿拉维尼亚，割其舌头，斩其双手，并嫁祸于泰特斯的儿子。在接下来的故事中，拉维尼亚成了所有杀戮场景的目击者：她目睹泰特斯为救两个儿子，让艾伦剁掉了自己的手，但儿子仍被杀掉。随后泰特斯大开杀戒，将塔摩拉王后的几个孩子先后杀死，并在割断祈伦和狄米特律斯的喉咙时，让拉维尼亚捧着一只碗来盛接流出的鲜血。该剧不仅充斥着其他剧中常见的残杀，更还有令人发指的食人筵席。毫不夸张地说，这部剧作可谓是人类暴力文化在莎士比亚戏剧中的最大呈现。

关于莎剧中醒目的暴力主题，不少学者将其追溯到莎士比亚的时代。在那一时期，暴力不仅是一种普遍的文化存在，更是一种社会性的心理欲望。事实上，莎剧中最暴力的几部作品在当时都备受欢迎。对于现代观众来讲，《泰特斯·安特洛尼克斯》在情节上几乎血腥和残暴到令人厌恶的地步，但在都铎王朝时的伦敦，该剧却颇受观众的青睐，是几家著名剧团争先上演的剧目。

其实，虽然莎士比亚时代的英国在思想、艺术和政治等方面处于文艺复兴的辉煌之中，但暴力却在当时的社会中无处不在。在各种恐怖事件当中，最著名的莫过于 1605 年的黑火药阴谋——十几位天主教信徒将 36 桶火药偷运到国会的地下室，以炸毁议会，杀死国王詹姆士一世，后因阴谋泄密被处以绞刑。在莎氏时代，每年会有约 370 个男女被处以

---

① R. A. Foakes, *Shakespeare and Violence* (Cambridge: Cambridge University Press, 2003), p.54.

绞刑。① 在当时的伦敦街头，时常能看到各种行刑、斗殴或是叛臣贼子的头颅被悬挂在泰晤士的桥头。

　　暴力不仅是一种司空见惯的社会现象，更是莎士比亚时代的一种文化特征。据批评家所述，从其文化起源上讲，英国的文化起源于两种文化的熏染——希腊罗马文化与圣经文化。根据荷马和维吉尔对特洛伊战争的记载，埃涅阿斯的侄子布鲁特斯离开罗马之后，横渡海峡建立了新特洛伊城，即"不列颠"，也就是伦敦。另一个文化源头则是圣经中该隐与亚伯的故事——该隐杀死了弟弟亚伯，成为第一个弑亲的凶手，也成了人类文明的奠基者。在这一基督文化的起源传说中，圣经故事中的人物以暴行开始了文明的历史，但同时该隐又通过他的儿子以诺，成了人类文明的创始者，因为是他建起了第一座城市。所以，早在该隐这位人类的代表者身上，就已显示出人性中存在的暴力和秩序的矛盾性双重冲动。莎士比亚时代中复仇悲剧的盛行，以及莎剧中普遍存在的暴力故事和人物，都与当时的社会文化密切相关，皆可谓是应运而生。它们反映了那个时代大众对暴力文化的心理渴求。事实上，并非只有莎士比亚着迷于对暴力行为的呈现，同时代的其他剧作家如约翰·韦伯斯特（John Webster），其在《马尔菲公爵夫人》（*The Duchess of Malfi*，1614）中对血腥暴力的舞台叙述比起莎剧更是有过之而无不及，剧中斐迪南公爵对其胞妹无所不为的精神和肉体折磨无疑是该隐与亚伯原型故事的一个翻版。但不论是莎氏，还是以复仇悲剧著称的韦伯斯特，他们在创作戏剧时，面对的均是当时的观众。剧作家之所以在戏剧中描写暴力，在一定程度上是因为大众渴望在舞台上看到仪式一样的戏剧暴力——看到处决罪犯、叛徒时的各种摧残和折磨以及鞭挞犯人时的酷刑。

　　在品特饰演莎剧的过程中，他对莎剧感触最深的也正是各种暴力叙述和暴力人物。回顾早年的演出经历，品特坦言，虽然他也曾饰演过哈姆雷特、霍拉旭、巴萨尼奥等角色，但他最擅长、演的最多的却是莎剧中的"恶人"和各种强悍之徒：如《麦克白》里的谋杀者、《奥赛罗》中的伊阿古等。用品特的话说，他喜欢饰演这些"邪恶之辈"，因为他可以以此"恐吓"观众。② 事实上，正如比林顿在传记中指出的那样，

---

① R. A. Foakes, *Shakespeare and Violence*, p.15.
② Mel Gussow, "Acting Pinter," *Pinter at 70, A Casebook*, p.259.

这些人物身上有一种让品特感到着迷的特质,即"威胁"的本能。莎剧中的暴力主题无疑影响到了品特后来的戏剧创作。① 提起当年的莎剧演出,品特一再讲起他与麦克马斯特一起表演过的《奥赛罗》中的一幕:

> 我仍记得我演伊阿古时所站的位置,那是我一生中最震撼的记忆。当时伊阿古正在试探奥赛罗,他说凯西奥与苔丝德蒙娜有奸情,但他说得稍过了点。我记得奥赛罗说:"跟她睡在一床?睡在她的身上?"当我(伊阿古)说:"是,跟她睡在一床,就像你那样。"这时,麦克马斯特突然转过身,用手掐着我的脖子,说道:"恶人,你必须证明我的爱人是一个淫妇。"他当时的手势是那样的让人难以置信,我至今还能感到他的手攥着我的喉咙时的感觉。②

品特对暴力人物角色的特殊兴趣一直延伸到了后来他在自己剧作中的表演。1960年,当《生日晚会》被拍成影视剧时,品特就亲自上阵,扮演了剧中被他称之为"杂种"的人物戈尔德贝格。1989年,品特又登台表演了《温室》中的一幕,当由他扮演的政治恶棍鲁特凶狠地对着助手的脸说"我是权威!"时,那一幕足以让人想到当年品特扮演伊阿古时的感觉。在同一年中,品特还参加了《送行酒》全剧的演出。在这部剧中,他一个人串演了刽子手尼克拉和受害者维克托两个相反的角色。数年后,当他再次登台表演他的后期代表作《尘归尘》时,他再次串演了刽子手(审讯者)和受害者(他的妻子)两个人物。③ 剧评家安妮-玛丽·库萨克(Anne-Marie Cusac)曾在1996年的一次采访中问品特,为什么他对暴力性的恶人怀有如此强烈的兴趣,品特的回答是:"我对有些人物,那些从骨子里我深恶痛绝的人物,的确怀有一种可怕的兴趣。……[因为]我想寻找真相,想弄清他们到底是什么样的人。……不久我将扮演《送行酒》中尼克拉这一角色,尽管我从心里憎恨这个人物,但作为一名演员,我非常喜欢这一角色。他是一个刽子手,我会充

---

① "Pinter at the BBC", BBC — BBC Four — Ask Michael Billington — Influence. Web. 27 Oct. 2015. <http://www.bbc.co.uk/bbcfour/pinter/influence.shtml>.

② Mel Gussow, *Conversation with Pinter*, p.110.

③ Mel Gussow, "Acting Pinter," p.260.

分享受这个过程,将他那可怕的人格演示在观众们的面前。"①

20世纪的50年代是品特戏剧思想形成的关键时期,在表演莎剧的过程中,品特无疑看到了战后英国社会中暴力行为的某种缩影。事实上,品特生活的时代与莎士比亚的时代很相似,也充满了暴力。品特曾告诉评论家斯蒂文·格兰特(Steven Grant),他的作品中之所以充满暴力和莫名的"威胁",那是因为"不仅战争[第二次世界大战]本身是暴力的,事实上我们所成长的环境也充满了暴力"。②在1996年的另一次采访中,品特对此做出了进一步的阐释:"每个人都会遇到这样或那样的暴力,我确实也碰上过相当极端的暴力现象。第二次世界大战刚刚过后,法西斯分子在东部地区死灰复燃。那一阵子里,我真是打了不少的架。那时只要你看起来稍微有点像犹太人,就会遇到麻烦。有时,我会到一个犹太俱乐部,就在一个很老的铁路拱门旁,在我们常走过的一个小巷里,经常会有很多人等在那儿,手里拿着碎牛奶瓶……"③正如品特在采访中提到的那样,不仅第二次世界大战后的英国充满了暴力的事和暴力的人,品特本人也经历过很多暴力的冲突。他在访谈中就曾多次提及1957年他在伦敦的一个酒吧里与一个衣着体面、素昧平生的人打架的事件。因为那人说了一句"最糟糕的是,希特勒干的还不够",品特回忆说,"我一拳便打了下去,一瞬间,他脸色惨白,我至今记忆犹新"④。对于那个年代,品特早年的一位挚友亨利·沃尔夫(Henry Woolf)也回忆说:"我们那时真的生活在一个丑陋的时代里。……再加上我们又年轻气盛,暴力便成了生活中的家常便饭,所有这些在品特的意识里一直是无法接受的梗刺。"⑤因此,1996年在接受采访时,品特说道:"从

---

① Anne-Marie Cusac, "Harold Pinter: The Progressive Interview," Mar. 2001. Web. 31 Jan. 2014. <http://www.progressive.org/intv0301.html>.

② Steve Grant interviewing Harold Pinter, "Pinter: my plays, my polemics, my pad," *The Independent* 20 Sep. (1993): 13. 此处提到的奥斯沃尔德·莫塞莱是当时英国的一个极右法西斯分子。

③ Harold Pinter, interviewed by Lawrence M Bensky, in "Harold Pinter," *Theatre at Work*, eds. Charles Marowitz and Simon Trussler (London: Methuen & Co Ltd, 1967), p.106.

④ Barry Davis, "The 22 from Hackney to Chelsea, A Conversation with Harold Pinter," pp.10–11.

⑤ Alan Frank, "After the Silence: The New Pinter," *The Times* 19 October (1991): 6.

一开始，暴力就经常出现在我的剧中"，因为"我们本就生活在一个充满暴力的世界"。① 这在一定程度上解释了为什么身为演员的品特会对莎剧中的暴力人物着迷的原因，因为他在他们身上看到了当时英国社会的缩影："在战争期间和过后的那些日子里，人们有一种要发泄的感觉……由于那些众所周知的原因，形势变得越来越沉闷，世界让人感到迷茫和琢磨不透，人们也因此变得更加好斗和恐惧。"②

事实上，就像在莎剧中那样，从第一部剧作《房间》（*The Room*, 1957）开始，贯通品特创作的一个核心主题就是暴力、威胁和恐怖。但品特对暴力的表现却不同于莎士比亚。在莎剧中，除了战争、谋杀、强暴，还不乏砍头、斩手、挖目、割舌、血流如河，如在《麦克白》的开始，军曹向国王邓肯报告麦克白杀死麦克唐华德的情景时说："[他]挺剑从他的肚脐上刺进去，把他的胸膛划破，一直划到下巴上；他的头已经割下来挂在我们的城楼上了。"（第一幕二场）③ 在品特剧中，很少看到莎剧中普遍存在的血腥场面，更多时候观众在品特剧中感受到的是一种无名的威胁和恐惧。就像瑞典文学院在品特授奖词中所说，品特的戏剧"揭示出隐藏在日常闲谈之下的危机，并强行打开了被压抑的封闭现实"。④

在被称之为"威胁喜剧"的早期剧作如《房间》《生日晚会》和《升降机》中，品特似乎有意模糊了"威胁"的来源，观众只知道一只社会的黑手伸上了舞台，扼死了被恐惧笼罩的受害者。这些剧作之所以被称为"威胁喜剧"，就是因为剧中充斥着一种令人窒息的威胁和恐惧气氛。比如，在《生日晚会》中，两个神秘人物戈尔德贝格和麦卡恩突然来到一家海滨旅馆，为那里唯一的一位客人斯坦利举行了一场生日晚会。虽然我们无从知道他们的身份以及斯坦利此前的历史，但很显然这两人是受命而来，抓回"叛徒"。那场生日晚会既像是一个神秘的"仪式"，又像是一场审问。在这部剧中，虽然舞台上偶尔会出现瞬间的身体暴力，

---

① Harold Pinter, *Various Voices Prose, Poetry, Politics, 1948–1998*, p.60.
② Ibid., p.115.
③ 威廉·莎士比亚：《莎士比亚喜剧悲剧集》，朱生豪译，南京：译林出版社，2010年，第589页。
④ "The Nobel Prize in Literature 2005." nobelprize.org. 13 October 2005. Web. 14 Oct. 2015. <http://www.haroldpinter.org/acting/acting_forstage2.shtml>.

但更多的时候，较量则主要通过三人的对话进行着。戈尔德贝格和麦卡恩与斯坦利的对白成了一场可怕的拷问。他们用谜一样的话语对斯坦利轮番轰炸，简短的对白时而像无形的刑具，时而又如机枪一般地射向斯坦利内心某个隐秘的所在：

  戈尔德贝格：你上周穿的是什么衣服，韦伯？你把你的西服放哪儿了？
  麦卡恩：你为什么要离开你的组织？
    ……
  戈尔德贝格：你对妻子都干了些什么？
  麦卡恩：他杀了他的妻子！
  戈尔德贝格：你为什么杀了你的妻子？
  斯坦利：（*坐在那儿，背对着观众。*）什么妻子？
    ……
  戈尔德贝格：你的老妈妈在哪儿？
  麦卡恩：在疗养院。
  斯坦利：是！
  戈尔德贝格：你为什么一直不结婚？
    ……
  戈尔德贝格：你没觉得某种外来的力量一直在为你负责，为你而受罪？
  斯坦利：晚了！
  戈尔德贝格：晚了！太晚了！你上次祈祷是什么时候？
  麦卡恩：他出汗了！①

在这段谜一样的对白中，面对戈尔德贝格和麦卡恩充满暗语的问话，斯坦利仿佛成了一个被绑上刑台、遭受鞭挞的囚犯。他们不仅给斯坦利取了一个新名字，而且对白中"你上周穿的是什么衣服""他杀了他的妻子！""你为什么一直不结婚？""你上次祈祷是什么时候？"以及

---

① Harold Pinter, *The Birthday Party* (London and Boston: Faber and Faber, 1993), pp.49–50. 以下出自同一剧本的引文页码随文注出。

"你的老妈妈在哪儿？"都带有一种审判和谴责的含义。它们无不在暗示着他在过去的某个时候曾经属于过一个"家庭"，但后来却背叛了它。通过"妈妈""妻子""祈祷"这样的字眼，戈尔德贝格和麦卡恩不仅暗示了那个组织所要求的忠诚，也强调了它的道德权威。难怪听着他们的对话斯坦利会浑身冷汗，对方的问话就像是一声声炸雷，在宣判着他的死刑。直到最后，他们喊道："你背叛了我们的土地！背叛了我们的面包！你死了！犹大！"（52）面对这一切，生日晚会上的鼓声仿佛是斯坦利绷紧的神经，黑暗中被他踩破的鼓皮预示着他精神上的崩溃。在"生日晚会"上，片刻的黑暗之后，灯光再起，照着斯坦利因恐惧而变得狰狞的脸。在那天晚上，就在"生日晚会"之后，斯坦利经历了一场真正的审讯。虽然没人知道到底发生了什么，但通过两个杀手次日早上的对话，观众能隐隐感到其地狱般的残酷。当斯坦利最终出现在人们的面前时，他已经是一个"新人"。经过一个晚上的审讯，他已失去了说话的能力，只能从喉咙里发出狗一样的呜咽。透过斯坦利在一夜之间发生的巨变，本剧将"威胁"活生生地展现在舞台之上。这种"威胁"给观众带来的心理恐惧不亚于莎剧《泰特斯·安特洛尼克斯》中的杀戮。用罗伯特·戈登（Robert Gordon）的话说，品特戏剧带给我们的情感上的震撼与莎氏悲剧给我们的一样强烈。①

如果"威胁喜剧"所表现的主要是神秘暴力带给人物的威胁感，那么品特80年代后的政治剧，如《温室》《送行酒》《晚会时刻》《尘归尘》等，所呈现的则是当代政治中的暴虐、摧残和折磨。《温室》一剧初稿写于1958年，直到1989年才成稿并上演。该剧讲述的是发生在一个既像精神病院又像监狱里的如噩梦般的故事。被关在里面的"病人"只有囚号，没有名字，他们被强奸、被电刑和被杀害。而《晚会时分》所讲述的则是发生在一个俱乐部似的房间里的故事。一群踌躇满志的男人一边悠闲地聊着天，享用着上等的红酒，一边用特殊的话语谈论着政治："我还是个小孩子时，在理发馆里……他们总将一把热毛巾捂在你的脸上，盖在你的鼻子和眼睛上。人们曾经千万次地这么做过，它能拔掉所有的黑头，除掉脸上毛孔里的黑头。"（283）直到后来，观众才知道，这段话中的"热毛巾""拔去黑头"等都是他们谈论政治时密码性的话

---

① Robert Gordon, "Mind-Less Men," *Pinter at 70, A Casebook*, p.212.

语。他们就这样喝着红酒，高谈阔论着，而与此同时，街上正在进行着一场由他们操纵的搜捕和血腥镇压。

这一时期最具代表性的作品是《送行酒》。关于这部剧作，品特说，它和《生日晚会》讲述的其实是同样的故事。在该剧中，警察头子尼克拉在办公室里一边温文尔雅地与"犯人"维克托聊着文明、上帝和威士忌，一边完成了对维克托一家三口毛骨悚然的审讯。为了摧毁维克托的意志，尼克拉让手下轮奸了他的妻子吉拉，杀害了他的儿子尼齐。就像在《生日晚会》中一样，虽然舞台上看不到任何血腥，但可怕的恐怖和威胁却弥漫着整个剧情。

  （尼克拉坐着。吉拉站着，伤痕累累，衣服被撕得破烂。）
  ……
尼克拉：……告诉我，你这是在哪里？是在一个医院里吗？
  （停顿。）
  你觉得我们楼上待着的是一群修女吗？
  （停顿。）
  楼上有什么？
吉 拉：没有修女。
尼克拉：有什么？
吉 拉：男人。
尼克拉：他们强奸了你吗？
  （她盯着他。）
  多少次？
  （停顿。）
  你被强奸了多少次？
  （停顿。）
  多少次？
  （他站起身来，走到她面前，举起了手指。）
  这是我的大拇指，这是我的小拇指。看着它，我在你的面前晃动，就像这样。你被强奸了多少次？

吉拉：我不知道。①

品特剧中的这种暴力虽没有莎剧中理查三世手上的鲜血，但尼克拉在剧中一边问着"你爱你的父亲还是你母亲？""你是什么时候遇到你丈夫的？""你怎么敢和我提起你的父亲？我爱他，就像爱我自己父亲一样"，一边却用"皮靴""手指"和强奸这种龌龊的手段对维克托一家三口极尽人格上的凌辱和精神上的折磨。它给观众内心带来的，是一种比莎剧中血腥杀戮更加可怕的恐怖和震撼。2001年，当品特在纽约新大使剧院亲自饰演尼克拉这一角色时，其表演是那么刻骨入木，剧评家比林顿观看完该演出后在剧评中写道：品特虽被广为称赞，真该有人来写写作为演员的品特，看着他在剧中扮演的那个邪恶的审讯者，我不由得想到，他真是一个经典的"恶棍"演员，"真该让他去扮演一次理查三世。"②

所以，比起莎剧，品特式的暴力叙述无疑是一种20世纪式的对人类威胁和恐惧的呈现。不论是在早期的威胁喜剧中，还是后期的政治剧，品特戏剧强调的都是一种普遍存在的威胁和残暴。就像戏剧教授多米尼克·谢拉德（Dominic Shellard）指出的那样，品特所要表现的不是那种氢弹爆炸所带给人们的外在"威胁感"，而是一种不可言状的、震撼人类灵魂的威胁，用谢拉德的话说："品特先生把握到了人类存在的根本实质，不错，我们每个人其实都生活在灾难的边沿。"③

### 3. 暴力人性——从"威胁喜剧"到"人类的故事"

从品特早期"威胁喜剧"《生日晚会》中的戈尔德贝格和麦卡恩、《温室》的警察头子鲁特、到中后期政治剧《送行酒》中的政治恶棍尼克拉、直到《尘归尘》中的戴夫林，通过对暴力、威胁、恐惧故事的叙述，品特塑造了一系列堪与莎剧"强悍"人物"媲美"的"恶棍"形象——他们虽没有莎剧人物的血腥，却无不是暴力和威胁的高手。但品特对莎

---

① Harold Pinter, *Harold Pinter: Plays Four* (London: Faber and Faber, 1993), pp.223–243. 以下出自同一剧本的引文页码随文注出。

② "Acting for the stage," <http://www.haroldpinter.org/acting/acting_forstage2.shtml>.

③ Dominic Shellard, *British Theatre since the War* (New Haven: Yale University Press, 1999), p.93.

剧暴力主题的继承和发展不仅体现在对社会性暴力行为的叙事上，更还反映在对暴力人性的深层探讨上。这些品特式的人物不仅携带着莎剧人物的暴虐，更还带着后者在暴力心理层面上的复杂性。因此，品特对暴力主题和人物的叙述像在莎剧中一样，具有很强的双重性：从50年代到90年代，品特一直沿着莎士比亚的足迹，在叙述各种社会暴力故事的同时，也在探究暴力人物身上所折射出的人类内心乃至人性的现实，并最终在政治剧《尘归尘》中透过人类对第二次世界大战的集体意识，将暴力书写为一个人类的故事。

品特曾在自传性小说《侏儒》中，通过三位像他一样的年轻人彼得、马克和莱恩之口，围绕着"什么是莎士比亚？"展开过一场精彩的品特式辩论。在此辩论中，彼得和马克用一句话概括了他们对莎剧的把握——"莎士比亚是一位非道德性的诗人。"因为他们发现，在莎剧中，善与恶既是一种社会范畴，也是一种人性状态；在心理层面上，善人与恶人之间有时似乎没有质的界限：

　　……奥赛罗、麦克白和李尔王，这些都是因其大善大德的过激而沦为悲剧式人物。……奥赛罗的问题是过分的爱变成了嫉妒和谋杀，李尔王则因过度的宽宏大量而导致了天崩地裂，麦克白的问题是太在意他的妻子。总之，其通病都是拒绝面对人性的局限。在他们那里，情感与现实出现了严重的偏差，他们所做的无不是今天便支取着明天的生计。……当他们本应该根据各自的信仰而不是念头行为时，却发现了力所不能——结果是，面对社会正义标准的评判，他们的一切行为变成了错误。但与此同时，他们却又是对的——依照我们对他们的尊敬和同情，他们的行为又具有某种正确性。不过，这种衡量他们正确性的眼光绝非是社会性的道德标准。①

在这里，与其说是书中人物彼得不如说是品特本人在就莎士比亚和传统意义上的道德人性在发表评论。如彼得指出，我们之所以同情莎剧中的这几位人物，并非是因为他们的悲剧性，而是因为在"他们身上有着某

---

① Harold Pinter, *The Dwarfs* (London: Faber and Faber, 1990), p. 133. 以下出自同一剧本的引文页码随文注出。

种不受社会行为责任约束的品质",这使得他们成为超越传统道德的人类个体。

从其小说人物对莎剧非道德性的探讨中,我们可以看出,品特在莎剧人物身上看到的是一些在社会体系以外的因果关系作用下的自然过程。莎剧人物之所以从社会体系里堕落下来,是因为他们缺少了一种被社会称之为"美德"的东西。这便是品特对莎剧的归纳和体会:莎士比亚在叙述社会性暴力的同时,却拒绝对其暴力人物做出传统道德上的评判。但品特认为,正是莎氏的这种非道德性成就了他的伟大与永恒:"如果莎士比亚也如他人那样,对人物做出道德的判定,那么他终将会和他人一样遭遇破产的命运。莎氏的伟大就在于,他拒绝用任何社会性的标尺来丈量人类和个体,拒绝以行为的结果作为评判人物的标签。"(133)而这一点——"拒绝用抽象的道德来归纳不妥协的人类个体"——也正是品特戏剧的特征,是品特对莎剧的最大吸纳。在私下里,品特自己也承认,有时推动其戏剧人物的与其说是道德的权重,不如说是人性的本能。这也是为什么品特会说:"我对我的人物没有好恶之分,因为我对他们每一个人都既爱又恨。"①

正如品特在《莎士比亚手记》中所说,莎士比亚拒绝对其人物做出传统性的评判,即便是对理查三世和克劳狄斯这样的恶人也是一样。在《理查三世》中,莎士比亚在展现理查三世残杀亲族、践踏人伦的同时,还通过细微的心理描写,成功地刻画了这位暴君的复杂人格。他虽是一个舞台恶棍,但却不乏机敏与魅力。他能以超凡的才智和勇气使所有人物黯然失色,从而成为舞台的主宰。莎氏笔下的理查三世无疑是一个天才的演员,尤其是当他装出一副虔诚温顺的样子时,他甚至有能力让观众成为其阴谋的帮凶。其复杂的形象几乎使该剧在一定程度上接近于一出悲剧。尤其是当理查三世在第五幕第四场中做困兽犹斗时发出的名句:"一匹马,一匹马,我用王冠换一匹马",更是令人震撼。在不少学者看来,这位一代奸雄是莎士比亚后来所有戏剧人物——不论是恶棍(如伊阿古),还是英雄(如麦克白)——的模板,其醒目而复杂的暴君脸谱留给后世无穷的解读空间。

几百年来,人们在研究莎剧暴力主题时,总是从莎氏所在的社会和

---

① Michael Billington, *The Life and Work of Harold Pinter*, p.63.

时代出发，将莎剧暴力解读为对各种社会因素的呈现，认为暴力是父权社会为维护其政治和意识形态结构的必要条件，因而忽视了莎士比亚在暴力人性方面的深层探讨。事实上，像莎剧中的其它主题一样，莎剧对暴力行为的叙述是一种复杂而多维度的构建。如 R. A. 福克斯在书中指出的那样，莎士比亚对暴力的叙述不仅仅是社会性的，更多时候还是一种原始的冲动。虽然就暴力的形式而言，它会随时代和科技的发展而不同，但人类对暴力的冲动却是根植于人类心理深处的人性驱动。在福克斯看来，随着莎士比亚在多部作品中对暴力叙述的推进，他对暴力现象之下的人性问题的呈现和探讨变得日渐复杂。在复仇悲剧盛行的莎氏时代，莎士比亚关注的并非是复仇和与其相关的责任、正义等问题，而是引发复仇的暴力源头，尤其是那些具有人类原始冲动性质的暴力行为。R. A. 福克斯将这种暴力称为"原始冲动性暴力"，即没有足够动机驱动的、在无意识的状态下爆发的暴力，或是在其爆发的一瞬间似乎毫无缘由、只是后来人们人为地对其做出解释的暴力。比如说，多少年来，人们一直在关注哈姆雷特的忧郁和在复仇过程中的犹豫，但很少有人来注意其暴力性的一面：当他面对克劳狄斯时，因纠结于"复仇"道德而无法下手，但后来却在没有道德防范的瞬间刺死了藏在帷幕之后的大臣。这一暴力事件之后，哈姆雷特似乎获得了一种自我性格的解脱。因为此后当他再次面对谋杀的阴谋时，他已变得毫不犹豫，他在船上改写了国王的书写内容，把两个无辜的人送上了死路。又如在《李尔王》中，人们一直在探讨发生在李尔及其女儿身上的暴力行为，却忽视了剧中挖去老葛罗斯特伯爵双目这一残暴事件所隐含的问题。几百年来，人们在上演此剧时要么略去这一血腥的场面，要么让它发生在舞台以外，但从剧本上讲，莎士比亚要观众面对的其实正是这种行为的可怕性：它不仅残忍之极，尤其重要的是，与其他暴力行为相比，这是一次缺少动机驱动的暴力行为。从剧情上讲，康华尔公爵和里甘已从埃德蒙那里获得了所有真相，他们已无须通过折磨葛罗斯特来获得有用的信息，所以，他们对葛罗斯特的残暴完全是源于人性中的暴力冲动。除了这些，莎士比亚在作品中还将人们的视线引入到其它一些暴力人性的深层问题，比如，伊阿古身上那种无法解释的邪恶欲望。伊阿古所体现出的人性问题似乎困惑了当时的不少剧作家，如韦伯斯特在《马尔菲公爵夫人》中呈现斐迪南公爵对其胞妹的非人性的折磨时，他在满足伊丽莎白时代观众对血腥场面的文化需求的同时，也反映了剧作家对剧中人物魔鬼般内心世界的困惑。①

　　当品特在小说中指出，莎士比亚的伟大在于他拒绝以任何社会性的标尺来丈量人类和个体时——这一评判表明，品特无疑获得了莎剧的精髓。在品特看来，人类暴力行为是一种复杂的构建。作为社会性的行为，暴力是一种社会行为和文化构建，但作为心理状态，暴力又是人类本性中的原始冲动的体现。戏剧人物身上所反映出的魔鬼中有人性，人性中夹杂着魔鬼的这种人类人格的复杂性既是莎剧的伟大所在，也是品特戏剧的特征之一。

　　对暴力和威胁的多重叙述是莎剧对品特作品的最大影响之一。曾经执导了几乎所有品特舞台剧首演的当代英国优秀戏剧导演彼得·霍尔说过："品特写作的内容——那种无法名状的威胁感、那种在有限的空间里人与人之间的冲突——在四十五年以来几乎没变过。这种争斗有时是地域性的，有时则是人们潜意识层面上的。"②另一位评论家斯蒂文·盖尔（Steven H. Gale）也指出，品特的戏剧不仅使人们意识到了渗透于世界各个角落的威胁，其更深刻的目的是向观众展示了这些威胁的根源——人类威胁不是来自外在，而是来自人类个体本身，是来自人物心理最深处的弗兰肯斯坦。③

　　不论是《生日晚会》，还是《送行酒》和后来的《尘归尘》，引发品特创作这些作品的主题驱动均源于他对暴力心理的兴趣。就像莎剧向各种暴力人物身后的人性问题投以极大的关注一样，据品特本人所说，自第二次世界大战以后，他的脑中一直萦绕着大屠杀、集中营、盖世太保等事件留下的恐怖。《生日晚会》中两位神秘杀手来到旅馆、将斯坦利带走的故事就来自于他对盖世太保时期的记忆："我想，如果两个人来敲他的门，那会发生什么？"④

　　事实上，关于暴力这一社会现象，品特在创作戏剧的近半个世纪里，一直困惑于两个与第二次世界大战相关的当代问题：（1）到底是

---

① R. A. Foakes, *Shakespeare and Violence*, pp.15–16.

② Peter Hall, "Directing the Plays of Harold Pinter," *The Cambridge Companion to Harold Pinter*, ed. Peter Raby (Cambridge: Cambridge University Press, 2001), p.145.

③ Steven E. Gale, "Harold Pinter," in *British Playwrights, 1956–1995* (London: Greenwood Press, 1996), p.316.

④ Mel Gussow, *Conversation with Pinter*, p.71.

什么原因使德国这么一个有着高度文明的民族跟着希特勒的疯狂走向罪恶的深渊？（2）为什么在一些德国纳粹分子的人格上会表现出那样令人震惊的矛盾性？在访谈中，品特曾多次说道："大屠杀是人类有史以来最可怕的灾难……我们永远都别想真正弄清德国人对自己行为罪疚的程度。"① 想着大屠杀，品特一直不得其解的是："刽子手们那么精确地计算，刻意地策划，详细地记录着整个事件，他们精密地核算每天要屠杀的人数……最可怕的是，当时那么多的人参与了此事，或了解此事。丹尼尔·格德哈根在他的《希特勒的执行手们》一书里写到，其实大多数的德国人心里都很明白发生在他们周围的事情。"② 在这里，令品特震惊的是整个德国民族在第二次世界大战中所表现出的文明与残暴的强烈反差。为此，品特曾多次谈到德国建筑师阿尔伯特·斯皮尔和哲学家海德格尔。品特感到不解的是，为什么像海德格尔这样一位声名卓著的思想家会成为一位纳粹分子？此外还有阿尔伯特·斯皮尔，他曾经是希特勒的供需部长，为纳粹德国组织和管理奴隶工厂，但品特无法理解的是："他却是一个很有教养的人，当他视察那些工厂时，他被眼前的惨景惊骇了。"③ 所以，品特在1996年的一次访谈中说道："刽子手们也喜爱音乐，对自己的孩子也会父爱有加，这在20世纪历史中早已是时有所闻。对于这一当代社会和政治生活中的复杂现象，我深感迷茫，一直在苦苦寻觅一个答案。"④ 也正是从对阿尔伯特·斯皮尔的记忆中，品特获得了《尘归尘》中地上满是粪便的工厂，以及纳粹分子从三棱钩头钉上捡起孩子的尸体、扔到窗外的视觉意象。正是这种对迫害心理的兴趣使品特热衷于在舞台上扮演各种反面角色——通过扮演他们，他试图揣摩这些权力狂人和刽子手们的内心世界。

品特对迫害和暴力心理的兴趣在他的创作生涯中几乎发展为一种执着的"德国情结"。不论是早期的"威胁喜剧"，还是后来的"政治剧"，它们的核心主题之一就是展示纳粹式刽子手们施暴时的心理，以及受害者们面对威胁时的恐惧。从《生日晚会》中的戈尔德伯格，到《送行酒》

---

① Harold Pinter, *Various Voices, Prose, Poetry, Politics, 1948–1998*, pp.15–16.
② Ibid., p.65.
③ Michael Billington, *The Life and Work of Harold Pinter*, pp.374–375.
④ Harold Pinter, *Various Voices Prose, Poetry, Politics, 1948–1998*, p.62.

里的尼克拉,再到后来《尘归尘》中的德夫林,品特一直在演绎着各种当代暴力与迫害者的故事。

在所有这些剧中,品特的着眼点不仅仅是受害者所承受的威胁和恐怖,更还有迫害者分裂性的人格。关于《送行酒》中的尼克拉,品特曾在访谈里这样说道:"我终于可以在这部剧中探索这种人物的内心世界了。他是一个审讯者、虐待者和组织的头目,但同时他却又是一个有信仰的人。……为了他所认为的'正义'事业,他可以毫不犹豫地将一个人置于各种恐怖和屈辱之中。"① 在品特眼中,不论是早期剧作中的戈尔德伯格和麦卡恩,还是该剧中的尼克拉,他们都是深陷于某种人性的矛盾中而无法自拔的人。所以,品特说:"尼克拉并非是我们在间谍影片中常常看到的那种施虐狂,他对家庭、国家和宗教也有自己的信仰。事实上,本剧最可怕的讽刺就是,尼克拉正是以社会价值的名义在毁掉个体和家庭。本剧给人留下深刻印象的是,像尼克拉这么一个大权在握的人,他在内心深处却比那些被迫害的人还要缺乏安全感,更渴望对方的肯定。"② 当他在剧中强调上帝如何通过他的嘴在说话,当他吹嘘自己能欣赏"树木、蔚蓝的天空、盛开的花"时,他的目的就是为了索取一个他期待已久的回答:"真诚地告诉我……你现在是否开始有点爱上我了?"(231)如品特所说,在《送行酒》里,尼克拉在折磨维克托的同时,其实也在不由自主地被对方所吸引:"他们告诉我,你有一栋漂亮的房子,房里有很多很多的书。不过,我听说,我的那帮家伙们把它们踢得到处都是,还在地毯上拉屎……你儿子还好吗?……我想,他就在二楼的某个地方。"(223—228)在品特看来,当尼克拉迫害别人时,他实际上是在无意识地残害着另一个无望得到的"自我"——在他眼里,拥有家、思想和意志的维克托代表了他生活中所有的"残缺"。用品特的话说,"就尼克拉而言,他的全部存在都依赖于那个叫作'国家'的代用家庭,除了身上的那种政治职能,他的生命早已是一具空壳。"③

所以,就像莎剧中的理查三世等恶棍一样,品特想要在尼克拉身上探索的不仅仅是社会性暴力,还有他的人性现实。在莎剧中,理查三世

---

① Michael Billington, *The Life and Work of Harold Pinter*, p.294.
② Ibid.
③ Ibid., p.295.

的可怕性就在于，尽管他畸形陋相，集欲望、奸淫、阴谋、杀戮与野心为一身，将兄弟、侄儿六个王位继承人变成了他的刀下之鬼，但当他对着台下的观众独白他的心声时，我们却看到了另一个他：

> 我既被卸除了一切匀称的身段模样，欺人的造物者又骗去了我的仪容，使得我残缺不全，不等我生长成形，便把我抛进这喘息的人间，加上我如此跛跛蹎蹎，满叫人看不入眼，甚至路旁的狗儿见我停下，也要狂吠几声；说实话，我在这软绵绵的歌舞升平的年代，却找不到半点赏心乐事以消磨岁月，无非背着阳光窥看自己的阴影，口中念念有词，埋怨我这废体残形。①

他的谄媚机智不仅赢得了安夫人的心——"我这个杀死了她丈夫和他父王的人，要在她极度悲愤之余娶过她来"[第二场]——也一次次使观众的同情坠入他巧言令色的彀中，成为他机敏阴毒、心底计谋的帮凶。与这位"背着阳光窥看自己的阴影，口中念念有词，埋怨我这废体残形"的理查三世相比，品特笔下的尼克拉无疑是品特 40 年来"德国情结"及当代暴力问题的一个产物。他对尼克拉的呈现表现出莎剧在人物塑造上的多重性构建特征——尼克拉是一个权力社会中的人，但他更是一个人性意义上的人。从社会的角度出发，他是一个摧残同类的刽子手，但在心理层面上，他又是人类暴力人性的体现。从这一角度出发，我们甚至可以说,品特剧中似乎没有真的恶棍,因为不论那些恶棍式的人物——如尼克拉、戈尔德伯格、鲁博和麦卡恩——在行为上是多么的残暴，在品特眼里，他们都不过是人格上被扭曲了的"人"。

事实上，品特对人物内心现实的探索不仅仅停留在像尼克拉这样的反面人物身上，也包括了剧中的受害者，即所有那些被陷入政治迫害的人们。如不少批评家注意到的那样，不论是"威胁喜剧"还是后期的政治剧，品特笔下的受害者与迫害者在心理上都表现出一定的重叠性。如《升降机》中的本和格斯，《生日晚会》中的斯坦利与戈尔德贝格和麦卡恩之间，而在《送行酒》中，用佩内洛普·普雷提斯（Penelope

---

① 《理查三世》[第一幕第一场]，译文来自 <http://book.bixueke.com/Shakespeare/lichasanshi/2.html>。

Prentice)的话说,"就连迫害者尼克拉和受害者尼奇在名字上都是一样的,这种名字上的重复似乎暗示着,假如换一种环境,他们的角色也许会完全颠倒过来"。①

而这种暴力在人性上的普遍性也同样见于莎剧中。R. A. 福克斯在书中提出,随着莎士比亚在戏剧创作中对暴力主题的推进,他也越来越关注暴力的本质,尤其是那种缺少明显动因的自发性暴力行为的本质。在莎剧中,卷入暴力关系的不仅有理查三世、伊阿古、克劳狄斯、麦克白、康华尔,更还有罗密欧、爱德伽、布鲁特斯和哈姆雷特等。R. A. 福克斯在研究莎剧时发现,莎士比亚戏剧从早期历史剧(如《亨利四世》《理查三世》)直到《暴风雨》,其暴力主题中一直演绎着各种版本的"该隐与亚伯式"故事,在这些故事中,父杀子,子杀父,兄弟相戕。②在这一过程中,莎剧似乎在质疑圣经原型故事中所反映出的人性中的暴力冲动。

品特对暴力人性的探讨在其最后一部代表作《尘归尘》中得以跨越性体现。关于《尘归尘》这部作品,品特明确表示,其创作源头来自于他对纳粹德国的记忆。品特在一次谈访中说道:"对于女主人公瑞贝卡来说,她所感受到的是与生俱来的对那个世界和那些暴行的记忆,尽管她未必亲身经历它,但它却像幽灵一样折磨着她。多少年来,我本人也同样被这样一个幽灵所追逐着。我相信,我并非是唯一一个承受这种痛苦的人。"③但同时,品特却又说:《尘归尘》"不仅仅是讲纳粹,我是在讲我们,讲我们对过去和历史的概念,以及它与现在的联系"。④

《尘归尘》里只有两个人物,丈夫德夫林和妻子瑞贝卡。故事开始时,德夫林正在听瑞贝卡讲述她与另一位男子的往事。她的故事以一个"施虐与受虐式的"的两性画面开始:"他将另一只手放在我的脖子上,紧紧地抓着,把我的头拉到他的身旁。这时,他的拳头……紧贴着我的

---

① Penelope Prentice, *Harold Pinter: Life, Work, and Criticism* (Fredericton: York Press Limited, 1991), p.31.

② R. A. Foakes, *Shakespeare and Violence*, p.61.

③ Harold Pinter, *Various Voices Prose, Poetry, Politics, 1948–1998*, p.65.

④ Michael Billington, *The Life and Work of Harold Pinter*, p.384.

嘴唇，就听他对我说：'吻我的拳头。'"① 但随着其故事的推进，观众意识到，瑞贝卡记忆中的那个男人是一个纳粹，他曾经把千百个婴孩从他们母亲的怀抱中夺走，还将无数个生命在杀人工厂里用毒气杀死。随着故事的发展，观众发现，德夫林和瑞贝卡的对白成为一种话语的搏击：瑞贝卡试图用一种记忆式话语来讲述她的故事，但德夫林则一直试图以当下的社会性话语来引领和主宰她的叙述。随着两人的对白最终成为一种对"笔"的争夺，德夫林将两人语言上的交锋变成一场话语暴力。剧末时，舞台上的德夫林渐渐地与"记忆"中的那个纳粹男人的形象重叠在一起，而瑞贝卡则成为"记忆"中那些饱受蹂躏的母亲的化身。

在剧中，瑞贝卡记忆中的男人无疑是第二次世界大战期间德国纳粹精神的代表，在她的记忆中，他曾经是旅行社的"导游"，他的工作是"去车站，在站台上从一个个哭喊着的母亲手里抢走她们的孩子"。（406—407）在她的"记忆"中，他还曾带她去过一个"工厂"。在那里，他享有绝对的权威，人们会跟着他，一起合唱着走向悬崖，跳进大海："海浪慢慢地淹没了他们，只有随身携带的包裹在波浪中漂浮着。"（416）在这里，"工厂"的意象不由让人联想到臭名昭彰的毒气工厂，而那些跟随那个男人走进大海的"工人们"则成为德意志民众集体意识的化身——德国，一个拥有高度文明的民族就像剧中的工人一样，竟在法西斯分子所谓的责任、信仰、纯粹等狂热的极端旗帜下，集体走向了民族自戕的"悬崖"。

而那个被迫吻"他"拳头的女人瑞贝卡则成了无数个遭到凌辱和摧残的受害者的化身。最重要的是，就像所有品特暴力主题中的人物一样，作为受害者的瑞贝卡对暴力本身也充满了兴趣。事实上，她之所以崇拜"记忆"中的那个"男人"，就是因为他身上那种作为权力者的魅力。而且，随着她与德夫林的对白的展开，观众发现，瑞贝卡并非单纯地在扮演着受虐的角色，而是利用受虐的角色，积极地参与德夫林的话语游戏。而且，从一开始，她便依靠一种记忆式的叙述，与他展开了一场针对故事叙述权和"笔"的使用权的争夺。当她对他说"这是一支清白无辜的笔""一支笔没有父母"时，她实际上是在拒绝传统社会所赋予"笔"

---

① Harold Pinter, *Ashes to Ashes*, in *Harold Pinter: Plays 4* (London: Faber and Faber, 1993), p.395. 以下出自同一剧本的引文页码随文注出。

的父权式权威——自始至终，她一直在试图以自己的话语方式来叙述历史，以获得对叙述的发声权，也就是对当下身份的界定权。但在剧末，当在对白游戏中渐趋劣势的德夫林将话语争斗发展为一种身体暴力时，瑞贝卡最终还是被迫屈服在他的威胁之下：

  德夫林：吻我的拳头。
     （她没有动。）
     他伸开手，用手掌捂住了她的嘴。
     （她仍没有动。）
  德夫林：说，快说，说"把你的手放在我的脖子上。"
     （她没说话。）
     说让我把手放在你的脖子上。
     （她没说话，也没动。）
     （他把手放在她的脖子上，轻轻贴向她，她的头往后仰去。）
     （沉默。）
     （这时，她说话了，带着一种回声。他松开了紧握的手。）
  瑞贝卡：他们把我们带到了火车上。
  回 声：火车。
     （他把手从她的喉咙上拿开。）
  瑞贝卡：他们夺走了孩子。
  回 声：夺走了孩子。
     （停顿。）
     ……
  瑞贝卡：我不知道什么孩子。
  回 声：孩子。
     （停顿。）
  瑞贝卡：我不知道什么孩子。
     （漫长的沉寂。）
     （黑暗。）（433）

此时，瑞贝卡就像是《生日晚会》剧末时喉咙里发出狗一样呜咽的斯坦利一样，已被暴力夺取了自我的声音。

《尘归尘》一剧可谓是品特对其一生中威胁和暴力主题的总结。品特在创作该剧时无疑带有强烈的时代意义，因为他说自己之所以创作这些作品，是因为他一直觉得"那些［第二次世界大战中的］亡者仍一直在望着我们，等着我们承认谋杀他们的罪责"。① 他要告诉观众，迫害与暴行在今天的世界里仍以新的形式在进行着。但同时，他也一再强调，如果人们把大屠杀仅仅视为犹太人的事，那真是大错而特错，要知道就像约翰·多恩所说："不要问丧钟为谁敲起。"② 因此，这部剧超越了品特此前所有对暴力的叙述——在该剧中，发生在瑞贝卡与德夫林之间的性别暴力无疑被赋予了历史的含意，被升华到了人类个体意识和集体意识的深度，因为剧中"她"的故事也是人类的故事。如洛伊斯·戈顿（Lois Gordon）所说，随着剧中女人对野蛮战争回忆的展开，第二次世界大战成为一切战争，发生在第二次世界大战中的屠杀成为一切人类的暴力——"她，还有我们每一个人，在承受对过去、现在和未来所有暴力恐怖的同时，也在承担着对这些暴力的罪疚"。③

所以，就像品特曾经评述莎士比亚那样——透过个人的伤口看到普遍性的现实，从自我顿悟中走向永恒——他本人也在戏剧中将一个历史的瞬间扩展为一个永恒的意义。该剧不仅在情节上没有时间和具体地点的界定，而且剧中的两个人物除了名字，没有任何生平上的细节，这便使他们成了任何地方的任何一个人。这些戏剧叙述策略无疑是品特有意而为，据曾经亲眼见到过品特手稿的评论家苏珊·霍利斯·梅里特（Susan Hollis Merritt）所说，品特在对该剧本修改时特别煞费苦心地去掉了文本中那些具体的细节，他的修改最终使《尘归尘》成为一部当代的《世人》（Everyman），一个讲述人类暴力的元叙述，一个人类集体意识中的故事。至此，在半个世纪的戏剧生涯中，品特沿着莎剧暴力文化的足迹，透过当代社会、政治和意识的文化语境，最终完成了对暴力文化叙述的品特式构建。

---

① Lois Gordon, "Preface to the Second Edition," *Pinter at 70, A Casebook*, p.xvi.

② Ibid.

③ Ibid., p. xvii.

# 第八章

## 萨拉·凯恩:从《李尔王》到"直面戏剧"《摧毁》的跨越

> 不论是萨拉·凯恩进入剧界的方式(成名作《摧毁》一剧在英国剧界掀起巨大波澜),还是她终结艺术生命的决绝(28岁自杀身亡,身后留下一部尚未问世的剧作《4.48精神崩溃》),都可谓惊世骇俗——这两个事件在当代英国剧场史上成为震人心魄的瞬间,其阴影也必将会萦绕于世人阅读凯恩戏剧的历程。但假如我们以此而忽视了对凯恩五部剧作价值的评判,假如我们因此而在追寻凯恩神话的过程中忽视了其戏剧的冲击力、诗意、感情能量以及蕴逸于文字间的黑色幽默,那将会是一个极大的遗憾。
>
> ——大卫·格雷格

作为第三次浪潮的一部分,20世纪的90年代是当代英国戏剧史上一个令人兴奋的十年。随着萨拉·凯恩、汀布莱克·韦藤贝克、马丁·柯林普(Martin Crimp)、马克·雷文希尔

（Mark Ravenhill）、安东尼·尼尔森（Anthony Neilson）和马丁·麦克唐纳（Martin McDonagh）等一批青年剧作家的出现，战后英国戏剧的文艺复兴迎来了又一个戏剧的高峰。与前两次浪潮不同，这批剧作家在创作中普遍面向年轻的一代，以对抗、挑战、感性、阴郁、灰暗、暴力、破除禁忌等特征而见称，因而又被称为"新一代愤怒的年轻人"，他们以各自的风格从不同的角度向世人描述了一个当代英国社会和市场文化的广角画面。

在这批剧作家中，萨拉·凯恩是最优秀也是最有争议的剧作家。1995年，年仅23岁的她以《摧毁》（The Blasted）一剧一夜成名，名贯英伦。在此后的四年中，她又创作了《菲德拉的爱》《清洗》（Cleansed，1998）、《渴求》（Crave，1998）和《4.48精神崩溃》（4.48 Psychosis，1999）四部剧作[1]——现在回头看来，这里的每一部都可谓凯恩一次与众不同的艺术旅程，透过这些作品，她为世人绘制了一幅黑暗、恐怖但却又充满人性呼唤的精神景观——暴力、权力、亵渎、孤独、精神崩溃和爱。她对社会洞察和哲学思考之深使她超越了性别和年龄，跻身品特、邦德等战后英国戏剧的大家之列。关于凯恩，皇家宫廷剧场的艺术指导伊恩·里克森（Ian Rickson）曾说过："凯恩是一个真正的剧场诗人，她以少见的勇气、令人震撼的戏剧语言带领观众走进人类最深层、最幽暗的现实之中。"[2] 但正是这位敢于正视人类黑暗、集争议和才华于一身的戏剧英才却在1999年2月的一个夜里自杀身亡，像一颗彗星永远消失在凌晨"4.48"时刻最黑暗的寂静之中。

《摧毁》一剧是凯恩的成名作，也是她的代表作，是继1965年爱德华·邦德的《被拯救》和1980年霍华德·布伦顿的《罗马人在英国》之后当代英国舞台上最受争议的一部剧作。

在本剧中，通过发生在利兹酒店房间里的一个故事，凯恩以简约的笔触和一系列深刻而犀利的舞台形象，向世人展示了当代暴力社会的可怕现实。该剧既有莎士比亚戏剧的暴力主题，又兼具超自然主义的当代叙述，可谓莎剧传统与当代实验戏剧的完美结合。

---

[1] 她还为英国BBC电视第四频道写过一个电影剧本《皮肤》（Skin，1997）。

[2] Claire Armitstead, "No pain, No Kane," The Guardian, 29 April 1998, p.12.

第八章 萨拉·凯恩：从《李尔王》到"直面戏剧"《摧毁》的跨越

## 1. 从 1995 年到 2001 年：从争议到经典

该剧共分为两个部分，由五幕组成，由一种看似荒诞却极具象征性的手法编织在一起。前两幕为第一部分，后三幕为第二部分：该剧讲述了小报记者伊恩和一位来自中下层的女孩凯特发生在利兹一家豪华旅店房间里的故事。在第一部分中，通过他们的对白，观众得知，伊恩的工作是报道各种日常新闻，其报道中不乏大量暴力事件。故事开始时，伊恩已是肺癌晚期，心中充满了对死亡的恐惧，他说他恨这个城市，恨自己那片发黑的烂肺，恨周围的印巴人。在剧中，他一直拨弄着手里的手枪，紧张地向窗外张望，显得焦虑不安。在此过程中，他不停地喝酒、抽烟，和凯特聊天，而他和凯特聊天的唯一目的似乎只是为了说服她和他上床。凯特是伊恩的前女友，没有工作，情绪紧张时还有口吃和昏厥的毛病，但她身上却有着当代人少有的单纯和爱心。她在剧中所表现出的仁爱与冷漠的伊恩形成了极大的反差。事实上，身处中产阶层的伊恩对一切玩世不恭，充满了英国式的傲慢。更可怕的是，他似乎不爱任何人，不爱自己的妻子，也不爱自己的孩子，即便是对他在感情上极其依赖的凯特，他似乎也并不在意，他甚至趁凯特昏厥之时对她实施了强暴。随着剧情的发展，第一部分结束时，一个波黑士兵闯入了房间，他的到来打破了故事的格局：凯特从窗户逃走，随后是一声巨大的爆炸声，酒店的墙被炸出了一个大洞，舞台陷入黑暗之中。

接下来的故事为本剧的第二部分。爆炸过后，波黑士兵和伊恩从昏厥中醒来。士兵端着枪，风扫残云般地吃完了桌上的所有残食，然后坐下来与伊恩聊天。他告诉伊恩，他并不想杀他，因为杀死了他会让他孤独；接着他开始向伊恩讲述自己经历过的事情：他告诉伊恩，他如何在一场战争中杀死一个 12 岁的女孩和她家人；他还向伊恩讲述了他的女友科尔的故事：一群士兵强奸了她，割断了她的喉咙，割去了她的耳朵和鼻子。听着他的故事，观众恍然之间仿佛不知道眼前的一切到底发生在哪里？是英国的利兹，还是世界的另一个地方？但伊恩对士兵的故事并不感兴趣，他们的对话最后以士兵对伊恩的性暴力和挖去其双目后开枪自杀而告终。这时，凯特从外面回来，手里抱着一个婴儿，但不久，婴儿死去，被就地掩埋。而外面，战事一直不断。凯特不得不再次出去觅食，房间里仅留下了伊恩一人，饥饿的伊恩竟挖出了婴儿的尸体，吞噬残尸，然后自己躺进了挖开的婴儿墓坑里。该剧结束时，满腿血迹的凯特带着面包、香肠回来，她在伊恩身边坐下，开始给失去双目的伊恩喂食。窗外下着雨，一片黑暗，该剧最后以伊恩一句"谢谢你"而结束。在这部看似荒诞的剧情中，萨拉·凯恩埋下了英国戏剧史上一颗罕见的炸弹：在故事中，不仅士兵和英国记者的对话里充满了来自战争屠杀的血腥，士兵对后者的行为里更是充满了为西方观众所无法接受的性暴力。

该剧早期在英国共上演过两次。第一次是1995年在英国皇家宫廷剧院楼上小剧场的首演，另一次是在萨拉·凯恩自杀以后的2001年。在这两次演出之后，批评界对该剧的评论天壤之别。

1995年该剧首演的次日，伦敦戏剧界一片哗然，年轻的女剧作家几乎被愤怒之声撕成了碎片。用《每日邮报》（*The Daily Mail*）的评论员杰克·廷克（Jack Tinker）的话说，"作为一部剧作，这部戏剧毫无优点可言。"[①] 就连最负盛名的戏剧评论家麦克尔·比林顿也对该剧表达了否定的态度，他写道："该剧似乎有些支离破碎，我们在剧中找不到半点社会现实的感觉。"（Billington, 363）今天，当我们再次回顾这些批评之声，我们不难发现，当时各大报章攻击矛头对准的均是剧中的暴力叙述，他们完全忽略了这些暴力叙述中所要揭露的西方社会的真实状况，忽略了作品人物身上流露出的绝望和对这个麻木世界的人性呼唤。

但即便是在1995年，也有一些评论家敏锐地意识到了凯恩作品的价值，并给予它客观的评价。如《周日时报》（*The Sunday Times*）的剧评员约翰·彼得（John Peter）虽然对该剧的暴力细节也有微词，认为"《摧毁》是一部让人很不舒服的戏剧，太多令人作呕的画面和性暴行……所有这些可怕的细节不过是为了营造一种骇人听闻的幼稚的诗意，而这种诗意过于恐怖、绝望、放纵"。但即便如此，他对该剧的社会价值还是给予了一定的肯定，他指出，我们需要这样的戏剧来打破和震撼世人在思想和价值观上的凝滞："通过愤怒和厌恶，此类剧作能迫使我们反思社会的价值，获得暂时的清醒。"[②] 但在这一阶段，真正意

---

[①] Jack Tinker, "The Blasted," *The Daily Mail* (19.1.95), in *Theatre Record* (1 January – 28 January, 1995): 366.

[②] John Peter, "Alive Kicking," *The Sunday Times* (29.1.95), in *Theatre Record* (1 January – 28 January, 1995): 366.

识到凯恩戏剧价值的则是同为暴力政治剧作家的爱德华·邦德。他在文章中为凯恩的戏剧辩护，并一针见血地指出："《摧毁》一剧中的人性让我感动，我担心的是，人们可能过于匆忙于每日的生活，而无暇看到这部剧中的人性主题。"① 数年之后，当再次谈到这部作品时，邦德不无感慨地说：这是一部"蒙尘于床下的阿尔卑斯之作"，他预言，萨拉·凯恩将会成为未来二十年内英国宫廷剧场出现的最重要的一位剧作家。②

但学界真正对凯恩和她的剧作评判彻底的改观则出现在六年之后。也许是剧作家的自杀震撼了评论界的灵魂，也许是时光的流逝给人们带来了清醒的距离感，总之当 2001 年该剧再次上演时，伦敦主流评论界终于开始正视凯恩戏剧中尖锐的现实主义意义。尽管像尼古拉斯·戴·乔（Nicholas de Jogh）这样的剧评家仍认为，凯恩的戏剧存在着瑕疵，觉得剧中的士兵只是对各种暴行没完没了的列举，他们还评判本剧在叙事上缺少明确的政治目标性，但同时他们却不得不承认，这是一部具有强烈道德意义的作品，它以实验性的戏剧手法，表现了文明与野蛮之间细微的界限。③ 尤其重要的是，越来越多的评论家开始注意了该剧暴力事件之中所深藏的爱的声音。如剧评家乔治娜·布朗（Georgina Brown）也在评论中写道："凯恩的戏剧中有一种摄人心魄的诗学力量，一种强烈的对爱和人类交往的渴望。"④

与此同时，学界也开始发现，在凯恩与众多前辈艺术大师之间存在巨大的关联。如剧评家约翰·彼得在文章中写到，该剧充满了幻想和象征，它让人想到了奥古斯特·斯特林堡（August Strindberg）和早期的印象派作家；而山姆·马娄（Sam Marlowe）在该剧中发现了莎士比亚和贝克特传统的印迹，并指出其间隐含的深刻的道德含义："《摧毁》

---

① Edward Bond, "A blast at our smug theatre: Edward Bond on Sarah Kane". (Monday 12 January 2015). <https://www.theguardian.com/stage/2015/jan/12/edward-bond-sarah-kane-blasted>.

② Graham Saunders, "Out Vile Jelly": Sarah Kane's "Blasted" and Shakespeare's "King Lear", *New Theatre Quarterly* 20:01(February 2004): 69.

③ Nicholas de Jogh, "Blasted," *Evening Standard* (4.4.01), in *Theatre Record* (26 March – 8 April, 2001): 418.

④ Georgina Brown, "Blasted," *Mail on Sunday*, (8.4.01), in *Theatre Record* (26 March – 8 April, 2001): 422.

是在以一种直接而感性的剧场艺术，表现暴力对人性的蚕食和扭曲。"①
与此相似，著名剧评家贝内迪克特·奈廷格尔（Benedict Nightingale）
也在凯恩和贝克特的戏剧中发现了强烈的可比性，他写道：

> 如果说贝克特戏剧的特征是抽象的意境，那么凯恩的戏剧则更加注重道德性、社会性和政治性，具有更强的时代声音。……随着剧中那声巨大的爆炸，那些我们本认为只会发生在神秘异邦他乡野蛮部族的暴力突然展现在了舞台之上，男性间的性侵，挖食双目，同类相食——面对这一切，此时此刻，有谁还敢说，在欧洲的历史上从未发生过这样的暴行？凯恩的戏剧不过是将它们位移到了1500里②外的英国，她让我们思考，假如这种暴力事件是发生在利兹，而不是波黑地区的斯雷布雷尼察，我们将又该做何感想？③

事实上，时隔数年，当很多剧评家再次观看凯恩的这部作品时，无不感到一种由衷的悔悟，正如比林顿所说："五年前，我曾经那样粗暴地评价凯恩的《摧毁》，可就在昨天夜里，当我再次观看此剧之后，内心深感被剧中一种凝重的力量所震撼……尤其是当我们透过凯恩短暂而悲剧的一生，透过她在这野蛮残暴的世界中对爱的执着，重新审视这部作品时，这种感觉尤为强烈。"虽然比林顿仍旧坚持说，凯恩有些过度地夸大了西方的暴力，而忽视了巴尔干冲突的区域性和部族性本质，但他不得不承认，这是一部优秀剧作，它足以使凯恩跻身品特等大家之列。④

时至今日，这部饱受了攻击和争议的剧作已是公认的经典，它和奥斯本的《愤怒的回首》和邦德的《被拯救》一样，被视为当代英国戏剧史上里程碑式的作品。剧评家丹·瑞贝拉托（Dan Rebellato）曾说过，虽然该剧在英国仅有2000名观众看过，但此剧的上演是英国剧场中一个具有决定意义的时刻，一个界标性的事件，因为它的出现改变了20

---

① Sam Marlowe, "Blasted," *What's On* (11.4.01), in *Theatre Record* (26 March – 8 April, 2001): 418.

② 此处里指英里。

③ Benedict Nightingale, "Blasted," *Theatre Record* (26 March – 8 April, 2001): 421.

④ Michael Billington, "Blasted," *Theatre Record* (26 March – 8 April, 2001): 421.

世纪90年代英国主流剧场的格调。在那个由低调自然主义主宰的时代中，凯恩大胆的舞台形象和燧石般简约而犀利的语言在英国剧场中再次掀起了一场戏剧实验之风。①

在这部剧中，她以90年代初的波斯尼亚战争为主线，以冲击性的舞台叙述向世人展示了爆炸、痛苦、折磨、饥饿、破坏、性暴力、强奸等灾难性的战争形象，其目的是为了摧毁英国乃至整个西方人们早已麻木的神经，给他们片刻清醒的瞬间。由于剧中众多骇人的暴力形象，不少剧评者又将凯恩称为90年代英国新生代戏剧中"直面戏剧"（也译"扑面戏剧"，In-Yer-Face Theatre）的代表者。在本剧中，凯恩不仅再现了性暴力、人食人的野蛮，还有像《李尔王》中那种挖去双目的极端暴力场景。在一定程度上，该剧对当代英国现实刻画之深刻，使凯恩在戏剧艺术上更加接近于邦德和布伦顿这样的男性剧作家，而不是以女性主义和女性政治为中心议题的同时代的女性剧作家。

但是，如剧评家格雷厄姆·桑德斯（Graham Saunders）所说，学界在研究凯恩时太多地关注其剧中政治主题和戏剧结构，而忽视了她在创作中对莎士比亚英国戏剧传统的传承。桑德斯认为，《摧毁》不仅仅是对当代社会现实的反应，也是对英国戏剧传统的呼应。② 事实上，早在两次演出之后的评论中，就已有人提到过凯恩与莎剧的关系。比如在1995年该剧首演时，有一些剧评家已注意到了《摧毁》与《李尔王》在暴力主题上的相似性，但和该剧在那一时期的整体命运一样，这些评论者对凯恩剧中的莎剧主题所持的态度大多是负面和批评性的观点。用桑德斯的话说，早期评论者对《摧毁》中暴力描述的态度就像数百年前塞缪尔·约翰逊对《李尔王》中挖目一幕的批评一样，在他们看来，凯恩剧中对性暴力及其他身体暴力的刻画缺乏最基本的戏剧语境。但问题是，在历史上，除了塞缪尔·约翰逊和A.C.布拉德利（A.C. Bradley），大多数评论者都普遍接受了《李尔王》中的暴力描写，但

---

① Dan Rebellato observes: "It increasingly seems clear that for many people British theatre in the 1990s hinges on that premiere." See Dan Rebellato, "Sarah Kane: an Appreciation," *New Theatre Quarterly* 15: 03 (August1999): 280.

② Graham Saunders, "'Out Vile Jelly': Sarah Kane's 'Blasted' and Shakespeare's 'King Lear'," p.69.

面对凯恩的暴力叙述,当时的英国主流评论界却几乎是千夫所指,一致认为凯恩是在用一堆恐怖的场景刺激观众的观感而已。用尼克·柯蒂斯(Nick Curtis)的话说:"整个过程,我们一直想要弄清这些暴行的意义,但凯恩的剧作却没有给我们一个合理的解释。"[1] 剧评家查尔斯·斯宾塞(Charles Spencer)的观点也许具有更强的代表性。1995 年,他在一篇文章中写道:"凯恩的支持者也许会认为,莎士比亚的剧中也包含了明显的暴力场面,但遗憾的是,我不得不指出,她并不是莎士比亚这样的优秀剧作家。"[2] 数年之后,斯宾塞也像比林顿一样,对自己当年的观点深表悔恨,他在《每日邮报》2001 年 4 月 5 日的文章中写到,"我错了",并进而在文中评述说,"本剧结束时,伊恩堕落到了吞食婴儿尸骸的地步,直到凯特从外面回来,带回了食物和喝的——最后一幕中的这些形象充满了绝望中的仁爱和勇敢的忍耐,它使我想到了《李尔王》"。[3]

### 2. 从无意识到有意识:莎剧影响力在凯恩创作中的存在

虽然《李尔王》中的主题元素大量存在于凯恩的作品之中,但《摧毁》一剧并非像邦德的《李尔》和威斯克的《夏洛克》那样,从一开始就是对莎剧的再写;凯恩与莎士比亚的关系也不同于邦德、威斯克等人与莎士比亚的关系,她与莎士比亚之间更像是品特与莎士比亚的关系,是一种精神上的貌异神合——莎剧在凯恩戏剧中的存在就像莎剧暴力主题在品特戏剧中的再现一样,是一种无形之中的有形,是依托当代实验剧场对莎士比亚传统的传承。在这部剧中,凯恩以一种莎剧特有的戏剧诗学,依托当代实验剧场理念,通过发生在伊恩、凯特和士兵之间的剧情,构建了一个西方暴力社会中的"人人"的故事,一部基于当下主题但又与莎剧暴力剧场一脉相承的当代经典。

对于评论家对其与莎剧关联性的猜测,萨拉本人并不讳言,而是坦

---

[1] Nick Curtis, "*Blasted*," *Evening Standard* (19.1.95), in *Theatre Record* (1 January – 28 January, 1995): 366.

[2] Charles Spencer, "*Blasted*," *Evening Standard* (19.1.95), in *Theatre Record* (1 January – 28 January, 1995): 366.

[3] Charles Spencer, "*Blasted*," *Daily Telegraph* (5.4.01), in *Theatre Record* (26 March – 8 April, 2001): 419.

然承认说:"在创作《摧毁》的过程中,我的确注意到了这部剧作与《李尔王》之间存在着某种联系。"① 但是,尽管如此,凯恩并非像邦德和威斯克那样在创作之初就已决定以莎剧为起源文本,创作一部与莎剧对话式的再写作品。事实上,当1992年对该剧进行初步构思时,她的原始情节非常简单:剧情的场景设定在一个封闭的房间中,故事人物是一个男人和一个女人,故事的高潮是女人遭到男人的强暴。在这一剧情构思中,凯恩的核心关注是当代社会中的性暴力和性虐待。也就是说,剧本的初稿中既不含莎剧元素,也没有提及波斯尼亚战争。

导致该剧意义发生根本变化的转折点是一个偶然的事件——更确切地说,是凯恩在写作过程中看到的一则关于斯雷布雷尼察战役的电视新闻——这一报道最终使凯恩重新思考手中正在创作的剧本。据凯恩后来回忆:

> 那天晚上,在写作的间歇,我打开电视新闻频道,一张波黑地区老妇人的脸出现在屏幕之上,她在对着镜头哭诉:"谁来帮帮我们?我们需要联合国的人来这儿帮助我们。"那一瞬间,我坐在那儿,眼睛盯着画面,心里在想,为什么没人做点什么?……我突然觉得,这样可怕的事情在发生着,而我,却在这里写着这么一个发生在房间里两个人的荒诞的故事,这有什么意义?这些文字有什么作用?那一刻,我突然明白了自己该写的东西是什么,但那个关于一个男人和一个女人的构思却留在了我的脑中。我想到的一个问题是:"在发生在利兹酒店里的强奸事件和发生在波黑的战争之间,是否存在着某种内在的关联性?"这一问题使我豁然开朗,显而易见,它们之间存在着一定的关系——一个是因,另一个是果,人类战争的种子正是隐含在和平时期文明社会的暴力之中。我觉得,所谓的文明与发生在中欧的战争之间的那堵墙其实很薄,随时都能被拆掉。②

---

① Sarah Kane, Quoted in Graham Saunders, "'Out Vile Jelly': Sarah Kane's 'Blasted' and Shakespeare's 'King Lear'," p.69.

② Ibid., p.71.

但在这个阶段，凯恩的焦点仍还只是停留在当代社会中的暴力问题上，即暴力在现实社会中无处不在——她想指出的是，发生在利兹酒店房间中的暴力事件与远在波斯尼亚的战争之间存在着内在的关联性。在此阶段，凯恩仍尚未将该剧与莎剧连在一起，她对暴力的理解使她更加接近邦德，而非莎士比亚；或者说，在这一创作阶段中，莎士比亚仅仅以无意识的形式存在于凯恩的创作思路之中——因为现实生活中的个体暴力事件与国家动荡和战争之间的内在关联性也正是《李尔王》的主题之一。

事实上，莎剧对凯恩此剧创作的影响似乎经历了一个从无意识到有意识的过程。有剧评家注意到，在90年代的剧作家中，萨拉·凯恩与其他剧作家的最大不同之处在于，她的作品中表现出一种强烈的经典意识。亚历克斯·希尔兹（Aleks Sierz）这样评述90年代英国新生代剧作家说，他说，这批剧作家大多执着于由1989年柏林墙崩塌所代表的意识形态上的终结性主题。关于这批剧作家，另一个剧评家维拉·戈特利布（Vera Gottlieb）也认为，他们普遍带有那代人特有的思想迷茫和对消费主义及大众文化的痴迷。她指出，他们不少人的作品成了他们评判的那种文化本身："剧作成了'产品'——充斥其间的消费主义主题、毒品文化和性主题使这些戏剧作品变得带有麻痹性……90年代的戏剧似乎与政治对抗相去更远，他们已放弃了对严肃社会问题的关切。"[①]但如格雷厄姆·桑德斯所说，凯恩与这些同时代剧作家最大的不同点在于，她对社会重大问题表现出极大的关切——在剧中，她以极端剧场的形式展示社会暴力，其目的是为了用这些自然主义的舞台意象来震撼人们已麻木的感知，唤醒当代人早已失去的人性。桑德斯认为，这种对人性的终极追求使凯恩与马娄和韦伯斯特所代表的戏剧传统一脉相承。[②]但笔者则认为，凯恩延承的与其说是马娄和韦伯斯特的戏剧传统，不如说是莎士比亚的戏剧内核。

据桑德斯记录，就《摧毁》一剧的创作过程而言，莎剧对凯恩的影响出现于该剧的后期创作阶段，尤其是围绕着格罗斯特失去双目与《摧毁》中伊恩的形象上。凯恩后来回忆说："有朋友读了剧本的初稿后曾

---

① Graham Saunders, "'Out Vile Jelly': Sarah Kane's 'Blasted' and Shakespeare's 'King Lear'," p.75.

② Ibid.

问，我是否读过《李尔王》？于是我便读了李尔。我发现，剧中挖去双目的情节具有很强的舞台震撼力，如果把它放在伊恩这样一个小报记者身上，它无疑就像是一种阉割，因为对于一个记者来说，眼睛无疑是他最重要的器官。"① 但尽管如此，凯恩潜意识中的莎剧影响力直到剧本进入到第四稿时才最终浮现出来，并最终成为一种有意识的创作行为，引领她在意义的构建上向深处发展。在最后一稿的创作中，凯恩不仅从《李尔王》中的荒原一幕获得了剧名"摧毁"一词，还从莎剧的暴力与人性主题上获得了某种顿悟："它是一个被摧毁的荒原！至此，我已阅读了《李尔王》，莎剧的影响日渐明显。也许这一过程现在看来纯属偶然，但重要的是，这种影响一旦出现，积蓄在潜意识里的某种洪流便开始涌动，引导我重新构思故事的剧情。"②

**3. 从《李尔王》到《摧毁》：暴力与人性主题的再书写**

在这部剧中，莎剧《李尔王》的遗存主要表现在暴力与人性的双重主题上。与莎士比亚的早期作品（如《科利奥兰纳斯》）中对暴力的写实性书写不同，《李尔王》对暴力的书写主要是基于李尔与女儿、大臣葛罗斯特与儿子的两条情节之上，因此它更多的是在强调了个人暴力与国家暴力的关系，以及李尔在苦难经历中人性的升华——这两点也正是凯恩在《摧毁》中立意表达的核心思想。

在《摧毁》中，主人公伊恩是当代英国乃至西方社会的化身。正如凯特评论他的那样，"他是一个噩梦"③。伊恩肺部的癌症与其说是身体上的，不如说是精神上的——那块被描写为"烂肉"的肺叶生动地再现了他和无数西方人在社会中的处境。伊恩是一个记者，但也是一个杀手；他每天在报道暴力，自己也在制造暴力。在他身上不仅没有半点做记者的良知，甚至已看不到多少人的感觉。从伊恩的报道本身（一个英国女游客被连环杀手以残忍的手段杀死），到士兵叙述的发生在城外的

---

① Graham Saunders, "'Out Vile Jelly': Sarah Kane's 'Blasted' and Shakespeare's 'King Lear'," p.72.

② Ibid., p.73.

③ Sarah Kane, The Blasted, in Sarah Kane Complete Plays (London: Methuen, 2001), p.33. 以下出自同一剧本的引文页码随文注出。

故事、伊恩对凯特的强暴、士兵对伊恩的性暴力和后来凯特带回来的婴儿的死亡——凯恩向观众展示，伊恩的处境并非是他一个人的处境，整个西方社会已成为一个暴力的泥潭。

而暴力的根源之一就是那种从伊恩身上折射出来的英国式的傲慢，和从一开始便从伊恩口中流露出来的对"异类"种族的仇视和排斥。他说他恨这个城市，因为那里到处都是"印巴佬"，而他本人则是"威尔士人……英国人，不是进口货"。（41）这种英国式的傲慢使他漠视发生在其他民族身上的灾难和痛苦，认为自己的身份足以使他超然于他人灾难之外。这正是凯恩希望通过本剧让其国人正视的一点。就像士兵所说的那样："枪声是从[你们]这里响起的，永无休止……别以为你他妈的威尔士人和我杀过的其他人有什么两样。"（50）

在本剧中，最可怕的现实就是，虽然伊恩清楚地知道自己身上从里往外散发出的恶臭，并充满了对死亡的恐惧，虽然他天天在报道着谋杀、强奸、性虐、屠杀、战争等暴力事件，但他对这些发生在同类身上的这些灾难和血腥已失去了感觉，他已经习惯于发生在周围的暴力行为和现象。就像他在电话里向报社发出的那篇报道中所表现的那样，暴力已成为现代人们生活中的家常便饭，已平常得不再触动人们的怜悯和感情：

> 一个连环杀手以一种令人发指的仪式手段，杀死了一名英国游客，Samantha Scrace，S-c-r-a-c-e，逗号，据警察昨天透露，句号。来自利兹、年仅19岁的年轻人成为从新西兰一个偏僻森林里的三角墓穴中发现的第七个受害者，另起一段。每一个受害者身上被刺了二十几刀，面部朝下埋在那里，逗号，双手绑在背后，句号，另起一段……下引号，句号，另起一段……（12）

在这里，这个报道中不时出现的"逗号""句号""下引号"和"另起一段"等字眼，像一个个冰点，将这篇文字中任何人性的东西都冷却到了零点。通过这一血腥事件被如此新闻化的叙述，凯恩生动地展现了当代社会对此类暴力事件的司空见惯和麻木程度——每天，多少人都在通过电视、报纸看着和读着这类报道，但却都以为那只是发生在他人身上的新闻和故事，与自己毫不相干——这才是凯恩想要引起观众面对的西方现实。暴力已渗透到了他们存在的每一个细胞，可人们已经麻木，对它熟视无睹。

在剧中，把波黑士兵逼向暴力的正是伊恩（和他所代表的社会）身为英国人的那种傲慢和对他人痛苦的冷漠和麻木。其实，当闯入房间的波黑士兵饥饿得以平息，特别是当他接过伊恩手中的烟之后，士兵想要做的是对话，而非敌意，他只是想用手中的枪给自己挣得一个与英国记者平等对话的机会，他试图从情感上走进伊恩：

> 士兵：从来还没碰上过一个拿枪的英国人，他们大都不知道什么是枪。你是一个士兵？
> 伊恩：算是吧！
> 士兵：属于哪边？还记得吗？
> 伊恩：不知道这里算是哪边。
> 　　　不知道在哪里……
> 　　　（他的声音越来越小，看着士兵，有点迷茫。）
> 　　　觉得自己是醉着。
> 士兵：不，这是真的。（40）

但士兵想要和伊恩交流的努力却不时被后者的傲慢所打断，当士兵问起伊恩的女友时，伊恩不耐烦地说道：

> 伊恩：你他妈的管你自己的事。
> 士兵：你在这待了很久了吧？
> 伊恩：关你什么事？
> 士兵：放规矩点，伊恩。
> 伊恩：不许这么叫我。（41）

这段话后，接下来是一阵漫长的沉默，士兵的双眼盯着伊恩，什么也不说——在这段沉默之中，观众感到的是一触即发的火药味。但很明显，士兵最终克制了自己，因为他并没有立即使用暴力，而是坐了下来，开始向伊恩讲述自己经历的一次次残暴的事件：他先是讲起了他和两个同伴如何在城外的一座房子里开枪打死了一个男孩，然后又如何在地下室里对一家七口集体施暴，奸污了女人后，杀死了所有的人。接着又讲述了家乡的女友如何被那里的士兵极尽羞辱后残忍杀害的故事。在这个过程中，士兵想让伊恩明白的是，暴力无所不在，他和他没什么差别，他们都是杀手，他们又都是人：

> 士兵：你是一个士兵。
> 伊恩：我没有——
> 士兵：如果你接到的命令是这样，你会怎么做？
> 伊恩：无法想象。
> 士兵：想象一下。
> 伊恩：（想着。）
> 伊恩：以职责为名，以国家的名义，为了威尔士。
> ……
> 士兵：你从来就没杀过人？
> 伊恩：至少不是那样杀的。
> 士兵：不是那样杀的？
> 伊恩：我不会折磨他。
> 士兵：当你把枪对着他们的头时，难道还有什么不同吗？先把他们捆起来，再告诉他们你会怎么处理他们，然后让他们等着厄运的到来，再接下来……你会怎么办？
> 伊恩：杀了他们。（45—47）

在这里，士兵想要做的是让伊恩设身处地进入到他的处境之中，目的是让他明白，尽管他是"文明的"西方人，其实他和他没什么两样：暴力并非只在遥远的异国他乡，它就在他的身边，他是整个暴力社会的一员。在剧中，士兵之所以一次又一次地向伊恩描述他的女友被害的过程，其目的是想让伊恩体会并明白，他是如何被一步步逼到了暴力之路上的。他的爱人被暴力夺去了，他现在要以同样的残忍来报复他人——暴力在滋生着暴力——这才是他想让伊恩明白的更深的含义。他希望伊恩能用手里的笔向世人展示真相：

> 士兵：卡尔，他们折磨她，割断她的喉咙，割下她的鼻子和耳朵，把它们钉在门上。

第八章　萨拉·凯恩：从《李尔王》到"直面戏剧"《摧毁》的跨越

伊恩：够了。
士兵：你难道没见过这种事？
伊恩：你闭嘴！
士兵：你没在照片上见过？
伊恩：从来没有。
士兵：报道它，那可是你的工作。
伊恩：什么？
士兵：向人们证明，它发生过，我已经在这儿了，别无选择。
　　　你，你应该告诉人们……告诉他们……你见到我了。
　　　（47—48）

在这里，当士兵说"你看见我了"时，"我"就是暴力的化身，士兵在请求伊恩通过舆论告诉世人他所看到的暴力现实：在这个失去了"感觉"的世界里，暴力在滋生着新的暴力，暴力不仅仅在"海外"，而就在他们每个人的身边。

把士兵彻底推向绝望深渊的是伊恩作为一个西方人的冷漠。当他打断士兵的话，说道："够了……闭嘴……我什么都做不了……这不是人们想听的故事。……这不是我的工作范围。"（48）士兵喊道："那是谁的工作？"对此，伊恩的回答是："我是一个国内记者，只报道约克郡的事，不报道海外事件。……我报道的是枪杀、强奸或是孩子遭到变态牧师和老师的玩弄。……你的那个女友兴许是一篇好故事，她既温柔又干净，可你却不行，你太脏了，像只猪猡。"（48）至此，士兵已彻底明白，自己无法说动和打破这位英国记者多年来由职业和社会形成的冷漠之墙，伊恩的话充分暴露了西方舆论的非人性本质：事件能上报纸、成为新闻的唯一标准就是它的可读性和娱乐性。所以，他对伊恩喊道：

你他妈的根本不懂我的意思。
我上过学。
我和卡尔深深相爱。
可畜生们却杀害了她，现在，我来了。
现在，我在这里了。
（他把枪口塞进了伊恩的嘴里。）（49）

此时的士兵已彻底绝望，他决定用最极端的性羞辱来震醒伊恩已僵死的人性。所以，他把枪戳着伊恩的脸说道："伊恩，转过身去。"(49)在这里，士兵对英国记者进行的性暴力是一种象征：就像酒店的墙被炸出了一个大洞一样，士兵意在用彻骨的凌辱，惊醒伊恩做人的感觉。他接下来的另一个恐怖举动——吞食伊恩的双眼——也是一样。如果说莎士比亚在《李尔王》中通过让大臣痛失双目以领悟此前的痴愚，那么在这里，士兵也是想让伊恩通过失去双眼的揪心之痛，迫使他面对一直拒绝看到的人性。

正是这些舞台意象使该剧在首演时遭到评论界的疯狂攻击，对此，凯恩后来在文中写道："令我震惊的是，这些人似乎只对舞台上的暴力镜头感到不安，却对现实中存在的暴力本身熟视无睹。不久前，一个十五岁的女孩在一个林子里被人强奸，可那些大报却只顾着长篇大论地报道我的剧作，而矢口不提那个残暴的事件本身。"（16）2001年，当该剧再次上演时，迈克尔·柯凡尼（Michael Coveney）曾这样评论说："凯恩所做的，不过是把我们每日读到和在电视里看到的丑陋现实用戏剧的手法真实地表现出来而已。事实上，在剧中的暴力事件之下流动的是作者对人类爱的呼唤。"① 但剧评界和众多英国观众却拒绝承认，在士兵的暴行之下面会含有任何爱的声音。事实上，从士兵坐下和伊恩交谈开始，他所做的一切无不是在试图唤醒伊恩僵死的人性和良知，祈求他用手里的笔来告诉世人"他来了"。当士兵向伊恩叙述杀戮的残暴和谈起他们的女友时，他没有半点杀戮的冲动，他有的只是爱。当他一边痛哭一边对伊恩实施了性暴力之后，他放下手中的枪，坐在伊恩的身边，对他说道：

你从来没有被一个男人强暴过是吗？
……
你不这么想，是吗？没关系。我见过几千人像猪一样挤进卡车，逃离城镇，女人们把她们的孩子扔到车下，希望有人能照顾他们。人们相互踩踏而死，脑浆从眼睛里流出，我还见过一个孩子的脸几

---

① Michael Coveney, "Blasted," *Daily Mail* (19.1.95), in *Theatre Record* (26 March – 8 April, 2001): 418.

乎被完全炸飞……枪炮的源头就在这里……（50）

接着，他一边吞下伊恩的双眼，一边哭着说："他们［士兵］也吞下了她的双眼。可怜的畜生。可怜的爱。可怜的该死的畜生。"（50）说完这句话，士兵开枪打碎了自己的脑袋。然后，舞台上一片漆黑。在这一幕中，当士兵用枪对着自己的头开枪时，他向观众表达的是对爱的绝望，对人性的绝望。在这一幕中，也许隐含着某种致使凯恩数年之后自杀身亡的原因。

虽然该剧以士兵在绝望中自杀身亡而结束，但他的死却使伊恩在本剧结束时获得了李尔在莎剧《李尔王》中人性的升华。在《摧毁》的大部分故事中，伊恩一直都是一个麻木不仁的西方人的形象，直到波黑士兵对他暴力加身，极尽羞辱，他最终在苦难中找到了早已失去的人性。当本剧结束时，凯特带着香肠、面包和一瓶酒回到了房间，喂食坐在婴儿墓坑中的伊恩。然后他对她说："谢谢！"此时，外面雨声沥沥，本剧在他的感恩中结束。至此，伊恩，这个西方社会中的"人人"，仿佛成了一个当代的李尔。

邦德曾说过，剧作家有两类，一类是关注现实，另一类是改变现实，希腊悲剧家和莎士比亚属于第二类。笔者认为，凯恩也属于第二类，她的戏剧将古典传统与实验剧场融为一体——这使得她得以从当代剧作家中脱颖而出。当她的同龄人大多在质疑历史、意识形态、性别危机等后现代问题时，凯恩的戏剧却在关注人类存在的本质、人在世间的位置、人与上帝的关系等人类的终极困惑。① 用比林顿的话说，凯恩比任何一个她的同代人都拥有一种对当下这个恐怖世界的预言意识。② 这使她的戏剧表现出一种超越性别和年龄的才华和大气。在伊莱恩·阿斯顿等剧评家的眼里，对于凯恩这样的一位剧作家，"女性作家"这一标签已毫无意义，因为她并非想成为某个"社会群体"的代表，不论是性别、种族还是阶级都不是她的首要关注，因为对她而言，这些都不过是这个

---

① Edward Bond, "Sarah Kane and Theatre," in Graham Saunders, *"Love Me or Kill Me": Sarah Kane and the Theatre of Extremes* (Manchester: Manchester University Press, 2002), p.189.

② Steven Barfield, "Sarah Kane's *Phaedra's Love*," *Didaskalia* 6: 3 (Autumn 2006*)*. [accessed 23 November 2016] <http://www.didaskalia.net/issues/vol6no3/barfield/barfield.pdf >.

基于暴力或暴力威胁的社会的表象问题而言。①

---

① Elaine Aston and Janelle Reilnelt, "A century in view: from suffrage to the 1990s," *Modern British Women Playwrights* (Cambridge: Cambridge University Press, 2000), p.2.

# 第九章

## 彼得·布鲁克：当代西方实验剧场与莎剧改编

> 莎士比亚不仅仅属于过去，如果其材质在过去有效，那么它也应该在当下有效。它就像是一块煤，它的意义在于被点燃之中——在燃烧中耗尽，发出光和热。这就是我眼中的莎士比亚。
>
> ——彼得·布鲁克

> 每一种文化都有其陈词滥调。从一开始，我们探索的目标就很明确：那就是，如何才能超越原型定式和模仿？如何才能找到一把真正的钥匙，使我们的剧场行为透明到足以返璞归真的地步？为此，我们迈出的第一步即是挣脱常规思维模式的束缚，因为这种思维使我们习惯于将人类分为欧洲人、非洲人和亚洲人，只有当我们从这种思维定式中走出，方能无碍地进入另一种文化世界，倾听来自那里源头的声音和动静，而无须像以前那样，执着于对其意义的解释。
>
> ——彼得·布鲁克

几乎与当代莎剧改写热潮同时，甚至更早出现的还有当代实验剧场中的后现代莎剧改编。改写与改编这两种文化现象既有关联，又彼此不同。事实上，在过去的几百年间，一直存在着改编与改写的混淆。[①] 18 世纪之后，随着"作者"概念（authorship）的凸显，改写实践更加陷入改编概念的覆盖之下。例如，1681 年内厄姆·泰特对莎剧《李尔王》的喜剧性改写作品《李尔王传》便一直被视为改编。这种混淆一直延续到了当代。1985 年由黑泽明执导的、融日本战国故事与《李尔王》戏剧元素为一体的经典影视作品《乱》也被不少学者视为改编作品。但正如丹尼尔·费什林所说，这种作品的改编/改写属性尚有待商榷。笔者认为，像《乱》这样以莎剧故事为起源文本的再创作性作品应被视为改写，而非改编，即便是被称为改编，也是带有极强再写特征的极端性改编。

随着 20 世纪后半期各种"后"文化理论的出现，改编与改写在概念和实践上越来越多地表现为不同性质的创作。所谓改写，指的即是本书前几章所提及的那些剧作，如邦德的《李尔》、威斯克的《夏洛克》、英国女性戏剧组集体创作的《李尔的女儿们》等，它们是通过对原著的挪用和"误用"创作出的一部独立于起源文本的新作品。用琳达·哈钦的话说，改写是对先前作品的有意而公开的创造性修正，既具有内在多重叠刻性，又具有美学存在上的独立性。[②] 所以，改写是一种衍生性的他者扩展，一种具有再写性质的"莎士比亚 + X = 莎士比"[③]的创作：通过对莎剧文本的"再写""再述"或"重述"，创造出的是一个虽带有莎剧元素却已不是莎士比亚的"莎士比"。

而与改写不同，改编强调的则对原著的挖掘或再现，是对莎剧经典的"再"解码、"再"诠释，是一种"莎士比亚 + X = 莎士比亚"式的创作实践。无论改编作品在形式上与原经典有何不同，意义有何变异，最终不变的是作品中莎士比亚作为作者的醒目属性和符号存在。但另一方面，改编过程也并非完全是对过往语言和过去风格的重复，作为舞台

---

[①] "改编"和"改写"在英文中传统上被译为"adaptation"，但在当代语境下，"改编"更多指的是"performance adaptation"，而"改写"指的则是"rewriting adaptation"。

[②] Linda Hutcheon, *A Theory of Adaptation*, p.xix, p.7.

[③] 参看本书第 77 页注①。

文化，戏剧本身就是一种流动性存在，是人们通过鲜活的舞台对戏剧文本意义的演绎。在同一时间和地点里，不同时间的经验和空间实践并置共存，层叠堆砌。① 因此，正如考特尼·莱曼所说，虽然改编中也有与源头剧本"幽灵"的搏斗，但终究是对尚未完成的文化事业的延续。②

20世纪60年代既是当代英国莎剧改写的起点，也是实验性莎剧改编繁荣时代的起点。1962年，受荒诞派戏剧的影响，英国导演彼得·布鲁克率先推出了一部具有荒诞派特色的《李尔王》（也有人称之为《李尔》③），该剧吸收了波兰戏剧家杨·科特的"莎士比亚——我们的同代人"的思想，是一部带有贝克特风格的莎剧。1963年，导演彼得·霍尔、约翰·巴顿和彼得·伍德（Peter Wood）在斯特拉特福的皇家莎士比亚剧院上演了由数部莎氏历史剧——《亨利五世》的第一、二、三部和《理查三世》——合编而成的《玫瑰战争》，再次走出了实验戏剧的一步。紧接着，霍尔又执导了融《亨利四世》与《理查三世》为一体的合写版历史莎剧。但需要指出的是，尽管这些莎剧作品在故事叙述和舞台艺术上都表现出了强烈的后现代创作特征，但导演对莎剧文本的态度和创作意图——强调其对莎剧的衍生性，不仅将莎剧视为源头，更将其视为艺术的终点——最终决定了这些作品作为当代改编的戏剧属性。

本章将以彼得·布鲁克的实验剧场为研究对象，探讨莎士比亚在当代实验剧场中的存在。

**1. 布鲁克：当代西方莎剧改编者的代表**

作为世界著名的戏剧导演之一，布鲁克既是一位莎剧改编的大家，也是一位极具时代色彩的剧场艺术家，他所推动的实验性反传统剧场对20世纪全球戏剧的发展产生了深远的影响。他曾写道："有人说，要按照莎士比亚的原意来创作戏剧，这种思想很是可怕，简直是胡说八道！我们谁都不可能知道莎士比亚创作这些剧作时的所想所思，我们唯一知道的就是他留下了一串串焕发着永恒生命力的文字序列。一个伟大的文

---

① Michael Scott, *Shakespeare and the Modern Dramatist*, p.11.
② Courtney Lehmann, *Shakespeare Remains: Theatre to Film, Early Modern to Postmodern*, p.19.
③ 该剧名虽叫 *Lear*，但与爱德华·邦德写的《李尔》却并非一个剧本。

本总是具有呈现无穷视觉存在的巨大潜力。"①

从1945年至2000年，在半个多世纪的时间里，布鲁克共执导改编了17部莎剧。它们大致可分为三个阶段：

第一阶段是1945年—1963年。在此阶段，他执导了9部莎剧作品：《约翰王》(1945)、《爱的徒劳》(1946)、《罗密欧与朱丽叶》(1947)、《一报还一报》(1950)、《冬天的故事》(1948, 1951)、《泰特斯·安特洛尼克斯》(1955)、《哈姆雷特》(1955)、《暴风雨》(1948, 1957)和《李尔王》(1962)。与后期作品相比，布鲁克在此阶段中的莎剧创作主要服务于伦敦主流商业剧场，其创作虽具实验性，但较少极端实验性的改编。这一阶段最主要的作品当属1962年的《李尔王》。

第二阶段是1964年—1970年。在此阶段中，布鲁克主要为皇家莎士比亚剧场、英国国家剧院等主流剧场工作，前后执导了《暴风雨》(1968)和《仲夏夜之梦》(1970)两部莎剧。其中，1968年的《暴风雨》在当代莎剧改编史上占有特殊的位置。在这一时期，布鲁克以导演与演员的空间关系为核心命题，对剧场艺术展开实验探索，对导演的本质提出了质疑。

第三阶段是1971年—2000年。这也是布鲁克极端性跨文化戏剧实验的阶段，其核心是对自我戏剧理念的挑战和对剧场本质的探索。在此阶段中，他导演了法语版《雅典的泰门》(*Timon d' Athenes*, 1974)、《一报还一报》(*Mesure pour Mesure*, 1978)、《安东尼和克里奥佩特拉》(1978)、《暴风雨》(*La Tempete*, 1990)、《谁在那儿？》(*Qui est la?*, 1995)和《哈姆雷特的悲剧》(*The Tragedy of Hamlet*, 2000) 6部莎剧作品。这也是布鲁克导演艺术生涯的巅峰时期，充满了可圈可点的重大事件，其中最重要的事件当属1970年巴黎国际戏剧研究中心(Centre International de Recherche Théâtrale，简称CIRT)的成立和1972年的非洲戏剧实验之旅。

在20世纪60年代后近半个世纪的创作生涯中，布鲁克的莎剧创作充满了后现代主义的建构，其中一些作品对原莎剧文本进行了如此极端的删减和情节拼贴，以至于不少传统观众在面对它们时感到困惑不已，

---

① Peter Brook, *Autour de l'espace vide*, in Arthur Horowitz, *Prospero's "True Preservers"* (Newark: University of Delaware Press, 2004), p.64.

不禁发问，这些是否还是莎士比亚的戏剧？或者说，这些作品到底是改编还是改写？对此，笔者的回答是：它们是改编。原因主要为两点：第一，如果回顾布鲁克半个世纪的舞台经验，我们会发现，不论他在戏剧艺术的实验之路上走得多远，其终极目标是追求剧场艺术，而非像改写家那样聚焦于莎剧意义的再述和再构；第二，虽然布鲁克的莎剧作品在主题上表现出强烈的后现代变异性，但他舞台创作的基石在于对莎剧意义的再发现，这一原则使他在对待莎剧的态度上万变而不离其宗。

**2. 布鲁克戏剧实验：探索剧场艺术的本质**

作为当今西方舞台上重量级的导演，彼得·布鲁克一生致力于实验和反传统的戏剧作风：他对戏剧的追求不是剧本和意义的再创造，而是通过舞台和剧场空间来实现对剧本意义的再挖掘。用他的话说，他追求的是"剧场的本质"，是"关于我们每个人的真相"。[1] 这也是布鲁克实验戏剧与当代剧作家们的改写创作之间的本质差异：虽然两者均以莎剧为起点，但改写家们关注的是对原莎剧内涵的"弑父"式超越和断裂，而布鲁克所做的则是在剧场想象空间中对莎剧的重新发现和构建，他的核心关注点是以新的方式实现莎剧在当下剧场空间中的再呈现。约翰·罗素·布朗（John Russell Brown）曾这样写道：导演的功能是透过文本的表面寻找剧本深层的肌理，并最终在舞台上将其呈现出来，使其焕发出新的生命力。[2] 因此，当谈及自己的艺术生涯时，布鲁克一再强调，剧场存在于一种永恒的变奏中，在学理上行无定式。所以，在半个世纪的莎剧创作中，布鲁克坚持不懈的是对莎剧剧场本质的探索。

在20世纪的五六十年代，布鲁克的莎剧创作以商业主流剧场为主，除了《李尔王》，鲜有哪部作品像后期剧作那样表现出极端的后现代主义的改编特征，但这一时期戏剧的意义在于，它是一个实践积累的阶段，它为布鲁克后期的实验剧场奠定了坚实的基础。1946年，布鲁克执导的《爱的徒劳》在斯特拉特福的莎士比亚纪念剧场的上演，标志着这位

---

[1] Albert Hunt and Geoffrey Reeves, *Peter Brook* (Cambridge: Cambridge University Press, 1995), p.4.

[2] John Russell Brown, ed., *The Routledge Companion to Directors' Shakespeare* (London and New York: Taylor & Francis Group, 2008), p.ix.

年轻导演在英国主流剧场中莎剧创作的开始。1955 年，他又成功地将《泰特斯·安特洛尼克斯》这部多少世纪以来因剧情过于血腥残暴而被世人视为"不可上演"的剧作搬上了斯特拉特福的莎士比亚纪念剧场舞台。在该剧中，布鲁克首次将中国戏曲中的红丝带等其他东方象征和文化意象引入了他的舞台艺术，在舞台上创造了一种杀戮所带来的震撼和恐怖。① 1962 年，他为皇家莎士比亚公司执导的贝克特版《李尔王》更是成为一部时代的经典。受杨·科特的"莎士比亚——我们的同代人"观点和对莎剧《李尔王》和贝克特的《终局》（ *Endgame*，1956）对比研究的影响，② 布鲁克在此版《李尔王》中对原莎剧文本进行了极端性的删减和叙述顺序的调整，将李尔王的悲剧移置于《等待戈多》式的荒凉无助的荒诞世界之中，从而挖掘出莎氏悲剧中的荒诞主题。对于该部作品，时任其导演助理的剧作家查尔斯·马洛维奇曾评论说，布氏的《李尔王》与其说是带有贝克特风格的莎士比亚作品，不如说是带有莎士比亚风格的贝克特作品，因为布鲁克深信，冷酷无情的《李尔王》为贝克特这种荒凉暗淡的色调提供了蕴意。③

在 60 年代，布鲁克戏剧创作中一个突破性事件即是他于 1965 年依托皇家莎士比亚公司进行的关于"他者语言"的剧场艺术的探索。布鲁克结合当时"残酷剧场"的经验，以发声和音节为基础探究剧场的沟通艺术，探索在不同文化人群中推动深层交流的戏剧技巧和潜力。④ 在布

---

① Maria Shevtsova, "Peter Brook," in John Russell Brown, ed., *The Routledge Companion to Directors' Shakespeare* (London and New York: Taylor & Francis Group, 2008), p.16.

② 在《莎士比亚——我们的同代人》一书中，杨·科特提出，每一个历史阶段都能在莎士比亚那里找到它要寻找和想到的东西，20 世纪中期的读者或观众也不例外，我们同样也是透过自己的经历来释译莎剧。该书对 20 世纪 60 年代的莎剧演出和研究产生了巨大的影响，在学界引发了众多争议，被视为当代最有影响力的莎剧批评著作之一。彼得·布鲁克于 1957 年代初与科特相识，他狂热地接受了科特的莎剧思想，于 1962 年读了科特的论文《《李尔王》与《终局》》（"*King Lear or Endgame*"）一文，正是受此文的影响，布鲁克执导了备受争议的贝克特版《李尔王》舞台剧和影视片，并将《莎士比亚——我们的同代人》一书介绍到了英国，在他的推动之下，该书的英文版于 1964 年在英国问世。以上内容出自：Martha Tuck Rozett, *Talking Back to Shakespeare*, p.104.

③ 田民：《莎士比亚与现代戏剧：从亨利克·易卜生到海纳·米勒》，第 7 页。

④ Richard Schechner, Mathilde La Bardonnie, Joël Jouanneau, Georges Banu, Anna Husemoller, "Talking with Peter Brook," *The Drama Review* 30: 1 (Spring, 1986): 54.

鲁克看来，这一实践可谓是他此后数十年所进行的跨文化剧场探索的起点。这种戏剧实验在 1970 年的《仲夏夜之梦》的演出中达到了阶段性高峰，而该剧也成为布鲁克在 60 年代至 70 年代期间莎剧改编的跨越性作品。关于此版《仲夏夜之梦》的创作，布鲁克总结说：

> 尽管十年来我一直在进行着实验剧场的尝试，但直到《仲夏夜之梦》，我才真正在演出上走出了过去剧场概念的定式，首次在排练中对演员们喊道："我们现在就出发，去为观众演出！"于是，我们把《仲夏夜之梦》搬到了斯特拉特福附近的一个社区，我决定不带任何道具或其它与此剧相关的戏剧元素。我们最终找到了一个大厅，那里没有焦点，没有形状，没有非自然光线。面对这样的舞台，我们每个人都感到一阵顿悟，感到一种从未有过的演出能量的流动，而这种能量正是来自于观众。①

所以，布鲁克在 60 年代对剧场艺术的摸索为后期的厚积薄发奠定了基础，开启了 70 年代之后布鲁克戏剧实验之路。正是基于 60 年代戏剧经验的积累，才有了后来在圆屋剧场中完全以一种新的理念进行即兴演出的实验，有了依托巴黎国际戏剧研究中心以一种未知状态进行的演出，以及沿着这一理念在世界各地进行的一系列戏剧实践。这种戏剧实验随着 1985 年《摩诃婆罗多》（*The Mahabharata*）的上演达到了一个高峰：在阿维尼翁采石场，演出从白天持续到晚上——在布鲁克眼里，"所有这些均源自［1960 年］那天我们首次与观众一起分享的戏剧实践"。②

与早期相比，70 年代之后布鲁克的莎剧作品在数量上并不算多，仅有五部，但却集中体现了布鲁克戏剧艺术的成熟理念。在此阶段，受西方后现代主义大文化生态的影响，布鲁克在探索剧场空间和戏剧本质的道路上走得更远，进入了探索剧场实验艺术的黄金时期。而支撑这一时段实验探索的则是两个核心事件：即 1970 年巴黎国际戏剧研究中心的成立和 1972 年的非洲之旅。谈及成立巴黎国际戏剧研究中心的初衷，布鲁克这样解释道：

---

① Richard Schechner, Mathilde La Bardonnie, Joël Jouanneau, Georges Banu, Anna Husemoller, "Talking with Peter Brook," *The Drama Review* 30: 1 (Spring, 1986), p.55.

② Ibid.

每一种文化都有其陈词滥调，从一开始，我们探索的目标就很明确：那就是，如何才能超越原型定式和模仿？如何才能找到一把真正的钥匙，使我们的剧场行为透明到足以返璞归真的地步？为此，我们迈出的第一步即是挣脱常规思维模式的束缚，因为这种思维使我们习惯于将人类分为欧洲人、非洲人和亚洲人，只有当我们从这种思维定式中走出，方能无碍地进入另一种的文化世界，倾听来自那里源头的声音和动静，而无须像以前那样执着于对其意义的解释。①

关于戏剧研究中心的功能，布鲁克指出：既然是研究，就意味着要动手，而就戏剧而言，动手即是表演——持续不断的表演实践对表演者本人而言至关重要。因此，在数年中，布鲁克带领剧团进行了大量的无偿演出。尤其重要的是，这些演出不是在剧场建筑内举行，而是走出剧场，直面真正的观众。实验演出需要观众，为此他们奔赴世界各地，通过这种方式，他们发现了各种促进或阻碍演出的因素。② 这种戏剧实验的集大成作品便是前面提到的 1985 年的印度史诗剧《摩诃婆罗多》，该剧由布鲁克与法国作家和导演让－克劳德·卡瑞尔（Jean-Claude Carrière）共同策划，历时 10 年准备而成。在该剧长达 11 个小时的演出中，来自亚洲、非洲、美洲、欧洲 16 个国家的不同文化的导演和演员通过集体创作和即兴表演，探索了多元文化语境下的戏剧和表演精神，挖掘了演员与观众之间亲密而质朴的戏剧空间，检验了他们在实验剧场中的艺术收获。

同样也是依托于巴黎国际戏剧研究中心，1972 年，布鲁克与剧团成员走进非洲，开始了著名的非洲之旅。他们在土著部落中以地毯为界即兴表演，用实践来探寻"剧场的本质"这一戏剧命题。关于这次旅行，布鲁克写道："我们之所以去非洲，是为了学习如何才能对作品进行'去思想化'（de-intellectualize）的演出，如何走出剧场，在没有任何既定思想约束的情形下来演戏，因为在剧场之外，你所能用的仅仅是那一刻的眼前之物。"③ 关于布鲁克开启非洲之行的深层原因，学者们的观点

---

① Peter Brook, *Threads of Time: A Memoir* (London: Methuen Drama, 1998), p.167.

② Ibid., pp.175–176.

③ Richard Schechner, Mathilde La Bardonnie, Joël Jouanneau, Georges Banu, Anna Husemoller, "Talking with Peter Brook," p.56.

为两个方面：一方面，是因为布鲁克强烈地意识到了文化语境对戏剧的羁绊；另一方面，则是因为他发现欧洲语境之外存在着丰富的"第三文化"。对于这种文化，布鲁克解释说：第三文化是一种未开化的、难以控制的文化，从某种意义上来看可以与第三世界相联系。对于其他文化，第三文化充满了活力，因为它不循规蹈矩，一切处于滑动的关系之中。①他后来在《寻找真理的舞台》（"Stages in a Search for Truth"）一文中写道：

> 自从我开始走出欧洲文化的那一刻起，我就像科里奥兰纳斯一样意识到了，欧洲以外"还有另一个世界"。我感兴趣的是如何将这些异他世界凝聚在一起，我们是否能将其中一个世界中的东西置于另一个世界之中，以生成某种深刻的新事物。……在与异类文化的碰撞中，我真正感兴趣的并非是英国、法国、德国或美国等西方戏剧之间的差异性，因为西方演员之间更多的并非是差异而是共通性。……而我想知道的则是，当一个词或者一种表演面对一个非洲人、巴厘人或印度人时将会有何种不同的意义。②

因此，在布鲁克看来，以第三文化为核心的戏剧是一种打破单一文化的跨文化戏剧，一种能够探索和揭示重要真理的互文化。关于布鲁克和剧团成员在非洲的戏剧经历，中国学者张长虹在文章中这样写道：他们以地毯为界，随时随地即兴表演，盛邀随缘而遇的陌生观众（包括孩子）来观看或加入演出；同时，还会采集非洲歌舞和仪式中鬼的声音，进行关于声响、呼吸或振动等各种沟通上的可能性探索；或是以非自然的声音和集体合唱的形式，如利用一个人的简单主调和节奏，随着简单的乐器伴奏，实验个人和群体互相调节与呼应的关系。③因此，在一定意义上，我们可以说，布鲁克在非洲追求的是一种超越一元文化、去文化符号、

---

① 张长虹："联系之'有'与风格之'无'——彼得·布鲁克戏剧之路探析"，《艺苑》2008年第9期，第40页。

② Arthur Horowitz, *Prosper's "True Preservers"* (Newark: University of Delaware Press, 2004), p.143.

③ 张长虹："联系之'有'与风格之'无'——彼得·布鲁克戏剧之路探析"，第41页。

回归戏剧本源的元剧场。这种走出欧洲中心文化,朝着具有神秘"他者"文化的仪式戏剧的尝试,不仅在布鲁克执导的《众鸟会议》(*Conference of the Birds*,1979)和《摩诃婆罗多》这样的代表作品中得以集中体现,更是贯穿于他的莎剧创作过程。①

沿着这一戏剧探索之旅,在70年代之后的近四十年中,布鲁克逐渐形成了被世人称之为布氏剧场理论的一系列概念,如"空的空间"(Empty Space)、"0度剧场"(theatre of the zero)、"无语境创作"(working without context)等等。

在这些理念中,"空的空间"无疑是支撑布鲁克理论体系的核心概念。在他看来,戏剧的本质是抽象的,"只有'空'的剧场才能予以想象力足够的空间以填补空白"。② 对于"空的空间"这一概念,布鲁克在《空的空间》一书的开篇中写道:"我可以选取任何一个空间,称它为空荡荡的舞台。一个人在另一个人的注视之下走过这个空的空间——这就是一出戏所需要的一切。"③ 这句话可谓是彼得·布鲁克一切戏剧探索的起点。关于"空的空间",中国研究者梁燕丽解释说:"彼得·布鲁克

---

① 张长虹:"联系之'有'与风格之'无'——彼得·布鲁克戏剧之路探析",第40页。《众鸟会议》是布鲁克和让-路易斯·巴劳特对一首波斯长诗的改编,它讲述了鸟国为拯救危机,群鸟长途旅行,寻找自己的国王——传说中的凤凰的故事。在本剧中,不仅演员来自全球不同地区,有葡萄牙人、阿拉伯人,还有墨西哥裔美国人、锡克人等,而且他们还使用不同的语言,从而使演出表现出真正意义上的世界主义风格,不仅整个作品呈现出文化共生的状态,而且充满了非西方式的神秘和仪式文化色彩。

② Maria Shevtsova, "Peter Brook," p.19.

③ Peter Brook, *The Empty Space* (New York: Simon & Schuster, 1968), p.7. 作为20世纪最著名的导演之一,布鲁克给世界戏剧留下的重要遗产便是《空的空间》一书和它所阐述的戏剧理论。该书旨在探索剧场的本质和目的,分析当代剧场作品和剧场哲学诸要素中有碍剧场实现其目的的因素。在该书中,布鲁克将戏剧景观分为四种:其一,僵化的戏剧,指传统剧场,运用老公式、老印象、陈腐的开场、陈腐的场次变换、陈腐的结尾。其二,神圣的戏剧,指使无形成为有形的剧场,这种剧场旨在发现戏剧的仪式和精神层面。在这种戏剧中,表演,即事件本身,代替了剧本。阿尔托认为,只有在戏剧中我们才能从日常生活的公认的形式中解放出来。其三,粗俗的戏剧,指的是属于人民的民间戏剧,是一种很接地气的戏剧。在这种剧场中,没有装腔作势,充满了喧闹和动作。伊丽莎白时代的剧场即是典型的粗俗剧场。其四,直觉剧场,即是布鲁克所追求的剧场,根据他的观点,一个真正的戏剧设计师应该把自己设计的东西看成是随时在动和行动的东西,是与演员随着一场戏的开展所带来的表演相互有关的东西。这才是戏剧的本质。

所追求的像露天剧场一样空荡荡的空间，是一种未受经验与意识影响的空白，一个不装任何东西因而具有一切可能性的空间。他迈向这个空间的第一步是采用'空的空间'字面上的意义，即去掉一切舞台的装饰与奢华，创造一种被称为稚拙的戏剧。体现'空的空间'的戏剧原理是简化（pruning-away）原则或极简主义（minimalism）。"为此，她评述说："空的空间"即用一种极简或稚拙的手法，尽可能剥除文化的影响，创造一种全人类能够共享的戏剧空间。因此，"空的空间"包含着复杂的内涵：它意味着重组剧场空间和关系，从丰富走向稚拙，从而根除文化符码的影响，并最终创造一种基于"普世戏剧语言"之上的"普世戏剧"，即超越现存语言文化符号和界限，使人们回到巴别塔之下，通过这种普世戏剧语言进行交流，从而实现人类戏剧体验上的世界大同。[①] 所以，布鲁克的"空的空间"概念中暗含着深刻的戏剧哲理：一方面，它是一种归零的艺术，另一方面，正是这种归零的艺术给了剧场一种无限的富于张力的表现空间。在张长虹这样的研究者看来，"空的空间"概念涵盖了布鲁克的核心戏剧观念：

> 布鲁克认为戏剧的本质是抽象的，不是填满戏剧舞台的实物，不是演员本身，也不是演员的表演；剧场是当下的内心反应，只存在于演员与观众相遇的时刻；作为社会在一个空间的缩影，剧场的任务在于让这个小宇宙感受到另一世界短暂燃烧的气味，使我们的现实世界连为一体、有所改变。他将有限的戏剧舞台处理成空的空间，其导演理论令导演、演员、观众的心灵具有无限的包容力、想象力和时间感，使导演与剧作家、演员、观众，演员与演员、观众之间的关系更具挑战性。[②]

与"空的空间"相关的另一个布氏戏剧概念是"0度剧场"。对于这两者的关系，另一位中国研究者梁燕丽这样评述说："空的空间"的表面含义是将戏剧工具减少到它的最基本需要，其实质则是为了剥除或

---

① 梁燕丽："彼得·布鲁克的跨文化戏剧探索"，《国外文学》2009年第1期，第40页。
② 张长虹："联系之'有'与风格之'无'——彼得·布鲁克戏剧之路探析"，第41页。

脱掉文化或习俗的辎重，使戏剧从零开始。① 事实上，"0度剧场"又可被称为"0"度观众剧场。当布鲁克在访谈中谈及国际戏剧研究中心进行的实验戏剧时说道，该中心最基本的目标是以各种形式让剧场打破对共同文化符号和象征的依赖，直接无碍地发声，使剧场经验通过演员的表演而产生，同时被观众接受和分享。可以说，戏剧中心所有的实践均是从不同角度对此问题的探索。布鲁克和中心演员之所以远赴非洲，并非是为了寻找某种可以学习的东西，而是为了证明，在戏剧中观众和演员一样是构成核心事件的最有力的创作元素之一。②

但不论是"空的空间"，还是"0度剧场"，均是布鲁克的"无语境创作"理念的一部分。事实上，巴黎戏剧中心的成立和后来的非洲之行在一定程度上都是对这一戏剧命题的外化实践。在布鲁克看来，世间一切剧场无不存在于某种语境体系之中，这就意味着剧场意义的传递均被某种所指系统这样或那样地封闭或囚禁着，这种语境包括地理、文化、语言等诸多要素，但其中最主要的体系无疑是由语言构成的文字语境。因此，布鲁克说，他们之所以成立巴黎国际戏剧研究中心，目的之一便是要寻找一种新型的表演艺术，探索一种走出语言樊篱、去欧洲中心主义、多元文化下的戏剧，即"无语境创作"。③

正是沿着这些戏剧探索之路，布鲁克在半个多世纪中不懈追求剧场空间的内涵和剧场艺术的本质，最终以其极简空间、极简戏剧手段的风格影响了当代戏剧的方向，使西方戏剧从奢华剧院的禁锢中解放出来。而在此过程中，就其莎剧作品而言，布鲁克所做的是在各种实验理念下，构建不同的剧场空间，以重新发现莎剧，追求莎士比亚在无限个"当下"的存在。

### 3. 布鲁克莎剧改编：永远的莎士比亚

虽然布鲁克在执导莎剧的改编时表现出强烈的后现代颠覆性特征，但在对莎剧文本的态度和创作意图上，却不同于作为剧作家的改写者。

---

① 梁燕丽：："彼得·布鲁克的跨文化戏剧探索"，第44页。

② Michael Gibson, "Brook's Africa, An Interview by Michael Gibson," *The Drama Review* 17: 3 (Sep., 1973): 47.

③ Ibid., p.46.

布鲁克对莎士比亚的创作是一种从莎士比亚出发,最终又回到莎士比亚的戏剧之路。

迈尔斯·韦伯（Myles Weber）曾说过,虽然作为一个实验性导演,几十年来布鲁克一直着迷于非西方文化的故事叙述,而且为了探索这种叙述艺术,其足迹可谓遍布世界各地,但是,自始至终一直占据布鲁克作品最深处的却是他对莎士比亚的爱——"莎士比亚是他戏剧职业的楷模"①。莎士比亚的影响深藏在布鲁克戏剧的源头,使他在剧场内外的两个世界之间、在想象和现实之间得以自由穿梭。如玛丽亚·雪弗特索瓦（Maria Shevtsova）所说,即便在布鲁克最极端的戏剧实践中,莎士比亚也都是他的典范,因为在莎剧中他找到了他想要的一切:"莎士比亚的世界包罗万象,有史诗剧、社会分析、仪式文化、暴力、反思,而在这些元素之间既没有合成,也没有统一,一切均以矛盾体的形式并存着,不可调和,却又共时共生。"② 在布鲁克眼中,任何人,即便是像布莱希特这样的当代戏剧大师,也只能遥望一下莎士比亚之项背。他在《空的空间》一书中写道:莎士比亚是一个兼具布莱希特和贝克特的楷模,但又远超两者。在布莱希特之后的戏剧中,我们要做的就是不懈地探索前行,以回到莎士比亚那里,毕竟"我们无法呼唤出第二个莎士比亚"。他指出,我们越是清晰地看到莎氏剧场的力量所在,我们就越会容易实现这种剧场。比如,我们终于明白了,正是伊丽莎白剧场的空白布景给予了这种剧场最自由的空间,这种剧院不但允许剧作家漫步世界,而且还可使他自由地从行动世界走向内部感动的世界。他认为,我们发现了今天对我们来说最重要的东西。舞台越是搞得真正的空白,就越是接近于这种舞台。③ 在他看来,莎剧超越了局部舞台,使他得以走进普世性的剧场——即一种超越国界、文化、语言和传统疆域的剧场。而在他的"空的空间"戏剧实验中,布鲁克似乎找到了莎士比亚剧场的这种感觉,"剧场的空旷性给我们留下了可填充的想象空间"——这不仅是他戏剧实验的基本原则,也是对剧场空间的感觉与莎士比亚的一脉

---

① Myles Weber, "Reflections of Peter Brook," *New England Review* (1990–) 27: 1 (2006): 151.

② Maria Shevtsova, "Peter Brook," p.21.

③ Peter Brook, *The Empty Space*, pp.104–105. 还可见于彼得·布鲁克:《空的空间》,北京:中国戏剧出版社,1988年,第93页。

相承:"无论是在非洲,还是在其它地方,我们谈论的都只是一片以地毯为界的戏剧区域,通过它我们仿佛感受到了莎士比亚剧场艺术的基石。我们明白了,学习莎氏的最佳途径不是研究如何再构伊丽莎白时代的剧场,而是在一片地毯上即兴而作。"①

正是这种"空的空间"的戏剧理念使布鲁克在执导莎剧时拒绝僵硬地走进莎剧。他坚持"戏无定式"的原则,认为执导莎剧没有固定的公式可循。莎士比亚留下的一切文字都是开放性的,我们不能像对待巴赫和莫扎特的作品那样对待莎剧,而是可以把它翻一个底朝天。因此,对布鲁克来说,一部莎剧具有当代性和可变形性的双重特征,它可以在任何地方、任何语境、任何历史时段中以无穷尽的方式重新洗牌和分配。关于这一点,布鲁克曾生动地用一副扑克牌来比喻莎剧:"一副扑克牌在历史的某个阶段被发明了出来,虽然无数其它发明随时光而去,但由于扑克牌的每一张牌在界定上具有如此的逻辑,操作上又如此的绝对精确和专注,这副扑克牌的玩法便透过时空历史被保留了下来,延续至今。"②

这也是为什么布鲁克一直坚持说,执导莎剧时应像杨·科特所说的那样,要让莎士比亚对我们的时代说话。就布鲁克而言,每推出一部莎剧,即是等于在那一时刻的时代和文化生态中进行一次莎士比亚的"再发现"之旅——在他的眼里,再发现也是一种创造。从1945年至2000年,布鲁克共执导了14部莎剧,其中,1948年、1957年、1968年和1990年分别推出的四版《暴风雨》尤为引人注目,它们几乎折射了布鲁克实验戏剧的整个路径:如果前两部的主要特征是所在历史时段给予它的社会烙印,那么,后两部则体现并浓缩了布鲁克的后现代主义戏剧观。而重要的一点是,不论这四版《暴风雨》在剧义和风格上有何异同,布鲁克始终不渝的是对待莎剧的初心——那就是,寻找永远的莎士比亚。

1948年的《暴风雨》是布鲁克的第三部莎剧作品。当时他年仅23岁。关于这部作品,布鲁克写道:"不论一个制片人或设计者多想完全客观地上演一部经典,他都不可避免地落入第二阶段——即对那个时代的反映。根据20世纪的戏剧理念,任何一段当下的历史都会对作品留下某

---

① Maria Shevtsova, "Peter Brook," pp.19–20.

② Myles Weber, "Reflections of Peter Brook," p.152.

种印记。"① 事实上，比起后两版《暴风雨》，不论是 1948 年版还是 1957 年版，均属于传统版，在内容上都是 20 世纪中叶欧洲政治化剧场语境的产物。

1956 年前后，英国和整个西方世界一样，经历了战后世界政治和文化上的冲击。在政治上，苏伊士运河事件、匈牙利革命、战后冷战的压力、核战争威胁的幽影笼罩着整个西方世界。在戏剧文化上，五部惊世剧作在伦敦的出现完全改变了英国人对戏剧的看法：这些剧作包括法国剧作家让·热奈（Jean Genet）的《阳台》（*The Balcony*，1957）、贝克特的《等待戈多》（*Waiting for Godot*，1955）、德国剧作家布莱希特的《大胆妈妈和他的孩子们》（*Mother Courage and Her Children*，1955）、英国剧作家奥斯本的《愤怒的回首》和哈罗德·品特的《生日晚会》。在这种背景下，1957 年 8 月 13 日，布鲁克的第二版《暴风雨》在斯特拉特福莎士比亚纪念剧场得以首演，并随后搬上了伦敦舞台。关于这部剧作，布鲁克的初衷是以此剧为媒介探讨"人类的整体状态"（whole condition of man）："剧中的一切都并非像看起来的那样简单……故事发生在一个岛上，但又不是在一个岛上，是发生在一天之中，又不是在一天之中，一场暴风雨引发了一连串的故事。……在剧中，天真迷人的田园世界中包裹着各种谋杀、阴谋、暴力和强暴。当我们开始挖掘被莎士比亚细心深埋的主题时，我们看到了他的最终思想——人类整体的状况。"② 事实上，该剧似乎带有莎氏悲剧的某种特点，因为它的关注点是本剧的主人公普洛斯彼罗在剧末时的顿悟：虽然魔法给予了他复仇的力量，但同时也使他陷入了危险的心性。如马洛维奇评述的那样，剧中的公爵最终意识到了，对复仇的追求是徒劳的，只有当人类放弃与自然的战斗时，人类才能真正地控制自然。虽然 1957 年版的《暴风雨》在剧情上忠于原剧，在主题上基本是对传统主题的延伸，但正像马洛维奇所指出的那样，使这版《暴风雨》不同于此前版的是，在该剧中似乎隐含了 20 世纪中叶笼罩在世界各地的阴郁、绝望、动荡等社会情绪。马洛维奇甚至问道：在这一版的普洛斯彼罗形象中是否带有一缕冷战背景下核灾难的幽影？是否暗含了对匈牙利革命的思考？尤其是，面对

---

① Arthur Horowitz, *Prosper's "True Preservers*," p.16.
② Ibid., p.55.

刚刚发生的苏伊士运河事件，该剧是否是对英国最后一抹殖民光环的怀旧？①

但若要说哪部作品堪称布鲁克莎剧艺术的真正转折点，那一定是1968年版《暴风雨》的上演。在这次创作中，布鲁克以解构主义的做派，对莎剧进行了大胆而革命性的实验创作，使其成为莎剧演出史上一个重要的事件。

对于世界很多地方而言，1968年都是一个充满动荡的历史时期，各种政治风暴，如学潮、入侵捷克、越战、人权运动、暗杀等事件席卷全球。而在英国，1968年则是种族冲突凸显的一年：在此年的2月，96名印度人和巴基斯坦人到达英国；4月，保守派议员伊诺克·鲍威尔（Enoch Powell）便在伯明翰发表了"血流成河"的演讲。他预言，英联邦移民的大举涌入将会给未来的英国带来暴力的局面："放眼未来，我有一种不祥之感，就像当年的罗马人那样，我似乎看到了'台伯河上泛起的血沫'。"虽然他后来被除解职务，但在同年10月他再发狂言，对民众叫嚣："外来的移民将会改变英国的性质。"② 1968年的各种政治动荡不可避免地影响到了大众文化。在这一时期出现了滚石乐队（The Rolling Stones）的政治歌曲《街头斗士》（"Street Fighting Man"）、披头士乐队（The Beatles）灌唱的《革命9》（"Revolution 9"），后者作为著名歌手列侬对先锋艺术（音乐）的尝试和反叛政治的宣言，可谓一首充满怪异声音、夹杂着电影和电视节目的零星片段、对话和音乐的拼贴歌曲。也正是在1968年，四百多年来束缚着英国剧作家自由创作的戏剧审查制度终于得以废除。1968年前后还目睹了西方实验剧场小剧场发展的高峰，各种边缘小剧场（Fringe Theatre），如特拉维斯戏剧工作坊（Traverse Theatre Workshop）、手提剧场公司（Portable Company）、联合股份剧团公司（Joint Stock Company）、戏剧创作室（Theatre Workshop）等以集体理念的创作为要旨，使戏剧成为走出传统文学性叙述剧场、反对正统派的政治剧场。

除了大众反叛文化的流行，1968年还目睹了后现代主义理论思潮

---

① Arthur Horowitz, *Prosper's "True Preservers,"* pp.18-19.

② Enoch Powell, "Rivers of Blood" speech, *The Telegraph*. 12 Dec 2007. Web. 17 Oct. 2016. <http://www.telegraph.co.uk/comment/3643826/Enoch-Powells-Rivers-of-Blood-speech.html>.

的起始发端。作为一场声势浩大的人类思想范式上的革命,后现代主义理论在各个领域引发联动反应,使人们有史以来首次在思想上正视不同文化的存在。如克雷格·欧文斯(Craig Owens)在书中写道:"欧洲文明霸权的历史已走到了尽头——这是一个不争的事实和观点。自世纪中叶以来,[西方]世界终于不得不面对不同文化存在的必要性。"[1]的确,在1968年前后,不仅欧洲、亚洲、美洲等地的人们以各种形式反抗和抵制文化霸权,西方思想界也开始反思欧洲文明对其他文化的征服、主宰及霸权性影响。

在此社会和文化语境之下,布鲁克的1968年版《暴风雨》不可避免地带有了那个时代的特征。当谈到该剧的主题意义时,马洛维奇评述道:这版《暴风雨》是关于权力的一部作品。整个故事讲述的是一个西方贵族如何攫夺了一个岛国的政权,并打着"文明知识"的幌子,以威胁、逼迫的手段对这个所谓的"无人认领"的岛屿实施领地控制。因此,在马洛维奇看来,该剧的核心主题是殖民文化对他者文化的压迫——这在剧中具体表现为普洛斯彼罗对凯列班身体上的奴役、思维上的灌输和行为上的压制。[2]

但最终使1968年版《暴风雨》在当代英国莎剧史上留下浓重一笔的不仅仅是它在意义上的时代性,更还有该版作品所表现出的后现代戏剧艺术。1968年,布鲁克受法国导演让—路易斯·巴劳特(Jean-Louis Barrault)的邀请,赴巴黎执导一个由来自不同文化背景的演员组成的工作坊。根据计划,他们将依托此剧团,通过具体实践,就剧场的一些本质性问题展开探索。其问题包括:什么是剧场?什么是戏剧?什么是演员与观众的关系?什么样的条件能最大程度地服务于舞台表演的各方?围绕这一研究方向,布鲁克决定以莎剧《暴风雨》为载体,全方位地对当代思想生态下的剧场理念进行实验。其结果是,最终搬上舞台的此版《暴风雨》便具有了以下几大特征:后现代集体性创作,多文化国际背景,舞台与观众的互文性,以莎剧为主元素的即兴衍生性表演,以及对剧本的后现代改编等,这些特征使该版《暴风雨》成为当代西方戏剧史上意义深远的莎剧演出经典。

---

[1] Arthur Horowitz, *Prosper's "True Preservers,"* p.67.
[2] Ibid., p.69.

首先，1968年版《暴风雨》的最大特征是多文化和集体性创作。关于此次实验性演出的目的，除了上面提到的宏观议题，布鲁克想要探索的还包括不少具体的问题，比如，演员是否能在该剧中找到暴力和权力的意义？他们是否能在表演中找到新的艺术方式以取代传统的不真实的表演手段？演员们是否能借这部极具张力的剧作最终突破对作品的感觉定式？但对布鲁克来讲，其兴趣的焦点则是，如何通过来自不同国别的艺术家们的混合杂糅来探索一种后现代时代所特有的合成风格，最终转变西方传统小资剧场中观众观剧时置身剧场意义之外的被动性。① 事实上，从导演到演员，该演出团队均表现出多文化的全球性特征：演员中有5名为美国人，9名英国人，7名法国人，2名日本人。在他们当中，来自纽约布朗克斯地区的一位女演员扮演米兰达，一袭白色跆拳道服的英国皇家莎士比亚的演员扮演普洛斯彼罗，一位身着和服的日本演员则扮演精灵爱丽儿。不仅是演员，本次演出也是导演团队的合谋之作：除了布鲁克，还有三位客座导演（guest directors）：维托利奥·加西亚（Vittorio Garcia）、杰弗里·李维斯（Geoffrey Reeves）、约瑟夫·柴金（Joseph Chaikin），他们分别带领各自的小组进行即兴演出和剧场游戏，最终的作品成为四位导演的合谋制作。依托此国际化团队，该剧的演出不仅是一个多层次集体创作的结晶，还是一部在意义上呈流动状的"过程性的作品"：演员与剧作家、导演、设计师一起直接参与表演的设计和创作，其排演过程最终成为一个剧场练习、剧本拼贴、即兴演出、戏剧实验和社会学研究等活动碰撞的创造性过程。

该剧的第二个特征是：全新的后现代主义剧场理念。对于像布鲁克这样的当代导演来说，戏剧艺术的核心问题是剧场空间问题，即演员与观众的关系问题，以及如何对待剧场中的观众这一问题。为了以自由的形式走近莎士比亚，促进观众真正进入该剧的故事之中，布鲁克和他的团队刻意选中了伦敦一处平淡无奇的圆形房屋（the Round House）作为该剧的演出场地。这是一个有着巨大圆顶和环形空间的房屋，是19世纪一个旧车站的一部分。为了观看演出，人们不得不爬过一个陡峭的旧木楼梯才能到达它的入口，而"剧场"内部更像是一个体育馆，屋顶很高，既无舞台，也无传统上的座席，唯一的"布景"也只是几个日式的

---

① Margaret Croyden, "Peter Brook's *Tempest*," *The Drama Review* 13: 3 (Spring, 1969): 125.

木制平台，左右斜对角建有几个巨大的可移动的脚手架，上面搭着木板，以供演员和观众来坐。在演出的过程中，这些满座的脚手架会被"推动"或"吹"进空旷的演出区域，而对面三边也是供观众坐的座位。进入剧场之后，观众可以自行选择坐在哪里，而很多人选择了脚手架。演出前，人们围着场地来回徘徊，演员们也都在场地上或是练声、热身、玩侧手翻，或是仍球、与观众闲聊。据布鲁克和剧评家回忆，从入场后的那一刻起，观众便已知道，他们即将要看到的是一场非同寻常的演出。场地上坐满观众和表演者后，演员们开始唱起曲子，最后，脚手架被拽到了演出的中央，而此时，一部分观众就坐在上面。在演出中，坐满观众的脚手架会随着剧情转向不同的方位。透过这种独特的剧场安排，布鲁克意在挑战观众传统的观剧定式，将观众带入戏剧本身，迫使他们走出被动的观者角色，推动他们与演出者一起就剧情事件进行互动。① 关于此次演出，当年亲自观看了这场演出的剧评家托马斯·R. 阿特金斯（Thomas R. Atkins）曾这样写道：在某种意义上，剧团给观众们提供的是一场关于《暴风雨》的暴风雨。当暴风雨的一幕进入尾声时，演员们缓缓走入观众席中，嘴里低吟着"祈祷""绝望"等字眼——这些无疑表达了许多观众的感受。最后，戏剧结束时，观众和演员一起凝视着那片刚刚演绎过一个魔法故事但此时已是空荡荡了的场地。关于这一点，布鲁克后来在接受阿特金斯的访谈时说，他感到非常欣慰。因为观众们在演出后并没有立即离场，而是在原地盘桓了许久，彼此交流，或是与演员们一起交谈着晚上的经历。布鲁克观察到，此时此刻，观众们已完全融入了剧场。在那一刻，剧场既属于演员，也同样属于观众——这，正是布鲁克此次演出的最终目的。②

该剧的第三个特征是：对莎剧剧本的后现代解构性处理。在这次观剧经历中，观众们承受的挑战不仅仅是全新的表演手段和观剧习惯，更还有演出中莎剧语言带给他们的冲击。舞台上呈现的并非是他们期待中的熟悉的莎剧情节和语言。剧本仅有10%出自莎剧原文，其余均是基

---

① 此段内容来自多个资料源头：如 Peter Brook, *Threads of time: a memoir*, pp.175–176. 148; Thomas R. Atkins, "The London Theatre: A Devaluation," *The Kenyon Review* 31: 3 (1969): 348–368.

② Ibid.

于对原文的摘选、提炼以及对原剧母题的变奏和发挥，字里行间不时还散落着些许法语和日语的词句；原莎剧剧情被打碎、浓缩、非语言化，戏剧时间更是变得断裂而滑动，剧场行为成为一种拼贴，就像影片中那样，虽然剧情序列时有出现，但它又很快会消失和褪色。据阿特金斯回忆，当演出到一半时，他听到后排座位上一个女孩对同伴说："我想我们今晚看的这出戏应该是莎士比亚吧！"① 的确，想起当年的情形，布鲁克在《时间之线：彼得·布鲁克回忆录》一书中写道："听着演员们唱着被完全解构后重编的《暴风雨》词句，许多观众惊讶得直竖眉毛。"② 事实上，这种对莎剧文本的后现代主义解构性处理并非为布鲁克所独有，就像阿特金斯所指出的那样，在与布鲁克同时代的导演之中，很多导演，包括另外两位世界级的戏剧大师，波兰的耶日·格洛托夫斯基（Jerzy Grotowski）和美国的理查·谢克纳（Richard Schechner），他们都和布鲁克一样，在后现代主义思潮的影响下走上了反传统的实验剧场。面对古希腊和伊丽莎白时代的作品，他们像布鲁克一样，将这些剧本当作创作的原始素材，删减、再写、再塑造，以满足他们创作的目的。许多剧评家曾批判这些实验性导演肆意屠戮经典，扭曲原义，但导演们则坚持认为，他们所做的是一种经典的重新发现，即以新的艺术形式使莎剧的意义在当代观众面前得以显现。③ 关于1968年版《暴风雨》，艾伯特·亨特（Albert Hunt）和杰弗里·李维斯曾描述说，该作品在创作元素的组合上让他们想到了达达主义的拆解和再组式创作。的确，在创作过程中，布鲁克将《暴风雨》拆成了碎片，每一个主题、意象、行为、关系均被重新审视——海难、阴谋、婚礼、溺水者、两次未遂的谋杀、乌托邦世界、一见钟情、极乐花园、七宗罪、巴别塔——所有这些均成为即兴衍生性表演的基本元素，以此为跳板，布鲁克引导着观众走向一个又一个新的莎剧意义的发现。④ 比如，在剧中的婚礼一幕之后，普洛斯彼罗突然说道："我忘了情节了。"这时，台上的演员都停了下来，思考片刻

---

① 此段内容来自多个资料源头：如 Peter Brook, *Threads of time: a memoir*, pp.175–176. 148; Thomas R. Atkins, "The London Theatre: A Devaluation," *The Kenyon Review* 31: 3 (1969): 348–368.

② Peter Brook, *Threads of time: a memoir*, pp.175–176, p.148.

③ Thomas R. Atkins, "The London Theatre: A Devaluation," p.350.

④ Arthur Horowitz, *Prosper's "True Preservers,"* p.74.

后，有人开始念起收场白中的诗句："我的结局将要变成不幸的绝望"，而另一个人则续上去说："除非依托着万能的祈祷的力量"，第三个演员接着念道："它能把慈悲的神明的中心刺彻，赦免了可怜的下民的一切过失。"三人对诗句的念诵在节奏、转调、抑扬顿挫，乃至措辞上不断变化，混合在一起，直到声音淡去，最后，观众席一片寂静，只有"结局……绝望……解脱……祈祷……"的回声在远处飘荡。①

总之，不论从创作过程，文本再编，还是从意义的生成来讲，此次改编都表现出强烈的互文性后现代文化的特征，既没有大写的编者，也没有最终的意义——整个创作过程成了编者、演员、设计者和数位导演的流动性合谋之作。尤其重要的是，透过演出，布鲁克和剧组盛邀并引导着观众走出观者的被动，踏上了一个重新发现莎剧《暴风雨》的精神之旅。在这次演出中，通过围绕普洛斯彼罗和凯列班、费迪南德和米兰德进行的情节再编，布鲁克从多个维度表达了该剧的核心主题：权力与爱情的博弈、融合与疏远的共存、理智与疯狂的冲突。② 以这种方式，布鲁克实现了其戏剧生涯中对《暴风雨》的第三次发现之旅。最后，当观众和演者一起面对空荡荡的"舞台"，脑子中回想着刚刚在那片空荡荡的场地上发生的故事，在那一刻，舞台最终成为时代实验剧场通向莎剧经典的一个时空的通道。

关于这版《暴风雨》，《每日电讯报》（*Daily Telegraph*）的剧评者埃里克·肖特（Eric Shorter）曾写道："我们无法用任何戏剧术语来描述该剧，因为我们所熟知的戏剧形式在此次作品中都无法用到。"③ 的确，依托莎剧，布鲁克不仅再次完成了一次莎剧探索之旅，更以此为载体实现了对剧场本质的探寻和印证。

在接下来的70年代，布鲁克又先后执导了《安东尼和克里奥佩特拉》《仲夏夜之梦》、法语版《雅典的泰门》和法语版《一报还一报》。但在1978年之后的12年间，布鲁克的艺术疆域中出现了一段漫长的莎

---

① Margaret Croyden, *Peter Brook's "Tempest,"* p.128.
② Thomas R. Atkins, "The London Theatre: A Devaluation," p.352.
③ Eric Shorter, "Peter Brook: Teacher's Resource," *Daily Telegraph*, 20 July 1968. Web. 14 May. 2015. <http://www.vam.ac.uk/__data/assets/pdf_file/0011/256592/Peter_Brook_AW_spreads.pdf>.

剧空白。在此期间，布鲁克虽不乏惊世之作，其中包括在全球巡回演出了三年之久的印度史诗剧《摩诃婆罗多》，但却一直没有莎剧的作品。直到 1990 年，他才再次回到了莎剧，令人惊讶的是，他竟再次选择了《暴风雨》。但与此前三版不同，这是一版由吉恩·克劳德·卡瑞尔（Jean-Claude Carrière）翻译的法语版《暴风雨》。

自其 1948 年首次执导《暴风雨》到 42 年后第四次回到此剧，布鲁克通过剧场的想象空间演绎了众多故事意义，但面对法语版莎剧，他仍发现，即便是在其它语言的生态之中，莎士比亚的神秘力量竟依然如旧。如果说 1968 年版《暴风雨》作为一部后现代主义实验戏剧在当代莎剧史上留下了里程碑的足迹，那么 1990 年版《暴风雨》的意义则在于，它是布鲁克 70 年代后所探索的无语境创作和跨文化戏剧的集大成之作。

从 1972 年走进非洲以寻求剧场的本质，到这部 1990 年版《暴风雨》，布鲁克走过了漫长的戏剧实验之路，此剧的上演最终为他的去欧洲语境的跨文化戏剧实践画上了一个句号。关于此版演出，英国剧评家玛利亚·雪弗特索瓦和亚瑟·霍洛维茨曾做过一些精辟的记载和评述。雪弗特索瓦在文章中写到，在这部法语版莎剧中，布鲁克终于实现了"英国莎士比亚时期保留下来的古老的戏剧理念"①。早在 70 年代，布鲁克就已发现，西方演员擅长表演人物的内心世界和其它世间的情感，却不擅长挖掘神秘的仪式世界和隐形世界的意象，因此在此版《暴风雨》中，他刻意选用了非洲籍演员领衔主演，因为他们熟知文化中的传统仪式，用布鲁克的话说："对于那些在礼仪和仪式文化中长大的演员们来说，在人类世界和隐形世界之间有着一条直接而自然的通道。"②

在该剧中，普洛斯彼罗由布鲁克团队中来自非洲国家布吉纳法索的资深黑人演员索提古·库亚特（Sotigui Kouyaté）扮演，③小精灵爱丽儿则由来自邻国阿里的另一位黑人演员巴卡利·桑格（Bakary Sangeré）扮演。用雪弗特索瓦的话说，布鲁克在这两位演员身上看中的"不仅仅

---

① Maria Shevtsova, "Peter Brook," p.27.
② Ibid.
③ 索提古·库亚特于 1936 年生于马里，年轻时热衷足球，为非洲布吉纳法索国家足球队成员。他在 60 年代开始投身戏剧和影视事业，1985 年参演了《摩科婆罗达》的演出，2009 年凭借在影片《伦敦河》（*London River*）里的精湛表演，获得了柏林电影节最佳男演员银熊奖。

是他们强健的体魄,和他们与观众接触时的直接和融合,更还有他们身上所具有的被布鲁克称之为'透明'的特质:开放、质朴,一种自由穿梭于剧情人物的那种能力,一种总让人大笑的活泼和快乐,不管故事本身有多么的残忍"。①

与土著化的黑人魔法师和小精灵形象相对应,布鲁克则让一名白人侏儒/儿童演员来饰演凯列班,这种悖逆传统殖民主仆关系的人物设置无疑颠覆了西方读者/观众对该剧的传统阅读/观感——认为该剧中隐喻了一个伊丽莎白时代的白人占有和驯服一个异己世界的故事。对于此剧所引发的困惑和不解,布鲁克在1991年接受雷蒙德·热拉尔(Gerard Raymond)的采访时曾解释说:"索提古·库亚特对普洛斯彼罗这一人物的理解得益于他与生俱来的那种有着数百年故事叙述历史的传统和文化。"②他还在卡瑞尔的法语版《暴风雨》的前沿中写道:"库亚特和桑格的文化属于一种不同〔于欧洲〕的文明,在此文明中,上帝、魔法师、巫师、幽灵的意象能唤起人类深刻的现实感。"③对此,亚瑟·霍洛维茨则指出,正是由于布鲁克在该版演出艺术上特别凸显了非洲演员身上所表现出的异他性内在故事叙述的传统以及巫师、幽魂等土著文化的传承,这才使他成为一些批评家抨击的对象,他们指责他的戏剧中具有文化剥削和殖民原始主义的特征。④布鲁克自然拒绝了这些指责,他一再指出,启用非洲演员的目的是为了打破莎剧原型思维对艺术的禁锢:当来自不同文化源头的人们聚集在一起,一切都将变得不可预料,他们的碰撞会生成一种独特的色彩。该剧既呼应了《暴风雨》中的暴力、背叛、人与人的和解等传统主题,也凸显了人与神、自然的和解主题,尤其是对自然生命力——大地、空气、水、火——充满诗意的联想和指涉,给《暴风雨》一种新的意义维度。

如果比较四版《暴风雨》,我们不难发现,它们身后存在着某种演绎的轨迹:如果1947年版和1957年版的《暴风雨》属于传统莎剧的演出,在语言上忠实莎剧,在意义上与当代政治和社会主题接轨,与时俱

---

① Maria Shevtsova, "Peter Brook," p.26.
② Arthur Horowitz, Prosper's "True Preservers," p.149.
③ Ibid.
④ Ibid.

进，推陈出新；那么，在1968年版《暴风雨》则表现出强烈的"后"文化生态特征，其演出几乎完全脱离了莎剧原文，成为围绕莎剧主题的变奏；而1990年的土著版《暴风雨》不仅把远古信仰中的超自然元素融入了该剧的核心主题，即生命本身，实现了不同文化语境对莎剧的再阐释，还达到了面对莎剧，虽基于文字却又不囿于文字，与莎剧神魂相交的艺术境界。

同时，1990年版《暴风雨》也开启了布鲁克后期莎剧艺术的新篇章。在此后的数年间，布鲁克以《哈姆雷特》为起源文本先后创作并导演了《谁在那儿？》和《哈姆雷特的悲剧》。在这一阶段，布鲁克的莎剧改编似乎越来越表现出改写的特征。在1995年的《谁在那儿？》中，对《哈姆雷特》的剧情改编中夹杂了大量演出理论的探讨，演员们在演绎《哈姆雷特》剧故事的同时，口中不时会引述着布莱希特、斯坦尼斯拉夫斯基、梅尔赫德、克雷格、萨阿米和阿尔托的词句，期间更是交杂着布鲁克本人的观点。

而五年之后的《哈姆雷特的悲剧》则是布鲁克1978年后首次回到英语版莎剧的创作，其起点仍是《哈姆雷特》中由柏纳多说出的第一句台词："谁在那儿？"。在这部剧中，布鲁克提出，他要挖掘的是《哈姆雷特》的"精髓"（quintessence）："作为一个悲剧，《哈姆雷特》讲述的是个体与命运的对抗，这种对抗是如此之强烈，它最终导致他不得不以特殊的方式面对死亡。"① 聚焦哈姆雷特悲剧的"精髓"，即是意味着精简莎剧文本，打破对该剧的先入之见，最终"重新发现莎士比亚"。布鲁克的此版《哈姆雷特》无疑是一个地毯版莎剧的改编：八个演员、一个乐师、一个巨大的红地毯。删减去1/3的文本，每一个演员都扮演了两个或三个角色，如幽灵/克劳狄斯，罗森格兰兹/第一个戏子，吉尔登斯敦/第二个戏子/雷欧提斯，波格涅斯/掘墓人/奥斯里克。在此剧中，布鲁克删除了福丁布拉斯的故事、雷欧提斯的离去和大段大段的政治词句，还将情节进行了极端的重新排序。当幽灵与哈姆雷特说话时，两人总是在很近的距离之内，且与原莎剧不同，幽灵一直以真实的形象现身于舞台，甚至在数个莎剧中没有出现的场景中出现，比如，在戏中戏一场中，他就坐在哈姆雷特旁边的凳子上。在该剧中，布鲁克

---

① Maria Shevtsova, "Peter Brook," p.30.

还重新调整了"生存还是毁灭?"这段独白的位置:在原莎剧中,它出现在哈姆雷特决定以戏中戏的形式探测国王罪恶之后,而在该剧中,布鲁克则将它置于哈姆雷特杀死波格涅斯之后和被派遣去英国之前,此时哈姆雷特内心的质疑达到了巅峰,该独白几乎成为他提前的"死亡演讲"。此外,布鲁克还将该剧设计为一个环形情节:它以"谁在那儿?"开始,又以此句终结——以此强调贯穿莎剧《哈姆雷特》始末的质疑之声,而"question"一词更是在该剧中出现了十多次。用迈克尔·比林顿的话说:"这种质疑感所产生的效果是,它仿佛给那天晚上的演出打上了双重的问号——这个在西方观众想象世界中如幽灵般出没了四百多年的人物哈姆雷特到底是谁?"①

从1947年的传统版《暴风雨》到1968年后现代语境下的《暴风雨》,再到1990年互文化叙述策略下的土著版《暴风雨》,直到以探索悲剧"精髓"为要旨的《哈姆雷特的悲剧》,布鲁克一次又一次地深入莎剧文本的肌体,以不断更新的戏剧理念在剧场掀起一次次新的想象张力。但同时,布鲁克的莎剧艺术又万变而不离其宗,虽上下求索,终究不离莎剧"诠释"这一根本。他的莎剧剧场最终成为一个流动的重新发现无限莎士比亚的艺术历程。

---

① Michael Billington: "Achieve Theatre Review: Who Is Hamlet Anyway?" *The Guardian*, 18 Dec. 2008. <http://www.theguardian.com/stage/2000/dec/02/peter-brook-hamlet-theatre>.

# IV

## 汤姆·斯托帕德:
## "谁写了莎士比亚?"

## 第十章

## 影响的焦虑:《罗森格兰兹和吉尔登斯敦已死》

> 为什么罗森格兰兹和吉尔登斯敦要被处死?他们在剧中到底犯下了什么样的错?难道就因为他们在不知道国王是一个篡位者和谋杀者的情况下,听命于他的命令,就应该被判处死刑吗?……难道罗森格兰兹和吉尔登斯敦之死一定是克劳狄斯之死的必然前奏吗?我们是否可以这么说:他们的死不过是哈姆雷特的一次不必要的残暴之举?斯托帕德的观点无疑是后者。
>
> ——迈克尔·斯科特

在战后英国戏剧舞台上,汤姆·斯托帕德是在成就上仅次于哈罗德·品特的当代剧作家,他以《罗森格兰兹和吉尔登斯敦已死》《怪诞的效仿》(*Travesties*, 1974)、《阿卡迪亚》(*Arcadia*, 1993)、《印度深蓝》(*Indian Ink*, 1995)及后期影视作品《恋爱中的莎士比亚》而著称。他那特有的外来者的视角、妙不可言的文字游戏、富有哲理的闹剧使他在战后舞台上独树一帜，成为当代最有个性的英国剧作家之一，同时他也是最著名的莎剧改写大家之一。但斯托帕德的莎剧改写却与本书前面章节中谈到的邦德、威斯克、布伦顿等社会性剧作家有着很大的不同。邦德等人主要针对的是莎士比亚戏剧的思想，通过与莎剧批判式的对话，他们力图证明："那些在时空长河中被称为'经典'的作品中，并非存在某种永恒的真理。"① 相比之下，斯托帕德则是直逼莎士比亚神话般的作家地位。作为一名崇拜英国伟大传统的外来剧作家，斯托帕德在"重构"莎剧的过程中从不纠缠莎氏的思想，他看中的是后者被世人神化的作家身份。作为一名出身捷克的英国剧作家，没有哪个英国作家像斯托帕德那样强烈地意识到莎翁的存在，因为没有哪个作家像他那样刻骨铭心地在意自己的文化身份和归属。从创作舞台剧《罗森格兰兹和吉尔登斯敦已死》的那一刻，到四十年后在影视上再次回到这部作品，斯托帕德一直带着"是谁写下了莎士比亚？"的质疑，进行着自己的戏剧创作。

斯托帕德对莎士比亚的"再写"使他成为布鲁姆修正理论的典型案例——他对莎剧的"再写"不仅仅是解构和颠覆，更是一种自我的植入。通过对莎剧的"误读"和"再写"，通过与莎氏"大不敬"的对话，斯托帕德的最终目的是将自己的名字永远与莎士比亚连在一起，成为那个他既颠覆又拥抱的文学神话和源流的一部分，一个英国戏剧长河中的莎氏·斯托帕德。

### 1. 斯托帕德与莎士比亚：影响的焦虑

哈罗德·布鲁姆在《影响的焦虑》和《误读图示》中提出，后弥尔顿时代中的所有诗人在面对威名显赫的前代巨擘和由他们代表的宏大传统时，都会感受到一种受人恩惠而产生的压迫感、负债感和焦虑感，这种焦虑即为影响的焦虑。

在布鲁姆看来，这种焦虑可能成为一种压抑，但更有可能成为激发反抗的酵母，如果是后者，它非但不会阻碍诗人的独创能力，反而给予诗人一种创造的内动力。他将这种影响称为"诗的有意误读"，并结合弗洛伊德的"家庭罗曼史"、尼采的"强力意志"等，从而提出，后辈诗人为在诗坛拥有自己的一席之地，面对前辈诗人时必须采取一种"误

---

① Charles Marowitz, *The Marowitz Shakespeare*, p.25.

读"的策略。而这种误读通常是有意的,其实质是后人对前人的"弑父"性反叛。布鲁姆提出的另一个观点是"影响即是修正",他认为:"诗学影响——当两个真正强大的诗人卷入其中时,总是伴随着后辈诗人对前辈诗人的误读。它是一种创造性的纠错行为,是一种真正的、必要的误读。"① 这就是说,后人对前人的反叛是一种面对前人的影响时做出的对他的刻意修正,以使前人为我所用。因此,布鲁姆的一个核心思想就是:一位诗人对另一位诗人所做出的批评、误读或者误解构成了一种阅读与写作之间的关系。"因而阅读是一种误读,就像写作是一种误读一样。"②

布鲁姆提出,诗的历史是无法和诗的影响截然分开的,因为一部诗的历史就是诗人中的强者为了廓清自己的想象空间而相互"误读"对方的历史。为此,布鲁姆写道:

> 按照我的设想,影响意味着压根不存在文本,而只存在文本之间的关系,这些关系取决于一种批评行为,即取决于误读或误解——一位诗人对另一位诗人所做的批评、误读和误解。这种批评行为,同每一位有能力的读者对他所遇到的每一个文本所做的必然的批评行为,在性质上并无不同。这种影响关系支配着阅读,就像它支配着写作一样,随着文学历史的延伸,所有诗歌必然成为韵文批评,恰如所有批评变为无韵的诗歌一般。③

根据布鲁姆的理论,面对影响的链条,新晋的诗人从一开始就是逆反式的人物。他在面对一个给予营养和保护,同时又威压、裹挟他内心反抗欲望的父辈诗人时,表现出一种爱恨交加的情感。为了克服此种焦虑,获得生存权和优先权,他像是有着"俄狄浦斯情结"的儿子一样,试图对先驱者的诗歌进行有意或者无意的误读,从而贬低传统,开创自己的生存空间。布鲁姆所谈的具有反叛精神的后辈诗人,并不泛指所有诗

---

① Harold Bloom, *The Anxiety of Influence: A Theory of Poetry* (New York: Oxford University Press, Inc., 1973), p.30.
② 哈罗德・布鲁姆:《误读图示》,朱力元、陈克明译,天津:天津人民出版社,2005年,第1页。
③ 同上。

人,而是特指那些以毅力向威名显赫的前辈进行至死不休挑战的"诗人中的强者"。他们对前人的诗歌进行有意的误读,进而消解权威,解构传统范式,从而树立自我的神话。因此,诗歌的影响就是通过误读而产生的。它是一种创造性的矫正,其目的即是以此和自己的前辈相区别。在1997年《影响的焦虑》再版前言中,布鲁姆用长达三十七页的篇幅论述了马娄作为莎士比亚的主要先驱者给莎士比亚所造成的影响,以及莎士比亚由此而承受的影响的焦虑,和他最终以压倒性的胜利摆脱马娄的影响,从而达成"诗的影响迄今取得的最伟大的胜利"。

关于这种修正式的误读,布鲁姆写道:"什么是修正理论?正如这个词的词源所表示的那样,它是一种导致重新估量或评价的重新瞄准或重新审视。我们可以斗胆提出如下的准则:修正论者力图重新发现,以便做出不同的估量或评价,进而准确地达到目的……重新发现是一种限制,重现评价是一种代替,重现瞄准是一种表现。"[①] 因此,布鲁姆的修正理论本身既是修正,也是回归。在重新评价和定位其前驱者时,"诗人中的强者"像撒旦一样反叛如上帝一般的前辈诗人。通过拒绝其存在,走上一条"弑父"之路,他们借助想象,大胆质疑,沿着边缘化思维轨迹展开思考,最后奋起一搏,以求取而代之。批评家肖恩·伯克曾这样描述布鲁姆理论中后辈诗人"弑父"仪式的含义:

> 那是一种试图在前辈领地里掘出一片权威性自我表达空间的努力。就此而言,对前辈的拒绝只会再次证实前驱者的影响:实现向晚辈的输出,就是达到一种诗的成熟阶段。在这一阶段中,后来者通过对前辈作品进行一场强大的、足以以假乱真的修正性重写,从而驾驭和控制父亲诗者的影响。然后,斗争便偃旗息鼓,新人成为一个独立的诗人,即诗人中的强者。[②]

布鲁姆的理论无疑适用于所有作家,但对于汤姆·斯托帕德这样一位出生于捷克却又一直以英国人自居的剧作家来说具有特殊的含义。

---

[①] 哈罗德·布鲁姆:《误读图示》,朱力元、陈克明译,天津:天津人民出版社,2005年,第1页。

[②] Sean Burke, *Authorship: From Plato to the Postmodern*, p.176.

## 第十章 影响的焦虑:《罗森格兰兹和吉尔登斯敦已死》

相对于同时代的不少剧作家,斯托帕德戏剧艺术的最大特点是在传统和经典中寻找一个落脚点,然后反其道而行之。一方面,这是一种后现代式的视角转换,它带给观众的往往是一个崭新的戏剧视野。另一方面,斯托帕德对经典的重写实践也是一个最生动的哈罗德·布鲁姆理论的个案。在斯托帕德的戏剧创作中,包括莎士比亚、王尔德、贝克特在内的很多经典作家都成为他自我移植的土壤。当然,为了在前辈作家已有的领地上厘定出一片属于自己的图案和区域,斯托帕德也经历了艰难的"弑父"旅程。

这位出身捷克但却一直否认其东欧和犹太身份的英国剧作家对历史似乎永远表现出一种极端矛盾的心理,一方面,他坚持认为,历史是不可知的,但另一方面又痴迷于聆听隐藏在遥远过去中的回声。对于斯托帕德来说,再没有比历史更让他感到困惑和痛苦的主题了。尽管斯托帕德一再说,自1946年跟随继父到达英国的那一刻起,他便爱上了这个国家的一切,包括它的文化和传统,但在此后的半个世纪里,他却走上了一条颠覆英国传统和西方文化的文学之路。因为对于西方主流文化而言,他不仅仅是一个后来者,而且还是一个"边缘者"和"他者"。他曾说过:"我不觉得自己是一个外国作家,因为自打我开始认字,我学的就是英语。"[1] 这句话很耐人寻味,其语言上的否认非但不能证明其身份上的本土属性,恰恰反映了他在意识深处对外来身份的敏感,反映了他在心理层面上希望抹去外来身份、渴望认同英国文化的冲动。这也就意味着,与其他本土作家不同,为了加入这一传统,斯托帕德必须克服外来者和后来者的双重焦虑。

这种面对英国文化所产生的焦虑心理反映在斯托帕德写作生涯的各个方面。首先,它反映在他对英语语言的感觉上。斯托帕德对英语表现出一种本土作家少有的"敬畏之情",颇有一种相见恨晚的感觉。其次,这种焦虑还体现在他对曾经从事过的记者生涯的态度上。于他而言,记者的职业给了他"接受和内化新文化和新语言"的极好机会,不过后来他却发现自己无法从事这一职业,"因为我总觉得没有权利向别人提问。"此外,这种焦虑还可见之于他对戏剧生涯的选择上。尽管他总是说,自己选择戏剧是因为在20世纪50年代后期几乎每一个英国青年都在创作

---

[1] Mel Gussow, *Conversation with Tom Stoppard* (New York: Grove Press, 1995), p.59.

戏剧，但最终还是承认了，他选择戏剧的真实原因是，英国舞台是最能吸引人们眼球的去处。对斯托帕德来讲，这才是舞台的特有魅力。当年他之所以选择舞台和戏剧，在很大程度上是因为他渴望这个国家对他的接受和认可。当然，这里可能还有一个潜在的因素，那就是，在舞台上，他可以尽情地"使用"和"误用"语言。在很多场合，斯托帕德都曾向访谈者说起英语的魅力。他说他喜欢英语文字的"游戏"，因为这种语言拥有一种既可以构建、又可以破坏的双重力量。同样，他热衷于"重写"莎士比亚，也是因为莎翁代表了大英文化的源流和传统，他喜爱的就是在这个传统的殿堂里狂欢，在那些被神化的声音中激起最不协调的"嘈杂"回声。

很少有哪个作家像斯托帕德这样热衷于从经典中汲取写作灵感。在戏剧创作上，斯托帕德既不像哈罗德·品特那样跟着本能走，围绕各种潜意识的意象展开戏剧故事，也不像爱德华·邦德和约翰·阿登那样，从社会生活和现实政治中汲取创作力量。他在耕耘自己的戏剧园地时，总是以各种经典或权威性的作品为其创作的源泉和起点。用他的话说，"我喜欢做的就是拿一个原型，然后背叛它"①。从他的成名剧《罗森格兰兹和吉尔登斯敦已死》《非常侦探》(*The Real Inspector*, 1968)、《怪诞的效仿》到《多戈的〈哈姆雷特〉卡胡的〈麦克白〉》和《恋爱中的莎士比亚》，无不充斥着前驱者的身影。《非常侦探》的情节构架于阿加莎·克里斯蒂（Agatha Christie）的故事之上，《怪诞的效仿》是对王尔德的《认真的重要性》的荒诞的效仿，而《罗森格兰兹和吉尔登斯敦已死》则是基于《哈姆雷特》等莎剧名著。

作为一个移民者和后来者，斯托帕德在进军英国戏剧时遭遇的第一问题就是如何在浩瀚的英国主流文化源流中，在林林总总的文学前辈中厘定自己。即便是成名之后，斯托帕德被人经常追问的一个问题仍旧是："你觉得对你影响最大的作家是谁？"对此，他的回答总是有些模糊："所谓影响……我想大概就是一种按捺不住的爱慕吧，它并非是一种刻意的行为。若说谁对我的影响最大，大概有贝克特、卡夫卡，当然还有皮兰德娄（Pirandello）。我想贝克特的影响是最明显的，不过也是

---

① Kenneth Tynan, "Withdrawing with Style from the Chaos," *Show People: Profiles in Entertainment* (London: Weidenfeld and Nicholson, 1980), p.53

最有欺骗性的。"对于这些对他有过影响的作家,斯托帕德几乎在承认的同时,又否认了其影响力的存在。因为就像他说贝克特的影响"最有欺骗性"那样,他很快也接着说,其实他对皮兰德娄的了解并不多。但不管怎样,他却不得不承认,"要创作戏剧,不沾一点贝克特、卡夫卡或皮兰德娄是很难的。那你说,到底谁是你的父亲?"①最后这句话——"那你说,到底谁是你的父亲?"——生动地反映了他试图拒绝这些"父辈式作家"在他身上留下的影子,却又无法真的抹去他们对他产生的压抑感。面对这些功成名就的前辈作家,斯托帕德这位后来者明显承受着"受人恩惠而产生的负债感"和焦虑感。这也是为什么在《阿卡迪亚》首演当天的"戏剧讲坛"上,当有人再次问及贝克特对他的影响时,斯托帕德很不耐烦地打断了那个人的话,说:"我已还清了。"那一天,这个话题对斯托帕德的触动一定很深刻,因为"讲坛"结束前,他向听众提出的最后一个问题就是:"在座的有哪位的名字是以 Z 打头的?"②这句看似半真半假的戏言,却明明白白地表现了斯托帕德这位布鲁姆理论中所描述的后辈强人在面对前辈影响时的烦恼。

这种影响的焦虑也许可见于所有作家成长的过程,但对于斯托帕德这样一位渴望融入英国本土文化、并在其伟大传统中获得一席之地的外来者和后来者而言,焦虑就更加明显,它所产生的内驱力也就更大。布鲁姆在理论中提出,对那些"诗人中的强者"来说,影响的焦虑会演化为催生其创作的内驱力,因为每一个诗人的发轫点是一种比普通人更为强烈的对"死亡的必然性"的反抗意识。面对阻止其崛起的前驱者,后来的诗人会对其发起至死不休的修正。这种力量在斯托帕德那里的呈现形式就是贯穿于几十年创作中的后现代颠覆式写作视角。

在斯托帕德每部作品的诞生阶段,这种影响的焦虑尤其明显。前面已经提到,斯托帕德在创作时与很多同仁都表现出不同的思维模式,既不像品特那样从无意识的深处寻找灵感,也不像社会性剧作家那样从当下的社会和政治主题中挖掘题材。他是一个典型的拿来主义者,他的创

---

① Giles Gordon, "Tom Stoppard," in Paul Delaney, ed., *Tom Stoppard in Conversation* (Ann Arbor: University of Michigan Press, 1994), p.21.

② 在英文字母表中,字母 Z 排在最后。Ira Nadel, *Double Act: A Life of Tom Stoppard*, (London: Methuen Publishing Ltd, 2002), p.448.

作总是以大量的阅读和浏览为起点。从《罗森格兰兹和吉尔登斯敦已死》到《乌托邦彼岸》(*The Coast of Utopia*, 2002)，他大量地借用各种经典、传记、历史等。《跳跃者》一剧借用了维特根斯坦的哲学思想，《怪诞的效仿》来自于对马克思主义和达达主义的阅读，《汉普古德》是基于对量子物理的浏览，《阿卡迪亚》是来自于对混沌理论的理解。在这些剧中，《汉普古德》(*Hapgood*, 1988)也许是最难懂的。谈到它的创作，斯托帕德坦言其灵感来自于他对量子力学的探讨。他说最初感兴趣的其实是数学，只是觉得不知道思路在哪儿。于是，便转向了物理，然后便遇到了量子力学。此后，斯托帕德便阅读了科学家波尔金霍恩（John C. Polkinghorne）和理查德·费曼（Richard Feynman）的著述《量子世界》(*The Quantum world*, 1986)和《物理定律的特点》(*The Character of Physical Law*, 1964)，并从那里获得了戏剧的中心思路："对事物进行观察的行为本身决定事实的真相。"同样，斯托帕德的作品《乌托邦彼岸》的起点也是来自对大量史料的收集和吸纳。他毫不隐晦地承认，自己在创作该剧时大量借鉴了 E. H. 卡尔（E. H.Carr）的《浪漫主义流放者》(*Romantic Exiles*, 1847)和以赛亚·伯林（Isaiah Berlin）的《俄国思想家》(*Russian Thinkers*, 1978)的内容。关于斯托帕德的拿来主义，传记作家艾拉·纳德尔（Ira Nadel）将其追溯到了文艺复兴，说他很像莎士比亚时代的文人们。在后者的眼里，根本不存在"窃取"之说，一切创作无不是随心所欲的编写、改写和重构。

当然，就斯托帕德式的"拿来主义"风格而言，随之而来的最大难题便是，如何在他人的素材中构架自己的戏剧故事。这是让斯托帕德最为伤神的地方。他曾在1974年的一次访谈中说道："对我来说，如何从《哈姆雷特》或其他一部经典戏剧的框架中衍生出崭新的情节，这才是最大的难题。"[1] 斯特帕德在此所说的难题，实际上就是在将这些经典为我所用时，不得不与这些前辈作家留下的原型所做的搏斗。用布鲁姆的话来说，这是一种通过误读而实现的创造性校正，是和这些前辈相分离的过程。1991年，当谈起新作《在土邦》(*In the Native State*, 1991)一剧的写作时，斯托帕德曾对采访者主动提到了《印度之行》(*A Passage*

---

[1] Roger Hudson, Catherine Itzin and Simon Trussler, "Ambushes for the Audience: Towards a High Comedy of Ideas," in Paul Delaney, ed., *Tom Stoppard in Conversation*, p.60.

*to India*,1924)等作品:"在我们这个时代,刻画印度的最大难题不是如何把印度人写得像印度人。当然,做到这一点本身就很难,但比这更难的,是如何保证你写出的印度人不会让人觉得是来自《皇冠上的珍珠》和《印度之行》。"① 对于斯托帕德的这段话,剧评家梅尔·格索表示出极大的佩服。他说,斯特帕德能坦然承认自己在创作《在土邦》之前读过《印度之行》,这本身就需要点勇气。对此,斯托帕德却不以为然,他说自己没有选择:"必须得提到这本书,否则它会像一个没收到致谢的幽灵,阴魂不散。"② 所以,对斯托帕德这位"拿来主义者"来说,前辈作家的作品的确给了他无限的土壤,同时,当他着手构思自己的作品时,也感受到了来自前辈作家的无形压力。为了摆脱前辈的阴影,实现自我轨迹的偏离,他必须从先前的框架中"误读"和"修正"出一块属于自己的领地,以实现自我的定位。在《影响的焦虑》中,布鲁姆曾特别指出:"一部成果斐然的'诗的影响'的历史,亦即文艺复兴以来的西方诗歌的主要传统,乃是一部焦虑和自我拯救的历史,是歪曲和误解的历史,是反常和随心所欲的修正的历史。"③ 布鲁姆的这一思想在斯托帕德的文学创作中,尤其是他以莎剧改写的作品中得到了最大程度的印证。

斯托帕德曾在"文与事"一文中不无感慨地说,莎士比亚的世界无疑是一片诱人的沃野,"它肥沃得足以能盛下我想表达的一切思想,甚至我可以走得更远,远到几乎不知道该在哪里收住自己的脚步"。④ 听着这句话,我们便不难理解为什么莎士比亚的身影会在斯托帕德的戏剧中无处不在。有时候,斯托帕德会像丢碎片一样,不经意地将莎剧的文字零星地散落在人物的对白中,像在《阿卡迪亚》和《爱的创造》(*The Invention of Love*,1997)中对《仲夏夜之梦》和《哈姆雷特》台词的引用那样。但更多时候,他则是将莎士比亚的台词巧妙地伏埋于剧中人物的对白中,以增强意义在合谋语境中的共鸣。在《阿尔伯特的桥》(*Albert's Bridge*,1967)这部剧中,主人公就一边刷着大桥,一边吟唱着被自己

---

① Mel Gussow, *Conversation with Tom Stoppard*, p.126.
② Ibid.
③ Harold Bloom, *The Anxiety of Influence: A Theory of Poetry*, p.30.
④ Katherine E. Kelly, *The Cambridge Companion to Tom Stoppard*, p.154.

改编了的十四行诗："昼与夜，夜与昼，我怎能不把自己比作夏日，因为我没法不把自己挂牵。"① 在《跳跃者》中，斯托帕德不仅让女主人公多蒂借《麦克白》中邓肯被杀之后的台词来表达心中的恐惧，还让政治恶棍阿奇在剧末借理查三世的对白来隐喻自己的政治野心。此外，《真相》(The Real Thing，1982)一剧中用于象征夫妻间背叛的手帕意象无疑是来自于《奥赛罗》。在《怪诞的效仿》中，对莎剧的引用更是俯拾皆是：在剧中，达达派画家查拉一边用莎翁的第 18 首十四行诗的碎片在帽子里晃着自己的新诗，一边嘴里念念有词："所有的诗歌都不过是同一盒彩色扑克的多次洗牌，一切诗人都是'贼'。我送你一首莎士比亚的十四行诗，但一经我的手，它就不再姓莎——因为它的诞生是我想象力细胞的独特组合，机遇的手会在它上面留下我的签名。"② 在斯托帕德对莎士比亚的引用过程中，莎氏不仅仅属于过去，更属于现在：他与现当代的王尔德、乔伊斯、贝克特、品特、甚至还有哲学家维特根斯坦为伍，共同成为斯托帕德戏剧创作中庞大的互文意义网路中的一脉。

虽然在斯托帕德的作品中到处可见莎士比亚游移的身影，但毋庸置疑，真正意义上的"斯托帕德—莎士比亚式"合谋性创作是其成名作《罗森格兰兹和吉尔登斯敦已死》和后来的《多戈的〈哈姆雷特〉卡胡的〈麦克白〉》。

### 2.《罗森格兰兹和吉尔登斯敦已死》的诞生

《罗森格兰兹和吉尔登斯敦已死》最初的创意来自 1963 年斯托帕德与经纪人肯尼斯·尤因（Kenneth Ewing）的一次聊天。据斯托帕德回忆，当时尤因说多年来他脑子里一直装着一个关于《哈姆雷特》的想法，一部讲述罗森格兰兹和吉尔登斯敦到达英国之后的戏，我们可以想象一下，那两个侍臣到了英国之后会发生什么样的事？如果他们到时正好是李尔王在位，他们是否会在多佛碰上疯了的李尔？听了尤因的话，斯托帕德当下心头一震。

---

① Tom Stoppard, *Albert's Bridge and If You're Glad I'll Be Frank, Two Plays for Radio* (London: Faber and Faber, 1969), p.29. 以下出自同一剧本的引文页码随文注出。

② Tom Stoppard, *Travesties* (London: Faber and Faber, 1975), p.53. 以下出自同一剧本的引文页码随文注出。

与此相关的另一个事件是，作为 1963—1964 年皇家莎士比亚剧院试验剧场的一部分，导演和剧作家查尔斯·马洛维奇将《拼贴〈哈姆雷特〉》搬上了布鲁克和马洛维奇的"残酷剧场"。在剧中，马洛维奇将法国剧作家安托南·阿尔托的舞台和戏剧理念引入了莎剧改写和表演之中。这个剧目的成功上演无疑为斯托帕德成名作的出现做了重要的前期铺垫。1964 年 2 月，斯托帕德重新阅读了《哈姆雷特》和《李尔王》以及约翰·威尔逊（John Dover Wilson）的《哈姆雷特里发生了什么》（*What Happens in Hamlet*,1959）一书，然后，便开始着手创作他的改写作品。

《罗森格兰兹和吉尔登斯敦已死》的诞生是一个颇为曲折的过程。前后经历了两版和无数遍的修改，最终才有了我们现在看到的从虫蛹脱颖而出的奇异蝴蝶。1964 年，为振兴战后文化，德国组织了一次为期五个月的西德青年艺术家研讨班，参加者一半来自德国，另一半来自西方其他各国。作为一名在广播剧、电视剧和短篇小说等方面初露头角的青年才俊，斯托帕德受查尔斯·马洛维奇的推荐，参加了这次青年艺术家论坛。当时的斯托帕德尚未找到创作的最终落脚点，正在构思一部小说。其实，直至 1966 年 8 月之前，斯托帕德一直期待完成的是这本小说，希冀它能带给他梦想中的声誉。柏林之行在一定程度上改变了他的创作思路和生涯。在柏林，他发现自己开始扮演一些从未经历过的角色，比如为某个影片试演了一名美国西部牛仔的形象，阅读了阿尔贝·加缪（Albert Camus）的《局外人》（*The Outsider*, 1942），近距离地感受到了德国戏剧的特殊氛围。由于布莱希特和"柏林剧团"（Berliner Ensemble）的缘故，当时的柏林和巴黎一样是西方戏剧的中心。在斯托帕德逗留德国其间，适逢柏林剧团上演布莱希特从莎士比亚历史悲剧改编的《科里奥兰》（*Coriolan*, 1953）。虽然由于政治原因，捷克出身的斯托帕德未能如愿进入东柏林观看该剧的演出（直到次年该剧团访问伦敦时才得以观看），但大量有关这部剧作的传闻无疑影响了他。斯托帕德决定也来写一部斯托帕德版的莎剧。

1964 年的秋天，斯托帕德完成了这部剧作，将其定名为《罗森格兰兹和吉尔登斯敦遇见李尔王》（*Rosencrantz and Guildenstern Meet King*

Lear)。正如当初尤因建议的那样，该剧开始时，罗森、吉尔①、哈姆雷特及悲剧演员一行到达了英国，正好碰上疯了的李尔王在多佛的荒原上奔跑：

> 哈姆雷特：那个带着花冠疯疯癫癫的人是谁？
> 吉尔：是个疯子。
> 罗森：这儿的人都是疯子，这一点在丹麦已人人皆知。
> 哈姆雷特：这就是为什么你们要把疯王子送到这儿的原因吗？
> 吉尔：是的，和这些傻瓜混在一起就没人注意到他了。②

但即便在这个柏林版的罗森格兰兹和吉尔登斯敦的故事中，情节也没有完全应和肯尼斯·尤因的建议。剧本长达四十四页，但只有四页是关于罗森、吉尔与李尔见面的情节，大部分内容都在讲述哈姆雷特与悲剧演员交换身份去英国的旅程。③ 对于这部剧，肯尼斯·尤因在给斯托帕德的信中写到，他很喜欢剧中罗森和吉尔的性格以及他们的诙谐对白，但却不喜欢它最终变成了一部对莎剧风格的滑稽模仿。事实上，在柏林的论坛剧场上演之后，斯托帕德对该剧也失去了兴趣，而他不满意的原因刚好与尤因相反：经过一番写作，他发现自己感兴趣的不是李尔，而是罗森和吉尔。

在此后的几个月里，斯托帕德对该剧做了多次修改，曾一度将剧名定为《罗森格兰兹和吉尔登斯敦》(*Rosencrantz and Guildenstern*)。这期间，他做的一个重大决定就是把故事的重心从英国搬回到《哈姆雷特》的框架中。据斯托帕德说，当时这一决定主要出于情节的需要："要写一部罗森格兰兹和吉尔登斯敦在英国的故事，你就不能指望人们知道他们是谁？是怎么到那儿的？这就意味着，情节必须推回到《哈姆雷特》的剧末。可当推到剧末后，解释仍有些不到位，于是，剧情就只好接着

---

① 下面文中罗森格兰兹和吉尔登斯敦一律简写为罗森、吉尔。
② Ira Nadel, *Double Act: A Life of Tom Stoppard*, pp.142–143.
③ 在这一版本中，哈姆雷特与悲剧演员在船上交换了身份，悲剧演员被海盗捉去，并像哈姆雷特在莎剧中那样回到了丹麦。而哈姆雷特则是去了英国，目睹罗森格兰兹和吉尔登斯敦在英国被行刑，而后返回丹麦的王宫艾尔西诺城堡，正赶上莎剧《哈姆雷特》中的最后决斗一幕。

往回推。这时，我却发现，我对他们在英国的故事已完全失去了兴趣，我想写的是艾尔西诺。"① 就像斯托帕德说的那样，为了将罗森和吉尔推回到《哈姆雷特》的情节深处，他又增写了两幕，而将原来的那一幕改写为第三幕。1965 年春，斯托帕德完成了新版的创作，并将其定名为《罗森格兰兹和吉尔登斯敦已死》。

《罗森格兰兹和吉尔登斯敦已死》是一部全新的剧作。在这一版中，斯托帕德完全放弃了最初肯尼斯·尤因提出的有关李尔王的想法，而是将剧情锁定在罗森和吉尔这两个人物身上："我开始对他们在《哈姆雷特》中的情形感兴趣，而不是他们离开之后发生的事。"② 尤其重要的是，斯托帕德创作的角度发生了变化。修改后的剧本不再关注哈姆雷特与悲剧演员的身份交换，而是罗森和吉尔两人小人物的命运以及他们对现在和未来的不确定感和焦虑感。

第一幕开始时，罗森和吉尔一边玩着掷硬币赌钱的游戏，一边进行着著名的斯托帕德式机智对白。他们连续掷了 92 次硬币，竟都是同样的结果，这使得喜欢哲学思考的吉尔感到某种概率上的蹊跷，并担心自己在游戏中离奇的背运会和他们的命运有关。他们两人由此开始苦思冥想自己的处境，想着究竟是什么使他们来到了这里？后来终于想起，一切似乎都始于国王的一个信使——他们是应召到宫廷去。就在这时，一群同样去皇宫的悲剧演员路过那里，愿意为他俩表演各种戏剧。从此以后，悲剧演员的形象便一直追随着他们。在接下来的第二幕和第三幕中，罗森和吉尔现实中的生活与《哈姆雷特》中的某些片断交织在一起。在现实中，罗森和吉尔为国王充当密探的角色，但他们却总是隐隐觉得某种神秘的力量在牵着他们走向某个宿命的结局。同时，舞台上不时又会出现大量的原莎剧人物，他们目中无人地闯上舞台，将罗森和吉尔拽入莎剧的某个场景中。在剧中，罗森和吉尔甚至还看了一幕"戏中戏"，戏里上演的正是他们两人在《哈姆雷特》中的死亡结局。本剧的结尾是对《哈姆雷特》海上历险情节的荒诞改写。悲剧演员不知怎么成了船上的偷渡客，而罗森和吉尔则拿着被哈姆雷特改动过的书信驶向英国。在 1991 年斯托帕德亲自导演的同名电影中，他以醒目的视觉形象揭示了

---

① Ira Nadel, *Double Act: A Life of Tom Stoppard*, p.143.
② Ibid., p.149.

本剧的主题：在影片的最后一个画面中，脖子上挂着绞绳的罗森和吉尔平静地面对着观众，他们最终没能逃脱命运（即莎剧文本）对他们宿命般的控制。

1968年，当剧评家贾尔斯·戈登问斯托帕德为什么在第二版中要以《哈姆雷特》的语境作为作品的起点，为什么会选择莎剧、罗森和吉尔作为戏剧创作的素材时，斯托帕德回答说，其实不是他选择了他们，"而是他们选择了自己，我的意思是说，《哈姆雷特》、罗森和吉尔是最合适的戏剧素材"①。《哈姆雷特》是所有语言中最著名的作品，是大众神话的一部分。至于为什么将剧情的核心锁定在罗森和吉尔这两个小人物的身上，斯托帕德也曾做过多次解释。综其所述，不外乎两个原因。其一，他觉得这两个人物能够使他"从一种边缘者的另类视角来审视人们熟知的悲剧主题"。这也是为什么斯托帕德会说："《罗森格兰兹和吉尔登斯敦已死》是两个驱车经过艾尔西诺的人眼里看到的《哈姆雷特》。"② 其二，斯托帕德在创作罗森和吉尔时完全打破了亚里士多德对悲剧人物定义的束缚，③ 而以新的角度重新审视这对莎剧小人物，并从他们身上看到了堪为当代悲剧舞台中心的可能性："在我眼里，他们与其说是一对仆从，不如说是一对困惑的无辜者。"

事实上，在选择和塑造罗森和吉尔的过程中，剧作家似乎夹杂着一些潜意识里的情绪，因为他在这两人身上看到了某种使他萌生恻隐之心的东西："他们在剧终时死去，但从文本的所有情节来看，他们并不知道自己为什么要死。哈姆雷特认为他们私下里参与了国王克劳狄斯的阴谋，可这种断言是没有根据的。即便是他们被卷入了国王的阴谋，他们也并不明白发生在周围的事情。他们所知道的那点儿几乎都是假的，他们完全是莫名其妙地被送上了一条不归之路。"④ 剧作家的这段话让我

---

① Giles Gordon, "Tom Stoppard," p.18.
② Ira Nadel, *Double Act: A Life of Tom Stoppard*, p.187.
③ 亚里士多德在界定悲剧人物时提出了"悲剧人物的四要素"和"过失说"。前者是指人物的性格必须"善良""近似真实""适合人物的身份"和"首尾一致"，后者是指理想的悲剧人物应该是犯错误的、有弱点的好人。总之，亚里士多德的悲剧主角应具善良品质，才能令人体验崇高，同时又因有和普通人相似的缺陷而落入悲惨结局，才能使观众与自己发生联想，推人及己，从而产生恐惧。
④ Giles Gordon, "Tom Stoppard," p.18.

们隐隐觉得，他似乎为这两位边缘人物在莎剧中的命运感到有些不平。尤其重要的是，这位来自东欧的英国剧作家似乎对这两个小人物有某种潜意识里的认同感，用他的话说："在很多方面，这两个人合起来就是我的声音。有时，他们之间所进行的是一种我所不能及的对话……所幸的是，只有我一个人知道这部剧里到底浸透了多少我的心声。"①

**3.《罗森格兰兹和吉尔登斯敦已死》：对莎剧的颠覆？还是回归？**

不少剧评家起初给这部剧贴上了"荒诞派"戏剧的标签，将它称为英国式的《等待戈多》，并将斯托帕德与贝克特等其他荒诞派剧作家相提并论。当然，从一开始也有人强烈地注意到了本剧反映出的斯托帕德与莎剧的关系，注意到《罗森格兰兹和吉尔登斯敦已死》是一部独特的当代经典剧作，而非传统意义上的改写作品。尤其是进入80年代之后，随着更多斯托帕德式莎氏改写作品的出现，剧评家们终于明白了，在斯托帕德"荒诞派"的特征之下隐含的是一种后现代主义的创作特质。

在这部作品中，对莎士比亚的颠覆不仅仅是一种艺术手法，更是它的核心主题。整个剧作不论是在内容上还是形式上，无不体现着边缘对中心、后来者对前辈传统的颠覆性的重写冲动。这种颠覆主要表现为两个方面。第一，对传统人文主义悲剧的后现代式"重写"。在该剧中，斯托帕德不仅用两个小人物取代了传统悲剧中的王子，并且将本剧的终点锁定在他们面对存在的不确定性时所感到的迷茫：

  吉尔：我想问问自己，我们在这儿干什么？
  罗森：你真得好好地问问。
  吉尔：我们最好继续走。
  罗森：你最好想好了。
  吉尔：我们最好继续走。
  罗森（*积极地*）：好！（*停顿。*）去哪儿？
  吉尔：向前。
  罗森（*向前走到舞台脚灯*）：哦。（*迟疑。*）我们该走哪条路

---

① Giles Gordon, "Tom Stoppard," p.19.

——？（转过身。）我们走过了哪条路——？①

从这段对白可以看出，他们既不知道从何而来，也不知道向何而去。剧中充满了两个人物因存在的不确定性而出现的踯躅和徘徊，以及因迷茫而产生的绝望。整个剧中，吉尔一直想证明自己对事态的发展有一种把握，证明自己能发现其间的逻辑。面对掷币时连续92次令人惊愕的背运（竟无一例外的都是他输），吉尔先是用三段论来解释这奇怪的现象，后又通过追溯记忆来思考自己眼前的处境。他渐渐地觉得，仿佛有双无形的手在牵引着他们向着某个既定的命运走去。在此过程中，观众们也突然明白了，那只手就是莎剧文本的"既定情节"。该剧的悲壮性在于，虽然吉尔终于明白这一切是命中注定，但却仍坚持要站在大路旁指点方向，因为他相信："既然车轮在滚动……每一步就应该由前一步来决定——这就是秩序的含义。"（43）整个剧中，他们一直试图沿着记忆的长河往回走，以追溯到此次旅行的起点："某个黎明时分，有人在喊我们的名字……一个信使……应该有这么一个起点，那一定是我们应该说'不'的瞬间。但我们却错过了它。"（95）让这些小人物以如此荒诞的方式来思考一种具有现代存在意义的问题，斯托帕德无疑成功地实现了对"哥白尼式的"莎剧悲剧原型的刻意修正，从边缘的角度"重写"了亚里士多德式的悲剧主题。

此外，斯托帕德对莎剧的颠覆还表现在他对莎剧文本的"狂欢式"处理上。作为外来者，斯托帕德在所有作品中都表现出一种本土作家所没有的"另类"切入，这使他得以自由地穿梭于莎剧文本的字里行间，重新审视悲剧的意义。在他的笔下，《哈姆雷特》中的人物形象、对白和场景都成了他戏剧创作的"要素"，被置于新的语境，以现代悲喜剧的笔调重新编写。

本剧一开始，剧作家便以一幕陌生化的莎剧场景确定了全剧的荒诞式悲剧格调：两个不明身份的伊丽莎白时代的人物出现在一个不知是何处的地方，玩着一种在外人看来令人费解的文字和掷币游戏。

---

① Tom Stoppard, *Rosencrantz and Guildenstern Are Dead* (London: Faber and Faber, 1967), p.14. 以下出自同一剧本的引文页码随文注出。

第十章　影响的焦虑:《罗森格兰兹和吉尔登斯敦已死》

（吉尔转动钱币，罗森看着。）

罗森：人头。

（他捡起钱币，放进钱袋。过程再次重复。）

人头。

（再掷。）

吉尔：人头。

（再掷。）

人头。

（再掷。）

罗森（又掷一币）：堆砌悬念是需要艺术的。

吉尔：人头。

……

（吉尔起身，却无处可去。他越过肩膀又掷一币……）

（7—8）

《哈姆雷特》中悲剧演员的出现不仅打断了罗森和吉尔这种荒诞的掷币游戏和对白游戏，也开始了与莎剧情节的对接：先是奥菲利娅突然惊慌失措地闯上舞台，身后跟着疯疯癫癫的哈姆雷特，而后是哑剧版的哈姆雷特现身于奥菲利娅闺房的一幕（《哈姆雷特》第二幕第一场结束时提到的一个细节），以及国王、王后及大臣的鱼贯而入。随着国王克劳狄斯开口招呼罗森和吉尔，后者便从现实的情景被拽回到了莎剧的语境——即《哈姆雷特》的第二幕第二场：

克劳狄斯：欢迎，亲爱的罗森格兰兹……（当罗森躬身时，他却对吉尔举起了一只手——吉尔赶忙也躬身致意。）……和吉尔登斯顿！（他对罗森举起了一只手，吉尔对他躬身致意。）……

这次匆匆召请你们两位前来，一方面是因为我非常思念你们，一方面也是因为我有需要你们帮忙的地方。（罗森和吉尔仍在慌乱地整理衣服。）你们大概已经听到哈姆雷特的变化；我把它称为变化，因为无论在外表上还是精神上，他已经和从前大不相

同。……①（26）

以此为起点，在接下来的剧情中，斯托帕德沿着时间顺序以荒诞幽默的风格"重写"了原莎剧的戏剧叙述。事实上，本剧第一幕和第二幕的大部分内容都是基于对《哈姆雷特》第二幕第二场、第三幕第一场（波洛尼厄斯安排奥菲利娅与哈姆雷特见面，他和国王在旁边监视）以及莎剧第三幕第四场（王后的寝宫一场）的重写，涉及罗森和吉尔、悲剧演员、王子、国王和其他莎剧人物。罗森和吉尔在第二幕和第三幕中有大段大段带有双关和哲理的诙谐对白，通过这些对白，斯托帕德成功地塑造了两个具有现代悲剧意义的人物。

正如剧评家保尔·德莱尼所说，斯托帕德将人们熟悉的莎剧素材置于了陌生的戏剧语境中，把观众引入一个神奇的意义生成和变化的过程。② 莎剧的场景、人物和对话被按照新的规则"编织"和"拼合"，从而构建出一种新的戏剧语境和背景。通过这些缜密构思的莎剧语境，斯托帕德凸显了两个小人物面对"莎剧"既定情节对命运主宰时的无奈。掷币的结果让罗森和吉尔既忧虑又恐惧："时间已经凝固，如死了一般。一枚钱币竟以同样的姿态重复了92次。"（11）他们本能地觉得，这一切的后面隐藏着某种命运的咒语，而且与他们走过的路有关：

吉尔：……你能记得的第一件事是什么？
罗森：哦，让我想想……你是说，第一个进入我脑子中的事？
吉尔：不，你能记起的第一件事。
罗森：啊！（*停顿*。）不，记不得了，全忘了。那是很久以前的事了。
吉尔（*耐心而缓慢地*）：你没听懂我的意思，我是说在你忘了所有事情之前能记起的第一件事。
罗森：哦，明白了。我忘了问题了。（13—14）

---

① 对白中的括号外斜体句子来自莎剧《哈姆雷特》原文，是对原莎剧文字的戏仿。以下几个来自本剧的引文也是一样。

② Katherine E. Kelly, *The Cambridge Companion to Tom Stoppard*, pp.10–11.

沿着这条指向身后的路,他们终于找到了此行的起点:"一个信使到了,我们被召唤。"这一莎剧细节成为他们一切厄运的起点。

整个剧作时而是莎剧场景,时而是罗森和吉尔的故事,更多时候则是两者的互文拼贴式叙述。比如,在第一幕中,舞台上波洛尼厄斯正在与国王和王后谈论着哈姆雷特疯狂的原因:

> 波洛尼厄斯:*启禀陛下,我们派往挪威去的两位钦使已经喜气洋洋地回来了。*
> 国王:*你总是带着好消息来报告我们。*
> 波洛尼厄斯:*真的吗,陛下?不瞒陛下说,我把我对于我的上帝和我的宽仁厚德的王上的责任,看得跟我的灵魂一样重呢。此外,除非我的脑筋在观察问题上不如过去那样有把握了,不然我肯定相信我已经发现了哈姆雷特发疯的原因……(退场——离开罗森和吉尔。)*①(28)

这时,就听罗森和吉尔说:

> 罗森:我要回家。
> 吉尔:别让他们搞糊涂了你。
> 罗森:我已方寸大乱。
> 吉尔:我们很快就会回家,被遗弃,回家——我会——
> (29—30)

在这里,莎剧情节与现实中罗森与吉尔的故事不分彼此地被编写在了一起。重要的是,在这里,波洛尼厄斯与国王和王后的对白已失去莎剧中的意义,其存在只是为了服务于罗森与吉尔的故事。看着眼前的国王和大臣,看着这些莎剧人物的无端闯入和莎剧情节在他们面前的展开,罗森和吉尔感到某种力量在肆意地强加在他们的身上,让他们迷茫和不知所措。在这一对白中,罗森和吉尔所提到的"家"并非是实际意义上的家,而是错位前的自己:

---

① 对白中的括号外斜体句子来自莎剧《哈姆雷特》原文,是对原莎剧文字的戏仿。

罗森：我记得——
吉尔：什么？
罗森：我记得那些没有问题的日子。
吉尔：一直都有问题，一组问题和另一组没什么区别。
罗森：可那时事事至少都还有个答案，一个问题对着一个答案。
吉尔：我已记不得那些日子了。
罗森（*扇动鼻翼*）：我没忘。——那时，我知道自己的名字——也知道你的名字……（28）

在这种新的语境中，所有莎剧人物，包括罗森和吉尔的对白都呈现出一种莎剧以外的意义指向。

实际上，在本剧中，斯托帕德不仅用罗森和吉尔取代了莎剧中的悲剧王子，而且将原莎剧情节及名段重新编码。比如在第二幕中，当熟悉莎剧的观众们在期待哈姆雷特"生存还是毁灭"的独白出现时，舞台上却响起了罗森与吉尔关于死亡的哲学思考："你有没有想过自己已经死去，躺在一个盖子封闭的盒子里？……（*停顿*。）永恒是一个可怕的念头。我是说，哪里才是它的尽头？"（51）在本剧的晚些时候，当哈姆雷特终于开始他的"生存还是毁灭"独白时，独白却变成了一场夸张的哑剧。本剧最荒诞的一个场面是在第三幕中的船上，哈姆雷特这位莎剧中的悲剧英雄竟走到了舞台的边缘，响亮地清了清喉咙，对着台下的观众吐去。整个剧中，随着哈姆雷特作为传统悲剧王子的形象被解构为荒诞的存在，罗森和吉尔在舞台上的当代悲剧性也变得越来越清晰和深刻。他们不时从当下的情景顿悟到人生的悠远意义。在第三幕的一个场景中，吉尔对罗森说他喜欢船，因为"在船上，你无须担忧该走哪条路，甚至无须知道是否该去走……一个人在船上是自由的，但这种自由只是相对而言，仅局限于一段时间内"。（75）在这里，吉尔无疑从"船"的意象中看到了他们的人生：一方面，从生存的状态来讲，船比起陆地来说是一种不确定的存在，但另一方面航行本身却有着明确的路线和终点，这正是他们生存状态的写照。

剧末时，莎剧和莎剧人物已完全退入舞台背景之中，罗森和吉尔取代了悲剧王子，成为舞台的中心。他们的顿悟和绝望使整个剧场充满了一种现代的悲剧色彩：

吉尔：……死亡不是浪漫，不是一个可以能重新来过的游戏……死亡什么都不是……不是……它是存在的空缺，仅此而已。……就像是一条没有归途的路……一个你无法看到的沟壑，一个风儿吹过却不会留下声音的世界。……

（灯光在舞台上消失，只有吉尔和罗森隐约可见。）

……

某一天清晨，我们的名字曾经响起……一个信使……一个召唤……一定有这么一个我们可以说"不"的瞬间，就在最开始时。但我们却错过了它。

（他环顾四周，已是只身一人。）

罗森——？

吉尔——？（95）

留下这段充满诗意的话后，他们便永远地消失在他们所来的那个世界之中。

这种对莎剧的处理方式不由得让人想到斯托帕德的名剧《怪诞的效仿》中那个达达派画家查拉。他将莎士比亚的第18首十四行诗剪成了碎片，放入帽中摇晃后倒在桌子上，这样便生成了一首"新诗"。斯托帕德对查拉的塑造无疑带有一定的自嘲成分。斯托帕德曾经对一帮戏剧学生说过："我喜欢做的不是塑造全新的人物，而是拿一个原型，然后背离它。在人物的创作中，我从不试图发明，我最好的人物都是大家耳熟能详的人物。尽管借用别人的人物不对，但如果这些人物早已是老生常谈，那就另当别论了。"①

毋庸置疑，在《罗森格兰兹和吉尔登斯敦已死》以及后来的《多戈的〈哈姆雷特〉》《卡胡的〈麦克白〉》等作品中，斯托帕德对莎剧人物、情节、对白及文学类别的这种殚精竭虑的荒诞戏仿和"误用"，无疑是一条典型的"弑父"之路。事实证明，斯托帕德对莎士比亚的再写已成为最为成功的"弑父"之举。迄今为止，这部戏剧已成为英语世界里黄金剧目的一部分，被译成多种文字在世界各地上演，有时甚至与《哈姆

---

① Kenneth Tynan, "Withdrawing with Style from the Chaos," p.53.

雷特》交互上演。其文本更是欧美大学中文学专业的必读书目。由此，我们便不难理解为什么美国学者伊诺克·布莱特（Enoch Brater）发出如此的喟叹：自打《罗森格兰兹和吉尔登斯敦已死》出现之后，《哈姆雷特》已永远不再是原来的模样。① 有位中国学者曾如此概述哈罗德·布鲁姆的修正理论：

> 后辈诗人的写作，多有潜在的针对性，是对前辈诗人的回应。用这种眼光看，由于前人对后人的影响实为压制和遮蔽，所以后人对前人的模仿，才成为反叛式模仿，恰如后现代的挪用、戏仿和恶搞。若用布鲁姆的术语说，诸如此类的后现代修辞方式，是后人对前人的有意的修正式误读，唯其如此，误读才得以成为自主的创造。②

这段话在一定程度上可以成为对斯托帕德戏剧的脚注。

就斯托帕德对莎士比亚戏剧再写的这一主题而言，20世纪60年代评论界在对其关注的同时，却忽视了该主题中隐含的悖论性内核：即斯托帕德在极力颠覆莎士比亚的同时，也无时无刻不在承认着后者的至尊至贵。这种对莎剧作为文学源头的复杂感情在《罗森格兰兹和吉尔登斯敦已死》一剧中，通过主人公罗森和吉尔的故事流露无遗。斯托帕德曾经说过，他之所以总是回到莎士比亚那儿，那是因为他就像是一个瓶颈上挂着银质商标、上面写着'世界之冠'的细颈瓶。这生动地反映了斯托帕德对莎士比亚既爱又恨的矛盾感情。一方面，在"细颈瓶"这一比喻中，他仿佛将莎剧视为没有多少当下价值的无生命之物；但同时，"银质商标"和"世界之冠"之词却又暴露出其潜意识里对莎翁的敬慕。

斯托帕德面对莎士比亚时的矛盾态度恰好印证了布鲁姆修正理论的观点：新人与前驱者的关系就好像某种强迫型的神经官能症，它的特征是一种强烈的双重情感。一方面，这种修正是一种救赎式的误读，它使后来的诗人相信，"如果不把前驱的语词看作新人完成或扩充的语词而

---

① Katherine E. Kelly, *The Cambridge Companion to Tom Stoppard*, p.203.
② 段炼，"超越模仿：中国当代美术的焦虑"，见 <http://www.szarts.cn/commentary/Arts/139806.html>。

进行补救的话，前驱的语词就会被磨平"①；另一方面，修正的冲动在本质上是一个"俄狄浦斯式的叛逆"，为了甩去焦虑和负荷，新人不得不走上"弑父"的道路，将前驱者内化、修正并最终从中分离出独特的自我。所以，新人"弑父"的最终目的是将自己植入前辈者的躯体，或是取而代之，从而在文学的长河中为自己赢得一席之地。这一点在斯托帕德与莎士比亚的关系中表现得尤为突出。

虽然在戏剧的叙述层面上，斯托帕德对莎剧经典进行了前所未有的解构和颠覆，使莎剧"圣经"般的文本成为众多互文溪流中的一股，而且，这位后辈传人也在解构莎剧的过程中成功地置换了莎氏，成为观众推崇的新作者，但《罗森格兰兹和吉尔登斯敦已死》在内容上所映射出的则是无限的回归——本剧向观众展示的中心主题是罗森和吉尔面对"命运"的设定从反抗到最终接受的过程。对于这两个来自莎剧的人物来说，主宰他们死亡结局的并非是真正意义上的命运，而是莎剧文本和其既定情节，后者对他们结局的书写就像是无法改变的"圣经"预言，永远地写定了他们命运的轨迹。

以本剧开始时的投币游戏为起点，罗森和吉尔便隐隐觉察到某种"宿命"的存在。随着剧情的发展，人们很快发现，使吉尔感到不安的命运之力并非来自神灵，而是莎剧文本的情节框架。首先，这种魔力通过《哈姆雷特》的人物和剧情意象展现在人们的面前：在本剧中，经常是罗森和吉尔正在思考自己的命运，这时一批批莎剧人物以原有场景的形式突然闯上舞台，然后，不由分说地便将他们卷入《哈姆雷特》的故事之中。比如，第二场末，罗森正在慷慨激昂地说着："我已无法忍受，他们太不把我们当回事。……谁都不许进来！禁止任何人进来！"（53）就在这时，莎剧中的一行人再次闯上舞台，而且不由分说拉起罗森就走。紧接着，便是《哈姆雷特》第三场第一幕的情景。当他们最终消失在舞台的两厢时，罗森绝望地喊道："天啊！真像是在一个公园里。"（55）对于罗森来说，这些莎剧人物的出现就像是一个个强烈的意义符号，不时地提醒着他某种无法逃避的命运轨迹，即不管他愿意与否，莎氏之笔早已像"圣经"一般写定了他们的结局。

此外，莎剧文字的魔力还通过悲剧演员的形象屡次三番地出现在罗

---

① Harold Bloom, *The Anxiety of Influence: A Theory of Poetry*, p.31.

森和吉尔的现实生活中。自从他们在去皇宫的路上遇上那群悲剧演员之后，悲剧演员便像挥之不去的幽灵，一直萦绕在他们的周围，直到他们踏上死亡之程。通过罗森和吉尔与悲剧演员之间的对白，剧作无时无刻不在暗示着两者之间的相似：一、他们都属于虚构的戏剧世界，用悲剧演员的话说，"我们是演员，是现实世界人们的对立面。"二、他们的命运都被某个书写的文本所锁定。他们的不同之处仅在于，悲剧演员们已接受了其命运被戏剧文字界定的事实，而吉尔和罗森仍认为自己是剧外的观众：

> 悲剧演员：〔……〕所有艺术都有一个无形的规则——你当然知道这一点，是吧？事情终须朝着既定的道德、逻辑或是美学的结局走去。
> 吉尔：这又会怎样？
> 悲剧演员：我们的目标就是，注定死去的一定得死去——这是不变的法则。
> ……
> 吉尔：谁定的？
> 悲剧演员：（收起笑容。）谁定的？这是写在纸上的。……别忘了，我们是悲剧演员，只按指令行事——没有选择的余地，坏人终须倒霉，好人同样败运，这就是悲剧的含义。
> ……
> 吉尔：我喜欢艺术反映生活，如果你同意的话。
> 悲剧演员：我也一样。（59）

在这里，悲剧演员和吉尔分别表达了他们对"书写"的不同理解和态度。当吉尔说"我喜欢艺术反映生活"时，他所强调的其实是艺术与现实的距离感。但在悲剧演员看来，生活就是一出戏，我们能做的就是接受它，用他的话说就是："人们唯一能做的就是放松和回应。"（49）因此，他告诉吉尔："我们在舞台上演的就是舞台下的事。如果仔细看看每一个出口，你会发现，它其实也是一个入口，都是一码事。"（21）所以，当吉尔问他们何时换下戏服时，悲剧演员说："我从来就没有脱掉过。"（25）在这里，悲剧演员的话其实道出了罗森和吉尔在现实中的处境，那就是，不管他们是否意识到自己的身份和命运，他们一直都在扮演着早已为他们设定好的角色。透过悲剧演员的话，以及剧中"召唤""信使"等意象，斯托帕德一直在暗示吉尔和罗森与莎剧文本之间的"血脉相连"，暗示着后者对罗森和吉尔命运的不可更改的影响力。

本剧的震撼力在于，面对命运之笔的影响，罗森和吉尔像哈姆雷特这位悲剧英雄一样，开始了对人生的思考。在整个剧中，他们一直都在做着各种努力，以弄清命运的"风向"，寻找一条自我解脱之路。当他们发现自己的处境源于国王的一个"口信"时，对真相有所察觉的吉尔痛苦地喊道："为什么就该是我们俩……被挑选出来……成为被遗弃的小卒。……我们有权知道一点风向。"（14）这种不公平的感觉一度使吉尔变得暴力起来，当悲剧演员邀请他加入演出时，他竟对后者拳脚相加。他之所以做出如此激烈的反应，并非是因为对方的邀请伤害了他的尊严，而是因为接受"剧"中的角色，就意味着"书写"对其命运的锁定。因此他对悲剧演员们喊道，也许他只是一只过了季节的鸟，一个没有舌头的侏儒，但是他"仍要站在大路边，指点方向。"（43）在剧中，他不无诗意地说，他曾在梦里见过一只奇怪的动物，虽然这只独角兽在世俗的口中很快变成了一只额上长角的马和鹿，但他仍坚信，自己看到的是一只传说中的独角兽。所以，当悲剧演员说，命运和机遇是无法改变时，吉尔粗暴地抓住他说："我能改变它。"

在剧中，吉尔和罗森本能地感觉到，摆脱命运之路不是在前方，而是在身后，在被"剧本"写定之前的那个瞬间。为此，吉尔曾不无羡慕地想到了庄周梦蝶中的中国哲人庄子："他梦到自己变成了一只蝴蝶，从此便茫然不知自己到底是人，还是一只梦想变成哲人的蝶。"（44）在这里，吉尔所羡慕的是庄子穿梭于人蝶世界时的那种如意和自在；但同时，庄子的故事也使他更加绝望，因为他很清楚，自己不是庄子，他所走的是一条没有归途的路，自己的命运早已被文字"写定"了："我们烧毁了走过的每一座桥，除了朦胧中一点灰飞烟灭的记忆，已没有什么能指引我们的航程。"（44）

与理性的吉尔相比，木讷的罗森在剧中没有多少玄妙的哲学思考，性情单纯的他一直默默地摆弄着手里的游戏硬币，凭着本能一次次地喊着要"回家"的心声。看着进进出出的《哈姆雷特》中的人物，他曾眼泪汪汪地说道："我再也受不了了！""我要回家！我们到底是从哪条路来的？我已迷失了方向。"（29—30）但在斯托帕德眼里，正是罗森的单纯使他更接近事实的真相："我记得那些没有问题的日子。"也正是通过罗森之口，死亡的结局首次出现在人物的对白中。在第二幕中，罗森问吉尔："你有没有想过，自己死了躺在一个尘封的盒子里会是怎样？"（51）

本剧以罗森和吉尔的故事开始，却以莎剧《哈姆雷特》的结局终结。在此过程中，他们两个从像爱斯特拉冈和弗拉第米尔①那样思考着生存意义的个体，一步步滑向莎剧语境中的人物。所以，这一戏剧结构不仅展现了两个人物与命运抗争的悲剧，在一定程度上也呈现了作者本人对所颠覆的莎剧传统的另一种感情，即在某种意识深处对莎氏的承认和回归。

1991年，斯托帕德将《罗森格兰兹和吉尔登斯敦已死》改编为影片。在这部影片中，"影响的焦虑"这一主题不仅被保留了下来，而且还通过视觉镜头赋予的更多层次的叙述空间在影视作品中得以延伸和凸现。

一方面，借助于影视媒体，斯托帕德在颠覆莎剧的道路上越走越远。作为视觉艺术，舞台剧也会通过一些冲击性的画面来表现斯托帕德对莎剧的颠覆主题，但由于空间有限，它无法真正淋漓尽致地表现这一点。但在电影中，作者对莎剧场景的那种荒诞而轻浮的"误用"得到了极大的扩展，并发展为一种主宰性的狂欢式喜剧格调。比如在影片的一个画面里，罗森和吉尔坐在观众席中观看台上莎剧的演出，竟发现台上演的竟是关于他们两人在莎剧中的故事。在此过程中，镜头不停地从台上优雅的莎剧表演，切换到台下下人们粗俗的表情和放肆的笑声。台上美妙的莎剧音乐与台下下人们的孩子的哭闹声、鸡叫声交织在一起，形成了一种极大的喜剧反差。当在屏幕上，为国王充当探子的罗森和吉尔被吊死在舞台上、而坐在谷仓中的佣人们发出一阵叫好声时，一种舞台剧所不曾有的巴赫金式的狂欢氛围笼罩了整个画面。原莎剧中那种崇高的悲剧情调荡然无存。借助镜头的多重视角，斯托帕德赋予了电影人物更多与之进行狂欢式对话的自由，从而在解构莎剧的路上越走越远。

但另一方面，他对莎氏接受和回归的愿望也似乎比先前更加强烈和

---

① 《等待戈多》中的两个流浪汉。

迫切。虽然整个影片几乎成了一部解构莎剧的狂欢盛宴，但问题是，当我们欣赏这部盛宴之时，影片却又通过明显的意象——一再出现的幽灵，缥缈怪异的音乐，尤其是那座莎剧人物出没的城堡，和每一个走廊和暗门后隐藏着的莎剧故事——无时无刻不在提醒着我们莎士比亚这位遥远前辈对当下的影响。整个电影在狂欢颠覆的情绪之中充斥着莎氏剧本挥之不去的幽灵。虽然舞台剧中也曾多次提到宣召罗森和吉尔进宫的信使，却只是文字上的描述。在电影中，围绕着信使这一细节，镜头通过数次闪回的重复画面，建构出一种怪异神秘的效果：镜头从一间昏暗的房间逆光拍摄，在狂暴的拍门声中，一个人带着回音在喊着吉尔和罗森的名字。一瞬间，在朦胧的晨光中，屏幕上出现了两张仰望天空的惊愕的脸："有人召唤我们。"整个过程给人一种强烈的感觉，即这位信使与其说是来自莎剧，不如说是来自上苍。而就在这时，远处传来了剧团马车的叮当声——随着悲剧演员的出现，罗森和吉尔踏上了一条回归莎剧的旅程。其实，从头到尾，影片都笼罩着一种幽灵出没的意象，而且所有这些意象都指向遥远的莎氏及其文本。

尽管镜头赋予了吉尔和罗森观众般的角色，使他们在象征着莎剧世界的城堡里自由穿行，但城堡本身和戏子的形象都在时刻提醒着观众，实际上，他们从未真正地离开过莎剧世界，也从未脱掉过莎剧中的戏装。在影片的一幕中，吉尔在房中踱步，突然听到一丝响声，循声打开门上的小窗，发现一张戴着面具的脸正向他张望——一个演员在对着门上的镜子试面具——一瞬间，镜头在两张脸之间数次切换，交织在一起的视觉符号传递着一种强烈的信息，那就是，罗森看到的是一个镜子中的自己。其实，不论是戏剧还是电影，随着情节的发展，罗森和吉尔都一步一步地从自己的故事里被拽回到了《哈姆雷特》的语境。剧末时，他们都像在莎剧中那样出现在去英国的船上，一觉醒来，发现自己与"悲剧演员"同舟共进。尤其是当绝望的吉尔用匕首刺向悲剧演员时，竟发现倒下去的演员其实又在表演着一幕死亡的戏。这时的他终于放弃了思考和反抗，而说道："死亡什么都不是……它只是存在的空缺，仅此而已。"在舞台剧中，这一幕之后，罗森和吉尔便彻底地消失了，舞台上则出现了《哈姆雷特》的剧终画面：王子、王后、国王的尸体，以及英国使者宣布罗森和吉尔已被处死的消息。但在电影中，斯托帕德则再次利用镜头的多重叙述潜力，将一组充满动感的《哈姆雷特》画面——奥菲利娅之死、雷欧提斯刺伤王子、王后饮毒酒倒地——泼墨于屏幕之上。然后，便是罗森和吉尔脖子上套着绞绳的形象，他们的眼中充满了宁静。

至此，电影在情节上似乎也走完了一个环形结构——以两人从远处走进镜头开始，又以两人套着绞绳、回归莎剧结束。这时，屏幕上出现了戏剧中不曾有的一幕：悲剧演员们慌乱地收拾道具，在一阵幽怨的乐声中，剧团的马车朝着罗森和吉尔来的方向驶去，化为一个小点，消失在远方。跟着这一组漫长的镜头，有一瞬间，观众们仿佛觉得，刚刚过去的两个小时如梦如幻。罗森、吉尔，还有其他《哈姆雷特》剧中的人物在短暂的光顾之后，又都回到了那个属于文稿和戏箱的世界。透过这一强烈的视觉符号，斯托帕德似乎在告诉我们，尽管镜头给了罗森和吉尔逃离莎剧的短暂自由，但"既定"情节最终仍把他们召回到了那个莎剧的世界。

不论是戏剧还是电影，当斯托帕德在描摹吉尔和罗森与莎氏文本的故事时，似乎也在书写着自己对莎氏影响的焦虑。在从戏剧到影视媒体的穿梭中，斯托帕德所做的仍是一种"斯托帕德—莎士比亚"的双重游戏。

# 第十一章

## 《多戈的〈哈姆雷特〉》《卡胡的〈麦克白〉》：话语"游戏"中的莎士比亚

不仅《罗森格兰兹和吉尔登斯敦已死》是这样，中期作品《多戈的〈哈姆雷特〉》《卡胡的〈麦克白〉》也是如此。所不同的是，后者似乎更加侧重从戏剧理论的角度来阐述剧作家的后现代式"重写"思想。

自18世纪以来，西方思想界出现的一个重要文化现象就是莎士比亚被世人的圣化和莎氏神话地位的确立，在此后的一百多年中，维护和再现莎剧原义便成为西方戏剧和批评的主流之声。但是，进入20世纪60年代之后，随着后现代主义和解构主义等思潮的出现，尤其是罗兰·巴特的"作者之死"和米歇尔·福柯的"什么是作者？"等文章的发表，整个西方学术界刮起了一股"解构"和"消解"作者之风，由此助澜了"重写"莎氏的创作浪潮。与此同时，在1968年前后，学潮、女权运动和人权运动更是汹涌澎湃，席卷了整个西方世界，形成了一个波澜壮阔的反叛浪潮。在此宏大的社会和思想背景下，许多英国剧作家在创作中不约而同地开始了向各种权威和正统文化的质疑和挑战，用手中之笔来"解构"人们对传统历史和神话的误解，以新的视角和话语来诠释经典和文化。对此，查尔斯·马洛维奇曾如此解释那代人对经典的反叛："［经典］不仅代表了教科书式的说教和灌输，也代表了在每一个历史转折点年轻人所反叛的家长制权威。"①

作为理论，后现代思想最根本的特征就是嘲笑一切和侵蚀一切的破坏性，和对所有中心和权威的深度消解。不仅上帝死了，作者死了，主体死了，就像利奥塔所言，就连真理也成为权力意志的一个特别狡猾的变种而已。一切都被消解，只剩下关系和语言，人们进入了多元和相对主义。在后现代作家那里，以莎剧为代表的元叙述被彻底地解构，取而代之的是拼贴、沉默、随意的语言置换、嵌入，甚至是白页。各种不同而零散的文本混合在一起，甚至不同作家作品中的词语、句子、段落被掺杂在一块，写作不再是封闭的、同质的、统一的，文学作品变成了文字碎片的集合物，显示出开放、异质、破碎、多声部的特质，犹如马赛克一般的拼盘杂烩。在"重写"莎士比亚的创作中，斯托帕德不自觉地走上的正是这样一条不折不扣的后现代文学之路。

如上一章所述，由于其特殊的东欧人和犹太人的出身，斯托帕德这位才华横溢的当代英国作家对莎士比亚所代表的英国文学源头和伟大传统自始至终都带着极其矛盾的感情，因此，比起那些本土戏剧同仁们，斯托帕德"改写"莎剧的动机更显现出一种私人的情怀和目的。他在"重写"莎氏时几乎从不在意莎氏的思想，他看中的是后者被世人神话和"大写"了的作家身份。

正因如此，斯托帕德在戏剧创作思想上也与大多数英国剧作家不尽相同。他明确表示，自己不关心那些沉重的社会话题，因此，在面对莎剧时，他在乎的不是莎氏的人性思想，而是"莎翁"的艺术：他穿行于莎剧文本中间，在莎氏词句间"嬉戏"（game），在莎氏语境中狂欢，所以，他的莎剧"再写"更多地表现为对这位前辈作品的"误用"——也正是这种"严肃与轻浮"的结合，最终成为斯托帕德戏剧创作中最具魅力的视角。我们不能说斯托帕德在《罗森格兰兹和吉尔登斯敦已死》这样的作品中根本不在意人物对存在哲学的思考，但最终赋予该剧经典地位的与其说是它对当代哲学的思考，不如说是斯托帕德对莎氏话语的

---

① Sonia Massa, "Stage over Study: Charles Marowitz, Edward Bond, and Recent Materialist Approaches to Shakespeare," *New Theatre Quarterly* 1999 (8): 248.

"重构"艺术。在斯托帕德的笔下,人们熟知的《哈姆雷特》的原始形象、对白和场景,无不被置于完全陌生化的戏剧语境中,按照新的"斯托帕德式"(Stoppardian)规则重新"编码"和排列,从而构成一种新的话语,再生出一种新的意义:即两个小人物面对莎剧"既定情节"那命运般的主宰时所表现出的无奈。

斯托帕德的莎剧"再构"其实是一种典型的后现代式"拼盘杂烩",在其改写的过程中,不仅虚构与现实之间的叙述界限被抹去,各种范畴的区分也均被取缔,文学创作完全变成了一种任意的、毫无顾忌的文本穿行和改码。不仅《罗森格兰兹和吉尔登斯敦已死》是这样,他的中期作品《多戈的〈哈姆雷特〉》和《卡胡的〈麦克白〉》也是如此,两者的不同仅仅在于,后者更加侧重从理论的角度阐述斯托帕德后现代式"再写"的艺术思想。

其实,《多戈的〈哈姆雷特〉》和《卡胡的〈麦克白〉》是两部姊妹作品。用斯托帕德的话说,没有前者,后者就失去了存在的前提;没有后者,前者的存在也便没有意义。如果说前者设定了剧作家"再写"莎剧(即文学创作)的"游戏"规则,那么,后者则是对规则的实践和彰显。

在《多戈的〈哈姆雷特〉》中,斯托帕德向人们表达的中心意义就是,一切文本(包括莎剧)假以不同的语境,都会变成新的话语通道。在本剧开始时,三个男孩一边说着多戈(校长之名)的语言,一边玩着球,吃着牛奶、火腿和鸡蛋三明治,调试着麦克风。这时,一辆装有木板的卡车来了,男孩们便运用维特根斯坦的语言游戏,① 喊着"planks""slabs""blocks""cubes"(这四个字像密码一样,对不同语言游戏规则中的人代表着不同的含义),开始建造平台。男孩们知道游戏的规则,但卡车司机伊西却浑然不知。不久麦克风调试完毕,平台也建成完工,于是,他们开始在平台上上演《哈姆雷特》。先是由校长多戈扮演的莎士比亚走上台去,说了一段由《哈姆雷特》中多个名段

---

① 路德维希·维特根斯坦(Ludwig Wittgenstein,1889—1951)是20世纪最具创意和影响力的哲学家之一。在他的"语言游戏"理论中,语言的使用好比是一种游戏活动,一个词的意义在于它在语言中的用法。"语言游戏说"强调特定语境,强调语言游戏整体对其中角色的制约;当词语置于不同的语境,便会展现出不同的含义。

剪辑、篡编而成的开场白，然后便是被荒诞剪接后的《哈姆雷特》。十五分钟之后，演出结束，演员们拉起帷幕，司机伊西则在一旁吹起口哨，拆去平台上的木板。

整个剧乍看之下似乎是一部荒诞的闹剧，事实上，斯托帕德是在用独特的方式向人们阐释着语言在戏剧创作中的使用：就像剧中男孩们玩的"多戈的语言游戏"所显示的那样，任何语句在不同的规则下就会构显出不同的语意。通过剧中的木板"游戏"，斯托帕德生动地向人们展现了作为语料的莎剧文本被重新"编码"、生成新的意义的过程。在这里，如果说用不同木块搭建的"平台"象征着莎剧"再码"后构成的新语境，那么本剧的中心意象"麦克风"则表现了语意在这种语境搭建的"言路"中向观众成功的传递。

虽为姊妹作品，《卡胡的〈麦克白〉》和《多戈的〈哈姆雷特〉》在情节上没有多少关联，使它们一脉相连的是戏剧意义的生成主题。如本剧的题目所示，《卡胡的〈麦克白〉》在情节上是《麦克白》与东欧政治主题的"拼贴"。出身捷克的斯托帕德自幼年便离开故土，直到1977年才首次重返布拉格，在那里，他结识了几个被当局迫害的捷克剧作家，其中一个便是帕维尔·卡胡特（Pavel Kohoot）。后来，在给斯托帕德的信中，卡胡特提到，一些捷克艺术家被迫离开他们热爱的舞台之后，在自家的客厅里上演自编的《麦克白》。在捷克特定的政治背景下，他们上演的《麦克白》一改原莎剧对中心悲剧人物的凸显，而将表演中心转向莎剧中被暴君麦克白迫害、逃亡国外的贵族迈尔卡姆这一次要角色——在捷克政治的社会语境下，迈尔卡姆的胜利不仅象征着"弱者的力量"，也张扬了捷克剧作家乌托邦般的自由梦想。

斯托帕德创作《卡胡的〈麦克白〉》的灵感便来自卡胡特信中提到的这些事件。但斯托帕德的天才之处在于，他总能用奇特的想象力将莎剧文本与现实事件互文、拼贴在一起，通过两者彼此的"嬉戏"，交错相衬，从而构建出一个特有的意义生成语境。

在戏剧结构上，斯托帕德将该剧的故事设定在巴格达艺术家卡胡和莱多夫斯基家的客厅里。本剧开始时，客厅里正在上演莎剧《麦克白》——先是麦克白与三个女巫的相遇，然后便是谋杀国王邓肯的一幕——但是，当麦克白握着血淋淋的匕首上场，说道："我已经把事办好，你没有听见一个声音吗？"① 这时，就听见客厅外面警笛突响，一个稽查官模样的人走进客厅，并坐进观众席中。通过他们的对白，人们发现，扮演麦克白的莱多夫斯基原本是捷克著名的演员，他因政治原因被剥夺了表演权，现在的职业是卖报员，而其他演出者也多是如此。短暂的混乱之后，演出继续进行，但接下来，《麦克白》的演出不时会被稽查官的说教、威胁和恐吓所打断。随着《麦克白》中剧情的进展——麦克白篡位之后，内战日渐恶化——客厅中的镇压也越来越野蛮。其中一幕是稽查官手里拿着名单，在观众席中来回走动，手电筒不时地照着某个人的脸说："让我看看谁在这儿。"在此期间，稽查官大段大段的政治威胁越来越频繁地切入《麦克白》的独白，他甚至喊道："你们问法律？那我就告诉你们，法律就是刻在我警哨上的文字。"（61）

随着《麦克白》剧中大臣班柯被杀和其幽灵出现在麦克白面前，现实事件也发生了戏剧性的突变。《多戈的〈哈姆雷特〉》中的卡车司机伊西突然走进屋来，说着一口"多戈语言"。于是，舞台上便出现了荒诞的一幕：一边是《麦克白》的演出，一边则是伊西和班柯的幽灵在观众席间来回穿梭。终于，伊西的多戈语言与演出中的莎剧英文对白混杂起来，并通过女主人的翻译连成一体，以至于到后来，所有的演员都开始说起了多戈语言，《麦克白》的对白完全变成了多戈式的话语。面对眼前演员们密码式的呀呀之语，一头雾水的稽查官将搜查变成了一场逮捕，并命令人们用伊西的木块在演区前筑起一堵墙，试图将演员与观众隔开。但还没等墙建成，舞台上麦克白就已被麦克德夫所杀，然后，后者登上了平台，将王冠戴到了自己的头上。至此，伊西突然回到了正常的英语，他喊了一声"莎士比亚完了"，随后，舞台上便是一片寂静。

毫无疑问，从情节上来讲，这是一部典型的政治寓言，其主题表现的是东欧政治对文化自由的压制。尽管艺术家们在捷克集权统治下身陷囹圄，但高压统治却圈不住他们思想的翅膀和创作的欲望。本剧表现的便是他们在自家客厅里上演《麦克白》时所遭遇的弹压。通过剧中稽查官的形象和他对艺术家们的叫嚣，该剧反映了艺术被政治操纵时的可怕局面，就像稽查官说的那样："别以为我不在时你们就可以有一个自己

---

① Tom Stoppard, *Dogg's Hamlet, Cahoot's Macbeth* (London: Faber and Faber, 1980), p.52. 以下出自同一剧本的引文页码随文注出。

的《麦克白》，我在时的《麦克白》就不值得入眼。你们给我记着，只能有一个《麦克白》，因为举办'晚会'的人是我，而不是你们，我才是你们咖啡里的奶油……"（56）在这种政治制度下，不仅艺术完全被界定为政治，失去了自身存在的意义，作家更是被看作"社会的蛀虫，诽谤社稷的墨客"。

但该作品与其它政治寓言的最大不同在于，它对东欧政治的表现完全是通过一条语言的平行主题得以实现：莎剧情节和对白被斯托帕德置于当代东欧政治的语境中，从而变成了再码后的一种新话语。客厅里上演的莎剧与现实中发生的政治暴力场面互相交错，在意义上彼此互文和映衬：

> 麦克白：我仿佛听见一个声音在喊："不要再睡了！麦克白已经杀害了睡眠"——
> （猛烈的敲门声。）［客厅外］
> 哪儿来的敲门？
> （猛烈的敲门声。）［客厅外］
> 究竟是怎么回事，一点点的声音都会吓得我心惊肉跳？①（56）

在这里，麦克白谋杀国王之后的内心恐慌与现实中发生在客厅中的镇压交织在一起。以此为起点，《麦克白》中的篡权与现实中政治对艺术的"谋杀"相呼对应，从而构建出一个奇特的戏剧话语模式和语境。在此特有的语境中，《麦克白》的情节和对白便散发出了莎剧以外的新意义，在很多时候，莎剧对白仿佛成了对客厅里发生的政治镇压事件的"旁白"。在接下来的故事中，稽查官一边和演员们侃侃而谈，一边用政治的语言一步步操控了房里的"电话"（"言路"），直至给艺术家们贴上了"反动"的标签。这时，就听莎剧人物麦克德夫喊道："可怕！可怕！混乱已经完成了他的杰作！大逆不道的凶手打开了王上的圣殿，把它的生命偷了去了。"（56）麦克德夫的话仿佛成了双关语，恰好地评述了正发生在客厅中的一切，当麦克德夫说到"我们的主人给人谋杀了"，莎剧

---

① 对白中的括号外斜体句子来自莎剧《麦克白》原文，是对原莎剧文字的戏仿。

对白完全变成了评述时事的双重话语,其真实的意义回荡在莎剧对白的弦外之音之中。

不难理解,在此剧中,"话语"几乎成了与政治主题抗衡、甚至超越后者的一个主题。在这里,莎剧文本被赋予了多层的意义和功能,它不仅是表现政治主题的语言载体,也是捷克艺术家们在极权政治背景下追求自由思想和另类话语的象征。所以,在本剧中,极权政治与艺术的对抗更多地表现为围绕着莎剧表演而进行的两种"话语"对立:一方面,捷克艺术家们试图通过莎剧获得一个自由阐释和穿梭的文本空间,以及利用莎剧词句来"彰显自我存在"的话语世界;另一方面,稽查官则要用手里的权力钳制莎剧的演出,对莎剧所代表着的"另类"话语进行篡改——他命令演出在麦克白当上国王这一情节处就终止,试图将这部莎氏悲剧篡改为一部喜剧。

在本剧中,卡车司机伊西和他的"木板"再次成为展现维特根斯坦"语言游戏"的视觉象征:一切文本语言,包括莎剧在内,就像是伊西卡车上的"木板"一样,当落入不同书写者的手中时便会"再编码"出不同的话语。在剧中,一方面,稽查官要用"木板"来筑起政治的"平台"和"围墙";另一方面,艺术家们却要使"木板"(莎剧语言)成为表达自我身份的"另类"话语代码:客厅上演的《麦克白》向人们传递着一种颠覆性的政治信息,那就是,虽然"真正的王者"(艺术)已被"谋杀",但被杀者的"阴魂"(艺术的灵魂)却挥之不去。这便出现了场景中荒诞的一幕,一边是莎剧中被杀大臣班柯的"幽灵"在麦克白的宴会上时进时出,另一边是说着"多戈语言"的伊西在场地边儿晃来晃去。直到最后,伊西的"多戈的语言"和莎剧彻底接轨,或者说,是莎剧对白被彻底"改码"为"多戈语言",成为一种稽查官无法"解码"的新的"言路",从而与后者赤裸裸的政治话语形成了不可调和的交锋。

本剧的结局仿佛暗示着斯托帕德对东欧政局的乐观看法:"麦克白"最终被诛杀,王位的嫡承者麦克德夫摘下了篡位者头上的王冠,戴在了自己的头上。所以,虽从表面上看,这部作品是一部政治寓言,事实上,在政治主题的表面之下,一股更加巨大的暗涌则是对莎剧情节和意义的"再编码"和对莎氏创作神话的狂欢式颠覆。

实际上,斯托帕德还曾经为多戈剧团(Dogg's Troupe)写过一部幕间短剧《15分钟哈姆雷特》(*The Fifteen Minute Hamlet*)。该剧于1976

年 8 月在伦敦国家大剧院上演，由艾德·伯曼（Ed Berman）执导，并从此成为一部广受专业剧团和业余剧团喜爱的经典剧目。该剧的所有台词均来自《哈姆雷特》，斯托帕德将其中最著名的场景和台词重新组织写成了一部 13 分钟版的《哈姆雷特》以及一个更为精简的 2 分钟返场加演（Encore），因此该剧被命名为《15 分钟哈姆雷特》。

在众多的莎剧改写作品中，《15 分钟哈姆雷特》的风格独树一帜，该剧实际上是一个删减版的《哈姆雷特》，是对原著经典场景和台词的再组合和拼贴。斯托帕德曾调侃说自己对莎士比亚精确的复制，创作了安迪·沃霍尔式（Andy Warhol）的波普艺术（Pop Art）①。在这部《15 分钟哈姆雷特》中，通过对于莎剧原著波普艺术式的改写，从而将这部著名悲剧改写成了一部快节奏的喜剧作品。

在创作中，斯托帕德对喜剧创作一直情有独钟，他强调，戏剧"的要务首先是娱乐"，他的剧是要让观众开心和大笑的，这也是为什么斯托帕德坚持写喜剧。他曾在访谈中坦言自己不适合写悲剧，因为"我倾向于用喜剧的视角去看待所有事物"。而安妮·芭顿（Anne Barton）也曾指出："《哈姆雷特》中包含了比《奥赛罗》《李尔王》和《麦克白》都要多的喜剧角色和喜剧化桥段，哈姆雷特可能是莎士比亚所有悲剧主人公中唯一一个展现出幽默感的角色。"② 斯托帕德在《15 分钟哈姆雷特》一剧中将整部剧和剧中角色的喜剧特质挥到了极致，闹剧式的表现方式让观众无不捧腹。在这种喜剧化的改写中，斯托帕德实现了"将莎士比亚悲剧去神话性"的过程。③ 也正是因为对于原著悲剧性的"去神话性"，斯托帕德颠覆了《哈姆雷特》的悲剧内涵，使其不再是被观众凝神膜拜的神圣艺术，而变身为带有消遣和娱乐性质的大众文化消费品。

《15 分钟哈姆雷特》和前面章节中提到的马洛维奇作品一样，同

---

① 波普艺术（Pop Art）起源于 20 世纪 50 年代的英国，后因一批如安迪·沃霍尔的艺术家及大众文化的影响，在美国得到快速发展。这种艺术广泛出现于生活中的物品上，如在漫画、电影海报、时尚服饰等任何消费品图像上，人们均可通过解构、拼贴、重复的手法进行艺术创作，从而成为波普艺术的主题。安迪·沃霍尔被誉为"波普艺术之父"。

② Manfred Draudt, "The Comedy of 'Hamlet'," *Atlantis* 24.1 (2002): 71.

③ P.K.W. Tan, *A Stylistics of Drama: With Special Focus on Stoppard's Travesties* (Singapore: Singapore University Press, 1993), p.122.

属于反叛精英化、高雅化的莎剧改写。马洛维奇在改写莎剧时曾对当时日趋僵化的莎剧表演提出过尖锐的批评，他认为，那些学究和守旧派联手，结成了罪恶的联盟，将莎士比亚的作品变得生硬而僵化。他指出，所谓对莎剧的"忠实"，实际上不过是"缺乏想象和活力"的一个代名词。①

在《15分钟哈姆雷特》中，斯托帕德通过对经典大不敬的改写方式，在剥离了原著沉重的悲剧内涵的同时，也悖论性地为原著注入了新的活力。这种"去神话"式的改写方式，消解了"悲剧"与"喜剧"、"严肃"与"戏谑"、"高雅"与"通俗"之间的界限，通过对原著扁平化的处理，削弱了原著原有的思想深度，但与此同时，这种改写却迎合了当代观众对大众文化、狂欢化、娱乐化的需求，从而给予了莎士比亚作品在后工业时代一种新的价值。在一定意义上，伊丽莎白·阿贝尔（Elizabeth Abele）的观点也许有一定的道理："马洛维奇和斯托帕德将陷入高雅艺术困境中的莎剧拯救了出来，并将其重新还给了大众"。②的确，大众文化的加入使经典改写获得了更大空间，将经典以"多重化身"深植于大众的文化意识中，从而使莎士比亚及其作品得以长存，这也在一定程度上印证了本·琼生所说的莎士比亚属于所有时代的著名论断。

作为一个外来者，斯托帕德注定与像爱德华·邦德这样的社会性剧作家不同，在"重构"莎剧的过程中，斯托帕德从不纠缠莎氏的人性思想，他的创作乐趣来自于对经典、中心、权威的颠覆。斯托帕德曾不止一次地说过："我喜欢做的就是拿一个原型，然后背叛它……"③所以，在他的后期影视名作《恋爱中的莎士比亚》中，莎士比亚的作家身份被界定为一串龙飞凤舞的签名，从而凸现了"谁写了莎士比亚？"这一历史的疑问。同时，透过《恋爱中的莎士比亚》的创作——剧本本身充满来了自《罗密欧与朱丽叶》的词句和情节的暗示——斯托帕德仿佛在告诉人们，所有创作无不是多层空间的文字构建，没有任何一个创作是原生的，因为作为后人，我们在言谈书写中无不默然地引用着前人的文字

---

① Charles Marowitz, *Recycling Shakespeare*, p.i.

② Elizabeth Abele, "Introduction: Whither Shakespop? Taking Stock of Shakespeare in Popular Culture," *College Literature* 31.4 (2004): 4.

③ Kenneth Tynan, "Withdrawing with Style from the Chaos," p.83.

和思想,谁也无法逃避这种思想和写作上的互文性。其实,尽管斯托帕德像众多英国作家一样不屑于当代理论的禁锢,但他的这种戏剧思路无疑是一种典型的后现代创作实践。

当然,斯托帕德很清楚,不管他怎样对莎剧进行"狂欢"式的"再构",都无法改变一个不争的事实,那就是,其改写作品的意义最终仍是建立在人们对原有莎剧的阅读和记忆之上,其后现代式创作本身并无法改变它对莎剧原文的依赖:在"重写"莎剧的过程中,斯托帕德不仅实现了自己与莎氏的对话,同时也时刻在盛邀着读者和观众参与其中,正是通过这种碰撞、穿梭和双向的旅行,斯托帕德才实现了其作品作为当代经典的鲜活生命力。

# 第十二章

## 莎剧"再写":"莎士比亚"?还是"莎士比"?

> 经典正在衰落
> 一部接着一部
> 包括帕海贝尔久负盛名的"卡农"
> 和弗兰克《钢琴与小提琴奏鸣曲》的最后
> 余音。
> 寻找一种新的守旧的隐逸
> 和戒瘾后同样痛苦的病症?[①]
> ——约翰·阿什贝利

经典真的是在衰落吗?2005年英国BBC1频道推出的莎剧改写系列节目 *Shakespea(Re)-Told*[②],以及20世纪90年代后出现的大量影视莎剧作品,也许能给我们一种特殊的启示。

---

① 约翰·吉洛利,"意识形态与经典形式:新批评的经典",见阎嘉编:《文学理论》,北京:中国人民大学出版社,2010年,第60页。

② 笔者之所以在此以英文题名称之,是因为觉得在这个片名的翻译中似乎存在着一个黑洞,详见下文。

*Shakespea(Re)-Told* 共包括四部同名莎剧的改写作品：《驯悍记》《麦克白》《第十二夜》和《无事生非》。每部作品均有独立的作者、导演和创作组，他们以集体创作的形式完成了这些作品，可以说，这些作品既没有传统意义上大写的作者，也没有一个传统意义上的稳定的意义，创作、意义和接受均在流动之中。在文字上，作品的对白虽不乏来自莎剧的台词，但更多的则是当下街头巷尾的俚言俗语和流行话语；在剧情上，每部改写后的莎剧均被置于了当代英国社会语境之中，如《驯悍记》中的"悍妇"在剧中是一位谋求连任的女议员，麦克白则被塑造成了曼城一家顶级餐厅的总厨；在主题上，这些作品充满了对当下时代种族、暴力恐怖、性别、离散族裔等问题的思考。尤其是，为满足不同观众群的需求，BBC 还将 *Shakespea(Re)-Told* 制作成了两个版本：普通数字版和数字互动系统版。通过第二个互动系统版，该系列作品盛邀观众加入莎剧故事的进一步"再写"过程，从而将莎剧改写的"游戏"无限地演绎下去。

　　面对这些"反莎性"的作品，不少学者也许会像詹姆斯·麦克拉维提（James McLaverty）那样感叹：如果蒙娜丽莎在罗浮宫，那么《哈姆雷特》又在哪里？① 其实，这一问题和"《马洛维奇的莎士比亚》到底是姓莎，还是姓马？"这一问题一样，贯穿于半个世纪以来的莎剧改写及各种极端性的改编作品之中。而与此相关的另一个问题则是，既然莎剧的存在已迷失在当下的解构之中，为什么这位 16 世纪的诗人却又会荣登 2006 年 BBC 电视台"20 世纪风云人物"之榜？

　　所有这些问题其实也正是本书要探讨的关于莎士比亚文化存在的核心问题：那就是，在后现代化、全球化、符号化、数字化的今天，莎士比亚到底以何种形式存在着？这一问题在 BBC1 频道推出的 *Shakespea(Re)-Told* 片名上已暴露无遗：国内不少媒体将该片名译为《莎士比亚重现》（*Shakespea(Re)-ReTold*），但笔者对此却不敢断言，我觉得，这里似乎存在着一个翻译的盲点。如何翻译此片名，取决于如何理解 "Shakespea(Re)-Told" 这一题目，它到底是 "Shakespeare-Told"（《讲述莎士比亚》）？还是 "Shakespea Re-told"（《再述"莎士比"》）？

---

① Margaret Jane Kidnie, *Shakespeare and the Problem of Adaptation*, p.11.

这恐怕是一个问题。①事实上，该片名意义上的模糊性——既是莎士比亚，又不是莎士比亚——这种似曾相识、但又恍若隔世的感觉，也正是莎士比亚在当代改写作品中存在的最大特征。影片片名表现出的这种叠刻式的模糊性，再次显示了当代莎剧改写文学/文化所特有的悖论：通过共时存在的"解"与"构"，当代改写文学既实现了自身的文化价值，也促成了莎剧在当下的诗学存在。

1961年，波兰评论家华沙大学教授杨·科特出版了《莎士比亚——我们的同代人》一书。如前言所述，这是一部具有极大影响力的莎剧研究著作，它对当代莎剧创作产生了难以估量的影响，在很大程度上，这部书可以说改变了20世纪莎剧诠释、接受和理解的模式，开启了从"当代人"的主题和艺术视角改写和改编莎剧的泄洪之闸。1986年，国际戏剧批评家协会英国分会为纪念该书出版二十五周年，组织了一场题为"莎士比亚仍是我们的同代人吗？"的论坛，该次论坛规模浩大，不少西方戏剧界的名流参此盛会，再次将"莎士比亚的当代性"这一问题推到了争论的前沿。

在后来以此论坛编著成的著作"序言"中，评论家约翰·埃尔森（John Elsom）写道：

> 莎士比亚是有史以来作品上演最多的剧作家，这一现象本身和"他是我们的同代人"这一命题一样令人吃惊。假如我们能证实，一个剧作家的作品真的可以超越语言、种族、信仰、习俗和时光，假如人们所宣称的莎士比亚的普遍性真的可以超越其诗学的容量，那么我们今天就不会仍在源源不断地扩容莎士比亚批评的书库，而是会拥有一种能驱动我们大脑内存、给予我们领悟力的文化微软。"②

围绕该论坛的核心议题（即莎士比亚的当代性问题），埃尔森不禁质疑道："难道莎士比亚真的是一个罗沙哈墨渍（inkblot）吗？难道他真的

---

① 为方便起见，本书暂且将其译为《再述"莎士比"》。
② John Elsom, ed., *Is Shakespeare still our Contemporary?* (London and New York: Associaiton with the International Association of Theatre Critics, 2004), p.7.

能够使不同的人对其图案得出不同解读的同时，又能保持其墨迹的本样吗？"① 对于此问题，杨·科特本人的回答应该是肯定的，因为科特在其《莎士比亚——我们的同代人》一书中曾这样说：

> 一个理想中的哈姆雷特应该是同时兼具最大莎氏性和最大现代性的。至于能否实现这一点，却不得而知了。但我们至少在称道莎剧作品时不妨想一想，其间有多少是莎士比亚？其中又有多少是我们？在我的想象中，莎士比亚的当代性并非是说，它要包含一个时下的热点，比如说，将哈姆雷特置于存在主义青年这一狭隘的模子中……事实上，莎士比亚穿什么样的服装并不重要，重要的是，如何透过莎剧文本来抵达现代人的经验、焦虑和感受。②

因此，杨·科特对莎士比亚当代性的解释是：莎士比亚既属于他的时代，也属于被阅读和上演的那些时代。也就是说，人们总能在莎剧中找到无数个当下。关于这一"当代性"问题，著名戏剧理论家马丁·埃斯林（Martin Esslin）也在论坛上指出："这种当代性是莎士比亚力量的根本所在，他的戏剧给世人提供了如此多重的视角——你既可以以其原貌而视之，也可以将其视为历史性的文本；你既可以将你读到的意思视为人类永恒情感的表达，也可以把它看作是一个可具变形潜力的神话。"③ 沿着这一观点，埃斯林还特别提到了莎剧改写的问题，如贝克特的《终局》、邦德的《大海》《李尔》《赢了》等。他认为，在性质上，这些当代剧作家对莎剧的再写处理与希腊剧作家通过改写荷马及赫西俄德④以实现对神话要义的发展是一样的，或者说，它与莎士比亚借助那个时代的神话故事而进行的戏剧创作是一样的。正是这种可被改写的巨大潜力最终使莎士比亚成为我们的同时代人。⑤

笔者非常赞同埃斯林的这一观点。事实上，在一定程度上，在过去

---

① John Elsom, ed., *Is Shakespeare still our Contemporary?*, p.7.
② Jan Kott, in Michael Scott, *Shakespeare and the Modern Dramatist*, p.125.
③ Ibid., p.26.
④ 赫西奥德即 Hesiod, 公元前 8 世纪希腊诗人，著有长诗《工作与时日》（*Works and Days*）和《神谱》（*Theogony*）。
⑤ Jan Kott, in Michael Scott, *Shakespeare and the Modern Dramatist*, p.26.

的半个世纪中，莎士比亚的当代性问题也是莎士比亚在"后"时代中的存在问题——莎士比亚之所以表现出强烈的当代性，其原因在于，在当下的"后"文化生态中，莎士比亚是以一种"莎士比亚+"的形式存在着。这种存在并非是被动的相"+"，而是一种正能量的"被用"（be used），正是由于莎剧具备无限的"被用"潜力，在我们这个后现代主义"+"的时代中，他才能表现出如此鲜活的生命力。

在第四章中我们曾谈到过马洛维奇的改写，面对别人对他的"马娄+莎士比亚"版《威尼斯商人》的指责，马洛维奇曾坦然回答说：没错，他所做的就是对莎剧的"扭曲"，是为了他脑中一闪的念头而对马娄的掠夺和对莎士比亚的修正。在过去的三十年中，马洛维奇对于这种指责已经听得太多，他说，自己早已坦然面对，因为他认为，正是靠着像他和布鲁克、斯托帕德、邦德、威斯克这样的当代剧作家及导演脑中的奇思怪想，莎士比亚才得以从尘埃中获得新生，被重新点燃，被青春再现。事实上，这些修正主义的改写者所闯入并打破的是一个传统上的学术象牙塔，而那种所谓的纯洁性除了使经典与现代的思想相隔离之外，其他毫无益处。在艺术的世界中，最可怕的力量就是保守势力，它会为了保留旧存在而牺牲新存在。假如伊丽莎白时代的剧作家在对待基德、霍林斯赫德、薄伽丘等人时坚持保守的态度①，那么我们将永远无法获得莎士比亚；又假如在莎士比亚的时代中如果传统主义大行其道，那么莎士比亚的每一部作品都将会被视为对起源作品赤裸裸的移植。② 舞台艺术的本质即是流动，所以马洛维奇指出，本来就没有纯粹的莎士比亚（Shakespeare pure），不论世人已经意识到，还是没有意识到，我们实际上一直都在以"莎士比亚+"（Shakespeare-plus）或"莎士比亚-"（Shakespeare-minus）的形式在对待着莎士比亚。③ 事实上，经典之所以是经典，就是因为它总能"被多次意义"——而且是绝非依照着原作

---

① 这里提到的三位历史人物分别为：英国剧作家托马斯·基德（Thomas Kyd），著有复仇悲剧《西班牙悲剧》(*The Spanish Tragedy*)；英国编年史家拉斐尔·霍林斯赫德（Raphael Holinshed），著有《英格兰、苏格兰和爱尔兰编年史》(*The Chronicals of England, Scotland and Ireland*)；文艺复兴时期意大利作家乔万尼·薄伽丘(Giovanni Boccaccio)，著有《十日谈》(*The Decameron*)、《但丁传》(*Life of Dante*)等。

② Charles Marowitz, *Shakespeare Recycle*, p.474.

③ Ibid., p.477.

者的意思被再次意义着。

丹尼尔·费什林曾在其书中指出，在一定意义上，莎士比亚的英国性和民族性使他成为殖民帝国文化的符号和体现：在"被用"的过程中，莎士比亚以其文学性间接但却广泛地服务于英语世界的全球性和语言霸权主义。他还在书中引用马丁·埃斯林的话说：许多东欧国家的民族文学和民族意识无不是围绕着莎剧得以呈现，或者是依赖与莎士比亚的文化差异性来厘定他们的文学传统和文化身份。与此相似，罗恩·恩格斯（Ron Engles）也说过："莎士比亚是德国传统的一部分，没有哪家德国戏剧公司的演季中会缺席莎剧作品。"而马丁·奥金（Martin Orkin）更是指出：对于任何受过良好教育的统治阶层的成员来说，莎士比亚都是一种文明意义的能指意符。①

所以，莎士比亚在看似被动的"被用"过程中一直保持着主动的存在性，这种存在性不仅体现在世界政治体系中，也体现在每一个领域，包括本书所探讨的改写和再写文学及文化的现象之中。所谓改写和再写，即是与莎剧遗产交互作用的一个过程。在这个过程中，莎士比亚并非是一个被动的被改写的客体，而是一个兼具主体性的存在——他在"被用"的同时，也在给予，而在给予的过程中，获得了前所未有对自我的延伸和新生。从表面上看，是当代作家在使用、误用，甚至"滥用"莎剧，但在"被用"之下，暗中涌动的则是莎士比亚活跃的生命潜流。

我们不妨再次回到本章开头的问题：不论是 Shakespea(Re)-Told（《再述"莎士比"》），还是本书中所探讨的战后英国舞台上的改写和再写作品，虽然它们在表面上均表现出一种强烈的反莎性和解构性，但不可忽视的是这种解构性创作中隐含的积极因素："解构"不仅仅是"解"，更还有"构"。从改写者的角度而言，"解"的最终目的是为了"构"建新的意义；从被改写者莎士比亚的角度而言，被"解"现象本身其实也是以一种特殊的形式在反证着莎剧的存在性。因此，作为21世纪初的一部莎剧改写作品，《再述"莎士比"》的确在所有层面上似乎都在消解莎士比亚的存在，因为在这些作品中，剧本写者已不再等于作品的作者，但无论如何，有一点却是毋庸置疑的：那就是，不论它如何成为了非莎士比亚性的"莎士比"，最终毕竟是莎士比亚给予了

---

① Daniel Fischlin and Mark Fortier, *Adaptations of Shakespeare*, pp.11–12.

所有这些当代作品一个意义的立足点。这就意味着，当代莎剧改写走得越远，它越是从另一个方向反证了莎士比亚的包容性和兼容性。

《再述"莎士比"》系列节目走近尾声部分出现了"莎士比亚的幸福结局"，此时电视屏幕上是一幅荒诞但却意义悠远的画面：画面的场景是莎士比亚故乡斯特拉特福镇的三一教堂，主持人斯塔克曼教授在门口迎接"千禧贵人"莎士比亚，以告诉他这里将为他举办一个千禧庆典晚会。但不幸的是，牧师忘了晚会一事，教堂门关着，没有一个人露面。这时，屏幕上出现了最为荒诞的一幕，这位神话般的人物竟踢门砸窗，试图强行闯入。① 这幅看似荒诞的画面如醒目的视觉符号诠释着莎士比亚在 21 世纪中的存在：透过这喜剧性的一幕，导演似乎在告诉我们，不管莎士比亚如何被时代化、大众化、通俗化，不管他如何被赋予各种层面上的符号意义，在千禧年后的 21 世纪里，他仍将会作为一个符号焦点存在于全球的文化视野中，而世界文学和文化也仍将会掀起一轮又一轮"重写"和"再访"莎士比亚的热浪，使这位诗人剧作家成为"永远的莎士比亚"。

---

① Mark Thornton Burnett, *Screening Shakespeare in the Twenty-First Century* (Edinburgh: Edinburgh University Press, 2006), p.1.

# 主要参考文献

Abele, Elizabeth. "Introduction: Whither Shakespop? Taking Stock of Shakespeare in Popular Culture." *College Literature.* 31.4 (2004): 1–11.

Addley, Esther. "Theatrical world applauds life and art of our greatest modern playwright." *The Guardian.* 27 Dec. 2008. Web. 16 Mar. 2015. <https://www.theguardian.com/culture/2008/dec/27/harold-pinter-tributes-shakespeare-gambon>

Adiseshiah, Siân. "I just die for some authority! Barriers to Utopia in Howard Brenton's 'Greenland'." *Comparative Drama* 46.1 (Spring 2012): 41–55.

Alexander, Peter and Roger Gill, eds., *Utopias.* London: Duckworth, 1984.

Arkaftov, Janice. "Charles Marowitz: He's Rearranging 'Hamlet'." *Los Angeles Times*, April 08, 1985. Web. 17 Nov. 2016. <http://articles.latimes.com/1985-04-08/entertainment/ca-18667_1_charles-marowitz>

Atkins, Thomas R. "The London Theatre: A Devaluation," *The Kenyon Review*, 31.3 (1969): 348–366.

Austin, J. L. *How to Do Things with Words: The William James Lectures Delivered at Harvard University in 1955.* Ed. J.O. Urmson. London: Oxford University Press, 1962.

Barthes, Roland. *Image-Music-Text.* Trans. Stephen Heath. New York: Hill & Wang, 1977.

——. "Theory of the Text." *Untying the Text: A Post-Structuralist Reader.* Ed. R. Yong. London: Routledge, 1981.

Belsey, Catherine. *Critical Practice.* London: Routledge, 1988.

Bennett, Susan. *Performing Nostalgia*: *Shifting Shakespeare and the Contemporary Past.* London: Routledge, 1996.

Billington, Michael. "Achieve Theatre Review: Who is Hamlet Anyway?" *The*

*Guardian.* 18 Dec. 2008. Web. 13 May 2016. <http://www.theguardian.com/stage/2000/dec/02/peter-brook-hamlet-theatre>

———. Edward Bond Interview. *The Guardian.* 3 Jan. 2008. Web. 17 Nov. 2016. <http://www.guardian.co.uk/stage/2008/jan/03/theatre>

———. *The Life and Work of Harold Pinter.* London: Faber and Faber, 1996.

———. "Stoppard's Secret Agent," *The Guardian*, 18 March 1988.

Bond, Edward. *Edward Bond's Letters 5.* Ed. Ian Stuart. London: Routledge, 2001.

———. *Lear*, in *Bond Plays Two.* London: Methuen Drama, 1978.

———. *Bingo*, in *Edward Bond Plays: Three.* London: Methuen, 1987.

———. Introduction to *Lear*, in *Edward Bond Plays: Three.* London: Methuen, 1987.

Boon, Richard. *Brenton The Playwright.* London: Methuen Drama, 1991.

———. "Retreating to the Future: Brenton in the Eighties," Modern Drama 33 (March 1990):30–41.

Borges, J. L. *Dreamtigers.* Austin: University of Texas Press, 1964.

Bowen, Kirsten. "Edward Bond and the morality of Violence." <http://www.amrep.org/articles/3_3a/morality.html>

Bradley, Lynne. *Adapting King Lear for the Stage.* Farnham: Ashgate Publishing Limited, 2010.

Brantley, Ben. "When Adaptation Is Bold Innovation." *The New York Times* 18 Feb. 2007, B9.

Brenton, Howard. "Interview: Howard Brenton." *Performing Arts Journal* 3.3 (Winter 1979): 132–141.

———, and Robert Gore-Langton. "Brenton's Erehwon." *Plays and Players* (April 1988):10–11.

———, interviewed by Catherine Itz and Simon Trussler. "The Patrol Bombs through the Proscenium Arch." *Theatre Quarterly* 5.17 (March–May, 1975): 4–20.

———. *Bloody Poetry.* London and New York: Methuen, 1985.

———. *Hot Iron, Diaries, Essays, Journalism.* London: Nick Hern Books, 1995.

———. "On Writing the Utopian Plays." *Greenland.* London: Methuen, 1988.

——. *The Romans in Britain*. London: Methuen Drama, 1989.

——. *Thirteenth Night*, in *Howard Brenton: Plays 2*. London: Methuen Drama, 1989.

——. Tony Mitchell. "The Red Theatre under the Bed." *New Theatre Quarterly* 11 (Aug. 1987): 195–201.

Brook, Peter. "Autour de l'espace vide", *Prospero's "True Preservers."* Ed. Arthur Horowitz. Newark: University of Delaware Press, 2004.

——. *The Empty Space*. New York: Simon & Schuster, 1968.

Brown, John Russell, ed. *The Routledge Companion to Directors' Shakespeare*. London and New York: R Taylor & Trancis Group, 2008.

Bulman, James C. "Bond, Shakespeare, and the Absurd." 19. 1 *Modern Drama* (1986): 60–70.

Buntin, Mat. "An Interview with Djanet Sears." Mar, 2004. Web. 12 Jan. 2012. <http://www.canadianshakespeares.ca/i_dsears.cfm>

Burke, Sean. *The Death and the Return of the Author*. Edinburgh: Edinburgh UP, 1998.

Burnett, Mark Thornton. *Screening Shakespeare in the Twenty-First Century*. Edinburgh: Edinburgh University Press, 2006.

Caulfield, Carl. *Fast/Present/Future: Brenton and History*. Diss. University of New South Vales, 1991.

Chambers, Colin and Mike Prior. *Playwrights' Progress Patterns of Postwar British Drama*. Oxford: Amber Lane Press, 1987.

Cohn, Ruby. "Shakespeare Left." *Theatre Journal* 40.1 (1988): 48–60.

Cusac, Anne-Marie. "Harold Pinter: The Progressive Interview." Mar. 2001. Web. 31 Jan. 2014. < http://www.progressive.org/intv0301.html>

Dobson, Michael. *The Making of the National Poet: Shakespeare, Adaptation, and Authorship*, 1660–1769. New York: Oxford University Press, 1992.

Dollimore, Jonathan and Alan Sinfield, eds., *Political Shakespeare: essays in cultural materialism*. Ithaca: Cornell UP, 1994.

Draudt, Manfred. "The Comedy of 'Hamlet.'" *Atlantis*. 24.1 (2002): 71–83.

Ferris, Lesley. "Lear's Daughters and Sons: Twisting the Canonical Landscape." *Feminist Theatrical Revisions of Classical Works: Critical Essay*. Ed.

Sharon Friedman. North Carolina: McFarland &Company, Inc., 2009.

Fischer, Iris Smith. "Mabou Mines' Lear: A Narrative of Collective Authorship." *Theatre Journal*, 45.3 (1993): 279–302.

Fischlin, Daniel and Mark Fortier, eds. *Adaptations of Shakespeare*. London: Routledge, 2000.

Foakes, R. A. *Shakespeare and Violence*. Cambridge: Cambridge University Press, 2003.

Frank, Alan. "After the Silence: The New Pinter," *The Times*, 19 October. 1991.

Friedman, Sharon, ed. *Feminist Theatrical Revisions of Classic Works*. North Carolina: McFarland & Company, Inc., Publishers, 2009.

Fábián, Annamária. The "Unfinished Business": The Avoidance of King Lear by the Prequel *Lear's Daughters*. Trans. Oct. 2010. Web. 12 Aug. 2015. <http://trans.revues.org/399>

Gale, Steven E. "Harold Pinter," *British Playwrights, 1956–1995*. London: Greenwood Press, 1996.

Gay, Jane and Lizbeth Goodman. *Languages of Theatre Shaped by Women*. Chicago: The University of Chicago Press, 2001.

Genette, Gérard. *Palimpsests: Literature in the Second Degree*. Trans. Channa Newman and Claude Doubinsky. Lincoln: Nebraska University Press, 1997.

Gibson, Michael. "Brook's Africa, An Interview by Michael Gibson." *The Drama Review* 17. 3 (Sep. 1973): 37–51.

Goodman, Lizbeth. "Women's Alternative Shakespeares and Women's Alternative to Shakespeare in Contemporary British Theatre." *Cross-Cultural Performance: Differences in Women's Re-vision of Shakespeare*. Ed. Marianne Novy. Urbana: University of Illinois Press, 1993.

Gordon, Giles. "Tom Stoppard," *Tom Stoppard in Conversation*, Ed. Paul Delaney, Ann Arbor: the University of Michigan Press, 1994.

Greenblatt, Stephen. *Will in the World: How Shakespeare became Shakespeare*. New York: W. W. Norton, 2004.

Griffin, Michael and Tom Moylan. "Introduction: Exploring Utopia." *Exploring *the Utopian Impulse: Essays on Utopian Thought and practice*. Eds. Michael J. Griffin and Tom Moylan. Oxford: Peter Lang, 2007.

"Guide to the Mabou Mines Archive 1966–2000." 18 Nov. 2016. <http://dlib.nyu.edu/findingaids/html/fales/mabou/bioghist.html>

Gussow, Mel. "Acting Pinter." *Pinter at 70, A Casebook*. New York and London: Routledge, 2001.

——. *Conversation with Pinter*. New York: Limelight Edtions, 1994.

——. *Conversation with Tom Stoppard*. New York: Grove Press, 1995.

Hall, Peter. "Directing the Plays of Harold Pinter," *The Cambridge Companion to Harold Pinter*, Ed. Peter Raby. Cambridge: Cambridge University Press, 2001.

Hatchuel, Sarah. *Shakespeare and the Cleopatra/Caesar Intertext*. Maryland: Fairleigh Dickinson University Press, 2011.

Hatton, Joseph. *Henry Irving's Impressions of America Volume 1*. London: Cassell & Company, 1884.

Hay, Malcom and Philip Roberts, eds. *Edward Bond A Companion to the Plays*. London: Theatre Quarterly Publications, 1978.

Hodgson, Terry. *The Play of Tom Stoppard for Stage, Radio, TV and Film*. Cambridge: Icon Books, 2001.

Horowitz, Arthur. "Shylock after Auschwitz: *The Merchant of Venice* on the Post-Holocaust Stage—Subversion, Confrontation, and Provocation." *JCRT* 8.3 (Fall 2007): 7–20.

——. *Prospero's "True Preservers."* Newark: University of Delaware Press, 2004.

Hunt, Albert and Geoffrey Reeves. *Peter Brook*. Cambridge: Cambridge University Press, 1995.

Hutcheon, Linda. *A Theory of Adaptation*. New York and London: Routledge Taylor & Francis Group, 2006.

Innes, Christopher. *Modern British Drama: The Twentieth Century*. Cambridge: Cambridge University Press, 2002.

Irigaray, Luce. *This Sex Which Is Not One*. Catherine Porter with Carolyn Burke Trans. Ithaca: Cornell University Press, 1985.

Itzin, Catherine. *Stages in the Revolution: Political Theatre in Britain since 1968*. London: Methuen, 1980.

Kelly, Katherine E., ed. *The Cambridge Companion to Tom Stoppard*. Cambridge: Cambridge University Press, 2001.

Keyssar, Helene. "Introduction." *Feminist Theater and Theory*. New York: St. Martin's Press, 1996.

Kidnie, Margaret Jane. *Shakespeare and the Problem of Adaptation*. London: Routledge, 2009.

Klein, Hilde. "Edward Bond: An Interview." *Modern Drama* 38.3 (Fall 1995): 408–415.

Lane, Harry. "'Infirm of Purpose': Dynamics of Political Impotence in *Thirteen Night*." *Howard Brenton A Casebook*. Ed. Ann Wilson. New York and London: Carland Publishing, Inc., 1992.

Lehmann, Courtney. *Shakespeare Remains Theatre to Film*. Ithaca & London: Cornell University Press, 2002.

Lelyveld, Toby. *Shylock on the Stage*. Cleveland, Ohio: Western Reserve University Press, 1960.

Lieblein, Leanore. "Jan Kott, Peter Brook, and King Lear." *Journal of Dramatic Theory and Criticism* I: 2 (Spring 1987): 39–49.

MacDonald, Ann-Marie. *Goodnight Desdemona*. Toronto: Grove Press, 1998.

Mangan, Michael. *Edward Bond*. Plymouth: North Cote House Publishers, 1990.

Marowitz, Charles. "Improving Shakespeare," *Swans Commentary*, 10 April. 2006. Web. 17 Nov. 2016. <http://www.swans.com/library/art12/cmarow43.html>

——. *The Marowitz Shakespeare*. New York: Drama Book Specialists, 1978.

——. "Shakespeare Recycled." *Shakespeare Quarterly* 38. 4 (Winter 1987): 467–478.

——. "A Note About Adaptation and Source Texts for Romeo and Juliet." *Canadian Adaptations of Shakespeare Project*. Web. 17 Nov. 2016. <http://www.canadianshakespeares.ca/>

——. "Notes on the Theatre of Cruelty." *The Tulane Drama Review* 11. 2 (Winter 1966): 152–172.

——. *Roar of the Canon: Kott & Marowitz on Shakespeare*. New York: Applause Books, 2002.

——. *The Act of Being*. London: Taplinger Pub Co, 1978.

——. Introduction, *A Macbeth*. London: Calder and Boyars, 1971.

——. *Recycling Shakespeare*. New York: Applause, 1991.

Massai, Sonia. "Stage over Study: Charles Marowitz, Edward Bond, and Recent Materialist Approaches to Shakespeare." *New Theatre Quarterly*, Vxv August 1999: 247–255.

McDougal, Stuart Y. *Made into Movie, from Literature to Film*. New York: Holt Rinehart and Winston, 1985.

Miola, Robert S., ed. "Introduction." *Measure for Measure*. London: Apprentice House, 2007.

Nadel, Ira. *Double Act: A Life of Tom Stoppard*. London: Methuen Publishing Ltd, 2002.

"Pinter at the BBC." BBC—BBC Four—Ask Michael Billington—Influence. Web. 27 Oct. 2015. <http://www.bbc.co.uk/bbcfour/pinter/influence.shtml>

Pinter, Harold. *Various Voices Prose, Poetry, Politics, 1948–1998*. London: Faber and Faber, 1998.

——. "Ashes to Ashes", *Harold Pinter: Plays Four*. London: Faber and Faber, 1993.

——. "Early acting experiences". <http://www.haroldpinter.org/acting/acting_forstage.shtml 2013-2-18>

——. *Harold Pinter: Plays Four*. London: Faber and Faber, 1993.

——. *The Birthday Party*. London and Boston: Faber and Faber, 1993.

——. *The Dwarfs*. London: Faber and Faber, 1990.

——. "The Nobel Prize in Literature 2005: 'Acting for the stage'." *nobelprize.org*. 13 October 2005. Web. 14 Oct. 2015. <http://www.haroldpinter.org/acting/acting_forstage2.shtml>

—— and Lawrence M. Bensky. "Harold Pinter." *Theatre at Work*. Eds. Charles Marowitz and Simon Trussler. London: Methuen & Co Ltd, 1967.

—— and Steve Grant. "Pinter: my plays, my polemics, my pad." *The Independent*. 20 Sept. 1993.

Powell, Enoch. 'Rivers of Blood.' *The Telegraph*. 12 Dec 2007. Web. 17 Oct. 2016. <http://www.telegraph.co.uk/comment/3643826/Enoch-Powells-Rivers-of-Blood-speech.html>

Prentice, Penelope. *Harold Pinter: Life, Work, and Criticism*. Fredericton: York Press Limited, 1991.

Rich, Adrienne. "When We Dead Awaken: Writing as Re-vision." *Feminisms: A Reader*. Ed. Maggie Humm. Hemel Hempstead: Harvester Wheatsheaf, 1992.

Roberts, Philip, ed. *Files on Bond*. London: Methuen, 1985.

Rozett, Martha Tuck. *Talking Back to Shakespeare*. Newark: Delaware University Press, 1994.

Rickers, Karen R. *Charles Marowitz and the Personal Politics of Shakespearean Adaptation*. Diss. Exeter: University of Exeter, 2012.

Said, Edward. *The World, The Text, and The Critic*. Massechussetts: Harvard UP, 1983.

Sanders, Julie. *Adaptations and Appropriation*. London and New York: Routledge, 2006.

Sargisson, Lucy. *Contemporary Feminist Utopianism*. London and New York: Routledge, 1996.

Schechner, Richard, et al. "Talking with Peter Brook," *The Drama Review* 30: 1 (Spring, 1986): 54–71.

Scott, Michael. *Shakespeare and the Modern Dramatist*. New York: St. Martin's Press, 1989.

Shaked, Gershon. "The Play: Gateway to Cultural Dialogue." *The Play out of Context: Transferring Plays from Culture to Culture*. Ed. Hanna Scolnicov and Peter Holand. Cambridge: Cambridge University Press, 1989.

Shellard, Dominic. *British Theatre since the War*. New Haven: Yale University Press, 1999.

Shevtsova, Maria. "Peter Brook." *The Routledge Companion to Directors' Shakespeare.* Ed. John Russell Brown. London and New York: R Taylor & Trancis Group, 2008.

Shorter, Eric. "Peter Brook: Teacher's Resource." *Daily Telegraph.* 20 July 1968. Web. 14 May. 2015. <http://www.vam.ac.uk/__data/assets/pdf_file/0011/256592/Peter_Brook_AW_spreads.pdf >

Shulting, Sabine. "'I am not bound to please thee with my answers': *The Merchant of Venice* on the post-war German Stage." *World-Wide Shakespeares: Local appropriations in film and performance.* Ed. Sonia Massai. London: Routledge, 2005.

Shurgot, Michael W. "Variations on Measure for Measure." *Shakespeare Bulletin*, 30. 1 (Spring, 2012): 73–74.

Sicher, Efraim. "The Jewing of Shylock: Wesker's *The Merchant*." *Modern Language Studies*, 21. 2 (Spring 1991): 57–69.

Sinfield, Alan. "Making space: appropriation and confrontation in recent British play." *The Shakespeare Myth.* Ed. Grahm Holderness. Manchester: Manchester University Press, 1988. 122–139

Sorgenfrei, Carol Fisher. "Hamlet by William Shakespeare; Charles Marowitz." *Theatre Journal*, 38. 1 (March 1986): 98–101.

Stoppard, Tom. *Dogg's Hamlet, Cahoot's Macbeth.* London: Faber and Faber, 1980.

——. *Rosencrantz and Guildenstern Are Dead.* London: Faber and Faber, 1967.

——. *Travesties.* London: Faber and Faber, 1975.

—— and Tim Teeman. "Sir Tom Stoppard on writing *Shakespeare in Love*." *The Times*, 11 Feb. 2008.

Tan, P.K.W. *A Stylistics of Drama: With Special Focus on Stoppard's Travesties.* Singapore: Singapore University Press, 1993.

Tiedeakatemia, Suomalainen. *Continuity and Transformation–the Influence of Literature and Drama on Cinema as a Process of Cultural Continuity and Renewal.* Helsinki: Henry Bacon, 1994.

Torqvist, Egil. *Transposing Drama.* London: Macmillan, 1991.

Tynan, Kenneth. "Withdrawing with Style from the Chaos," *Show People:*

*Profiles in Entertainment.* London: Weidenfeld and Nicholson, 1980.

Weber, Myles. "Reflections of Peter Brook." *New England Review*, 27. 1 (2006): 149–152.

Weintraub, Stanley. "Heartbreak House: Shaw's Lear," *Modern Drama*, Vxv (1972–3): 255–265.

Wesker, Arnold. *The Birth of Shylock and the Death of Zero Mostel, Diary of a Play 1973 to 1980.* London: Quartet Books, 1997.

——. *The Merchant*, in *Arnold Wesker: Volume 4.* Harmondsworth: Penguin, 1990.

—— and Robert Skloot. "Interview: On Playwriting." *Performing Arts Journal*, 2. 3 (Winter, 1978): 38–47.

Wetzsteon, Ross. "Queen Lear Ruth Maleczech Gender Bends Shakespeare." *Village Voice* (Jan.1990): 39–42.

Whitmaker, Rod. *The Language of Film.* New Jersey: Prentice-Hall, Inc., 1970.

Wilson, J. D. *Shakespeare's Happy Comedies.* Evanston: Northwestern University Press, 1962.

Wu, Duncan, ed. *Making Plays: Interviews with Contemporary British Dramatists and Their Directors.* Basingstoke: Macmillan, 2000.

Zeifman, Hersh. "Making History: the plays of Howard Brenton." *British and Irish Drama since 1960.* Ed. James Acheson. New York: Palgrave Macmillan, 1993.

彼得·布鲁克：《空的空间》，北京：中国戏剧出版社，1988年。

曹路生：《国外后现代戏剧》，南京：江苏美术出版社，2002年。

段炼："超越模仿：中国当代美术的焦虑"，香港文汇网2008年8月20日，<http://www.szarts.cn/commentary/Arts/139806.html>。

哈罗德·布鲁姆：《读诗的艺术》，王敖译，南京：南京大学出版社，2010年。

——.《误读图示》，朱力元、陈克明译，天津：天津人民出版社，2005。

何其莘：《英国戏剧史》，南京：译林出版社，1999。

郭玉琼:"文化唯物主义与新历史主义戏剧理论",《戏剧》2007年第1期,第13–25页。

梁燕丽:"彼得·布鲁克的跨文化戏剧探索",《国外文学》2009年第1期,第40–46页。

盛宁:《人文困惑与反思》,北京:三联书店,1997年。

田民:《莎士比亚与现代戏剧:从亨利克·易卜生到海纳·米勒》,北京:中国社会科学出版社,2006年。

威廉·莎士比亚:《莎士比亚喜剧悲剧集》,朱生豪译,南京:译林出版社,2010年。

——.《理查三世》[第一幕第一场],载《必学课》,<http://book.bixueke.com/Shakespeare/lichasanshi/2.html>。

阎嘉编:《文学理论》,北京:中国人民大学出版社,2010年。

张长虹:"联系之'有'与风格之'无'——彼得·布鲁克戏剧之路探析",《艺苑》2008年第9期,第39–42页。